格里莎三部曲 II
Grisha

暗黑再临

Siege and Storm

[美] 李·巴杜格 / 著

符晓妍 / 译

天地出版社 | TIANDI PRESS

图书在版编目（CIP）数据

格里莎三部曲. Ⅱ, 暗黑再临／（美）李·巴杜格著；
符晓妍译. —成都：天地出版社，2017.6
ISBN 978-7-5455-2266-2

Ⅰ. ①格… Ⅱ. ①李… ②符… Ⅲ. ①长篇小说—美
国—现代 Ⅳ. ①I712.45

中国版本图书馆CIP数据核字（2016）第242189号

Copyright © 2013 by Leigh Bardugo
Published by agreement with New Leaf Literary & Media, Inc.,
through The Grayhawk Agency

著作权登记号 图字：21-2017-110号

暗黑再临

出 品 人	杨　政
作　者	［美］李·巴杜格
译　者	符晓妍
责任编辑	陈文龙　沈海霞
封面设计	思想工社
电脑制作	思想工社
责任印制	葛红梅

出版发行	天地出版社
	（成都市槐树街2号　邮政编码：610014）
网　址	http://www.tiandiph.com
	http://www.天地出版社.com
电子邮箱	tiandicbs@vip.163.com
经　销	新华文轩出版传媒股份有限公司

印　刷	三河市华业印务有限公司
版　次	2017年6月第1版
印　次	2017年6月第1次印刷
成品尺寸	145mm×210mm　1/32
印　张	13.25
字　数	285千字
定　价	36.00元
书　号	ISBN 978-7-5455-2266-2

献给我的母亲：

当我失去信心时，她依然满怀信心。

格里莎

第二部队士兵
小科学掌握者

科波拉尔基

（生命死亡部队）
摄心者
治愈者

埃斯里尔基

（召唤者部队）
暴风召唤者
火焰召唤者
潮汐召唤者

马蒂莱尔基

（物料能力者部队）
操控者
炼金师

目录

之前

在很久以前——早在男孩和女孩看到实海之前，他们曾梦想过船的样子。那是故事里的船，船是有魔力的。桅杆是用带着甜味的雪松制成的，船帆是少女用纯金丝线纺出来的，船员是白色的老鼠，它们会唱歌，会用粉红色的尾巴擦洗甲板。

不过，佛拉德号[1]并不是一艘魔法船，它是一艘科奇商船，船上满满当当地装着黍米和糖浆。它散发着很久未曾洗澡的浓重的体味和生洋葱的臭气——水手们说生洋葱可以防止坏血病。船员们爱吐口水、说脏话，拿朗姆酒配额[2]作为赌注来进行赌博。男孩和女孩得到的面包里经常会有象鼻虫之类的东西，他们的舱室基本就是个狭窄的柜子。尽管如此，他们还得被迫和另外两名乘客以及一桶腌鳕鱼共享这个狭小的舱室。

1　原文为Verrhader，其拼写接近荷兰语"叛徒"（verrader）一词。

2　历史上英国皇家海军曾每天提供给水手一定量的朗姆酒，称为"朗姆酒配额"（即文中的rum ration，也称tot），该规定在1970年被废除。（来源：维基百科）

他们对这样的生活并不介意。他们渐渐习惯了咣啷咣啷响的、提示值班的钟声，海鸥的鸣叫声，还有他们听不懂的叽里呱啦的科奇语。这艘船便是他们的王国，海洋则是广阔的护城河，将他们的敌人隔离在远处。

男孩适应了船上的生活，就像他适应其他所有东西一样毫不费力。他学会了打水手结、修补船帆……他的伤好了之后，他就跟船员们一起工作了。他丢开鞋子、赤着脚、毫不畏惧地在锁具³上攀爬。他能准确找到海豚、鳐鱼群、亮色条纹的虎鱼，还能在鲸鱼磨砂质感的宽背破浪而出之前，判断出它会在什么地方跃起，这些都令水手们惊叹不已。他们说，如果能有他的一分运气，他们就已经发财了。

那个女孩则让他们不安。

出海三天后，船长要求她尽可能留在船舱里。他将此归咎于船员们的迷信，因为船员们认为女人上船会带来霉运。这是真的！不过，如果她是一个笑口常开的开朗女孩，一个会说笑话的女孩或者会吹哨笛的女孩，他们也许就会欢迎她了。

这个女孩安安静静地站在船的围栏边，一动不动。她的手紧紧抓着脖子上的围巾，僵立在那里，好像用白色木材雕成的那种放在船头的人像。而且这个女孩睡觉时还会尖叫，把在前桅楼上打盹的人吵醒。

所以女孩每天只好在阴暗的船舱里游荡。她会去数糖浆的桶

3　锁具（rigging）是船上绳索、链条等组成的系统，用来支撑各个桅杆，控制船帆、桁架等。（来源：维基百科）

数，去研究船长那里的图表。到了晚上，她还会在男孩臂弯的庇护之下，和男孩一起站在甲板上，从满天星斗中找出各种星座：猎户座、学者座、三愚座、纺车座明亮的轮辐、还有带着六个歪斜尖顶的南方王宫。

她讲故事，问问题，拖着他在那里待尽可能长的时间。因为她知道，当她睡去，她就会梦到断裂的沙艇，艇上的帆是黑色的，甲板上到处都是血。她还会梦到人们在黑暗中哭喊的声音。但更糟糕的是，有时她会梦见一个苍白的王子把嘴唇压在她的脖子上，将双手放在她颈项的项圈上，伴随着一阵耀眼的明亮阳光，他唤起了她的能力。

当她梦到他的时候，她会颤抖着醒来。力量的回响仍在她体内激荡，在她的皮肤上还能感觉到光的温热。

男孩将她抱得更紧，轻轻说着温柔的话语，哄她入睡。

"那只是个噩梦罢了，"他小声说，"你会停止做那些梦的。"

他不明白，现在，她只有在那些梦中才可以安全使用她的能力，而她确实渴望那些梦。

佛拉德号靠岸的那天，男孩和女孩一起在围栏边站着，看着诺威埃泽姆的海岸一点一点靠近他们的船只。

他们从残旧的桅杆和收起了的船帆下穿过，缓缓驶进港湾。港湾里有井然有序的单桅帆船和小舢板，它们来自书翰多石的海岸；还有配备武装的战船、游艇、宽大的商船以及菲尔顿捕鲸船。一艘极其拥挤的监狱船正向南面的殖民地驶去，船上飘扬的旗帜的尖角是红色的，很显然是在警告其他人，船上都是杀人犯。当他们经过时，女孩发誓说，她听到锁链叮当作响的声音。

佛拉德号找到了它停泊的位置。旋梯被放了下来。码头工人和船员们粗声粗气，互相问候，系好绳索，准备着卸货。

男孩和女孩环视整个码头，查看人群中是否有摄心者的深红色或者召唤者的蓝色一晃而过，以及有没有拉夫卡的枪支反射出的光。

时候到了，男孩牵住了女孩的手。因为那些在船上工作的日子，他的手掌粗糙、布满老茧。他们踏上码头的木板，地面好像在他们脚下颠簸了起来。

水手们大笑起来。"法维尔，范托门[4]！"他们喊道。

男孩和女孩向前走去，他们踏出了在这个新世界的第一步，起伏不平的一步。

求你们了，女孩默默地向所有可能正在听的圣人祈祷，保佑我们在这里平安无事，保佑我们平安回家。

4　原文为Vaarwel fentomen，vaarwel似为荷兰语，意为"再会"。

暗

黑

再

临

SIEGE AND STORM

第一章

　　我们在考夫顿已经待了两周了，可我还是会迷路。这是一个内陆小镇，在诺威埃姆海岸的西侧，离我们上岸的港湾很远。很快我们会走得更远，深入到泽米尼靠近边境的蛮荒地带。也许我们到了那里的时候就会开始有安全感了。

　　我查看了一下自己画的小地图，顺着地图回溯来时的路。玛尔和我每天会在做完工作之后会合，一起走回我们寄宿的地方。可是今天我绕了点儿路去买晚饭，之后便完全弄错了方向。小牛肉甘蓝派塞在我四四方方的单肩包里，散发出一种非常独特的味道。店主说这是泽米尼的美食，但我对此心存怀疑。不过这没什么要紧的，因为最近什么东西对我来说都是味同嚼蜡。

　　玛尔和我来到考夫顿是为了找工作，为我们向西的旅途存钱。这里是茱达花贸易的中心，周围的田野上种满了这种小小的橙色的花，人们会以蒲式耳[5]计地咀嚼这些花。这种兴奋剂在拉夫卡被看作是奢侈品，不过佛拉德号上的一些水手在长时间的瞭望时，会用这种东西保持清醒。泽米尼人喜欢把干燥的花朵塞在嘴唇和牙龈之间，甚至连女人挂在手腕用作装饰的小包里都会放这种东西。我经过的每个商店橱窗里都在展示不同的品牌：亮叶牌、阴影牌、多喀牌、勃利牌[6]。我还看见一个打扮得漂漂亮亮、穿着衬裙的女孩子身体前倾，将口中铁锈色的汁液吐到每家商店门口旁边都会摆放的黄铜痰盂里。我感到一阵恶心，这是一个我认为自己不能渐渐习惯的泽米尼习俗。

当我转到这座城市的主要大道上，才松了一口气，至少现在我知道自己在哪里了。考夫顿仍然让我感觉不太真实。这里有种未经修饰、还不完善的感觉。大多数的街道都没有铺路，而且我总觉得那些平顶建筑脆弱的木墙随时都会倒塌，而且这些建筑竟然全都装着玻璃窗户。女人们穿着天鹅绒和蕾丝的裙子。商店中陈列着各种甜食、华而不实的小玩意、各式各样的华丽服饰，而不是来复枪、刀子以及野外用的锡锅。在这里，即使乞丐也穿着鞋子。的确，这是一个没有腹背受敌的国家展现出来的样子。

路过一家卖杜松子酒的小店时，我瞥见了一抹深红色。科波拉尔基！我立刻后退，将自己隐藏在两栋建筑之间的阴影区域，我的心怦怦乱跳，手已经伸向腰间的手枪了。

5　蒲式耳（bushel）是一种容量单位，在英国相当于8加仑（gallon），约合36.4升，在美国相当于64品脱（pint），约合35.2升。

6　原文为Brightleaf, Shade, Dhoka, the Burly，前三个在现实中均为烟草品牌名称，最后一个有拼写近似的烟草品牌"Burley"。

先用匕首，我提醒自己，将刀滑到袖口处。尽量不要吸引别人的注意力，必须用的话再用手枪，万不得已再用格里莎的能力。这不是我第一次怀念那副物料能力者制作的手套，但我还是不得不把它丢在拉夫卡。它边上镶有一排小镜子，这样我在近身搏斗的时候可以很容易地暂时弄瞎对手的眼睛——它是我除了开天斩之外很好的一个可选项，让我可以不必把人劈成两半。假如我已经被一个科波拉尔基摄心者盯上了，我也许在这个问题上就别无选择了。他们是暗主宠爱的士兵，而且无需挥拳就可以停止我的心跳或者弄烂我的肺叶。

我等待着，手在匕首柄上滑动。之后，我总算有勇气从墙边偷偷再看一眼。我看到一辆小马车上堆满了酒桶。车夫停了下来和一个妇人说话，而她的女儿在她身边很不耐烦，穿着她的暗红色裙子旋转跳跃。

只是个小女孩而已，我看到的并不是一名科波拉尔基。我靠在墙壁上，做了个深呼吸，努力让自己平静下来。

不会一直这样子的，我告诉自己。你自由的时间越长，日子就会变得越轻松。

有一天我会从不是噩梦的睡梦中醒来，我会毫无畏惧地在街上走。在那之前，我会一直带着我那把薄薄的匕首，恨不得自己手中感受到的是格里莎钢明确的重量。

我回到了热闹繁忙的街道上，仍旧紧抓着脖子上的围巾，把它围得更紧了。在我紧张的时候，这已经变成了我的一个习惯性动作。围巾下面是莫洛佐瓦的项圈，它是已知的最强大的加乘器，也是唯一能让我被辨认出来的东西。没有它，我就是一个脏兮分的、营养不良的拉夫卡难民而已。

我不确定天气变化后我要怎么办。到了夏天，我不太可能每天围着围巾、竖起外套领子到处走。不过希望到了那个时候，玛尔和我已经远离了拥挤的城镇，也远离了不想回答的问题。在逃离拉夫卡之后，我们将会第一次单独生活。这个念头让我紧张得心慌意乱。

我躲避着货车和马匹，穿过了街道。我依然扫视着人群，或许在某一时刻会看到一队格里莎或者奥布里奇尼克来袭击我。说不准是书翰雇佣兵，还是菲尔顿刺客；也有可能是拉夫卡国王麾下的士兵，甚至还可能是暗主自己。有这么多人可能在追捕我们。追捕我，我修正道。如果不是为了我，玛尔现在还会是第一部队的一名追踪手，而不是一个亡命的逃兵。

一段记忆不请自来：黑色的头发，花岗岩色的眼睛，暗主释放出了黑幕的力量，他因为成功而神采飞扬。当然，这是在我夺走他那份成功之前。

在诺威埃泽姆很容易得到各种消息，可是却没有一个好消息。有传言说暗主不知用什么方法在黑幕大战中活了下来，并已回到陆地集结自己的力量，准备夺取拉夫卡的王位。我不愿相信这是真的，但我知道我不能低估他。其他消息跟这个消息一样令人心烦：黑幕开始溢出边界，将难民向东面、西面赶；一个新宗教崛起了，其核心是一位可以召唤太阳的圣人。我不想去思考这些，玛尔和我现在有了新的生活，我们把拉夫卡抛在脑后了。

我加快脚步，很快就来到我和玛尔每天傍晚会合的广场。我看到了玛尔，他靠在一个喷泉的水池边上，和一个他在仓库工作

时认识的泽米尼朋友说着话。我想不起来他的名字了……也许是
杰普，或者是杰夫。

这个喷泉由四个巨大的龙头来供水，其实用性大过于装饰
性，少女和佣人们会在它巨大的蓄水池里洗衣服。不过现在没有
一个洗衣女子的心思在衣物上，她们都痴痴地看着玛尔。她们很
难不这样做。玛尔的头发变长了，不再是军队式的短发，发丝
开始卷曲着垂在他的后颈上。另外，他的上衣在喷泉的雾气中有
些潮湿，有的地方已经紧紧贴在他在海上时晒成的古铜色的肌肤
上。他头往后仰，被他的朋友说的话逗得哈哈大笑起来，似乎没
有留意到那些朝他抛过去的媚眼。

对此他可能已经非常习惯了，甚至都注意不到了，我气呼呼
地想。

他看到我，咧开嘴笑起来，还挥了挥手。洗衣服的女人们转
过头来看我，然后互相交换了一个无法置信的眼神。我知道她们
看到了什么：一个骨瘦如柴的女孩，长着细细的、没有光泽的棕
色头发，脸色灰黄，手指还因为包装茱达花而染上了橘色。我从
来都不曾漂亮过，而且没有运用过自己能力的这几周时间让我苦
不堪言。我吃不香、睡不好，噩梦连连更让我无法容光焕发。女
人们的表情表现出了一个相同的意思：一个像玛尔这样的小伙子
怎么会跟一个像我这样的姑娘扯上关系呢？

当玛尔张开双臂将我拉进怀抱的时候，我挺直脊背，尽量去
忽略她们。"你到哪里去了？"他问道，"我都开始担心了。"

"我被一群发怒的熊伏击了。"我靠在他的肩膀上嘟囔着。

"你又迷路了？"

"我不知道你的这个怪念头是哪里来的。"

"你记得杰斯，对吧？"他说着，向他的朋友点了点头。

"你好吗？"杰斯用腔调怪异的拉夫卡语问道，同时向我伸出了手，他的表情看起来严肃得有点不合时宜。

"很好，谢谢你。"我用泽米尼语回答道。他并没有对我回以微笑，而是轻轻拍了拍我的手。杰斯绝对是个怪人。

我们又聊了一会儿，不过我知道玛尔看得出我正变得焦虑不安。我的确也不喜欢在开放的地方待太长时间。我们道了别，杰斯走之前，又阴郁地看了我一眼，身子靠向玛尔，小声地对他说了些什么。

"他说了些什么？"看着杰斯晃晃悠悠穿过广场的时候，我问玛尔。

"啊？没什么。你知道你眉毛上有花粉吗？"他伸出手轻轻擦掉了我眉毛上的花粉。

"也许我就是希望它在那里。"

"那算我错了。"

当我们从喷泉边离开的时候，一个洗衣女子突然身子前倾，春光乍泄。

"你什么时候要是厌倦了皮包骨头，"她对玛尔说，"我有你更感兴趣的东西给你。"

我僵住了。玛尔回头看过去，缓缓地上下打量着她。"不，"他干巴巴地说，"你没有。"

那个姑娘的脸上泛起了难看的红晕。其他人又是奚落，又是嘲笑，还往她身上泼水，我尽量让眉毛呈现出高傲的弧度，可我实在难以克制那牵动我嘴角的傻笑。

"多谢了。"我们穿过广场，向寄宿的地方走去时，我含糊地说道。

"谢我什么？"

我翻了个白眼："因为你捍卫了我的荣誉，你这个傻瓜。"

他猛地将我拉到了一个雨蓬的阴影中。我曾有片刻的恐慌，因为我以为他发现有麻烦了，不过接着他的手臂就揽住了我，嘴唇也压到了我的嘴唇之上。

当他最终退后的时候，我脸颊温热，双腿发软。

"只是把话说清楚一下，"他说，"我并没兴趣捍卫你的荣誉。"

"明白了。"我努力说出了这句话，希望自己听起来没有上气不接下气到可笑的地步。

"还有，"他说，"在我们回到那个窟窿里去之前，我需要分秒必争。"

玛尔把我们寄宿的地方叫作"窟窿"。它又脏又挤，完全不能为我们提供私密空间，它唯一的好处就是便宜。玛尔咧嘴笑着，像以往一样骄傲，然后他拉着我回到了路上的人流之中。虽然我们筋疲力尽，但我感觉自己的脚步很轻盈。但想到我们在一起，我仍然感到有些不习惯，又一阵躁动从我体内掠过。等我们到了靠近国界的地方，就不会再有满怀好奇的其他寄宿者，也不会有我们不想要的打扰了。我的脉搏略显异常地跳了一下——那是因为紧张还是因为兴奋，我并不知道。

"刚才杰斯说了什么？"我再次问道，我的脑子感觉有些混乱。

"他说我应该好好照顾你。"

"就这些?"

玛尔清了清嗓子:"还有……他说他会向劳动神祈祷,希望他能治愈你的病痛。"

"我的什么?"

"我好像告诉过他你有大脖子病。"

我打了个趔趄:"麻烦你再说一遍。"

"好了,我总得解释一下你为什么总喜欢紧紧围着那条围巾吧。"

我垂下了手。是的,我又伸手去抓围巾了,而我根本没意识到自己在这样做。

"所以你就告诉了他我有大脖子病?"我不愿相信地小声问。

"好了,我总得说点什么吧,这可是让你成了一个悲剧性人物呢。你懂的,漂亮的女孩,肿大的脖子。"

我在他胳膊上狠狠打了一拳。

"啊!喂……在有些国家,大脖子可被认为是很时髦的呢。"

"他们是不是也喜欢太监啊?这个我倒可以安排。"

"太残忍了!"

"我的大脖子病让我比较暴躁。"

玛尔笑了起来,但我注意到他的手一直都放在手枪上。窟窿位于考夫顿不太安全的地区之一。最重要的是我们身上还有很多现钱,那是我们为了开始新生活省下来的工资。只要再过几天,我们就能攒够钱离开考夫顿了——离开这里的喧嚣,弥漫着花粉的空气，还有如影随形的恐惧。我们将会到一个没有人关心拉夫卡发生了什么事的地方，那里罕有格里莎，而且没有人曾听说过太阳召唤者，那时我们就安全了。

那里没人需要太阳召唤者。这个想法还是破坏了我的心情，而我最近也越来越频繁地想到这一点。我在这个陌生国度里擅长做什么呢？玛尔会打猎、会追踪、会用枪，而我唯一擅长过的就是当一名格里莎。我想念对光的召唤，因为我没有使用能力的日子每增加一天，我就会变得更加虚弱一些。仅仅是走在玛尔身边就让我呼吸急促，我单肩包的重量也压得我举步维艰。我是如此虚弱笨拙，以至于我几乎无法胜任在农家仓库包装茱达花的工作。尽管这份工作只能赚几个小钱，可我还是坚持要去工作，尽力发挥自己的作用。这时，我又有了和小时候一样的感觉：能干的玛尔和没用的阿丽娜。

不过，我还是抛开了这个念头。我虽然不再是太阳召唤者，但我也不再是那个惨兮兮的小女孩。我一定会找到办法，让自己变得有用。

再次看到我们寄宿的地方并没让我的精神振奋多少。"窟窿"有两层楼高，非常需要重新上一层油漆。窗户上贴着广告，用五种语言表示这里有热水浴和绝无跳蚤的床铺。在尝试了这里的浴缸和床之后，我知道不管你怎么翻译上面的内容，这个广告都是骗人的。不过，有玛尔在身边，这里看起来还没那么糟糕。

我们沿着下行门廊里的楼梯走进了酒吧，这个酒吧占据了房子底层的大部分地方。在经历了街上的尘土和嘈杂之后，我反倒感觉这里凉爽而安静。这个时间，通常会有几个工人聚在那些坑坑洼洼的桌子旁边，用一天的工资来买酒喝，不过今天这里空荡荡的，只有房东板着脸站在吧台后面。

我隐隐约约地感觉这个科奇移民不喜欢拉夫卡人，有可能他只是单纯地认为我们是小偷。我们两个星期前出现在这里的时候，衣衫褴褛、肮脏不堪、没有行李，也没有办法付房钱。那时我们手里只有一枚金色的发卡，他或许认为那是我们偷来的。但这也并没有阻止他立刻把它拿走，在已经有其他六个寄宿者的房间里为我们加上两张床。

我们走近吧台，还没有开口问，他就把房间钥匙扔到台子上并推给了我们。钥匙系在一片有雕刻的鸡骨头上。这真是一个富有魅力的细节啊。

玛尔操着在佛拉德号上零零碎碎地学到的生硬科奇语，向他要了一壶热水。

"另外收费。"房东低声说道。他是个大块头男人，头发稀疏，因为咀嚼茉达花而染上了橘色的牙渍。我注意到他在出汗，虽然天气并不特别温暖，可汗珠还是从他的嘴唇上方冒了出来。

当我们走向这间破旧酒吧另一侧的台阶时，我回头瞄了他一下，发现他依然在看着我们。他的双臂抱在胸前，发亮的小圆眼眯了起来。他表情中的某种东西让我神经紧张起来。

我在楼梯底部停了下来。"那个人真的很不喜欢我们。"我说。

玛尔已经上了楼梯："是不喜欢，不过他还是一样喜欢我们的钱，而且再过几天我们就要离开这儿了。"

我摇了摇头，驱散了我的紧张感。我整个下午都有点神经过敏。

"好吧。"我一边跟到玛尔后面一边嘟囔，"只是以防用到，科奇语里'你是个混蛋'怎么说？"

"耶烦埃槽。[7]"

"真的吗？"

玛尔笑了起来："水手们首先教你的就是怎么说脏话。"

寄宿地方的二楼比楼下公共区域的状况还要更差。褪了色的地毯已经磨损得露出了里面的线头，昏暗的门廊散发出混合着卷心菜味和烟草味的臭气。单间的门都关着，我们走过的时候门里竟然没有发出任何声响。这种安静有点古怪，也许是所有人都出去了。

唯一的光亮来自于门廊尽头一扇脏兮兮的窗户。当玛尔掏钥匙的时候，我透过肮脏的窗玻璃看到下面隆隆作响的大小马车。在路的另一边，有个男人站在一个阳台下面，抬头盯着寄宿处。他拉了拉领子和衣袖，好像他的衣服是新的，而且不太合身。透过窗户，我发现他正朝着我看，接着迅速将目光移开了。

我猛然感到一阵强烈恐惧。

"玛尔。"我低声说，向他伸出手去。

可是太晚了，门一下子打开了。

"不要！"我喊道。我伸开双臂抛出光，光芒一浪一浪充满整个门廊，令人目盲。但几只粗糙的手还是抓住了我，把我的胳膊硬拉到背后。我被拖到了房间里，一路上我又踢又打地挣

7　原文为Verrhader，其拼写接近荷兰语"叛徒"（verrader）一词。

扎着。

"现在冷静点。"角落里某个地方传来冷冷的声音,"我可不想这么快就把你的朋友开膛破肚。"

时间好像变慢了。我坐在破破烂烂、屋顶低矮的宿舍里,有裂缝的洗脸盆放在破旧的桌子上,微小的灰尘在一束细细的阳光中飘荡,一把明晃晃的刀正压在玛尔的脖子上。拿着刀的男人脸上带着熟悉的冷笑,是伊凡。还有其他人,有男有女。所有人都穿着泽米尼商贩和劳工那合身的外套和马裤,但我认出了其中一些人的面孔,我们曾经同在第二部队之中,他们是格里莎。

在他们身后,被阴影包裹着的、像斜靠在王座上一样斜靠在一把摇晃的椅子上的,是暗主。

有片刻时间,屋里一片寂静,所有人都一动不动。我可以听见玛尔的呼吸声,走来走去的脚步声。甚至我还能听到街上的人们相互问好的声音。我无法克制地盯着暗主的手看——他修长苍白的手指闲适地垂在椅子的扶手上。我产生了一个愚蠢的想法:我从没有见过他穿普通衣服的样子。

随后,一切在我心中坍塌。就这样结束了?连打斗都没有,一声枪响也没有,或者都没有人提高嗓门。我有些哽咽了,充满了愤怒和沮丧。

"把她的手枪拿走,再搜搜她身上还有没有别的武器。"暗主低声说。我感觉到我那把枪在腰际令人安心的重量没有了,我的匕首也被人从我手腕边的刀鞘中抽走了。"我会让他们放开你,"他们搜完我的身后,暗主说道,"不过你要知道,哪怕你只是抬起了手,伊凡也会了结这个追踪手。点头表示你理解我的意思了。”

我僵硬地点了一下头。

他抬起一根手指，抓着我的男人放开了我。我跄跄踉踉地向前走，接着站定在屋子中央，同时我的双手握成了拳头。

我可以用我的能力把暗主一劈为二，我也可以让这整栋被圣人遗弃的房子从中间一裂到底，但我却来不及在伊凡割开玛尔的喉咙之前做到这些。

“你是怎么找到我们的？”我声音沙哑地问。

“你们留下了一条价值不菲的线路图。”他一边说，一边懒懒地把一个东西向桌子上扔去。它砸到了脸盆壁，落在了桌上。我认出来了，那正是许多个星期之前，珍娅盘进我头发里的金色发卡中的一枚。我们正是用了这些发卡来支付穿越实海的旅费，来考夫顿的马车费，以及我们糟糕的、不全是绝无跳蚤的床铺。

暗主站起身，一种莫名的恐惧在房间中蔓延开来。每个格里莎都吸了一口气，然后屏息凝神，等待着。我可以感觉到他们的恐惧，这让我一阵警觉。暗主的手下向来对他充满敬畏，可这样的气氛却是没有过的。我能看出连伊凡看起来都有些不自然。

暗主走到光线可及的地方，我发现他脸上有许多淡淡的伤迹。尽管某个科波拉尔基为他治愈了创伤，但还是看得出疤痕。所以涡克拉留下了它们的痕迹。干得好，我怀着些许成就感这样想。这只带来了不多的安慰，但至少他不像以前那样完美无缺了。

他停顿了一下，审视着我，说道：“你觉得东躲西藏的日子过得好吗，阿丽娜？你看起来可不怎么好。”

“彼此彼此。”我说。不仅仅是那些疤痕，他满身疲惫。虽然他让疲惫显得像一件优雅的斗篷，可它终究在那里。他的眼睛下面有模糊的阴影，他清晰颧骨下面的凹陷也更深了一些。

"需要付出的只是一点小代价而已。"他说道，同时嘴角上扬，脸上露出了微笑。

一阵寒意爬上了我的脊背，为了什么付出的代价？

他伸手过来，我用尽全力才没有向后退缩。不过他只是抓住了我围巾的一端而已。他轻轻一拉，粗糙的羊毛围巾便松开了，从我的脖子上滑落到了地上。

"又去假扮不如你自己的人了，我看出来了，这样的伪装并不适合你。"

一阵不安刺痛了我，我不是几分钟前还有过类似的念头吗？"多谢你关心。"我喃喃地说。

他的手指抚过项圈，说道："它是我的，也同样是你的，阿丽娜。"

我拨开他的手，格里莎中出现了一阵响动。"那么你就不应该把它放在我的脖子上。"我厉声说，"你想要什么？"

当然，对于这个问题我早已知道答案了。他想拥有一切——拉夫卡、世界以及黑幕的力量。他的答案并不重要。我只是需要让他一直说话。我知道也许会有那么一个时刻来临，我已经准备好了。我不会让他再次把我带走。我看了一眼玛尔，希望他能明白我的意图。

"我要谢谢你。"暗主说。

现在这个答案我倒没有料到。"谢谢我？"

"谢谢你给我的礼物。"

我的眼光落在了他苍白面颊的疤痕上。

"不是的，"他微微笑着说，"不是这些。不过他们确实很好地提醒了我。"

"提醒你什么？"我问道，不由自主地好奇起来。

他的眼睛像灰色的打火石。"提醒我任何人都可能被欺骗，不过不是这些，阿丽娜。你给我的礼物要好得多。"

他转了个身。我又向玛尔使了个眼色。

"和你不同，"暗主说，"我懂得感恩，现在我希望能表达一下我的感激之情。"

他抬起双手，黑暗笼罩了整个房间。

"就现在！"我喊道。

玛尔手肘一挥，击中了伊凡腰部。与此同时，我双臂展开，光芒炫目而出，我们周围的人暂时被晃瞎了眼。我集中力量，用纯正的光聚成一柄大刀。我只有一个目标：不能让暗主活着出去。我凝视着翻腾的黑暗，努力寻找目标，但好像有什么东西不对劲。

我之前曾无数次看过暗主使用他的能力，可是这次不一样。阴影在我的光所形成的圈子外盘旋，它们转动的速度加快了。这团翻涌的乌云在咔咔作响，轰然而来如同一大群饥饿的昆虫一般。我用我的力量去与它们抗衡，但它们盘卷飞转，甚至离我们更近了。

玛尔在我身后，他不知用了什么方法拿到了伊凡的刀。

"靠近我。"我说。赌一把吧，在地板上开个洞也比就这样站着什么都不做强。于是我集中精神，感觉到开天斩的力量在我体内激荡。我举起了手臂……然后却发现有东西从黑暗中冒了出来。

这是个障眼法，当那个东西向我们接近的时候我这样想着。它一定是一种幻象。

它是一个用阴影造就的生物：面孔一片空白，没有五官。它的身体似乎有些晃动，接着又重新有了形状：手臂，腿，长长的手，尖端隐约显出爪子，宽阔的背上的翅膀正在狂暴地扇动着，伸展开时如同一片黑色的污迹。它有点儿像是涡克拉，但它的身形更接近人，而且它不怕光，更不怕我。

这是个障眼法，我有些慌乱，坚持着这个观点。这不可能。它违反了所有我关于格里莎能力的认知。我们不能创造物质，我们也不能创造生命。但是这个生物在接近我们，而且暗主的格里莎畏缩到了墙边，脸上显出了非常真实的畏惧。这应该就是那个让他们惊恐的东西。

我压下自己的恐惧，重新集中我的力量。我挥动手臂，发出一道闪亮的、毫不留情的光弧。光击穿了那个生物。那一瞬间，我以为它会冲过来。不过之后它的身形晃动起来，如同被闪电照亮的云朵一般发出耀眼的光，然后就烟消云散了。我几乎来不及松一口气，暗主就举起了手，另一个怪物代替了之前的那个，身后还跟着一个又一个。

"这才是你给我的礼物，"暗主说，"我在黑幕上挣来的礼物。"他的面孔因为力量和某种可怕的快乐而生机勃勃。不过我也可以在他的脸上看到压力。不管他在做什么，对他而言都是一种消耗。

当那些生物逼近时，玛尔和我退到了门边。突然，它们中的一个以惊人的速度冲上前来。玛尔用刀劈了出去。那个东西停顿了一下，微微晃动，接着抓住了玛尔，把他像小孩子的玩偶一样扔到一边。这可不是幻象！

"玛尔！"我喊道。

我再次使用开天斩，那个生物顿时灰飞烟灭，然而接着一个怪物几秒钟之内就又来到了我跟前。它抓住了我，让我感到一阵强烈的恶心。被它钳住就好像是一千只虫子密密麻麻地在我的胳膊上爬。

它把我举起来，我这才看出之前我犯了怎样的一个大错：它有嘴巴，那是一个张大了的、旋转着的洞。它咧开嘴，显出一排又一排的牙齿。那个东西在我的肩膀狠狠一咬，我感觉到了它所有的牙齿。

那疼痛和我以前所知的任何疼痛都不一样。它在我体内传递，自我增强，它咔拉咔拉地将我的关节打通，刮锉着我的骨头。在远处，我听到玛尔在叫我的名字，同时我也听到自己在尖叫。

那个生物放开了我。我软弱无力地瘫倒在地板上，仰面躺着，那疼痛依然一波接着一波无休止地向我袭来。我可以看到有水渍的天花板，由阴影构成的生物在上方若隐若现，跪在我身旁的玛尔苍面孔惨白。我看到他的嘴形，是在叫我的名字，可是我什么都听不见，我已经开始失去意识了。

我最后听到的是暗主的声音——如此清晰，好像他就躺在我身边，嘴唇贴着我的耳朵，以只有我能听到的音量说："谢谢你。"

第二章

黑暗再次降临。有什么东西在我体内升腾，我寻觅着光亮，可我够不着。

"快喝！"

我睁开眼睛，伊凡阴沉的面孔渐渐变得清晰。"你来。"他对某个人嘟囔道。

接着珍娅向我靠近，她比以往更加美丽，即使身上穿的是一件又脏又破的红色凯夫塔也是如此。我是在做梦吗？

她把什么东西放到了我唇边："喝吧，阿丽娜。"

我想把杯子推开，可我无法移动我的手。

我被捏住了鼻子，嘴巴也被迫张开。某种汤汁从我喉咙里流了下去，把我呛得咳嗽起来。

"我在哪里？"我艰难地问道。

另一个冷静的声音说："把她带回下面去。"

我在一辆小马拉的车上，和安娜·库雅一起从村庄回到科尔姆森。在回家的路上，每逢我们颠得弹起来的时候，她皮包骨头的手肘就会捅到我的肋骨。玛尔在她的另一边，他满面笑容，对我们看到的每一样东西都指来指去。

那匹胖胖的小马脚步沉重，缓慢地走着，爬到最后一个坡的时候，它蓬乱的鬃毛都已经拧在了一起。坡爬到一半时，我们从路上的一男一女身边经过。那个男的边走边吹着口哨，合着节拍挥动着手杖。那个女的则步履艰难地跟着，低着头，背上背着一大包盐。

"他们很穷吗？"我问安娜·库雅。

"不像别人那么穷。"

"那他们为什么不买头驴子？"

"他不需要驴子，"安娜·库雅说，"他有一个妻子。"

"我要跟阿丽娜结婚。"玛尔说。

车轮转动，马从他们身边过去了。男人脱下帽子，愉快地向我们致意问好。

玛尔也快活地朝他们喊话，又是招手又是微笑，几乎从他的位子上跳了起来。

我扭过头去，伸长了脖子去看那个在丈夫身后举步维艰的女人。她实际上还是个女孩，可是她的眼睛却苍老疲惫。

什么都逃不过安娜·库雅的眼睛："这就是那些没有享受到公爵仁慈恩泽的乡下女孩的命运。这就是为什么你必须感恩，为什么必须在每晚的祈祷词里提到他的原因。"

锁链碰撞的声音。

珍娅忧心忡忡的面孔出现在我眼前："一直这样对她，不太安全啊。"

"不用你来告诉我该怎么做。"伊凡厉声说。

暗主穿着黑衣站在阴影里。在我下方，是大海的律动。现实像一记重拳般击中了我，我们在船上。

拜托，让我是在做梦吧。

我又回到去科尔姆森的路上了。我注视着那匹小马用力上坡时扬起的脖颈。当我回头看时，发现那个在盐包重压下挣扎行走的女孩，竟然长得和我一模一样。马车上，巴格拉正坐在我旁边，"耕牛可以感觉到轭头，"她说，"可是飞鸟会感觉到它们翅膀的重量吗？"

她的眼睛就像黑玉。要感恩，他们说道。要感恩。她甩动了缰绳。

"快喝！"更多的汤汁。我现在已经不再抗拒了。我不想再呛住，我放松，往后靠，任由眼皮垂下，我随波逐流，虚弱得无力挣扎。

一只手放在我的脸颊上。

"玛尔。"我发出了嘶哑的声音。

那只手抽走了。

一片虚无。

"醒醒。"这次我没有认出这个声音,"把她带出来。"

我眼睛半睁。我是还在梦中吗?一个少年向我靠近:发红的头发,断掉的鼻子。他让我想起了聪明过头的狐狸,那是另一个安娜·库雅说过的故事:那只狐狸聪明得足以从第一个陷阱里脱身,可又愚笨得没有意识到逃不过第二个陷阱。他旁边还站着另一个少年,但这个人简直就是个巨人,是我看到过的块头儿最大的人之一。他金色的眼睛是书翰人那种细长的形状。

"阿丽娜。"狐狸说。他是怎么知道我的名字的?

门开了,我看到了另一个陌生人的脸,那个姑娘有着黑色的短发,眼睛和那个巨人一样是金色的。

"他们来了。"她说。

狐狸骂了一句:"把她带回下面去。"巨人靠近了我。黑暗重新晕染开来。

"不要,拜托——"

太晚了,黑暗包围了我。

我是一个女孩,在艰难地爬一个坡。我的靴子在泥巴里嘎吱作响,我的背因为盐包的重压而感到疼痛。当我以为自己无法再向前迈步的时候,我感觉自己被提了起来,离开了地面。盐包从我的肩膀上滑落了,摔到了地上。我飘得很高,越来越高。在我下方,我可以看到有一辆小马拉着的车,车上的三个乘客抬头看着我,惊愕得张大了嘴巴。我可以看到我的影子掠过他们,掠过道路和冬季荒芜的田野。一个女孩的黑色身形,由她自己迎风招展的翅膀带到了高空。

　　船在摇晃，绳索在嘎吱作响，水拍打着船体，这是我知道的第一件正在真实发生的事情。

　　我试着翻身的时候，肩膀感到一阵剧痛，仿佛一个扁平锐利的东西插进了皮肉。我嘶嘶地吸气，一下子坐了起来，我的眼睛猛地睁大，心脏怦怦乱跳，我彻底清醒了。一阵恶心涌了上来，我眼冒金星，不得不猛眨眼睛以将它们从我的视野中驱走。我正躺在一间整洁的舱室里的一张狭窄的床铺上。天光从舷窗里倾泻进来。

　　珍娅坐在我的床边，这就是说我并不是梦到了她。难道我现在才是在做梦？我试着摇了摇头想让脑袋清醒一点儿，结果又一阵恶心向我袭来。空气中令人不快的味道无法让我平静下来，我强迫自己颤抖着深吸了一口气。

　　珍娅穿着红色的凯夫塔，不过刺绣是蓝色的，这是我从来没有在其他格里莎身上看到过的组合。衣服有些脏了，也有些旧了，不过她的头发卷曲得很完美，她看起来比任何王后都更加可爱。这时，她将一个锡杯送到了我的嘴边。

　　"喝吧。"她说道。

　　"这是什么？"我警惕地问。

　　"只是水而已。"

　　我想从她手中接过杯子，这才意识到我的手腕被拷住了。我笨拙地抬起了手。杯中的水有一股明显的金属味，很强烈。不过我渴极了，整个人像被烘干了一样，于是我先嘬了一小口，咳了一下，接着就贪婪地喝了起来。

"慢点儿喝，"她一边说，一边把我的头发向后理顺，"不然你会不舒服的。"

"多久了？"我问道，同时眼睛瞄着正靠在门边看着我的伊凡，"我昏迷多久了？"

"一个星期多一点儿。"珍娅说。

"一个星期？"

我陷入了恐慌。伊凡降低我的心率，我失去意识竟有一个星期之久了。

我一下子站了起来，血液涌到头顶。要不是珍娅及时伸手扶住了我，我已经摔倒了。我用意志力驱走了晕眩感，一把推开珍娅，跌跌撞撞地走到舷窗旁，透过雾蒙蒙的圆形玻璃窗凝视外面。什么都没有，除了蓝色的大海以外什么都没有！没有港湾，没有海岸，诺威埃泽姆也早已不见了。我努力不让眼底生出的泪水流淌出来。

"玛尔在哪里？"我问。没有人回答。"玛尔在哪里？"我转过身去问伊凡，要他给我答案。

"暗主想要见你。"他说，"你自己能走吗？还是需要我把你抱过去啊？"

"给她一点儿时间，"珍娅说，"让她吃点东西，至少也应该洗个脸。"

"不用了，带我去见他。"

珍娅皱起了眉头。

"我还行。"我坚持着。实际上，我感到虚弱无力，头晕眼花，而且还很害怕。但我不准备躺回到那张床铺上去了，现在我需要的是答案，而不是食物。

我们离开舱室时，四处弥漫的恶臭吞没了我们，这不是我记忆中乘坐佛拉德号时闻到的普通船只上的气味——那种混合着舱底污水味、鱼腥味、体味的臭气，因为现在这种气味要难闻得多。我一阵反胃，紧紧地闭住了嘴，我忽然很高兴自己没有吃东西。

"这是什么味道？"

"血、骨头、提取出来的鲸脂。"伊凡说。

原来我们是在一艘捕鲸船上。

"你会习惯的。"他说。

"你自己去习惯吧。"珍娅回应道，皱起了鼻子。

他们将我带到一个通向上面甲板的舱口。伊凡沿着梯子向上攀爬，我则笨手笨脚地跟在他后面，急切地想从黑暗的船腹中出去，以避开那股强烈的腐臭味。我的手被铐住了，所以攀爬起来十分困难，伊凡很快就失去了耐心。还剩最后几尺的时候，他拉住我的手腕将我拽了上去。我吸了几大口寒冷的空气，面对明亮的光线眨起了眼睛。

捕鲸船张开全部的帆，笨重地前进，由三个格里莎暴风召唤者推进。他们举着手臂站在桅杆边，蓝色的凯夫塔扬起来拍打着他们的腿。埃斯里尔基，召唤者部队。区区几个月之前，我还是他们中的一员。

船员们穿着粗布衣服，许多人都光着脚，这样能更好地适应船上湿滑的甲板。我注意到，没有人穿制服，所以他们不是军人，而且我没有看到这艘船上飘着任何颜色的旗帜。

很容易就能将暗主的格里莎从船员中分辨出来，不仅仅是因为他们亮色的凯夫塔，还因为在一般水手工作时，他们都无所事事地站在围栏边，凝视着大海或者凑在一起聊天。我甚至还看到了一个物料能力者，穿着紫色的凯夫塔，靠在一卷绳索上看着书。

当我们从设在甲板上的两个巨大铸铁罐旁走过时，我嗅到了一股浓重的臭气，一定就是在甲板下面闻到的那种非常强烈的臭气。

"这是鲸油提炼锅，"珍娅说道，"他们提炼油脂的地方。这趟行程中一直没用过这些锅，但气味还是散不掉。"

在我们沿着甲板一路向前走的时候，格里莎和船员都转过头来盯着我们看。我们从后桅杆下面经过时，我抬眼看到我梦中见过的黑发男孩和女孩，他们就在我们上方。他们像两只猛禽一样悬在索具之上，用金色的眼睛看着我们。

原来那根本不是梦，他们真的来过我的舱室。

伊凡领着我来到船头，暗主正等在那里。他背对我们站着，目光越过伸出船头的斜桅，凝视着蓝色的海平面，他黑色的凯夫塔在他身边扬起，像一面墨色的战旗。

珍娅和伊凡鞠完躬就离开了。

"玛尔在哪里？"我用沙哑的声音问，我的喉咙依然像生了锈一样。

暗主没有转身，但他摇了摇头，说道："预料你会怎么做其实是十分简单的。"

"真抱歉让你觉得无聊了，他到底在哪里？"

"你怎么知道他没死？"

我的胃猛地一抽。"因为我了解你。"我说得比实际上更有信心。

"那如果他死了呢？你会跳到海里去吗？"

"不会，除非我能把你也带下去，他现在在哪里？"

"看后面。"

我猛然转过身去。在主甲板另一端很远的地方，透过乱七八糟的重重绳索和索具，我看到了玛尔。他两边都有科波拉尔基守卫，但他的目光锁定在我身上。他一直在看着，等着我转身。我向前迈了几步，暗主随即抓住了我的胳膊。

"不许靠近。"他说道。

"让我跟他说说话吧。"我乞求道。我厌恶自己声音中的不顾一切。

"完全不可能，你们有一个坏习惯，就是会像傻瓜一样行事，而且还把它当作英雄事迹。"

暗主手一扬，玛尔的守卫们将他带走。"阿丽娜！"他高喊道，接着守卫重重地扇了他一记耳光，他发出了一声呻吟。

"玛尔！"我大喊道，他们把挣扎着的他拖到了甲板下面。

"玛尔！"

我挣脱了暗主，喉咙被愤怒哽住了："如果你伤害了他——"

"我不会伤害他的，"他说，"至少不会在他对我还有用的时候下手。"

"我不希望他受到伤害。"

"他目前很安全，阿丽娜，但不要试探我，你们两人中只要有任何一个人越界，另一个就要受罪，我跟他也说了一样的话。"

我闭上眼睛，努力将心中的怒火和绝望压下去，我发现我们完全回到了原点，我只好点了一下头。

又一次，暗主摇了摇头："你们两个让一切易如反掌，我刺伤他，你就会流血。"

"但你也完全没有办法理解这样的事情，是不是？"

他伸出手，拍了拍莫洛佐瓦的项圈，手指在我喉咙部位的皮肤上游走。尽管是那样轻微的触碰，我们之间的联系还是建立起来了，在我体内一股力量骤然涌起，好像一口钟被敲响了一般。

"我非常理解。"他低声说。

"我要见他，"我说出了这句话，"以后每天都要见，我要知道他是安全的。"

"当然可以了，我并不是那么残忍，阿丽娜，只是喜欢小心谨慎罢了。"

我几乎笑了出来："这就是你让你的一个怪物咬我的原因吗？"

"并非如此。"他说道，目光沉稳。他瞥了一眼我的肩膀，问："痛吗？"

"不痛。"我撒了谎。

他的嘴唇上显现出了一丝笑意。"会渐渐好起来的，"他说，"不过那个伤永远无法彻底治愈，连格里莎也做不到。"

"那些怪物——"

"尼切沃亚。"

一片虚无，我战栗起来，记起了它们发出的一连串咔哒咔哒的声音，还有它们口中的大洞。我的肩膀一阵抽痛，问道："它们是什么东西？"

他抿起了嘴唇，脸上的伤疤也几乎看不出来，此时他的脸就像是一张地图的剪影。一道疤非常接近他的右眼，他差点失去那只眼睛。他用手托起我的脸，当他开口说话时，他的声音可以说是温柔的。

"它们只是一个开始。"他小声说道。

他撇下我一个人站在船头，他手指触碰的感觉还鲜活地留在我的皮肤上，我脑海中充满了疑问。

我还没来得及理清头绪，伊凡就出现了，他用力拉着我穿过主甲板。"慢点儿。"我发出抗议。但他只是再次猛拉了一下我的袖子。我失去了重心，向前摔去。我的膝盖砰地一声撞在甲板上，很痛，我没有时间伸出我被铐住的手来撑一下就摔倒了。某种东西的小碎片同时扎进了我的肉里，我疼得龇牙咧嘴。

"快走。"伊凡命令道。我挣扎着用膝盖作为支点直起了上身。他用靴子尖推了推我，我膝盖向后一滑，"砰"的一声，我再次摔到了甲板上。"我说了赶紧走。"

这时一只大手把我扶了起来，动作非常轻柔。我回过头去，讶异地看到了那个巨人和黑头发的女孩子。

"你没事吧？"她问道。

"这个用不着你来担心。"伊凡生气地说。

　　"她是斯特姆霍德的囚犯。"女孩回应道，"她应该受到公正的对待。"

　　斯特姆霍德！这个名字似曾相识。那么，这是他的船吗？或者他们只是他的船员？在佛拉德号上就曾有人谈论过他。他是一位拉夫卡私掠船[8]船长，也是一名走私犯，因为打破菲尔顿的封锁和通过捕获敌船敛财而声名狼藉，不过他没有使用双鹰旗帜。

　　"她是暗主的囚犯，"伊凡说，"还是个叛徒。"

　　"在陆地上也许是这样。"女孩立刻反击。

　　伊凡吐出一串我听不懂的书翰语，巨人只是笑了笑。

　　"你的书翰语听起来像游客说的。"他说道。

　　"我们绝不会服从你的命令，不管是用什么语言说的。"女孩补充道。

　　伊凡得意地一笑："不会吗？"他手一翻转，女孩就抓着自己的胸口，一条腿跪到了地上。

　　不一会儿，巨人手提一柄形状古怪的弯刀向伊凡冲过来了。伊凡懒洋洋地将另一只手轻轻一挥，巨人的面容便抽搐起来。不过，他依然在继续靠近。

　　"请你放过他们吧。"我抗议道，无助地用力拉着镣铐。尽管我可以在手腕被缚的情况下召唤光，但我没办法将那些光凝聚起来。

　　伊凡没有理我，他的手握成了拳头。巨人在原来的行进路线

8　私掠船是指由私人拥有、由政府授权配备武装的船只，战时可以攻击敌军，也称"武装民船"。（来源：维基百科、百度百科）

上停住了，刀从他手中掉落。伊凡正在将他的生命力夺走，他眉间渗出了汗洙。

"不要越界了，野种[9]。"伊凡骂道。

"你这样会杀死他！"我说。我陷入了恐慌，用肩膀从侧面去撞伊凡，试图把他撞倒。

就在这时，响起了两声巨大的咔哒声。

伊凡僵住了，得意的笑容烟消云散。他身后站着一个高个少年，他跟我几乎同龄，也许比我大几岁——发红的头发，断掉的鼻子，是聪明狐狸！

他手中是一把扣住扳机的手枪，枪管正抵着伊凡的脖子。

"我是个和善的主人，刽子手，但是每个地方都有自己的规矩。"

主人？如果猜得没错，他就是斯特姆霍德了，但他看起来作为哪里的船长都过于年轻了。

伊凡垂下了手。

巨人猛吸着气，女孩也站了起来，但手依然抓着胸口。两个人都在费力地呼吸，眼睛里燃烧着仇恨的火焰。

"这才是好伙计。"斯特姆霍德对伊凡说，"现在，我会把犯人带回她的船舱，你可以走了，去做……别人在工作的时候你会做的事情。"

伊凡脸色阴沉："我想这不——"

---

9 原文为ye zho。因前文提到书翰语，而书翰语的原型为汉语和蒙古语，这里结合发音和上下文将"ye zho"译为"野种"。

"很明显你没动脑子，为什么现在开始做事不经大脑了？"

伊凡因为愤怒而涨红了脸："你不能——"

斯特姆霍德身体靠向他，声音中的笑意完全消失，轻松随和的态度也消失不见，变得异常冷酷。"我不关心你在陆地上是什么身份。在这艘船上，你就只是个压舱的东西[10]。除非我把你挂在船边，不过那时候你就成了鲨鱼饵。我喜欢鲨鱼，烧出来肉很老，但终归也能换换口味。记住，下次你再想威胁这艘船上的任何一个人，我就会那样做的。"他退回原地，恢复了愉快的调子，"现在走吧，鲨鱼饵。赶快跑回到你的主人那里去吧。"

"我不会忘了这件事的，斯特姆霍德。"伊凡说道。

这位船长翻了个白眼："要的就是这个效果。"

伊凡调转方向，一步一跺脚地走开了。

斯特姆霍德把枪插回到皮套中，转头看向了我，脸上是愉悦的笑容："船上这么快就觉得挤了，很神奇，是不是？"他伸出手，在巨人和女孩的肩膀上各拍了一下。"你们做得很好。"他轻轻地说。

他们的注意力仍然在伊凡身上。女孩紧紧握着拳头。

"我不想惹麻烦。"船长警告道，"明白了吗？"

他们互相交换了眼神，然后不情愿地点了点头。

"好，"斯特姆霍德说，"回去做事吧。我把她带到甲板下面去。"他们再次点了点头。接着，令我惊讶的是，他们在离开之前，快速对我鞠了一躬。

---

10 空船容易倾翻，所以需要用海水、石头、沙土等东西来压舱。

"他们是亲戚吗？"我一边看着他们离去，一边问道。

"双胞胎，"他说，"图亚和塔玛。"

"而你则是斯特姆霍德。"

"在我运气好的时候。"他回答道。他穿着皮质马裤，腰上可以插手枪，还穿着一件水鸭蓝色的双排扣长大衣，大衣上有着浮夸的金扣子和宽大的袖口。说起来，这样的打扮应该出现在舞厅里或者歌剧舞台上，而不是在一艘船的甲板上。

"一个海盗为什么会出现在捕鲸船上？"我问。

"私掠船船长。"他纠正我说，"我有好几艘船。暗主想要一艘捕鲸船，所以我就给了他一艘捕鲸船。"

"你是说你偷了一艘。"

"取得了一艘。"

"你来过我的舱室。"

"许多女人都会梦到我。"他一边将我引入甲板下方，一边轻快地说。

"我醒过来的时候看到了你，"我坚持道，"我需要——"

他举起一只手："不要白费口舌了，小美人。"

"可是你连我要说什么都不知道。"

"你准备为自己申辩，告诉我你需要我的帮助，你无法付给我钱，但你的心是真诚的，老生常谈了。"

我眨了眨眼。这和我准备做的事情分毫不差。"可是——"

"浪费口舌，浪费时间，浪费还不错的午后时光。"他说道，"我不喜欢看到囚犯被虐待，但我的兴趣仅止于此。"

"你——"

他摇了摇头："而且我对悲惨的故事是有免疫力的，这是众所周知的。所以除非你的故事和一只会说话的狗有关，不然我可不想听。有关吗？"

"有关什么？"

"有关一只会说话的狗。"

"没有，"我立刻说，"我的故事和拉夫卡的未来有关，和每个人有关。"

"真遗憾。"他一边说，一边抓着我的胳膊将我带往船尾的舱口。

"我还以为你为拉夫卡做事。"我愤怒地说。

"我只为让钱包鼓起来做事。"

"所以你就把你的国家卖给暗主来换一点金子了？"

"不，是很多金子。"他美滋滋地说，"我向你保证，我的身价可不便宜。"随后，他指了指舱口："你先请。"

在斯特姆霍德的帮助下，我重新回到了我的舱室，两个格里莎守卫已经在那里等着将我锁在里面了。船长鞠了一躬，没有再多说一个字就离开了。

我在床铺上坐下，双手撑着脑袋。斯特姆霍德虽然尽可能地装疯卖傻，但我知道他来过我的舱室，而那一定是有原因的，也有可能是我想抓住任何一点儿渺茫的希望。

当珍娅把我的晚餐拿过来的时候，她看到我蜷在床上，面对着墙。

"你应该吃点儿东西。"她说道。

"别管我。"

"生气会让你长皱纹的。"

"好吧，说谎还会让你长肉瘤呢。"我阴阳怪气地说。她大笑起来，接着放下了餐盘。她穿过房间来到舷窗旁，瞧了瞧自己映在窗玻璃上的影子。"也许我应该弄成金发，"她说，"科波拉尔基的红色和我的发色太不搭配了。"

我回头瞥了一眼："你知道你就算穿着干泥巴，也能艳压两块大陆的所有女孩。"

"没错。"她说道，露齿而笑。

我没有对她回以微笑。她叹了口气，盯着她的靴子尖看。"我很想你。"她说。

我惊讶于这句话让我如此难受。我也很想她。但我也因此觉得自己像个傻瓜。

"你曾经是我的朋友吗，是过吗？"我问道。

她在床的边缘处坐了下来："这有区别吗？"

"我想知道自己曾经有多么愚蠢。"

"我非常喜欢做你的朋友，阿丽娜。但我并不对我做的事感到抱歉。"

"即便在他做了所有这些事情之后？"

"我知道你认为他是个怪物，可是他在努力做正确的事情。为了拉夫卡，也为了我们所有人。"

我猛地用胳膊肘撑起了身体。暗主的谎言已经存在很长时间了，以至于很少有人知道他的真面目。"珍娅，是他制造了黑幕。"

"黑色异端——"

"根本就没有黑色异端。"我说出了巴格拉数月前在小王宫中告诉我的真相，"他将黑幕归咎于他的祖先，但从古至今只有过一个暗主，而暗主关心的只有权力。"

"这不可能。暗主一生都在努力，希望将拉夫卡从黑幕中解放出来。"

"在他对诺沃克里比斯克做了那样的事之后，你怎么还可以这么说呢？"暗主使用虚海之力摧毁了整个小镇，那是一场展示力量的表演，意在威慑他的敌人，确定自己的统治。而正是因为我，这场好戏才有了上演的可能。

"我知道有……一场意外。"

"一场意外？他杀了几百人，也可能是几千人。"

"那沙艇上的人呢？"她轻声说。

我猛吸了一口气，躺了回去。有一段时间，我死盯着上方的木板发呆。我不想问，但我知道我还是会问。这漫长的几个星期里，我在海上走了很长的路程，但这个问题一直在我脑海中挥之不去……

"还有……还有别的幸存者吗？"

"除了伊凡和暗主之外？"

我点了点头，等候着她的回答。

"有两个帮助他们逃出来的火焰召唤者，"她说，"还有几个第一部队的士兵也回来了。有一个叫娜塔莉亚的暴风召唤者逃出了黑幕，但她几天后还是伤重不治了。"

我闭上了眼睛。到底有多少人登上了那艘沙艇？30个人？还是40个人？我想吐。我依稀还可以听到那些尖叫声和涡克拉的咆哮声。我还可以闻到火药和鲜血的气味。我牺牲了那些人以换得玛尔的性命，换得我的自由。可是到头来，他们都白白死去了。我们再次回到暗主的魔爪中，而且他还比以往任何时候都强大了。

珍娅将她的手放在我的手上："你做了你必须去做的事情。"

我发出刺耳的大笑，用力抽走了我的手："这就是暗主告诉你的话吗？珍娅。这是不是就可以让一切都变得更容易接受了呢？"

"不是那样的，不是的。"她低头看着自己的膝盖，将凯夫塔的褶边捏起又松开。

"他让我获得了自由，阿丽娜。"她说道，"我应该怎么做呢？跑回王宫去？还是回到国王身边？"她用力地摇了一下头："不要。我做出了自己的选择。"

"那其他格里莎呢？"我问道，"他们所有人不可能都站在暗主这边。多少格里莎留在了拉夫卡？"

珍娅身子一僵："我认为我不应该跟你谈论这个话题。"

"珍娅——"

"吃点东西，阿丽娜。然后试着休息休息，我们很快就要到达冰川地带了。"

冰川地带？那么我们并不是在返回拉夫卡。我们一直是在向北前进。

她站起来，掸去凯夫塔上的灰尘。她也许会拿凯夫塔的颜色开玩笑，但我知道这件衣服对她的意义有多么重大。它证明了她是一名真正的格里莎——可以受到保护、受到宠爱，再也不是仆役。我记得在暗主发动政变前，国王得了神秘的疾病。珍娅恰好是可以接近王室的少数几名格里莎之一。她正是利用这一点挣得了身穿红色凯夫塔的权利。

"珍娅，"我在她走到门边时问道，"我还有一个问题。"

她停住了，手放在门栓上。

这件事情似乎不太重要，过了这么久再提起也显得非常傻。但这件事曾经困扰了我很久："在小王宫的时候，我写给玛尔的那些信，他说他从来没有收到过。"

她没有转过身来，但我看得到她的肩膀垂了下去。

"它们从来就没有被寄出去，"她小声嘀咕，"暗主说你需要抛下你过去的生活。"

她关上门，我听到门闩咔哒一声，门被插上了。

那么多和珍娅一起度过的时光——聊天、嬉笑、喝茶、试穿裙子，而她从头到尾都在骗我。其中最糟糕的，是她竟然认为暗主做得对。如果我一直依赖玛尔，不将我对他的爱意抹去，那我也许永远也无法掌握自己的能力。可是珍娅并不知道这些。她只是服从命令，任由我心碎。我不知道那算是什么，但那绝不是友谊！

我翻了个身侧卧着，感受着船的轻微摇晃。这是不是和在母亲臂弯里，被慢慢地摇睡着的感觉很相似呢？我记不起来了。安娜·库雅在四处巡查，去熄灯、关闭科尔姆森的宿舍大门准备睡觉的时候，偶尔会含糊不清地哼歌。而这，就是玛尔和我得到过的最接近摇篮曲的东西了。

上面某个地方，我听到一个水手大声喊了些什么。钟声响起，标志着换班的时间到了。我们还活着，我提醒自己。我们曾经从他手中逃脱。我们一定可以再次逃脱。但这并没有什么用。最终，我屈服了，任凭眼泪流了出来。斯特姆霍德是被收买的，他拿钱办事；珍娅选择了暗主；玛尔和我像平常一样，孑然一身，没有朋友也没有同盟，周围除了无情的大海之外什么都没有。这一回，即使我们可以逃走，恐怕我们也无处可去。

第三章

　　不到一个星期，我就看到了第一块浮冰。现在我们已经到了极北之地，这里海水颜色变暗，浮冰结成的尖刺从海底开花似的冒出来。尽管还是初夏，风却已经有些刺骨了。早上的时候，绳索上都结着霜，冻得发硬。

　　我一连几个小时在我的舱室中走来走去，凝视着外面无穷无尽的大海。每天早晨，我都会被带到甲板上，在那里我可以舒展一下身体，顺便远远地看看玛尔。暗主则总会站在船的围栏边，扫视地平线，好像在寻觅着什么。斯特姆霍德和他的船员与暗主之间保持着一定的距离，相互不去打扰。

　　第七天，我们从两座板岩岛屿之间经过，凭着我以前担任地图绘制员时的印象，我认出了它们：耶尔卡岛和维尔奇岛，意思是刀子岛和叉子岛。我们即将进入枯骨之路：这是一片狭长的黑色水域。在它的迷雾中，无名的岛屿出现又消失，无数船只因为撞到这些岛屿而遇难。在地图上，这里会标着水手的骷髅头、张着大嘴的怪兽、有着如冰般白色头发的美人鱼和深黑眸子的海豹。只有最有经验的菲尔顿捕手才会到这里来寻找动物毛皮，冒着死亡的危险来求得丰厚的战利品。可是我们在寻求什么样的战利品呢？

斯特姆霍德下令收起船帆，于是我们在迷雾中漂流，速度慢了下来，不安的寂静笼罩着整艘船。我仔细看了看捕鲸船船舷两侧的长舟[11]，以及一支专用格里莎钢做成的鱼叉。不难猜测，暗主正在追踪某种加乘器。我研究了一下那一排排的格里莎，很好奇谁将会被暗主选中来接受另一个"礼物"，然而一个可怕的想法，同时也在我心中发了芽。

简直是疯了，我告诉自己，他不会有胆量冒险做那样的事。但这个想法没给我带来多少安慰，因为我知道他总是有胆量冒险的。

接下来那天，暗主让人带我去见他。

"这次又是为了谁？"我问道，伊凡把我推向了右舷的围栏边。

暗主只是凝望着外面的波涛，我突然想把他从围栏上推下去，尽管他有好几百岁了，可是他会不会游泳呢？

11　长舟（longboat），是帆船时代一种主船携带的特殊用途的船只，两边各可以容纳8-10名桨手，其形状利于在逆风航行等情况下使用。（来源：维基百科）

"告诉我，我并没有猜对你的想法，"我说，"告诉我那个加乘器只是为另一个愚蠢好骗的女孩准备的。"

"一个不那么顽固、不那么自私、不那么渴望像耗子一样生活的女孩？相信我，"他说，"我倒也希望有其他人选呢。"

真让人觉得恶心。"一名格里莎只能拥有一个加乘器，这可是你亲口告诉我的！"

"莫洛佐瓦的加乘器不一样。"

我张大嘴巴，目瞪口呆地看着他："难道还有其他像牡鹿那样的加乘器？"

"它们本就应该一起使用，阿丽娜，它们是独一无二的，就像我们一样。"

我想起了我读过的那些关于格里莎的理论书，每一本都表达着相同的意思：格里莎的力量不应该没有限制，它需要保持在可控范围之内。

"不，"我说，"我不想要，我想要的是——"

"你想要！"暗主嘲讽地模仿着我的口吻，"我想看着你的追踪手慢慢死去，心脏上还插着我的刀。我还要让大海把你们两个都吞没，但是我们的命运现在连在一起了，阿丽娜，而且我们对此无能为力。"

"你丧心病狂！"

"我知道这样说会让你比较高兴，"他说，"可是那些加乘器必须放在一起，这样我们才能有控制黑幕的希望——"

"你控制不了黑幕，它必须被摧毁。"

"小心点，阿丽娜。"他带着一抹笑意说道，"对于怎么处理你，我也正有完全相同的想法。"

暗主对伊凡做了个手势，他往后退了几步，恭敬地等待着暗主发话。

"把那小子带来。"

我的心提到了嗓子眼。"等等，"我说，"你对我说过不会伤害他的。"

他没有理我。我则像个傻瓜一样左顾右盼，仿佛在这艘被圣人遗弃的船上能有什么人能听见我的呼救似的。斯特姆霍德站在舵旁看着我们，面无表情。

我一把抓住暗主的袖子："我们说好的，我什么都没做，你说过——"

暗主用冷酷的花岗岩色眼睛看着我，我后面的话就这样消失在唇边。

过了片刻，伊凡带着玛尔出现了，他把他领到了栏杆边。玛尔站在我们面前，在阳光之中眯起了眼睛，双手被绑着。这是几个星期以来，我们离得最近的一次。尽管他看起来疲倦而苍白，不过他似乎并未受到伤害。我从他戒备的表情中看出了疑问，但我没有相应的答案。

"好了，追踪手，"暗主说，"追踪吧。"

玛尔看了看暗主，又看了看我，然后将目光转回暗主那里："追踪什么？我们现在可是在大海上。"

"阿丽娜曾告诉我，你可以在石缝里找出兔子来，而且我亲自问了佛拉德号的船员，他们说你在海上也一样能干，他们甚至认为，凭你的特殊才能，完全可以让某个幸运的船长发大财。"

玛尔皱起了眉头："你要我去追捕鲸鱼？"

"不，"暗主说，"我要你去追捕海鞭。"

我们吃惊地瞪着他，接着我差点笑出来。

"你在找一条龙？"玛尔难以置信地说。

"冰龙，"暗主说，"鲁索耶。"

鲁索耶。故事里说，海鞭是一个受到诅咒的王子，被迫变成海蛇的样子，守卫枯骨之路那严寒的水域。它竟然是莫洛佐瓦的第二个加乘器？

"那只是个神话故事，"玛尔说出了我的心声，"一个儿童故事，这种东西根本不存在。"

"但的确有人在这片水域看到过海鞭，而且这样的事情多年来一直都有。"暗主说。

"还有人看到过美人鱼和白海豹人[12]呢！可那都是神话传说而已。"

暗主扬起一条眉毛："就像牡鹿一样？"

玛尔看了我一眼，我极其轻微地摇了摇头。不管暗主在做什么，我们都不会出力。

玛尔注视着外面的波涛："我连从哪里开始都不知道。"

"为了阿丽娜好，我希望你说的不是真的。"暗主从他凯

12　海豹人（selkies）是一种神话生物，类似美人鱼。但具有海豹的特征，可以幻化成人形，在苏格兰、爱尔兰、冰岛等地都有类似的传说形象。据说男海豹人非常英俊迷人，人类女子要想遇到男海豹人，要在大海中滴7滴眼泪或7滴血；人类男子如能取得女海豹人的一块皮肤，女海豹人就必须成为该男子的妻子，尽管女海豹人会成为贤妻良母，可是一旦找到那块皮肤，她就会立刻返回海洋。（来源：维基百科）

夫塔的暗兜中抽出一把细长的刀，继续说道，"我们一天找不到海鞭，就从她身上割下一小块皮肤。慢慢地割，然后伊凡会治好她。第二天，我们会从头再来一遍。"

我感觉脸上失去了血色。

"你是不会伤害她的。"玛尔叫道，但我听得出他声音中的恐惧。

"我不想伤害她，"暗主说，"我只想要你按我说的做。"

"我花了好几个月才找到牡鹿，"玛尔绝望地说，"我直到现在依然不知道我们是怎么办到的。"

斯特姆霍德几步走上前来。那时我的注意力都在玛尔和暗主身上，以至于我竟然把他忘记了。"我不会让一个女孩儿在我的船上受到虐待。"他说。

暗主将冷酷的眼神转向了这个私掠船船长："记住，你正在为我做事，斯特姆霍德。做好你的工作，你就不用担心拿不到报酬了。"

不祥的焦躁感在船上蔓延开来。斯特姆霍德的船员和格里莎们对峙着，他们的表情并不友好。珍娅用一只手捂住嘴巴，但她一个字也没有说。

"给那个追踪手一点儿时间，"斯特姆霍德轻声说，"一个星期，至少也要几天的时间。"

暗主的手伸到了我的胳膊上，将我的袖子捋上去，露出了白净的肌肤。"要我从她的手臂开始吗？"他问道。接着他放下袖子，又用指关节摩挲着我的脸颊："或者从她的脸开始？"他向伊凡点了点头："抓住她。"

伊凡紧紧扣住了我的后脑勺，让我整个脸朝向暗主。暗主举起了刀，我从眼角的余光看见刀在阳光下闪耀。我想往后缩，可是伊凡却把我按在原地。当刀锋碰到我的脸颊时，我恐惧万分地吸了一大口气。

"住手！"玛尔喊道。

暗主等待着。

"我……我能做到。"

"玛尔，不要。"我说道，表现得比想象中更勇敢。

玛尔咽了咽口水，说道："现在航向西南方向，回到我们来的那条路上。"

我一动不动地站着。他之前看到什么了吗？或者他只是在努力不让我受到伤害？

暗主将头偏向一侧，审视着玛尔："我想你知道，对我耍花招并不是明智之举，追踪手。"

玛尔用力点了点头："我能做到，我能找到它，只是……只是需要一点儿时间。"

暗主将刀收入鞘中。我缓缓地吐了一口气，尽全力止住身体的颤抖。

"你有一个星期的时间。"他说完，转身离去，当他的身影消失在舱口时，他对伊凡喊道："把她带来。"

"玛尔——"我刚一开口，伊凡便抓住了我的胳膊。

玛尔抬起被绑的双手，向我伸过来。他的手指短暂触到了我的手指，然后我就再次被伊凡拖到了舱口。

当我们向下进入潮湿的船腹时，我的大脑开始飞速运转。我一路跌跌撞撞地跟在伊凡后面，试图理解刚才发生的一切。暗主说他不会伤害玛尔，因为他留着他还有用。我想当然地以为，他只是想利用玛尔来让我听话。不过现在很清楚了，玛尔对他的用处远比这大得多。玛尔真的认为他可以找到海鞭吗？还是他在拖延时间？我不确定自己希望哪种情况是真的。我并不希望受到酷刑折磨，但如果我们真的找到了冰龙，那又会带来什么呢？第二个加乘器到底意味着什么？

伊凡将我拉进了一间宽敞的舱室，这里看起来像是船长曾经的住处——斯特姆霍德一定被赶出去和他的船员挤在一起了。一张床被推到角落里，曲度很大的船舱后壁上嵌着一排厚实的玻璃窗。带着水波纹的光从窗中倾泻到桌上，暗主正坐在那张桌子的后面。

伊凡鞠了一躬，快速走出房间，把门带上。

"连他都迫不及待地想离你远一点儿。"我在门边徘徊着说道，"他害怕你现在变成的样子，他们所有人都害怕。"

"你怕我吗，阿丽娜？"

"这正是你想要的，不是吗？"

暗主耸了耸肩。"恐惧是一个强大的盟友，"他说，"并且还很忠诚。"

他用那种冷酷的眼光看着我，他看我的方式总是让我觉得他好像在读我的心，就像阅读纸上的文字一样，他的手指在字间移动，收集着某种我只能瞎猜的秘密信息。我努力不让自己做出局促不安的动作，可我手腕上的镣铐似乎在隐隐发烫。

"我愿意给你自由。"他轻轻地说。

"给我自由，或是给我剥皮，我的选择还真不少。"我依然可以感觉到他的刀贴着我脸颊时的那种压力。

他叹了一口气："那是恐吓，阿丽娜，我的恐吓已经达到了目的。"

"你的意思是，那时候你并不会割伤我？"

"我可没这么说过。"他的声音悦耳且没有任何感情色彩，他的声音永远都是这样。他可能是威胁着要把我大卸八块，也可能是在要求把他的晚餐送来。

在昏暗的光线中，我只能隐约辨认出他伤疤浅浅的痕迹。我知道我这时应该一言不发，迫使他先开口，但是我的好奇心太强烈了。

"你是怎么活下来的？"

他的手从他清晰的下颌线条上滑过。"涡克拉对我的肉味似乎并不感兴趣。"他懒洋洋地说道，"你有没有注意到它们不会吃自己的同类？"

我哆嗦起来。它们是他制造出来的，就像那个牙齿咬入过我肩膀的东西一样，那里的皮肤依然在微微跳动。"同声相应，同气相求。"

"那段经历我没心思再去回顾，我受够了涡克拉的仁慈，还有你的仁慈。"

我从门口走到桌子前。"既然如此，那你为什么还要给我第二个加乘器？"我绝望地问，想紧紧抓住一个说不定能让他觉得有道理的论点，"要是你已经忘了的话，那我提醒你，我曾经试图杀了你。"

"然后就失败了。"

"现在第二次机会来了，为什么你要让我变得更强呢？"

他再次耸了耸肩："没有莫洛佐瓦的加乘器，拉夫卡必将陷落。你命中注定要拥有它们，就像我命中注定要掌权一样，没有别的办法。"

"这对你来说太方便了。"

他扬起眉毛，说道："你对我来说可是一点儿都不省心，阿丽娜。"

"你不能把加乘器叠加起来使用，所有的书都表达了相同的意思——"

"不是所有的书。"

我沮丧得想要尖叫："巴格拉警告过我，她说你骄傲自大，说野心蒙蔽了你的双眼。"

"她真的这么说了？"他的声音像冰一样，"她在你耳朵里还嘀咕了其他什么大逆不道的话啊？"

"她还说她爱你。"我愤怒地说，"她相信你可以得到救赎。"

他躲开了我的目光，但我已经看到痛楚从他的脸上闪过。他对她做了什么？那样做让他付出了什么代价？

"救赎，"他含糊地低声说，"拯救，忏悔。我母亲的古怪念头，也许我早该多留心一点的。"他将手伸进抽屉里，掏出一本薄薄的红色小书。当他把那本书拿起来的时候，封面上的金字映着微光一闪一闪的——伊斯托连·桑恰伊。"你知道这是什么吗？"他问。

　　我皱起了眉头，是《圣人生平》。一段模糊的记忆逐渐在脑海中浮现：大教长几个月前曾在小王宫中给过我一本，我把它扔在了梳妆台的抽屉里，然后就把它忘得一干二净了。

　　"这只是本骗小孩的书。"我说道。

　　"你读过吗？"

　　"没有。"我承认道，忽然我却希望自己读过这本书。暗主这时正目不转睛地盯着我。一本古老的宗教图画集有这么重要吗？

　　"迷信，"他低头看着封面说，"给乡下人的宣传册，或者说我认为它是这样。莫洛佐瓦是个奇怪的人，他和你有点像，都会被平凡而弱小的事物吸引。"

　　"玛尔可不弱小。"

　　"他很有天赋，这一点我认同，但他不是格里莎，他永远也不可能与你站在同一水平线上。"

　　"他是与我平等的，而且还超过我。"我说道。

　　暗主摇了摇头，脸上的表情乍一看或许会被错当成同情，但我知道完全不是这样的。"你以为跟他在一起你就找到了家？你以为你找到了未来？你将会变得越来越强大，而他只会变得越来越老。他将过完短暂的奥特卡扎泽亚一生，而你将会看着他死去。"

　　"你给我闭嘴。"

　　他微笑起来："继续啊，跺你的脚，压抑你的真实本性。此时此刻，你的国家正在遭受苦难。"

　　"那是拜你所赐！"

"因为我信任了一个完全无法忍受自己潜力的女孩。"他站起来绕过桌子。我非常愤怒,后退了一步,重重地撞到了我身后的椅子。

"我知道你和那个追踪手在一起的时候是什么感觉。"他说。

"我表示怀疑。"

他轻蔑地挥了一下手。"你不应怀疑,你和他之间并不是那种幼稚而荒谬的爱慕。我知道你内心真正的东西——是孤独。你正在理解自己的与众不同。"他靠得更近了一些,继续说,"还有那种痛楚。"

他说得一点儿都没错,我试图掩饰被他看穿的震惊。"我不明白你在说什么。"我说道。可这句话即使在我自己听来都显得很假。

"这种感觉永远不会减弱,阿丽娜,它只会变得更糟。不管你躲在多少条围巾后面,也不管你说过多少谎话,更不管你逃得多远、多快,事情只会越来越糟。"

我想要转过身去,但他伸出手捏住了我的下巴,迫使我转过头去看他。他离我这么近,以至于我都能感觉到他的呼吸。"现在没有其他人像我们这样,阿丽娜。"他小声说,"将来也不会有的。"

我猛地挣脱他,结果踢翻了椅子,差点失去平衡。我用被镣铐束缚的拳头砸门,大声叫着伊凡,暗主则在一旁冷眼观瞧。

直到暗主下了命令,伊凡才过来。

朦朦胧胧中,我感觉到伊凡的手推着我的背……过道里的臭气……一个水手让我们通过……我那狭窄舱室中的寂静……门在我身后锁上……床铺……粗糙布料的摩擦……我将脸埋进了被子里……战栗……试图将暗主的话从我脑子里赶走，还有玛尔的死亡、我未来的漫长生命、永远不会减轻的作为异类的痛苦。我越来越真切地感受到恐惧，一只尖锐的爪子正在牢牢地抓着我的心窝。

我知道他是一个经验老到的骗子，可以表现出任何情感，表现出各种人性的弱点，但我无法否认我在诺威埃泽姆时的感觉，也无法否认暗主向我展示的真相：我的悲伤，我的渴望，在他阴沉的灰色眼睛中，反映在了我自己面前。

捕鲸船上的气氛发生了改变，船员们变得焦虑不安，充满戒心，他们不会忘记他们的船长受到的蔑视。格里莎们也在窃窃私语。很显然，我们在枯骨之路水域中的缓慢进展，让他们变得烦躁起来。

每天，暗主都会让人把我带到甲板上，让我和他一起站在船头。玛尔在船的另一端，被严密地看守着。有时候，我会听到他告诉斯特姆霍德行驶的方向，有时还会看到他指着沿途巨大冰架上深深的爪痕，它们在水位线上方很近的地方。

我凝视着那些粗糙的沟纹。它们也许是爪子抓出的痕迹，也可能什么都不是。不管怎样，我见识过玛尔在兹白亚时所做的事情。当我们追踪牡鹿时，他让我看断裂的树枝、被踩踏过的草……一旦他指出那些迹象，它们看起来就那样地明显，然而之前，我却完全看不出这些踪迹。船员们似乎心存怀疑，格里莎则直接表现出了轻蔑。

黄昏时分，一天来了又走的时候，暗主带着我一起穿过甲板，从玛尔面前的那个舱口下去。我们不允许互相开口说话。我只好尽可能地与他目光接触，用无声的方式告诉他我没事。但我也看得出他的愤怒和绝望在增长，而我却无力给他信心。

有一次，我在舱口旁绊了一下，暗主拉住我，我挨到了他的身体。他本可以就此放开我，但他却拖拖拉拉，在我挣脱之前，他的手正在我腰上游走。

玛尔冲上前来，要不是有格里莎守卫按住他，他一定已经上来打暗主了。

"还有三天，追踪手。"

"别碰她。"玛尔咆哮着。

"我遵守了我们的协定，她依然没有受到伤害，不过也许你害怕的并不是这个。"

玛尔看起来压力大得快要崩溃了。他脸色苍白，嘴巴紧紧抿成一条线，上臂的肌肉也因为手上的束缚而一块块凸了起来，我看到这里已经无法忍受了。

"我没事。"我冒着被暗主刀割的危险低声说，"他伤害不了我。"尽管这是谎言，但从我嘴里说出来感觉却很好。

暗主看了看我，又看了看玛尔。我瞥见了玛尔体内那张着大口的阴暗裂缝。"别担心，追踪手。等我们的协议结束时，你会知道结果的。"说完，他将我推到了甲板下面。同时，我也听到了他对玛尔说的最后一句话："等我让她尖叫的时候，我会确保你能听到。"

一个星期快要过去了。第六天的时候，珍娅早早地叫醒了我，等我头脑逐渐清晰时，我意识到，这时尚未破晓，恐惧像刀一样穿透了我。也许暗主已经决定要缩短我的缓刑期，将他的恐吓变为现实。

不过珍娅看起来却笑容满面。

"他找到了！"她欢呼着，高兴得手舞足蹈，将我从床上扶起来。

"那个追踪手说我们已经很接近了！"

"他的名字叫玛尔。"我嘟囔着，挣脱了她，没有理会她受挫的表情。

这有可能是真的吗？珍娅领着我上去时，我这样想着，或者玛尔只是希望给我争取更多的时间？

我们来到了甲板上，清晨昏暗的灰色微光正照耀着我们。甲板上已挤满了格里莎，他们都瞪大了眼睛看着外面的海水。暴风召唤者在操控风，斯特姆霍德的船员则操控着上面的帆。

雾气比前一天更浓了。浓雾紧紧地贴着水面，它那潮湿的触角爬满了船体。这时候，只有玛尔的指示和斯特姆霍德下达的命令不时打破那一片寂静。

当我们进入一片开阔的海域时，玛尔转向暗主，说："我觉得我们已经很接近了。"

"你这样认为？"

玛尔点了一下头。

暗主考虑着。我知道，如果玛尔是在拖延时间，那他的努力不仅注定会白费，还会让我们付出高昂的代价。

仿佛过了几辈子的时间，暗主终于对斯特姆霍德点了点头。

"收起船帆。"私掠船长命令道，桅楼上的船员按照吩咐做了。

伊凡轻轻拍了拍暗主的肩膀，指向南面地平线的地方："一艘船，暗主大人。"

我眯着眼睛看了看那个小黑点。

"他们挂的是什么颜色的旗帜？"暗主问斯特姆霍德。

"很可能是渔民，"斯特姆霍德说，"不过我们会随时注意那艘船，以防万一。"他对一个船员发出了一个信号，那个人抓起一个航海望远镜，迅速爬上了主桅杆。

长舟已经备好，几分钟后，它们就被降到了右舷边上，艇上乘坐着斯特姆霍德的手下，他们每人手里都拿着一根鱼叉。暗主的格里莎则聚集在围栏边看着长舟下一步的动向，而迷雾似乎也放大了他们的船桨拍击海浪的声音。

我向着玛尔靠了过去。当大家的注意力都集中在海面上的那些人时，只有珍娅在注视着我。不过，她还是犹豫了，她转过身去，加入到那些人中间。

玛尔和我一起面向前方，不过我们离得很近，挨到了彼此的肩膀。

"告诉我你没事。"他低声说，声音有些沙哑。

我点点头，压下了喉头的哽咽。"我没事，"我轻声说，"它在那儿吗？"

"我不知道，也许吧。追踪牡鹿的时候，有几次我以为我们很接近了，然后……阿丽娜，如果我弄错了——"

我随后转向了他，不在乎有谁看到了我们，也不在乎我会受到什么惩罚。浓雾现在正从水面升起来，并在甲板上蔓延开去。我抬头看着他，注视着他面孔的每一个细节：他明亮的蓝色虹膜，他嘴唇的弧度，贯穿他下颌的那道伤疤。在他身后，我还发现塔玛蹦蹦跳跳地上了索具，手里拿着一盏灯笼。

"这一切都不是你的错，玛尔，一样都不是。"

他低下头，与我前额相抵："我不会让他伤害你的。"

我们两个都知道他无力阻止，因为真相太令人痛苦了，所以我只是说："我知道。"

"你在迎合我。"他带着一丝笑意说。

"跟你相处就需要经常迁就你。"

他将嘴唇压在我的额头上："我们会找到办法逃出去的，阿丽娜，我们一直能找到办法。"

我将戴着镣铐的手放在他的胸口，然后闭上了眼睛。我们在四处是冰的海上，孤立无援，我们是一个能制造怪物的男人的囚犯。可不知怎么地，我依然这样相信他。我靠向他，这么多天来，我第一次允许自己怀有希望。

一声呐喊传来："右舷前方两点钟方向！"

我们不约而同地转过头去，我呆住了。有个东西在迷雾中移动，一个闪着光的、起伏着的白色身形。

"圣人们啊。"玛尔喘息着说。

那一刻，那个生物破浪而出，以一道完美的弧线划过海面，背上的七彩鳞片反射出一道道彩虹。

鲁索耶。

第四章

　　鲁索耶只是出现在民间故事、神话传说中，属于地图边缘梦幻世界的生物。可是现在没有怀疑的余地了，冰龙确实存在，而且玛尔找到了它，就像他找到了牡鹿一样。这件事感觉不太对劲儿，一切都发生得太快了，好像我们在赶着冲向某种我们并不了解的东西。

　　长舟上传来的喊叫声吸引了我的注意力。在最靠近海鞭的那条船上，一个男人站了起来，他手里拿着鱼叉，正在瞄准。可是龙的白色尾巴在海中甩过，破浪一扇，掀起一面汹涌的水墙，打在船体上。长舟开始倾斜，异常危险，最后时刻才稳定下来，那个拿着鱼叉的男人这时也一屁股坐了下去。

　　很好，我想着，跟他们对抗吧。

　　接着另一条船射出了鱼叉。第一支射偏了，没有造成任何威胁，只是溅起了一片水花。第二支嵌入了海鞭的皮肤。

它弓起背，尾巴来回甩动，接着像蛇一样猛地抬起头，将身体抛出水面。一瞬间，它悬停在空中：半透明的、形如翅膀的鳍，闪闪发光的鳞片，还有充满愤怒的红眼睛。水珠从它的鬃毛上滑下来，它张开大口，露出粉色的舌头和一排排发亮的牙齿。它用木板碎裂的巨响狠狠惩罚了离得最近的那条船。细长的船一分为二，船上的人都掉到了海里。冰龙用嘴巴咬住了一个水手的双腿，那个水手在浪涛之下尖叫，一下子就消失了。其余的船员们在染血的水里疯狂游动，逃向其余的长舟，船上的人将他们拉了上去。

我回头看了一眼捕鲸船的索具。桅杆的顶部现在都处于迷雾之中了，不过我依然可以隐约看见塔玛的灯笼，它稳稳地在主桅杆顶端发着光。

又有一支鱼叉射中了目标，海鞭开始歌唱，那声音比我听过的任何声音都更加悦耳，许多声音混合在一起，构成了一首忧伤的无字歌。不对，我明白过来，那不是一首歌，那是海鞭在哀号，在长舟的追杀之下，它在海浪中翻滚扭动，挣扎着想要摆脱尖端带有弯钩的鱼叉。加油吧，我默默地祈求。他一旦拥有了你，他就永远不会放你走了。

但我已经可以看出龙的速度慢了下来，它的动作变得迟缓，叫声也颤抖起来，像一首充满哀伤的乐曲，凄凉压抑，音量也越来越小，逐渐消失。

当时，我真希望暗主直接了结了它。他为什么不这样做呢？他为什么不对海鞭用开天斩，然后将我和它绑在一起，就像他对牡鹿做的那样？

"渔网！"斯特姆霍德喊道。不过迷雾浓密得让我不能分辨出他的声音是从哪里发出来的。我听到靠近右舷的围栏边传来了一阵空洞的闷响。

"清掉迷雾，"暗主命令道，"我们快看不见长舟了。"

我听到格里莎彼此呼喊着，接着我感觉到暴风召唤者召唤出来的风翻涌而起，拉扯着我的外套。

迷雾慢慢消散了，我大吃一惊。暗主和他的格里莎依然站在右舷一侧，将注意力集中在长舟上，它们看起来是在向远离捕鲸船的方向驶去。但是在左舷一侧，另一艘船好像凭空冒了出来，那是一艘很精神的纵帆船[13]，桅杆闪闪发亮，悬挂着两面旗帜：一面水鸭蓝背景上有一只红色的狗；在它下面，是一面浅蓝配金色的旗帜，拉夫卡的双鹰旗。

我听到另一阵空洞的闷响，接着就看到钢制的爪形的东西嵌入了捕鲸船的左舷。抓钩，我明白过来。

接着，一切似乎在一瞬间发生了。不知什么地方响起了一声怒号，如同狼对着月亮嗥叫的声音。一大群男人翻过桅杆来到了甲板上，他们胸口的背带上挂着手枪，手里拿着弯刀，像一群野狗一样咆哮号叫。我看到暗主转过了身，脸上的表情既困惑又恼怒。

"到底发生了什么事啊？"玛尔说，他站到了我身前，我们

---

13 纵帆船（schooner），一般有两个或以上的桅杆，第一个桅杆低于主桅杆，常用于讲求速度和御风能力的事务，如私掠、冲破封锁线等。（来源：维基百科）

慢慢接近了可以提供微弱保护的后桅。

"我不知道，"我回答道，"要么是好事，要么就是非常非常坏的事。"

我们背靠背站着，我的手依然受到镣铐的束缚，他的手依然被绑在一起，甲板上一片打斗的声音，我们却无力自卫。手枪声四起，空气被火焰召唤者的火搅动起来。"上啊，猎狗们！"斯特姆霍德喊道，他投入了战斗，手里握着一把军刀。

呼号着、尖叫着、咆哮着的人们从四面八方逼近了暗主的格里莎——他们不仅仅来自那艘纵帆船，捕鲸船上的人也包围了过来，那是斯特姆霍德的手下。斯特姆霍德叛变了，将枪口转向了暗主一方。

这个私掠船船长显然失去理智了。是的，格里莎在人数上处于劣势，但与暗主进行对抗的时候，人数根本就不重要。

"看！"玛尔喊道。

在水上，留在长舟上的人们已经拴住了还在挣扎的海鞭。他们扬起了一张帆，一阵疾风吹着他们，长舟不是向捕鲸船而来，而是直接驶向了纵帆船。吹送着他们的风方向毫无变化，似乎是凭空出现的。我更加仔细地看了一下，一个船员站在长舟上，双臂上举。毫无疑问，斯特姆霍德拥有一名为他做事的暴风召唤者。

突然之间，一条手臂勾住了我的腰，然后我就被抱了起来。世界似乎颠倒了，我被扔到了一个宽大的肩膀上，发出了一声短促的惊呼。

我抬起头，挣扎着想要摆脱那像铁箍一样抱住我的手臂，我看到塔玛在冲向玛尔，一把刀在她手中闪着寒光。"不要！"我尖叫起来，"玛尔！"

他抬手自卫，但塔玛只是割断了他手上的束缚。"走！"她喊道，将刀扔给他，自己从腰间的鞘中抽出了一把剑。

图亚在甲板上飞奔，他把我抓得更紧了。塔玛和玛尔就在后面不远的地方。

"你们在干什么呀？"我尖声喊道，我的头在那个巨人的背上颠来颠去。

"跑就行了！"塔玛回答道，用力砍向一个扑到她面前的科波拉尔基。

"我没法跑。"我冲她喊道，"你的白痴兄弟[14]把我像块火腿一样挂在他肩膀上！"

"你想不想得救啊？"

我没有时间来回答。

"抓紧了，"图亚说，"我们要过去了。"

我紧紧闭上了眼睛，准备跌入冰冷的海水里。但图亚还没走出几步就突然发出了一声呻吟，他一条腿跪到了地上，没能继续牢牢抓住我。我被摔到甲板上，笨拙地翻滚了几下，侧身停住了。我抬起头，看到伊凡和一个穿着蓝袍的火焰召唤者站在我们面前。

伊凡的手完全展开，他在挤压图亚的心脏，而这一次，没有

14　原文中没有提及图亚和塔玛哪个较早出生，所以涉及这一点时，此处及后文中均使用"兄弟"或"姐妹"。

斯特姆霍德在这里阻止他。

那个火焰召唤者接近了塔玛和玛尔，手中拿着打火石，挥出了一道火焰的弧线。还没开始就结束了，我悲观地想。可是下一刻，那个火焰召唤者就停了下来，大口大口地喘着气。火焰逐渐消失在空气之中。

"你在磨蹭什么？"伊凡厉声说道。

火焰召唤者得到的唯一的回应是喘不过气来的嘶嘶声，他的眼睛鼓了出来，手紧紧抓着喉咙。

塔玛右手拿着剑，左手却攥紧了拳头。

"这招不错。"她说道，火焰召唤者动弹不得，塔玛用力一击，他的打火石掉到了远处。"我也知道这一招。"那个火焰召唤者这时无助地站在那儿，渴求氧气，塔玛扬起手中的剑，一剑刺穿了他。

火焰召唤者瘫倒在甲板上。伊凡困惑地盯着塔玛，她站在那毫无生气的身体旁边，血从她的剑上一滴一滴落下来。伊凡的注意力一定是受到了干扰，因为在那一刻，图亚直起了身子，同时发出了骇人的咆哮。

伊凡攥紧了拳头，将精力重新集中起来。图亚面容抽搐，但他没有倒下。接着，这个巨人猛地甩出一只手，伊凡的脸一阵痉挛，神情痛苦不堪，他在尽力挣扎。

我看看图亚，又看看塔玛，渐渐明白过来，他们是格里莎——摄心者。

"还喜欢吗，小个子？"图亚一边走近伊凡一边问道。伊凡绝望地伸出另一只手。他在颤抖，我看得出他呼吸很困难。

图亚身形微晃，但没有止步。"现在我们来看看谁的心脏更强壮。"他低吼道。

他缓慢地向前走，步子迈得很大，好像在逆着大风前行，他脸上渗出汗珠，牙齿外露，凶蛮地狞笑着。我不知道他和伊凡会不会就这样双双倒地而死。

接着，图亚原本尽力伸展的手握成了拳头。伊凡剧烈地抽搐起来。他翻起白眼，一个血泡从他唇边冒出，然后爆裂，接着，他倒在了甲板上。

隐隐约约，我知道自己身边混战成了一团。塔玛在和一个暴风召唤者纠缠，另外两个格里莎跳到了图亚身上。我听到一声枪响，我意识到玛尔拿到了一把手枪，但我看到的只是伊凡毫无生气的身体。

他死了，暗主的得力助手，第二部队中最强大的摄心者之一。他逃过黑幕和涡克拉活了下来，而现在他死了。

一声轻微的啜泣将我从恍惚中拉了回来。珍娅站在那儿，瞪大眼睛看着伊凡，双手捂着嘴。

"珍娅——"我说。

"拦住他们！"甲板另一头传来一声大喊。我转过身，看见暗主在和一个拿着武器的水手打斗。

珍娅在发抖，她将手伸进了凯夫塔的口袋，掏出了一把手枪。图亚向她冲了过去。

"不要！"我说完，几步走到了他们中间。我不会看着他们杀死珍娅的。

沉重的手枪在她手中颤抖。

"珍娅，"我轻轻地说，"你真的要开枪打我吗？"她慌乱地四下张望，不确定应该瞄哪里。我把一只手放在她的袖子上，她抽搐了一下，将枪指向了我。

一声雷鸣般的碎裂声划破空气，我知道暗主脱身了。我回头，看见一波黑暗向着我们翻涌而来。结束了，我想，我们完了。然而下一秒钟，我看到亮光一闪，同时听到一声枪响。那大片的黑暗烟消云散，我看见暗主抓着自己的胳膊，他的脸因为愤怒和疼痛而扭曲。真让人难以置信，他中了枪。

斯特姆霍德正在向我们跑来，手里拿着枪。"快跑！"他喊道。

"来吧，阿丽娜！"玛尔叫着，伸手来抓我的胳膊。

"珍娅，"我焦急地说，"跟我们走吧。"

她的手晃得非常厉害，我以为她手里那把手枪会从她手中飞出去。泪水划过了她的脸颊。

"我做不到。"她断断续续地抽泣着说，把枪口放低了。"走吧，阿丽娜，"她说，"你走吧。"

图亚再次把我扛到了肩膀上，我徒劳地捶着他宽阔的背。"不行，"我尖声喊道，"等一下！"

可是谁都没有理会我。图亚助跑起跳，越过了围栏。我们向着冰冷的海水坠去，我尖叫着，准备忍受接下来的冲击。不过我们没有落入水中，而是被托住了，托住我们的只可能是暴风召唤者召唤的风。随着一声巨响，我们重重摔在前来进攻的纵帆船的甲板上。塔玛和玛尔紧跟着我们，接下来就是斯特姆霍德了。

"发出信号。"斯特姆霍德一边喊一边快速站了起来。

一声尖锐的哨音响了起来。

"普利夫耶特，"他对一个我不认识的船员喊道，"我们过来多少人了？"

"下来了八个，"普利夫耶特回答道，"四个还在捕鲸船上，货正在装。"

"圣者们啊。"斯特姆霍德骂道，纠结地看向捕鲸船。"火枪手！"他向纵帆船主桅楼上的人们喊道，"掩护他们！"

火枪手端着来复枪，开始向捕鲸船的甲板射击。图亚扔了一支来复枪给玛尔，接着把另一支枪挂在了自己的背上。他跃上索具，开始攀爬。塔玛从腰间抽出了一把手枪。我不太体面地躺在甲板上，双手戴着镣铐，毫无用武之地。

"海鞭已经安置妥当了，船长！"普利夫耶特喊道。

又有两个斯特姆霍德的手下跃过捕鲸船的栏杆，从空中飞过来，胳膊像风车似的疯狂地挥舞，在纵帆船的甲板上重重地摔在一起。其中一个人手臂上的伤口正在大量出血。

之后，那雷鸣般的炸裂声又来了。

"他来了！"塔玛喊道。

黑暗向我们翻涌而来，它吞噬了纵帆船，遮蔽了它前面的一切。

"把我的手铐解开！"我恳求道，"让我出点儿力！"

斯特姆霍德把钥匙扔给塔玛，喊道："开吧！"

塔玛伸手找我的手腕，她拿着钥匙摸索着，与此同时，黑暗正在我们身边翻滚。

我们什么都看不见了，我听到有人在尖叫。接着锁开了，镣铐从我手腕上滑落，掉在甲板上，发出响亮的"咔嘟"一声。

我抬起双手，光芒闪耀，将黑暗推向捕鲸船那边。斯特姆霍德的船员发出一声欢呼，然而他们的欢呼声刚响起就停止了，取而代之的是刺耳的鸣叫声，还有一道门嘎吱嘎吱慢慢打开的声音，那是一道应该永远关上的门。我肩膀上的伤处猛烈地抽痛了一下。尼切沃亚。

我转向斯特姆霍德。"我们必须离开这儿，"我说，"现在就走。"

他内心斗争着，有些迟疑，他的两名手下还在捕鲸船上。他的表情有些冷峻。"桅楼上值班的，扬起船帆！"他喊道，"暴风召唤者给正东风！"

我看到一排站在桅杆边的水手扬起了手臂，我听到呼的一声，我们上方的船帆在强风中鼓了起来。这个私掠船船长的船员中到底有多少格里莎啊？

然而暗主的格里莎们也已经在捕鲸船的甲板上列队站好，唤出风来给我们制造麻烦。纵帆船东倒西歪地晃动起来。

"左舷枪炮准备！"斯特姆霍德大声吼道，"一齐射击！听我的信号！"

我听到两声尖利的哨响。船在震耳欲聋的爆炸声中微微晃动，接着又一声爆炸，再一声，纵帆船的枪炮就这样在捕鲸船的船体上打出了一个大洞，暗主的船上响起了惊慌的叫喊声。斯特姆霍德的暴风召唤者们抓住了有利形势，纵帆船乘风破浪，向前驶去。

炮火的烟尘消散之后，我看见一个黑色的身影站到了破损

the页。

的捕鲸船的围栏上。又一波黑暗向我们席卷过来，但这次大不相同。黑暗在水面上涌动，好像在用爪子爬过来，还伴随着阴森恐怖的咔咔声，仿佛一千只愤怒的虫子聚集在了一起。

那股黑暗扬起了泡沫，好像波涛撞在岩石上一样，开始分散成一个个人形。在我身旁，玛尔低声说了一段祷告词，把来复枪举到了肩膀上。我将自己的力量凝聚起来，使出开天斩，燃烧着穿透了黑云。我试图在尼切沃亚完全成形之前就将它们摧毁。但是我无法阻止所有的尼切沃亚。一大群有着黑色牙齿、黑色爪子的东西，发出呻吟般的声音，涌了过来。

斯特姆霍德的船员开火了。

尼切沃亚到达了纵帆船的桅杆，它们绕着船帆转动，像摘水果一样把水手从索具上拽下来。随后，它们来到了甲板上。玛尔不断开火，船员们也拔出了刀，可是子弹和刀似乎只能减慢这些怪物的速度，却不能对他们造成伤害。它们由阴影构成的身体摇晃了摇晃后又重新成形，而且他们并未停下脚步。

纵帆船依然在向前移动，拉开了和捕鲸船之间的距离，但速度不够快。我听得见它们呻吟般的鸣叫，而且另一波起伏涌动的黑暗正冲着我们过来，已经分敬出了带翅膀的身形为这些阴影士兵增援。

这些都被斯特姆霍德看在了眼里。暴风召唤者依然在对着船帆召唤风，他指着其中一个人喊道："闪电。"

我抽搐了一下，他说的不可能是这个意思。暴风召唤者召唤闪电，这是绝对不允许的。这太不可预测了，太危险了——而且还是在开放的海域上，在木船上，然而斯特姆霍德的格里莎连一点儿迟疑都没有。暴风召唤者们双手一合，手掌来回摩擦。气压骤降，我耳朵里一片轰鸣。空气炸裂，水流骤起。

我们刚刚在甲板上卧倒，一道道锯齿状的闪电就在空中划过，新的一波尼切沃亚在片刻的茫然中散开了。

"走！"斯特姆霍德大声喊道，"暴风召唤者用全力！"纵帆船猛冲向前，玛尔和我向后一仰，撞在了围栏上。这条细长的船好像是在波涛之上飞行。

我看到又一团黑暗从捕鲸船侧面翻涌而出。我努力站好，打起精神，聚集自己的力量，为又一场战斗做准备。

不过战斗没有开始，这样看来暗主的力量也是有极限的。我们已经驶出了他的力量范围。

我靠到了围栏上，风和飞溅的海水刺痛了我的皮肤，同时，暗主的船和他的怪物们消失在了我的视线之中。某种介于开心和悲伤之间的情绪，折磨着我的内心。

玛尔张开双臂抱住我，我也紧紧抱住他，他的上衣湿乎乎地压在我胸口。我听到他的心脏怦怦直跳，一直想着那令人难以相信的事实：我们依然活着。

接着，尽管他们流了血、失去了朋友，纵帆船的船员们还是发出了阵阵欢呼声。他们喝彩，呼喊，咆哮。在索具上，图亚单手举起来复枪，头向后一仰，发出了一声昭示胜利的大吼，吼声让我胳膊上的汗毛都竖了起来。

玛尔和我分开了，我们睁大眼睛看着身边大叫大笑的船员们。我知道我们两个在想着同一件事情：我们让自己陷入了什么样的境地啊？

第五章

我们沿着索具飞速下滑，最终并肩坐在了甲板上，疲惫不堪，茫然无措。我们逃离了暗主，可是我们来到了一艘陌生的船上，周围是一大堆发狂的格里莎，他们穿着水手的服装，咆哮起来如同疯狗一样。

"你没事吧？"玛尔问道。

我点了点头。我肩膀上的旧创感觉像着了火一样，但我没有受伤，而且我全身都因为再次使用我的格里莎能力而颤动。

"你呢？"我问道。

"连擦伤都没有。"玛尔不敢相信地说。

在暴风召唤者和潮汐召唤者的驱策下，船以难以想象的速度乘风破浪。战斗的恐惧和激动渐渐消退，我这才发现自己湿透了。我冷得颤抖起来，玛尔用一只胳膊抱住我，一个船员不知道什么时候在我们身上盖了一条毯子。

终于，斯特姆霍德发出了停止的信号，下令收起船帆。暴风召唤者和潮汐召唤者垂下手臂，他们气力耗尽，靠在彼此身上倒了下去。不过使用能力让他们容光焕发，眼睛明亮。

纵帆船慢了下来，轻微地摇晃着，周围突然笼罩在一片令人难以接受的寂静之中。

"留一个值班的。"斯特姆霍德命令道，普利夫耶特派了一个水手拿着望远镜攀上了横桅索。玛尔和我缓慢地站了起来。

斯特姆霍德从那排筋疲力尽的埃斯里尔基身边走过，拍着暴风召唤者和潮汐召唤者的背，对其中几个人低语了几句。我看到他指挥受伤的水手进入甲板下方，我估计他们会在那里得到随船外科医生的治疗，或者也有可能是科波拉尔基治愈者的治疗。这个私掠船船长手下似乎每种类型的格里莎都有。

接着斯特姆霍德大步向我走来，从腰带中抽出了一把刀。我抬起双手，玛尔挡到了我身前，端起他的来复枪对着斯特姆霍德的胸口。顷刻之间，我听到周围一片拔剑、上枪栓的声音，船员们都拿出了武器。

"放松点，奥勒瑟夫。"斯特姆霍德一边说，一边放慢了脚步，"我花了很多心思、很多金钱才把你们弄到我的船上，现在把你们打成筛子太可惜了。"他调转刀头，刀柄向着我递过来："这是用来对付那个巨兽的。"

海鞭。激烈的战斗几乎使我忘了这回事。

玛尔迟疑了一下，接着谨慎地放下了来复枪。

"解除戒备。"斯特姆霍德对他的船员说。他们将手枪插回皮套中，剑也放下了。

斯特姆霍德对塔玛点了点头："把它拖过来。"

在塔玛的指挥下，一队水手身体伏在右舷的栏杆上，解开了一张织法复杂的网。他们向上拖拽，将海鞭的身体从纵帆船的侧面缓缓拉了上来。它砰的一声撞在甲板上，依然在银色网子的束缚中虚弱地挣扎着。它凶狠地摆尾，巨大的牙齿猛地一咬。我们都往后一跳。

"按照我的理解，必须是你动手。"斯特姆霍德说道，再次将刀递了过来。我看了一眼这个私掠船的船长，很好奇他对加乘器，特别是这一个加乘器，会有多少了解。

"去吧，"他说，"我们需要上路了。暗主的船现在坏了，但它不可能一直坏着。"

阳光照在斯特姆霍德手里的刀刃上，闪闪发光，那是格里莎钢。不知怎么地，我对此并不感到惊讶。

我还是迟疑不决。

"我失去了十三个好弟兄。"斯特姆霍德轻声说，"别告诉我他们都白死了。"

我看着海鞭，它抽搐着躺在甲板上，它的腮一张一合，红色的眼睛变得浑浊了，但依然充满愤怒。我想起了牡鹿平和的黑色眼眸，还有在它最后的时刻里，它那安静的惶恐。

牡鹿在我的想象之中存在了那么久，以至于当它最终从树林中走入白雪覆盖的空地时，它对于我而言可以说是熟悉的，仿佛我认识它。海鞭却是陌生的，更像是传说，而非现实，尽管它受伤的身体就真真切切地躺在这里，令人哀伤。

"不管怎么样，它都会没命的。"私掠船船长说。

我一把抓住了刀柄，感觉手中沉甸甸的。这是仁慈吗？这显然不是我在莫洛佐瓦的牡鹿面前展现出的仁慈。

鲁索耶。被诅咒的王子，枯骨之路的守护者。在传说中，他引诱孤独的少女坐到他背上，带着她们乘风破浪，直到她们远离海岸，无法再呼救。接着他潜到海中，将她们拖入他的水下宫殿。少女日渐衰弱而死，因为宫殿里没有食物，只有珊瑚和珍珠。鲁索耶会在她们的尸体边流泪，唱悼念的悲歌，接着重返海面，去领回另一位皇后。

那只是故事罢了，我告诉自己。它不是一位王子，只是一个处于痛苦之中的动物。

海鞭的身体两侧一起一伏。它张开嘴又猛地合上，徒劳无功。两支鱼叉插在它的背上，血从伤口中流出来。我举起刀，不知道应该做什么，不知道应该往哪里下刀。我的手臂在颤抖。海鞭发出呼哧呼哧的声音，听起来很可怜，那是它魔法般歌声的微弱回响。

玛尔大步上前。"了结它，阿丽娜，"他声音嘶哑，"看在圣者的份上。"

他把刀从我手中抽出来，扔在了甲板上。他抓起我的手，让我握住一把鱼叉的杆子，随着决绝的一刺，我们结束了它的生命。

海鞭抽搐了几下就不动了，它的血在甲板上汇聚成泊。

图亚和塔玛走上前来。我的胃里搅动起来，我知道接下来会发生什么。那不是真的，我脑海中一个声音说。你可以走开，由它去吧。我再度觉得，这一切都推进得太快了。可是我不能把这样一个加乘器就这么扔回海里去，这条龙已经付出了生命，再说了，取得这个加乘器也不意味着我一定会使用它。

海鞭的鳞片都是白色的，泛着七彩的光泽，闪出的微光像是一道道浅淡的彩虹。只有一小条例外：从它巨大的双眼中间开始，沿着头骨高起的地方，直通到它柔软的鬃毛为止，只有这里的鳞片是带着金边的。

塔玛从腰带中抽出一把匕首，在图亚的帮助下割下了鳞片。我没有移开自己的视线。他们完成后，将七枚完美的鳞片交到我手中，鳞片上还沾着血。

"为了今天失去的弟兄，让我们低下头。"斯特姆霍德说道，"好水手，好战士，愿大海将他们带去安全的港湾，愿圣者们在更加光明的彼岸接纳他们。"

他用科奇语重复了一遍水手的祷告词，接着塔玛又用书翰语低声说了一遍。有片刻时间，我们站在摇晃的船上，垂着头，一阵哽咽。

更多的人死去了，另一个神奇的、古老的生物消逝了，它的身体被格里莎钢亵渎了。我把手放在海鞭发着微光的皮肤上，在我的手指下面，它的皮肤又凉又滑，它红色的眼睛浑浊而空洞。我紧紧握住手中金色的鳞片，觉得它们的边缘嵌进了我的皮肉。什么样的圣者才会等着这样的生物啊？

漫长的一分钟之后，斯特姆霍德低声说："愿圣者接纳他们。"

"愿圣者接纳他们。"船员们回应道。

"我们要继续前进了。"斯特姆霍德轻轻地说，"捕鲸船的船体裂开了，不过暗主拥有暴风召唤者，还有一两个物料能力者，谁知道呢，他的那些怪物说不定能被训练得会用锤子和钉子。我们就别存有侥幸心理了。"他转向了普利夫耶特："让暴风召唤者休整几分钟，给我一份物资损坏报告，然后就扬帆启航。"

"好的，船长。"普利夫耶特爽快地回复道，接着他开始犹豫起来，"船长……可能有人会出大价钱买龙鳞的，不管是什么颜色的。"

斯特姆霍德皱起了眉头，不过接着利落地点了一下头："想拿多少拿多少，然后把甲板清理干净，我们继续前进。我们的坐标你是知道的。"

几个船员趴到了海鞭身上，开始割走它的鳞片。我实在看不下去，就转身背对着他们，感觉自己的肠子打了个结。

斯特姆霍德走到了我身边。

"不要过于苛责他们。"他扭头看着他们说道。

"我针对的不是他们，"我说，"你才是首领。"

"他们要填满腰包，要养活父母和兄弟姐妹。我们刚刚失去了接近一半的船员，而且没有获得丰厚的报酬来减少那种刺痛，如果是你也会这样做的。"

"我为什么会在这里？"我问道，"你为什么要帮我们？"

"你就那么确定我在帮你？"

"回答她的问题，斯特姆霍德。"玛尔一边说一边走了过来，"为什么要追捕海鞭呢，如果你本来就只准备把它交给阿丽娜的话？"

"我不是在追捕海鞭，我是在追捕你们。"

"这就是你对暗主发动兵变的原因？"我问道，"为了抓到我？"

"你在自己的船上好像发动不了什么兵变。"

"随你把它称作什么。"我恼怒地说，"解释你为什么这样做就行了。"

斯特姆霍德向后靠去，将手肘放在围栏上，审视着甲板，说道："如果暗主费神询问的话，我会这么解释——幸好他并不会来问——雇佣一个出卖自己荣誉的人会带来一个问题，那就是总有人会比你出价高。"

我瞪大了眼睛看着他："你背叛暗主是为了钱？"

"'背叛'这个词似乎有点重，我和那个家伙几乎没有什么交情。"

"你疯了，"我说，"你知道他有什么能耐，没有任何奖赏值得那样做。"

斯特姆霍德咧嘴笑了："这个还未可知。"

"你接下来一生都会被暗主追捕。"

"嗯，这样你和我就会有些共同点了，是不是？另外，我喜欢有强大的敌人，这让我觉得自己很重要。"

玛尔双臂交叉，端详着这个私掠船船长："我不知道你是疯狂还是愚蠢。"

"我有很多优良品质，"斯特姆霍德说，"在其中做选择是会有点困难。"

　　这个私掠船船长失去理智了。我摇了摇头："如果有人比暗主出价高，那雇佣你的人会是谁？你要把我们带到哪里去？"

　　"先回答一个我的问题。"斯特姆霍德说着，将手伸进了自己的大衣。他从口袋里掏出一本红色的小书，把它丢给了我："暗主为什么会带着这本书到处跑？他看起来不像是会信教的人。"

　　我接住书，随意翻了翻，不过我早已知道了这是什么书。烫金的字母在阳光下闪闪发亮。

　　"你偷来的？"我问道。

　　"还有他柜子里很多其他的文件。不过，和之前一样，因为那按理说是我的柜子，我不确定你可不可以把那称作是偷窃。"

　　"按理说，"我被惹怒了，"那个柜子属于之前捕鲸船的船长，你从他手中偷走了船。"

　　"说得在理。"斯特姆霍德承认道，"如果太阳召唤者做不好，你也许可以考虑去当律师。你好像有那种吹毛求疵的气质。不过我必须说明，这本书实际上属于你。"

　　他伸手翻开了书，我的名字写在封面的内侧：阿丽娜·斯达科夫。

　　我尽量不动声色，不过我的大脑立刻飞速地运转起来。这是我的《伊斯托连·桑恰伊》，就是大教长几个月前在小王宫的图书馆里给我的那一本。在我逃离欧斯奥塔之后，暗主应该搜查过我的房间，可是他为什么会拿这本书呢？为什么他对我可能读过这本书如此介意呢？

　　我用拇指拨弄着纸页。这本书有着精美的插图，不过考虑到这原本是给儿童阅读的书，其中的内容实在很恐怖。一些圣者被描绘成了正在展现奇迹或者行善的样子：圣菲利克斯在苹果树枝中，圣安娜斯塔西娅驱走导致大瘟疫的阿克斯科。但大部分书页上展示的都是殉难的圣者：圣莱莎贝塔被分尸四块，圣卢波夫被斩首，圣伊利亚被锁链锁住。我一下子僵住了，这一次我无法再掩饰我的反应。

"挺有趣的，是不是？"斯特姆霍德说着，伸出一根修长的手指敲了敲书的页面："如果我没有错得太离谱，这就是我们刚刚抓到的生物。"

这显而易见：在圣伊利亚身后，有个东西在不知是湖还是海的波涛中腾跃，而那正是海鞭独特的身形。然而这还不是全部，不知为什么，我一直克制着不让手去摸我脖子上的项圈。

我猛地合上书，耸了耸肩："另外一个故事罢了。"

玛尔困惑地看了我一眼，我不知道他有没有看到那一页上的内容。

我不想把《伊斯托连·桑恰伊》还给斯特姆霍德，但他已经心存怀疑了。我不情愿地把书向他递过去，希望他没有看出我的手在发抖。

斯特姆霍德审视着我，接着双手一撑站了起来，抖了抖袖子，说道："留着它吧。它是你的，不管怎么说。我确信你已经注意到了，我非常尊重私人物品所有权。另外，在我们到达欧斯科沃之前，你也会需要些东西，让你不那么无聊。"

玛尔和我都吃了一惊。

"你要把我们带去西拉夫卡？"我问道。

"我要把你们带去见我的客户，我真的只能告诉你这么多了。"

"那个男人是谁？他要我干什么？"

"你确定是个男人吗？说不定我会把你送给菲尔顿女王呢。"

"是吗？"

"不是，不过保持开放的思维总归是比较明智的。"

我沮丧地吐了一口气："你有直接回答问题的时候吗？"

"很难说。哎呀，我又拐弯抹角了。"

我转向玛尔，攥紧了拳头："我要杀了他。"

"回答问题，斯特姆霍德。"玛尔吼道。

斯特姆霍德扬起了一条眉毛。"有两件事你们应该知道。"他说道，这一回，我又从他声音中听出了那份刚硬的东西。"第一件，船长不喜欢在自己的船上被人命令。第二件，我愿意跟你们做个交易。"

玛尔哼了一声："我们为什么要相信你？"

"你们没有多少选择。"斯特姆霍德欢快地说，"我很清楚你们可以把这艘船弄沉，把我们一齐送到海底，但我更希望你们去我的客户那里碰碰运气，听听他要说什么。如果你们不喜欢他的提议，我发誓会帮助你们逃走，把你们带到世界上的任何地方都可以。"

我不敢相信自己所听到的："所以，你才刚刚反了暗主，现在又要一扭头背叛你的新客户？"

"完全不是。"斯特姆霍德被实实在在地冒犯了，"我的客户付钱让我把你们带到拉夫卡，而不是把你们留在那里，那需要另外加钱。"

我看向玛尔。他耸了一下肩膀，说道："他是个骗子，可能还有点发疯，不过他是对的，我们没有多少选择。"

我揉了揉太阳穴，感觉一阵头痛袭来。我疲惫，困惑，斯特姆霍德说话的方式还让我想开枪打人，最好能打他。不过他把我们从暗主手中解放了出来，而且玛尔和我一旦下了他的船，我们就有可能找到逃走的方法。但目前，我想不到更多其他的事情了。

"好吧。"我说。

他微笑起来："知道你不会让我们都淹死真是太好了。"他把一个在附近甲板走动的水手叫了过来。"叫塔玛过来，告诉她，她要和那个召唤者合用住处。"他吩咐道，接着他指了指玛尔，"他可以跟图亚一起住。"

玛尔还没来得及张口反对，斯特姆霍德就预先阻止了他："在这艘船上就是这样的。在我们到达拉夫卡之前，我允许你们两个在沃克沃尼号上任意行动，但我请求你们不要把我慷慨的天性当作是软弱。这艘船有它的规矩，我也有我的限度。"

"你和我都有自己的限度。"玛尔牙关紧咬，从牙缝里挤出了这句话。

我将手放到玛尔的胳膊上。在一起住会让我更有安全感，但现在不是跟这个私掠船船长在小事上争论不休的时候。"算了吧，"我说，"我不会有事的。"

玛尔阴沉着脸，接着往后一转，大步穿过甲板，消失在了绳索和船帆旁排成队列的喧闹人群中，我跟在他后面走了一步。

"也许可以让他一个人静一静，"斯特姆霍德说，"他那种人需要很多时间来担心、自责什么的，要不然他就会变得比较暴躁。"

"你会对什么事情认真吗？"

"我能不认真就不认真，要不生活就太乏味了。"

我摇了摇头："那个客户——"

"别多费口舌了，不必说了，有很多人向我出价。自从你在黑幕中失踪之后，你就成了抢手货。当然了，大多数人认为你死了，价格因此有点走低，这件事尽量别往心里去。"

我越过甲板，望着船员们，他们抬起海鞭，把它的尸体举过船的围栏。随着竭尽全力的一掷，它从纵帆船的侧面滚了下去。它撞击水面时，发出很响的声音，水花四溅。很快地，鲁索耶消失了，被大海所吞没。

一声长长的哨音响了起来，船员们都到了自己的岗位上，暴风召唤者也排列好了。几秒钟之后，船帆像巨大的白色花朵般绽放——纵帆船再一次上路了，向着西南方，回拉夫卡，回家。

"你准备怎么处理那些鳞片？"斯特姆霍德问道。

"我不知道。"

"你不知道？尽管我的容貌英俊得令人目眩，但我可不是那种漂亮的笨蛋，暗主的意图是让你佩戴海鞭的鳞片。"

那他为什么没有杀死它？当暗主杀掉牡鹿，把莫洛佐瓦的项圈放在我脖子上的时候，他将我们永远绑在了一起。我一阵颤抖，想起了那时他通过那种联系，牢牢控制住我的能力，而我站在一边，什么都做不了。龙的鳞片会给予他同样的掌控力吗？如果会的话，他为什么没有拿呢？

"我已经有一个加乘器了。"我说。

"一个很强大的加乘器，如果传说故事属实的话。"

目前已知的最强大的加乘器——暗主是这样告诉我的，我也就这样相信了。可是要是其中还有更多名堂呢？要是我才接触到了牡鹿力量的一点皮毛呢？我摇了摇头，这太疯狂了。

"加乘器不能叠加。"

"我看过那本书，"他回答道，"看起来显然是可以的。"

我感觉到了口袋里那本《伊斯托连·桑恰伊》的重量。暗主是否曾经害怕，我会从这本儿童读物中了解到莫洛佐瓦的秘密？

"你不明白自己在说些什么。"我对斯特姆霍德说，"从来没有格里莎拥有过第二个加乘器，这种风险——"

"最好不要在我身边说起风险这个词，我这个人对于风险有点喜爱过度。"

"不是这种风险。"我严厉地说。

"真可惜。"他低语道，"如果暗主追上了我们，再来一场战斗，我不太相信这艘船和这批船员还能撑得过去。第二个加乘器也许能抵消劣势，能给我们带来一点优势就更好了，我其实挺讨厌势均力敌的站斗的。"

"第二个加乘器也有可能会把我弄死，或者把船弄沉，或者制造出另一个黑幕，或者造成其他更加糟糕的后果。"

"你确实喜欢把事情往坏处想。"

我的手指在口袋里摸来摸去，想触摸那些鳞片潮湿的边缘。

我所知道的信息非常少，而且我对格里莎理论顶多只是了解个大概。不过有项原则似乎一直是颇为明确的：一名格里莎，一个加乘器。在那些我被要求阅读的晦涩哲学文本之中，我记得有这样一段话："为什么一名格里莎能控制并只能控制一个加乘器？我会以这个问题作为回答——什么是无限？宇宙和人的贪婪。"我需要一点时间来好好思考这段话。

"你会信守承诺吗？"我最后问道，"你会帮助我们逃跑吗？"我不知道我为什么要多费口舌问这些问题，如果他想好了要背叛我们，他当然不可能说出来了。

我以为他会开句玩笑来回答，所以当他这样说的时候我很诧异："你就这么渴望再一次抛下你的国家吗？"

我愣住了。你的国家一直在受苦受难。暗主曾经谴责我背弃拉夫卡。他在很多事情上都是错误的，但我不禁感觉到在这件事情上他是正确的。我让我的国家遭受黑幕的蹂躏，让它由软弱的国王和暗主、大教长等贪婪的当权者来掌控。现在，如果传言可信的话，黑幕正在扩张，而拉夫卡则将分崩离析。这些都是因为暗主，因为项圈，因为我。

我仰起脸，面朝太阳，海风掠过皮肤，我说："我渴望获得自由。"

"只要暗主活着，你就永远不可能获得自由，你的国家也不会获得自由，这些你是明白的。"

我一开始认为斯特姆霍德可能很贪婪或者很愚蠢，可是我从来不曾想过他实际上是个爱国主义者。他毕竟是拉夫卡人，即使他把掠夺来的财富都据为己有，他所做的事情对国家的帮助，很有可能仍然胜过拉夫卡弱小的海军。

"我想要逃跑这个选项。"

"你会有的，"他回答道，"这是我作为一个骗子和杀手的诺言。"他转身向甲板另一头走去，但接着又转回头对我说："你在一件事情上是对的，召唤者。暗主是一个强大的敌人，你也许可以考虑考虑结交一些强大的朋友。"

我当时最想干的事情就是从口袋里掏出那本《伊斯托连·桑恰伊》，然后花一个小时来研究圣伊利亚的那张插图，可是塔玛已经等着护送我去她的住处了。

斯特姆霍德的纵帆船，一点都不像曾经载着我和玛尔到诺威埃泽姆那结实的商船，也不像被我们刚刚抛在身后的笨重的捕鲸船。它光洁精致，配有大量武装，造型也非常优美。塔玛告诉我，斯特姆霍德从一个泽米尼海盗手中缴获了这艘纵帆船，那个海盗当时在南方海岸的港口附近袭击拉夫卡船只。斯特姆霍德非常喜欢这艘船，以至于他把它作为自己的旗舰，重新将其命名为"沃克沃尼"，意思是"水上之狼"。

狼，风暴猎犬[15]，船旗上红色的狗，至少我知道船员们为什么总是大吼大叫了。

纵帆船上的每一寸空间都被派上了用场。船员们睡在枪炮甲板上，到了交战的时候，他们的吊床可以被快速收起，让大炮放置到位。我在这件事上是正确的，有了科波拉尔基在船上，就没有必要再配备奥特卡扎泽亚外科医生了。医生的住处和储备室中

---

15 斯特姆霍德（Sturmhond）和风暴猎犬（storm hound）发音相近。

放置了塔玛的铺位。这间舱室很小，只能勉强放下两张吊床和一个衣柜。墙上排列着橱柜，里面放满了没有用过的药膏、乳霜、砷粉、铅锑溶液。

我在其中的一张吊床上小心地保持着平衡，双脚放在地上，我一边心心念念地惦记着塞在外套里的小红书，一边看着塔玛打开她的箱子，开始卸下身上的武装：挂着手枪的斜挎背带、腰上的两把细长斧子、靴子里的一把匕首，还有另一把匕首，刀鞘固定在她的大腿上，她就是一座行走的武器库。

"我对你的朋友感到抱歉。"她一边说，一边从一个口袋里掏出了一样东西，它看起来像是一只装满了钢珠的袜子。它撞到了箱子的底部，发出响亮的"咚"的一声。

"为什么啊？"我问道，用靴子尖在船板上画着圈。

"我的兄弟打起呼噜来就像是一只喝醉了的熊。"

我笑了起来："玛尔也打呼噜。"

"那他们可以来个二重唱。"她消失了片刻，很快就拿着一个桶回来了。"潮汐召唤者会把雨水桶装满，"她说，"需要洗洗涮涮的话随便用。"

一般来说，清水在船上通常是一种奢侈品，不过既然船员中有格里莎，我估计配额用水就没有必要了。

她把头埋进桶里，揉了揉她短短的黑发，说道："他很帅，那个追踪手。"

我翻了个白眼："别说瞎话了。"

"不是我喜欢的类型，不过很帅。"

我的眉毛一下子抬高了。在我的经验中，玛尔几乎是所有人喜欢的类型，不过我并不准备就这样开始问塔玛涉及个人隐私的问题。如果斯特姆霍德不可靠，那他的船员也就都不可靠，我也不要跟他们中的任何人变得亲密。我已经在珍娅身上得到了教训，一份破裂的友谊已经足够了。于是我没有顺着问下去，而是说道："斯特姆霍德的船员中有科奇人吧，他们不是迷信不让女孩上船吗？"

"斯特姆霍德有他自己的一套。"

"他们也没有……找你的麻烦？"

塔玛咧开嘴笑了，露出洁白的牙齿，与她古铜色的皮肤形成鲜明的对比。她拍了拍挂在脖子上闪着微光的鲨鱼牙，我顿时明白过来，那是一个加乘器。"没有。"她简单地说。

"哦。"

我还来不及眨眼，她已经从袖子里抽出了另一把刀。"这个用起来也很方便。"她说道。

"你怎么知道选哪个啊？"我轻轻叹了一口气。

"看我的心情。"接着她调转刀头，向我递过来，"斯特姆霍德已经下了命令，说让你单独待着，不过只是以防万一，要是什么人喝醉了犯糊涂……你真的知道怎么照顾自己吗？"

我点了点头，我不会身上藏着三十来把刀走来走去，可我也不会任人欺负。

她再次把头埋进桶里，随后说道："他们正在甲板上掷骰子，我也准备去领我的配额了，你想来的话也可以来。"

我不太关心赌博，也不太关心朗姆酒，不过我还是有点想去。使用格里莎能力对抗尼切沃亚带来的感觉似乎让我的整个身体发出爆裂声。我无法平静，这也是几个星期以来我第一次感到饥肠辘辘、想吃东西。但我摇了摇头："我不去了，谢谢。"

"你自便就是了。我有些账可以收，普利夫耶特打赌说我们不会活着回来。我发誓，当我们从那个围栏翻过来的时候，他看起来会像是去葬礼上哀悼的人。"

"他赌你会被杀死？"我说道，大吃一惊。

她笑了起来："我不怪他。反抗暗主和他的格里莎，所有人都知道这简直就是自寻死路，船员们最后是抽签来决定谁去当获得这项荣誉的倒霉蛋的。"

"然后你和你的兄弟运气不好？"

"我们？"塔玛在门口站住了。她头发潮湿，灯光映着她摄心者的笑容。"我们没有抽签，"她一边说一边迈出门去，"我们自愿应征。"

那天夜里直到很晚的时候，我才有机会和玛尔单独谈话。我们被邀请去斯特姆霍德的住处和他一起吃饭，那是一顿奇怪的晚餐。那顿饭由管家为我们服务，他是一位举止无可挑剔的仆人，比船上的其他人要年长几岁。我们吃了几个星期以来最好的一餐：新鲜的面包、烤黑线鳕鱼、腌萝卜，还有甜甜的冰酒，我只啜了几口头就觉得头晕了。

我胃口大开，我使用了能力之后一贯如此，可是玛尔吃得很少，话也不多，直到斯特姆霍德提到了他船上正在运回拉夫卡的武器。之后玛尔好像精神大振，在这顿饭接下来的时间里，他们一直在讨论枪炮、手榴弹，还有各种令他们兴奋的引爆炸方法。

我无法把注意力放到他们身上。他们不停地谈论泽米尼前线使用的连发来复枪，我满脑子想的都是我口袋里的鳞片，还有我要怎样处理它们。

我敢不敢为自己认领第二个加乘器呢？我取了海鞭的性命——这意味着它的力量属于我。不过，如果鳞片和莫洛佐瓦的项圈生效的方法一样，那么龙的力量总归会为我所用。我可以把鳞片给一个斯特姆霍德的摄心者，也许可以是图亚，我可以试着像暗主曾经控制我那样控制他。我也许能够强迫这个私掠船船长带我们驶回诺威埃泽姆，但我必须承认这并不是我想要的。

我又喝了一小口酒，我需要跟玛尔谈谈。

为了转移自己的注意力，我仔细看着斯特姆霍德舱室中的一切。所有的东西都是用发亮的木头和抛光的黄铜制成的。桌子上乱七八糟地放着许多东西：图表、被拆开的六分仪的零件，还有一些奇怪的素描，上面画看起来像是机械鸟铰链翅膀的东西。台子上摆着闪亮的科奇瓷器和水晶。屋里还有各种各样的葡萄酒，上面的标签是用我不认识的文字写的。这全部都是战利品，我明白过来，斯特姆霍德的事业做得有声有色。

对于这位船长，我利用这个机会，第一次好好看了看他。他大概比我大四五岁，他的脸上有一些非常古怪的地方。他的下巴出奇地尖。他的眼睛是发棕的绿色，头发是一种独特的红色。他的鼻子看起来好像被打断过好几次了，而且还用糟糕的技术接合。某一刻，他发现我正在审视他，我可以发誓，他将脸转到了光线照不到的地方。

我们最终离开斯特姆霍德的舱室时，已经过了午夜。我把玛尔拖到甲板上面，找了船头一个隐蔽的地方。我知道前桅楼上值班的人在我们上方，但我不晓得还会不会再有和他独处的机会。

"我挺喜欢他。"玛尔说，因为喝了酒，脚下有些不稳。"我是说，他话太多了，他也很可能从你的靴子上偷走扣子，但他不是个坏人，而且他好像知道很多关于——"

"你能不能先闭嘴？"我小声说，"我想给你看点东西。"

玛尔醉眼朦胧地直视着我："不用这么粗鲁嘛。"

我没理他，从口袋里掏出了那本红色小书。"看。"我说道，把书翻到那一页，将一束光照在圣伊利亚充满喜悦的面孔上。

玛尔呆了。"牡鹿，"他说，"还有鲁索耶。"我看着他端详那幅插图，我也看到了他恍然大悟的那一刻。"圣者们啊，"他呼出一口气，"还有第三个。"

第六章

圣伊利亚光着脚站在海岸上，旁边是黑色的海水。他披着一件紫色长袍破烂的残片，双臂伸出，手掌朝上。他脸上的神情愉悦而平和，圣者们在图画中似乎永远都是这样的神情。他的脖子上套着一个铁项圈，原本和他手腕上沉重的铁链用很粗的链条连在一起。现在那些链条断开了，垂在他的身侧。

在圣伊利亚身后，一条白色大蛇在海浪中翻腾，水花四溅。

一头白色的牡鹿卧在他脚边，用平和的黑色眸子凝视着书外的我们。

不过这两种生物并没有留住我们的注意力。这位圣者左肩后面的背景都是山峦，在那里，远处几乎看不清楚的地方，一只鸟在一座高耸的石头拱门旁盘旋。

玛尔的手指抚过它长长的尾羽，羽毛被画成了白色和浅金色，同样的浅金色也被用来描绘圣伊利亚的光环。"不可能。"
他说。

"牡鹿是真实存在的，海鞭也一样。"

"但这个……不一样。"

他是对的。火鸟并不依托于某一个故事，它依托于上千个故
事，它是所有拉夫卡传说的核心，是无数戏剧、舞剧、小说、歌
剧的灵感来源。据说拉夫卡的国境是火鸟飞行时大致圈出来的。
火鸟的眼泪形成了拉夫卡的河流。拉夫卡的首都据说是在火鸟羽
毛落下的地方建起来的。一个年轻的战士捡起了那片羽毛，带着
它上了战场。没有军队抵挡得住他，于是他成为了拉夫卡的第一
任国王。传说故事大致如此。

火鸟就是拉夫卡，它的命运不该是被某个追踪手的箭射落，
它的骨骼也不该由某个崛起的孤儿为取得更大的荣耀而佩戴。

"圣伊利亚。"玛尔说道。

"伊利亚·莫洛佐瓦。"

"一位格里莎圣者？"

我用指尖触摸书页，触摸图上的项圈和莫洛佐瓦腕上的手
链。"三个加乘器，三个生物，现在我们有了其中的两个。"

玛尔用力地摇了一下头，可能是想清除葡萄酒带来的昏昏
沉沉的感觉。突然之间，他合上了书。我以为他会把书扔到海里
去，不过他接着把书递回到了我的手中。

"我们应该怎么处理这个？"他说，听起来像是在生气。

我整个下午、整个晚上都在想这个问题，吃那顿冗长的晚餐
时也一直在想，我的手指反反复复地摩挲着海鞭的鳞片，似乎非

常渴望触摸它们。

"玛尔，斯特姆霍德的船员中有物料能力者，他认为我应该使用这些鳞片……我觉得他也许是对的。"

玛尔猛地一甩头："你说什么？"

我不安地咽了咽口水，身子略微向前："牡鹿的力量还不够，不够打倒暗主，不够摧毁黑幕。"

"所以你的解决方法是使用第二个加乘器？"

"目前是这样。"

"目前？"他用手揉了揉头发。"圣者们啊。"他骂道，"你想要全部三样，你想要去追捕火鸟。"

我忽然觉得自己很愚蠢，很贪婪，甚至有点荒谬。"插图上——"

"那只是一幅图，阿丽娜，"他愤怒地小声说，"某个死去的僧侣画的画。"

"可是如果不只是这样呢？暗主说过莫洛佐瓦的加乘器是与众不同的，而且它们本就应该一起使用。"

"所以你现在开始接受杀人凶手的建议了？"

"不是的，可是——"

"你跟暗主在甲板下面躲在一起的时候还制订了哪些别的计划啊？"

"我们没有躲在一起，"我大声说，"他只是想把你惹毛而已。"

"好吧，他得逞了。"他紧紧抓着船的围栏，骨节紧绷到发白，"总有一天我要一箭射穿那个混蛋的脖子。"

我耳边响起了暗主的声音：没有其他人像我们一样。我抛开这个念头，伸出手，放在玛尔的胳膊上，说道："你找到了牡鹿，你又找到了海鞭，也许你命中注定还会找到火鸟。"

他放声大笑，那是一个遗憾且隐隐带着自嘲的声音，不过我听出其中不再有那份恨意了，这让我松了一口气。"我是个好追踪手，阿丽娜，但没有那么好。我们总得从某个地方开始找，而火鸟有可能在世界上的任何地方。"

"你能做到的，我相信你能做到。"

最终，他叹了口气，把他的手放在我的手上："我想不起来关于圣伊利亚的任何事情。"

这并不令人惊讶。圣者有成百上千个，可以说拉夫卡每一个小村庄、每一个闭塞的角落都有圣者出现。而且，在科尔姆森，宗教被认为是农民才关注的事情。我们一年只会去教堂一两次。我的思绪飘到了大教长身上。他给了我这本《伊斯托连·桑恰伊》，可我无从了解他这样做的意图是什么，也无法知道他是否晓得书中的秘密。

"我也想不起来，"我说，"不过这个拱门一定有某种含义。"

"你认得出它吗？"

当我第一次看这幅插图时，这个拱门看起来似乎很熟悉。我在接受制图师培训期间看过无数本地图集。我的记忆就好像带着我对拉夫卡及周边地区的山谷、纪念性建筑的匆匆一瞥，一切都模模糊糊。我摇了摇头："认不出。"

"当然了。要不就太容易了。"他长长地呼了一口气，接着将我拉近了一些，在月光下仔细地看着我的脸。他摸了摸我脖子上的项圈。"阿丽娜，"他说，"我们怎么知道这些东西会对你有什么影响？"

"我们不知道。"我承认道。

"但你还是想要它们。牡鹿，海鞭，火鸟。"

我想起在和暗主的怪物军团的打斗中，当我使用能力时涌起的狂喜，当我使出开天斩时我的身体那种异常兴奋、发颤的感觉。如果那力量增加一倍，那会是怎样的感觉呢？如果那力量增加两倍呢？这个想法让我头晕。

我抬起头看着满天星斗。夜空是天鹅绒质感的黑色，上面点缀着颗颗珠宝。那股饥渴的感觉忽然向我袭来。我想要它们，我心里想着。所有的光，所有的力量，我全部都想要。

我感到一阵躁动不安，开始有些战栗。我的拇指向下划过《伊斯托连·桑恰伊》的书脊。是不是我的贪婪让我看到了自己想看到的东西？也许许多年前正是同样的贪婪驱使着暗主，同样的贪婪将他变成了黑色异端，让拉夫卡一分为二。可是我无法逃避实际情况：没有那些加乘器，我无法与他抗衡。玛尔和我拥有的选项并不多。

"我们需要它们，"我说，"三个都需要，如果我们想停止逃亡的话，如果我们想获得自由的话。"

玛尔用手指滑过我的喉咙、我的脸颊，与此同时，他一直凝视着我。我感觉他好像想在我的脸上找到一个答案，但当他最终开口的时候，他只是说了一句："好吧。"

他吻了我一下，很轻，很温柔。尽管我努力想要忽略，但我还是注意到，他的嘴唇与我的嘴唇轻触的瞬间，我感到了某种哀伤的东西。

我不知道是因为我内心热切，还是仅仅因为我害怕自己会失去勇气，总之那天晚上，虽然时间已经很晚了，但我们还是去了斯特姆霍德那里。这个私掠船船长以他素来的愉快态度对我们的请求表示了欢迎，于是玛尔和我回到了甲板上，在后桅下面等候。几分钟之后，船长出现了，后面跟着一个物料能力者。她梳着辫子，像个犯困的孩子一样打着哈欠，虽然她貌不惊人，不过既然斯特姆霍德说她是他最好的物料能力者，我也就不得不相信了。图亚和塔玛跟在后面，他们手里提着灯笼，准备在物料能力者工作时为她照明。如果我们能在接下来将要发生的事之后幸存，那沃克沃尼号上的所有人就都会知道第二个加乘器的事。我不希望这样，可我也无能为力。

"大家晚上好啊。" 斯特姆霍德拍着手说道，似乎完全没有注意到我们沉重的心情。"今晚就是在宇宙中扯出个洞来的完美时机，是不是？"

我对他皱了皱眉头，从口袋里取出了鳞片。我已经把它们在一桶海水中冲洗过了，现在它们在光线下闪出了金色。

"你知道要怎么做吗？"我问那个物料能力者。

她让我转过身去，给她看项圈的背面。我只在镜子里看过它几眼，不过我知道它的表面一定近乎浑然天成。在大卫接起两片鹿角的地方，我的手指确实从来没有察觉到过有任何接缝。

我将鳞片递给了玛尔，他从中取出一片递给了那个物料能力者。

"你确定这是个好主意吗？"她问道。她非常用力地咬着嘴唇，我觉得她可能会咬出血来。

"当然不是个好主意，"斯特姆霍德说，"任何值得做的事情最开始都是一个坏主意。"

那个物料能力者从玛尔的指间抽走了鳞片，把它放在我的手腕上，接着伸出手来要求再给她一枚鳞片。她俯下身去操作起来。

我首先感觉到了热量，那是鳞片在边缘熔解、重组时所发散出来的。一枚接着一枚，它们合并在了一起，融合成了互相交叠的一排，手链也在我的腕上渐渐成形了。物料能力者工作时悄无声息，她的手以极其微小的幅度移动着。图亚和塔玛稳稳地举着灯，他们安静而庄严，如同圣像一般，这时连斯特姆霍德也安静了下来。

终于，手链的两端快要接在一起了，鳞片也只余下了一枚。玛尔低头凝视着他托在掌中的鳞片。

"玛尔？"我说。

他没有看我，只是用一根手指摸了一下我手腕处裸露的皮肤，那里是我脉搏跳动的地方，也是手链将要合拢的地方。之后，他将最后一枚鳞片递给了物料能力者。

片刻之后，大功告成了。

斯特姆霍德盯着鳞片组成的、闪着微光的手链。"嗯，"他低声抱怨着，"我还以为世界末日会更刺激一点呢。"

"往后站。"我说。

身边的人慢慢退到了围栏边。

"你也过去。"我对玛尔说。他不情不愿地答应了。我看到普利夫耶特正在盯着我们看，他站在船舵旁边的位置。我们上方，值班的人们伸长了脖子想看得更清楚一点，他们把绳索弄得嘎吱作响。

我深吸了一口气。我必须很小心。不要热量，只要光。我在外套上擦了擦潮湿的手掌，伸展了一下胳膊。我还没有发出召唤，光就向我涌了过来。

它来自四面八方，来自成千上万的星星，来自还隐藏在地平线下面的太阳。它疾驰而来，怒气冲冲。

"哦，圣者们啊。"我只有时间小声说了这么一句。接下来光就闪耀着通过我的全身，黑夜四分五裂，天空绽放成了灿烂的金色。水面波光粼粼，好像一颗巨大的钻石在阳光中映射出片片耀眼的白光。尽管我设想得很好，可是空气还是因为发热而闪出了微光。

我闭上眼睛，抵抗这种亮光，努力集中精神，试图恢复掌控力。我的脑海里响起了巴格拉刺耳的声音，要求我相信自己的能力：它不是一个躲着你的动物，当你召唤它的时候，它不能选择要不要过来。可是这次的感觉和以往都不同。它就是一个动物，它是由无穷火焰造就的生物，呼吸中带着牡鹿的力量和海鞭的愤怒。这种力量和愤怒在我体内流动，控制我的呼吸，将我打碎，将我溶解，直到光变成了我的全部。

太多了，我绝望地想。但与此同时，我所能想到的又是：还要更多。

从很远的某个地方，传来吼叫的声音。我感觉热量在我身边翻腾，它掀起了我的外套，烧焦了我胳膊上的汗毛。但我并不在乎。

"阿丽娜！"

我感觉船在摇晃，大海也开始爆裂，嘶嘶作响。

"阿丽娜！"突然之间，玛尔伸出胳膊抱住了我，将我往后拉。他抱紧我，双臂几乎要把我压碎，我们周围满是耀眼的光芒，他紧闭双眼。我感受到了海盐和汗水的气味，此外，还有他熟悉的味道——科尔姆森，牧场的草，树林里浓绿的中心地带。

我记起了自己的胳膊、腿脚，感受到了肋骨上的压力——他把我抱得更紧了，把我重新拼凑了起来。我认出了自己的嘴唇、牙齿、舌头、心脏，还有现在也成了我的一部分的新东西：项圈和手链。它们是骨骼和气息，是肌肤和血肉。它们是属于我的。

飞鸟会感觉到它们翅膀的重量吗？

我吸了一口气，又恢复了知觉。我不必刻意去追求那股力量。它就依附于我，仿佛它因为回到了家中而心怀感激。一道强光之后，我放松了下来。明亮的天空慢慢暗淡了下来，黑夜渐渐回归，在我们周围，小团的光亮如同慢慢隐去的烟火，又好像一个梦境，梦里，风吹落了上千朵闪亮的花瓣。

热量也减弱了。大海安静了。我将最后的几束光聚在一起，变成一团柔亮的光芒，在船的甲板上闪动。

斯特姆霍德和其他人蹲在甲板上，嘴巴大张，也许是因为敬畏，也许是因为恐惧。玛尔把我紧紧地搂在怀中，他的脸埋入了我的头发，他的呼吸变成了急促的喘息。

"玛尔。"我小声说。他把我搂得更紧了。我尖声叫了起来:"玛尔,我不能呼吸了。"

缓缓地,他张开眼睛,看着我。我垂下手,光亮彻底消失了。这时他的手才放松下来。

图亚点起了一盏灯,其他人也站了起来。斯特姆霍德掸了掸他水鸭蓝外套浮夸褶边上的灰尘。那个物料能力者看起来好像快要吐了,不过那对双胞胎的表情更加难以捉摸。他们金色的眼睛里闪烁着某种我不知是什么的东西。

"我说,召唤者啊,"斯特姆霍德说,声音微微有些颤抖,"你显然很了解要怎样上演一出好戏啊。"

玛尔双手捧起我的脸。他亲吻了我的眉毛、鼻子、嘴唇、头发,然后再一次将我紧紧抱住。

"你没事吧?"他问道。他的声音有些沙哑。

"我没事。"我回答道。

但这句话并不那么真实。我感觉得到喉咙处的项圈和腕上手链的压力。我的另一条手臂感觉空落落的。我并不完整。

斯特姆霍德叫醒了他的船员,天空破晓时,我们已经上路很久了。我们不确定我发出的光能延伸到多远的地方,不过我很有可能暴露了我们的位置。我们需要快点动身。

每个船员都想看一看第二个加乘器。有些人心怀戒备,有些人只是好奇,但是让我担心的是玛尔。他不断看我,害怕我随时可能失去控制。夜色降临,我们在去甲板下面的时候,我在一个狭窄的通道里拦住了他。

"我没事，"我说，"真的没事。"

"你怎么知道？"

"我就是知道。我感觉得到。"

"你没有看到我看到的东西。那是——"

"它脱离了我的控制。我那时不知道会发生什么情况。"

他摇了摇头。"你好像变成了一个陌生人，阿丽娜。很美丽，"他说，"很可怕。"

"同样的事情不会再发生了。手链现在成为我的一部分了，就像我的肺或者心一样。"

"你的心。"他干巴巴地说。

我握住了他的手，把它放在我的胸口："这依然是同一颗心。它依然属于你。"

我抬起另一只手，在他面前划出一抹温柔的阳光。他畏缩了一下。"他永远也无法理解你的能力，如果他理解了，那他只会开始害怕你。"我把暗主的声音从脑海中赶走。玛尔有充分的理由感到害怕。

"我能做到的。"我轻柔地说。

他合上眼睛，转脸朝向在我手中闪耀的光束。接着他扭过头，用脸颊贴着我的手掌，光温暖地照耀在他的皮肤上。

我们就这样站着，一言不发，直到换岗的钟声响起。

第七章

　　风变暖了，海水也由灰转蓝，沃克沃尼号正载着我们朝东南方向开往拉夫卡。斯特姆霍德的船员由水手和流浪格里莎组成，他们共同协作，让船可以顺利运行。尽管关于第二个加乘器的故事已经流传开来，但他们并没对玛尔或者我多加注意，只是偶尔会过来看我在纵帆船的船尾练习。我很小心，从来不用力过猛，我一直都在中午进行召唤，这时太阳高悬空中，我做的事情绝对不可能会被发现。玛尔依然心怀戒备，但我已经道出了实情：海鞭的力量现在是我的一部分了。它让我惊喜，让我振奋，我对它毫无畏惧。

　　那些流浪的格里莎让我着迷，他们每个人都有着自己的故事。有个人的阿姨宁可偷偷把他带走，也不愿把他交给暗主。另一个人当了第二部队的逃兵。还有一个在格里莎考官来测试她的时候被藏在了储存根茎类蔬菜的地窖里。

"我妈妈告诉他们，我在前一年春天席卷我们村子的热病中死掉了。"那个潮汐召唤者说，"邻居剪短了我的头发，让我假装他们死去的奥特卡扎泽亚儿子，就这样蒙混过关，直到我长大，可以离开。"

图亚和塔玛的妈妈曾经是一名驻扎在拉夫卡南方边境的格里莎，她在那里的时候遇到了他们的父亲，一个书翰雇佣兵。

"她去世的时候，"塔玛解释说，"她要求我爸爸保证不会让我们被选入第二部队，我们第二天就动身去了诺威埃泽姆。"

大部分流浪格里莎最终去了诺威埃泽姆。那里是除了拉夫卡以外，唯一他们不用害怕会被书翰医生用来做实验，或者被菲尔顿巫师猎人烧死的地方。即便如此，在展现自己能力的时候，他们还是必须要很小心。格里莎是很值钱的奴隶，无良的科奇商人会围捕他们，并把他们秘密拍卖，这一点是出了名的。

正是这些威胁促使那么多格里莎一开始在拉夫卡寻求庇护、加入第二部队。但是流浪者们有不同的想法，对他们来说，那种瞻前顾后、居无定所、时刻都要避免被发现的生活，要胜过为暗主和拉夫卡国王效力的生活。我能理解这种选择。

在纵帆船上过了几天单调的日子之后，玛尔和我向塔玛询问她是否可以向我们展示一些泽米尼格斗术。这排解了不少船上生活的沉闷与无聊，也缓解了一些回西拉夫卡所带来的可怕的焦虑情绪。

斯特姆霍德的船员向我们证实了我们在诺威埃泽姆听到的那些令人心烦的传言。穿越黑幕的活动全面停止，难民们正在从它不断延伸的边界逃离。第一部队差不多快要叛变了，第二部队则七零八落。大教长的太阳圣者教在不断扩张，这个消息最让我感到恐惧。没有人知道，在暗主政变失败之后，他是如何从大王宫中逃脱的，但他已经在遍布拉夫卡的修道院网络中再次现身了。

他正在散播我在黑幕上死去、复活成为圣者的故事。对此我想要大笑，可是到了深夜，当我翻阅《伊斯托连·桑恰伊》里充满血腥故事的页面时，我连轻笑一声都做不到了。我想起了大教长的气味，它混合着香烛的气息和霉味，令人不快。想到这儿，我把外套裹紧了一些。他给了我这本红色的书，我必须想一想这是为什么。

虽说身上出现了淤青和肿块，不过和塔玛的练习让我一直以来的忧虑变得不那么严重了。到了年龄，女孩会和男孩一起被直接选入国王的部队，所以我看到过许多女孩练习打斗，我也和她们一起受训。可是我从来没有看到过任何人，不论男女，像塔玛这样打斗。她有着舞者的优雅，还有一种似乎不会出错的直觉让她预知对手接下来的动作。她选择的武器是两把双刃斧，她可以同时挥舞，斧头的锋刃闪闪发光，就像水面反射的光一样，不过她用刀、用枪，或者赤手空拳，几乎也具有同样的杀伤力。只有图亚可以与她匹敌，他们两人格斗的时候，所有的船员都会停下来围观。

那个巨人很少开口说话，他大部分的时间都在干水手的活，或者就站在一旁，让人望而生畏。不过，有的时候，他会介入我们的课程，来帮帮忙。他算不上是一个很好的老师。"动作要快"差不多就是我们能从他嘴里听到的所有的话了。塔玛作为教练比他好多了，不过自从斯特姆霍德在前甲板上发现我们进行练习之后，我的课程难度就降低了。

"塔玛，"斯特姆霍德责备道，"请不要损坏货品。"

塔玛立刻站好，利落地说："是，船长。"

我不高兴地看了他一眼："我不是你运送的一个包裹，斯特姆霍德。"

"这真令人遗憾，"他一边说，一边走了过去，"包裹不会说话，而且你把它们放在哪儿它们就会待在哪儿。"

不过当塔玛开始教我们用刺剑和军刀打斗的时候，连斯特姆霍德也参与了进来。玛尔每天都在进步，不过斯特姆霍德依然次次都可以轻易将他击败，然而玛尔看起来对此并不在意。他以正面的幽默情绪来对待他的大败，这似乎是一件我永远无法掌握的事情。输会让我变得急躁易怒，而玛尔则可以一笑置之。

"你和图亚是怎么学会使用你们的能力的？"一天下午，我们看玛尔和斯特姆霍德用钝剑在甲板上格斗的时候，我问塔玛。她帮我找了一根索针[16]，在她没有出拳打我的时候，她会试着教我打结、重新编织绳子。

"收紧手肘！"斯特姆霍德叱责玛尔道，"不要张来张去的，搞得像只鸡一样。"

玛尔发出了几声可以以假乱真的咯咯的鸡叫声，听得让人心

16　索针（marlinspike），用于结绳的工具，一般为细长的锥形，顶部有孔，用来打结比徒手打要紧得多；还可以用来重新编织绳子（splicing），比如将两根绳子结在一起、在同一根绳子上结出一个圈或者加上配件等；必要时也可以作为武器。（来源：维基百科）

烦。

塔玛扬起了眉毛："你的朋友看起来过得很愉快啊。"

我耸了耸肩："玛尔一直是这样的，就算把他单独放进一个全是菲尔顿刺客的营地里，他也会和他们勾肩搭背地走出来。他被种到哪儿就会在哪儿茁壮生长。"

"那你呢？"

"我更像是杂草。"我冷冰冰地说。

塔玛咧嘴笑了。在格斗中，她是冷酷静默的火，然而不动手的时候，她却笑口常开。"我喜欢杂草，"她说道，双手一撑从围栏上跃下，将散落的绳子收到一起，"杂草是具有顽强生命力的东西。"

我对她微微一笑，赶紧埋头继续打那个我试图打的结。现在的问题是，我喜欢待在斯特姆霍德的船上。我喜欢图亚、塔玛还有其他的船员。我喜欢坐下和他们一起吃饭，喜欢普利夫耶特抑扬顿挫的男高音。我喜欢进行打靶练习的那些下午，我们把空酒瓶排在一起，射击扇尾形的瓶盖，下一点无伤大雅的赌注。

这一切让我感觉有点像在小王宫的时候，不过这里没有乱糟糟的政治，也不会有人为了地位而耍心机。船员们以一种轻松、开放的态度对待彼此。他们都年轻而贫穷，生命中大部分的时间都是在东躲西藏中度过的。在这艘船上，他们找到了一个家，他们也欢迎玛尔和我加入这个家，几乎没有任何抱怨与不满。

我不知道在西拉夫卡等待着我们的是什么，而且我确信，回去本身就是很疯狂的行为。可是在沃克沃尼号上，海风吹拂，白色的船帆在宽广的蓝天中划出清晰的线条，我可以忘掉未来，忘掉我的恐惧。

而且我必须承认，我也喜欢斯特姆霍德。他自以为是，没有礼貌，总是要把两个词就能说清楚的事情用十个词来说，但他领导船员的方式让我印象深刻。他没有动用任何暗主曾经使用过的手段，他的船员却依然毫不犹豫地跟从他。他令他们尊敬，而不是害怕。

"斯特姆霍德的真名叫什么啊？"我问塔玛，"他的拉夫卡名字？"

"不知道。"

"你从来没问过吗？"

"为什么要问呢？"

"那他是从拉夫卡哪里来的呢？"

她眯着眼睛看向天空。"你想再来练一轮军刀吗？"她问道，"在轮到我值班之前，我们应该还有时间再练练。"

她总是会在我提起斯特姆霍德的时候转移话题。我继续说道："他不可能是从天上掉下来落到一艘船上的，塔玛，你就不在乎他是从哪里来的吗？"

塔玛捡起剑，把它们拿给了图亚，他负责掌管船上的武器。"并不怎么在乎，他让我们有船坐，也让我们有架打。"

"而且他没有迫使我们穿上红色的丝绸衣服，扮成宠物狗，摇尾乞怜。"图亚一边说，一边用挂在他粗脖子上的钥匙打开了武器架。

"你扮成宠物狗肯定会很糟糕的。"塔玛笑了起来。

"怎么样都比在一个自我膨胀的黑衣傻瓜手下服从命令

强。"图亚喃喃地说。

"可是你们服从斯特姆霍德的命令。"我指出了这一点。

"只有在他愿意的时候。"

我吓了一跳,斯特姆霍德就站在我身后。

"你去试试告诉那头牛要做什么,看看会怎么样。"这个私掠船船长说。

塔玛哼了一声,她和图亚开始把剩下的武器也都收了起来。

斯特姆霍德靠过来,小声说道:"如果你想知道关于我的事情,小美女,问我就行了。"

"我只是好奇你是从哪里来的,"我用自卫的态度说,"仅此而已。"

"你是从哪里来的?"

"科尔姆森,这个是你知道的。"

"可是你是从哪里来的呢?"

一段模糊的记忆在我的脑海中浮现。浅浅的一盘烧甜菜根,拿在手里滑滑的,还把我的手染成了红色。鸡蛋粥的味道。骑在某个人的肩膀上——也许是我父亲的肩膀——走着一条尘土飞扬的路。在科尔姆森,仅仅是提到我们的父母就会被看作是对公爵善举的背叛,也会被看作是忘恩负义的表现。我们被教导永远不要说起我们来到公爵府邸之前的生活,久而久之,大部分的记忆就这样消失了。

"哪里都不是,"我说,"我出生的村庄小得连个名字都没有。你呢,斯特姆霍德?你是从哪里来的?"

私掠船船长咧嘴笑了,我再一次感觉他的五官有点儿不对劲

第七章

儿。

"我的妈妈是一个牡蛎，"他说道，使了个眼色，"而我是里面的珍珠。"

说完，他哼着走调的小曲，大步走开了。

过了两个晚上，我醒过来，发现塔玛在我面前，摇动着我没有受伤的肩膀。

"该走了。"她说。

"现在？"我睡眼惺忪地问，"现在几点了？"

"快要敲三下钟了[17]。"

"早上的？"我打着哈欠，把双腿甩到吊床边上，"我们到哪儿了？"

"离西拉夫卡海岸还有十五英里。快点儿，斯特姆霍德在等着了。"她已经换好了衣服，她的帆布杂物袋也挂在了她的肩上。

我没有个人物品需要收拾，所以我穿上了靴子，拍了拍外套内袋，确定红色小书在里面，之后就跟着塔玛走出了门。

在甲板上，玛尔和一小队船员一起站在船右舷的围栏边。

---

17 从十五世纪开始，航海中就开始使用钟声来报时。一天被分为六班，分别为：头班（first watch，晚上八点到零点），中班（middle watch，零点到凌晨四点），晨班（morning watch，凌晨四点到八点），午前班（forenoon watch，八点到中午十二点），午后班（afternoon watch，中午十二点到下午四点），夜班（dog watch，下午四点到八点）。每班四个小时，除了夜班之外，在这四小时中，每半小时敲一次钟，第一个半小时敲一下，第二个半小时敲两下，以此类推，钟敲八下说明这一班结束。这里的"敲三下钟（原文为three bells）"比较有可能为中班的第三下钟，大致为凌晨一点半。（来源：boatsafe.com）

我意识到普利夫耶特正穿着斯特姆霍德那浮夸的水鸭蓝双排扣大衣，这让我困惑了片刻。要不是斯特姆霍德正在发号施令，我根本认不出他来。他裹着一件很大的厚大衣，领子竖了起来，头上还戴了一顶羊毛帽，盖住了他的耳朵。

冷风飕飕地吹着，天空中的星星十分明亮，镰刀形的月亮挂在离地平线不远的地方。我越过被月光照亮的海浪看向远方，听着大海平和的叹息。陆地也许不远了，不过我看不到它。

玛尔抚着我的胳膊，试图让它们暖起来。

"现在是怎么回事呀？"我问道。

"我们准备上岸了。"我听得出他声音中的警惕。

"在夜里上岸？"

"沃克沃尼号会在接近菲尔顿海岸的地方升起我的旗帜。"斯特姆霍德说道，"暗主还不需要知道你又回到了拉夫卡的土地上。"

在斯特姆霍德转过头去和普利夫耶特说话的时候，玛尔把我拉到了左舷的围栏边："你对这件事有把握吗？"

"一点把握也没有。"我承认道。

他把双手放在我的肩上，说道："如果我们被发现的话，我很有可能会被逮捕。你也许是那个太阳召唤者，可我只是一个违抗命令的士兵而已。"

"暗主的命令。"

"这可能并不怎么重要。"

"我会让它变得重要的。而且，我们不会被发现的。我们会进入西拉夫卡，和斯特姆霍德的客户会面，然后再决定我们需要怎么做。"

玛尔把我拉得离他更近："你一直都这么麻烦吗？"

"我喜欢把自己想成是复杂得令人愉快的人。"

玛尔俯身亲吻我的时候，斯特姆霍德的声音穿透黑暗传了过来："我们能不能晚点再进入搂搂抱抱的部分？我想让我们在天亮之前上岸。"

玛尔叹了一口气："我总有一天会给他一拳。"

"我支持你这么做。"

他牵起我的手，我们回到了水手的队伍当中。

斯特姆霍德交给普利夫耶特一个用浅蓝色火漆封口的信封，然后在他的背上拍了拍。也许是月光的缘故，但这位大副看起来像要哭的样子。图亚和塔玛翻过围栏，紧紧抓住固定在纵帆船上的梯子。

我望着船的边缘，我本以为那是一条普通的长舟，但当我看到那条在沃克沃尼号旁边上下起伏的小船时候，我有些惊讶。它和我以前看到过的船只都不一样。它的两个船体看起来像一双空的鞋子，它们被一块甲板连在一起，甲板中间有一个巨大的洞。

玛尔爬了下去，我跟在他后面，小心翼翼地踏上了那艘船弯曲的船身。我们拣能走的地方走，来到了中间的甲板上，那里的两根桅杆之间有一个凹下去的放座位的区域。斯特姆霍德紧随我们跳了下来，接着翻上座位后面一个高起的平台，在船舵后面停了下来。

"这是什么东西啊？"我问道。

"我把它叫作蜂鸟号，"他一边说，一边查看着一个我无法看清的图表，"不过我在想着把它改名成火鸟号。"我猛吸了一口气，可是斯特姆霍德只是咧嘴笑了笑，下令道："切断锚线，开船！"

塔玛和图亚解开绑在沃克沃尼号挂钩上的绳结。我看见锚线像一条活蛇般蜿蜒在蜂鸟号的船尾，末端无声地滑入了海中。我本来以为我们进入港口的时候需要使用锚，不过我想斯特姆霍德应该知道自己在做什么。

"张开帆。"斯特姆霍德喊道。

船帆展开了。尽管蜂鸟号的桅杆要比纵帆船上的短很多，它的两张帆却很大，呈长方形，各自需要两名水手才能把它们摆放到位。

一阵轻风吹来，我们远离了沃克沃尼号。我抬起头，看到斯特姆霍德正望着纵帆船漂走。我无法看见他的面孔，但我清楚地知道他在进行着他的告别。他活动了几下身体，接着喊道："暴风召唤者！"

每个船体里都有一名格里莎。他们扬起双臂，风顿时在我们身边刮起，吹起了船帆。斯特姆霍德调整了我们的方向，要求加速前进。暴风召唤者依言行事，于是这艘奇怪的小船向前飞驰起来。

"拿着这个。"斯特姆霍德说着，把一副护目镜扔到了我的腿上，接着又抛给了玛尔一副。它们看起来和物料能力者在小王宫中工作时戴的护目镜很相似。我四下看了看，似乎所有船员都戴着护目镜，斯特姆霍德也一样。我们把护目镜戴了起来。

几秒钟之后我就开始感谢这副护目镜了，那时斯特姆霍德要求继续加速。船帆在我们上方的索具中呼呼作响，我感到了一阵紧张。他为什么要这么着急？

蜂鸟号在水上疾驰而过，它浅浅的双船体划过一个浪头又一个浪头，几乎没有碰到海面。我紧紧抓着我的座位，船的每次颠簸都让我的反胃。

"好了，暴风召唤者，"斯特姆霍德命令道，"带我们起来。水手去两翼，听我倒数。"

我转向玛尔："'带我们起来'是什么意思？"

"五！"斯特姆霍德喊道。

水手们开始拉着绳索逆时针移动。

"四！"

暴风召唤者双臂展得更开了。

"三！"

两根桅杆之间响起了一阵爆炸般的声音，船帆完全鼓了起来。

"二！"

"起！"水手们叫着。暴风召唤者猛地大幅度抬起了手臂。

"一！"斯特姆霍德大喊。

船帆鼓胀起来，翻滚出去，在高过甲板的地方飘扬，如同两个巨大的翅膀。我的胃抽动了一下，无法想象的事情发生了：蜂鸟号飞了起来。

风猛烈地吹打着我的脸，我们升入了夜空，我这时用力抓着自己的座位，含糊地小声念着以前的祈祷文，双眼闭得紧紧的。

斯特姆霍德笑得像个疯子一样。暴风召唤者轮流叫唤彼此，确保上升的气流保持稳定。我觉得我的心脏就快要从胸口跳出来了。

哦，圣者们啊，我想着，感到阵阵反胃，这不是真的。

"阿丽娜。"玛尔压过大风的呼啸声向我喊道。

"什么？"我从紧闭的双唇间挤出了这个词。

"阿丽娜，睁开眼睛，你该看看这个。"

我简短地摇了一下头，这正是我不需要做的事情。

玛尔的手滑入我的手中，他握住了我僵硬的手指："试试吧。"

我战栗着呼吸了一下，强迫自己睁开双眼。我们处于星星的环绕之中。在我们上方，白色的帆布展开成了两条宽阔的弧线，好像是弓箭手拉满弓时弯曲的弓弦。

我知道自己不应该这样做，但我情不自禁地将脖子伸出了座位区域的边界。大风的咆哮震耳欲聋。在下面——下面很远的地方——是被月光照亮的海浪，如同一条缓慢移动的大蛇身上发亮的鳞片。如果我们跌下去，我知道我们会在它的背上粉身碎骨。

一个介于兴高采烈和歇斯底里之间的轻笑，从我嘴里冒了出来。我们在飞，在飞。

玛尔捏了一下我的手，发出了一声欢欣鼓舞的大喊。

"这不可能！"我叫道。

斯特姆霍德兴奋地高喊道："人们说'不可能'的时候，他们的意思通常是'不太可能'。"月光在他的护目镜镜片上闪烁，他的厚大衣在他身边扬起，他这样看起来简直像个彻头彻尾的疯子。

我试着不再屏住呼吸。风被控制得很平稳，暴风召唤者和船员们看起来注意力很集中，而且很冷静。缓慢地，非常缓慢地，我胸中的那个结渐渐松了，我开始放松下来。

"这个东西是从哪里来的？"我朝着斯特姆霍德喊道。

"它是我设计建造的，也有几个试验样品坠毁了。"

我用力咽了咽口水，"坠毁"是我现在最不想听到的词。

玛尔身子倾斜，靠近了座位的边缘，他试图更清楚地看一看放置在船体最前端的巨大枪炮。

"那些枪，"他说，"它们有不止一根枪管。"

"它们还是重力装弹的，不需要停下来重新填弹药，它们一分钟可以打两百发。"

"这——"

"不可能？唯一的问题是过热，不过这个型号还好。我手下有一群泽米尼枪械师在试图解决这些问题。他们是些野蛮的小混蛋，不过他们对枪械很在行。后面的座位可以旋转，所以你可以从任何角度进行射击。"

"而且可以居高临下向敌人开火。"玛尔叫着，有些欣喜若狂，"如果拉夫卡的舰队能够有这些装备的话——"

"这是很大的优势，对不对？不过第一部队和第二部队就必须要合作了。"

我想起了暗主很久以前对我说的话：依靠格里莎能力的时代快要结束了。他的解决方法是把黑幕变成武器。可是如果格里莎能力能由像斯特姆霍德这样的人进行转化，那会怎么样呢？我环视蜂鸟号的甲板，看着并肩工作的水手和暴风召唤者，看着坐在令人生畏的枪炮后面的图亚和塔玛。那并不是不可能的。

他是一个私掠船船长，我提醒自己说，而且他一秒钟之内就可以自甘堕落成发战争财的奸商。斯特姆霍德的武器可以给拉夫卡带来优势，但这些枪炮同样也可以为拉夫卡的敌人所用。

投在左舷船头上的明亮灯光将我从思绪中拉了出来，那是奥克荷姆海湾的大灯塔，我们现在已经很接近了。我只要伸长脖子，就能隐约辨认出欧斯科沃的海港里那些熠熠生辉的塔楼了。

斯特姆霍德没有直接过去，而是折向了西南方，我估计我们会在靠近海岸的某个地方降落。登陆这件事让我忐忑不安，我决定到时候不管玛尔说什么，我一直都闭着眼。

很快，我看不见灯塔的光束了。斯特姆霍德准备把我们往南带多远呢？他说过他想要在天亮之前到达海岸，而一两个小时之后天就要亮了。

我的思绪飘远了，迷失在环绕我们的星星之间，迷失在广阔天空中的云朵里。风刺痛了我的脸颊，似乎也穿透了我薄薄的外套。

我向下看了一眼，猛吸了一口气，尖叫起来。我们已经不在水面上飞行了，我们飞在陆地上方——坚实的、不容有失的陆地。

我拽住玛尔的袖子，慌乱地指着我们下方的田野，在月光的阴影下，那里黑一块白一块的。

"斯特姆霍德！"我惊惶地喊道，"你在干什么啊？"

"你说过你会带我们回到欧斯科沃——"玛尔叫道。

"我说过我会带你们去见我的客户。"

"别说这个了，"我哀号起来，"你准备在哪里降落？"

"别担心，"斯特姆霍德说，"我已经想好要在一个可爱的小湖上降落了。"

"多小？"我尖声叫道，接着我就看到玛尔爬出了座位，他满面怒火。

"玛尔，坐下！"

"你这个骗子，小偷——"

"我要是你就会待在那儿不动，我觉得你不会想在我们进入黑幕的时候推推搡搡。"

玛尔呆住了。斯特姆霍德开始哼起那首走调的小曲，口哨声瞬间就被风吹走了。

"你一定不是认真的。"我说。

"我不经常认真，不经常。"斯特姆霍德说道，"在你座位的后面有一支来复枪，奥勒瑟夫。你也许该把它拿出来，以防万一。"

"你不能让这个东西进入黑幕！"玛尔吼道。

"为什么不能？按照我的理解，我可是跟一个可以保证我们安全通过黑幕的人在一起呢。"

我攥紧了拳头，愤怒一下子将恐惧从我脑海中赶走了。"或者我也可以让涡克拉把你和你的船员们当宵夜吃！"

斯特姆霍德一只手放在船舵上，看了看他的计时器。"应该算是格外早的早餐，我们实在是比原定计划晚太多了。还有，"他说，"我们接下来还有很远的路要走，即使对太阳召唤者来说也很远。"

我看了玛尔一眼，我知道自己的脸上一定是和他一模一样的愤怒表情。

我们下方的风景以可怕的速度铺展开来。我站了起来，试图对我们的位置有个大致的认识。

"圣者们啊。"我骂道。

在我们身后，是星星，月光，是那个充满生机的世界。在我们前方，什么都没有。他真的要这样做，他要把我们带进黑幕。

"枪炮手，做好准备，"斯特姆霍德下令道，"暴风召唤者，稳住。"

"斯特姆霍德，我要杀了你！"我喊道，"掉头，现在就掉头！"

"我也希望能够遵照你的吩咐做，不过如果你想杀我的话，恐怕你不得不等到我们着陆之后了。准备好了吗？"

"没有！"我尖声叫道。

可是下一刻，我们就处在黑暗之中了。好像从没有过这样的黑夜——完美的、深沉的、不正常的黑暗，它围绕着我们，好像一只会牢牢掐住我们脖子的手。

第八章

我们进入虚海的那一刻，我就知道某些东西已经改变了。

匆忙之间，我在甲板上站了起来，双手一张，召唤出一大片阳光，笼罩住了蜂鸟号。尽管我对斯特姆霍德的行为非常恼怒，但我总不能通过让一群涡克拉把我们打落来证明这一点。

有了两个加乘器的力量，我几乎不用想就能召唤光。我小心地测试了一下它的限度，并没有感觉到我第一次使用手链时那种将我压倒的、狂野的破坏力，但是有什么东西非常不对劲。我感觉黑幕与以往不同了。我告诉自己这只是一种幻觉，可是那黑暗好像有了质地，我几乎可以感觉得到它在我的皮肤上移动。我肩膀上的创口开始发痒、发紧，那里的肌肉好像变得躁动不安。

我之前曾经来过虚海两次，那两次我都感觉自己像个陌生人，仿佛一个不受欢迎的人处在一个危险的、不自然的世界之中，那个世界也不希望我待在其中。可是现在我感觉黑幕好像在向我张开怀抱，在欢迎我。我知道这不符合逻辑。黑幕是一个死气沉沉的、空虚的地方，它不是有生命的东西。

它认识我，我想着。信号相似则相吸。

我这是在胡思乱想。我赶走了这些想法，将光亮推得更远，一股力量充满我体内，温暖而令人安心。这才是我，不是黑暗。

"它们来了。"玛尔在我身边说，"听。"

在飕飕的风声之外，我听到鸣叫声的回音穿透黑幕传了过来，接着是涡克拉的翅膀不断拍动的声音。它们被人类猎物的气味吸引着，很快就找到了我们。

它们的翅膀在我创造的光圈外击打着空气，把黑暗一浪一浪地向我们推过来。自从停止穿越黑幕后，它们太久都没有食物了，食欲让它们的胆子越来越大。

我展开手臂，让光芒绽放得更加明亮，把涡克拉逼得退了回去。

"不要这样，"斯特姆霍德说，"让它们靠近一些。"

"什么？为什么啊？"我问道。涡克拉是彻头彻尾的捕食者，它们不是可以用来玩弄的对象。

"以前它们捕猎我们，"他说道，抬高声音以便让每个人都能听到，"也许现在是我们捕猎它们的时候了。"

船员发出了跃跃欲试的欢呼声，紧接着又发出了一连串的咆哮声。

"把光圈缩小。"斯特姆霍德向我吩咐道。

"他失去理智了。"我对玛尔说，"跟他说他失去理智了。"

玛尔却迟疑了："可是……"

"可是什么？"我不敢相信地问，"你要是忘了的话，我提醒你，一只涡克拉曾经想把你吃掉！"

他耸了耸肩，咧开了嘴，唇上带着笑意："可能这就是我想看看这些枪炮的威力的原因吧。"

我摇了摇头，我不喜欢这样，一点都不喜欢。

"只要一小会儿，"斯特姆霍德趁势说道，"满足我一下吧。"

满足他一下，好像他是在要求多给他一块蛋糕似的。

船员们在等待着。图亚和塔玛弯腰趴在突出在外的枪管上，他们看起来像是背部油亮的昆虫。

"好吧，"我说，"别说我没警告过你们。"

玛尔把来复枪举到了肩膀上。

"来了。"我小声咕哝道。我屈起了手指，光圈收缩，小到紧贴着船了。

涡克拉兴奋地鸣叫着。

"全收掉！"斯特姆霍德命令道。

我牙关紧咬，心里充满了挫败感，然后按照他的要求做了。黑幕变得暗了下来。

我听到翅膀的响动，涡克拉俯冲下来了。

"现在，阿丽娜！"斯特姆霍德喊道。"把光圈放大些！"

我没有停下来思考，抛出光圈，炫目的光波喷薄而出，像正午阳光一般刺目、毫不留情的光芒照出了我们周围的恐怖景象。

涡克拉到处都是，它们就在船的四周，那是一大群扭动着的、长着翅膀的灰色身体，有着浑浊的、看不见东西的眼睛，还有满是牙齿的大嘴。可以肯定的是，它们和尼切沃亚非常相似，不过它们更怪异，也更笨拙。

"开火！"斯特姆霍德喊道。

图亚和塔玛开火了。那是一种我从来没有听到过的声音，仿佛是一阵连续不断的、可以震碎头骨的雷声，它让我们周围的空气震荡，让我的骨头嘎吱作响。

这是一场大屠杀。涡克拉不断从我们周围坠下，有的胸口被轰开，有的翅膀从身体上断开。用过的弹壳"砰砰砰"地掉在船的甲板上。空气中充斥着浓浓的火药味。

一分钟两百发子弹，这就是现代军队的威力。

这些怪物似乎并不知道发生了什么。它们盘旋着，拍打着翅膀，陷入了混合着嗜血的欲望、饥饿、恐惧的激动狂乱之中，它们糊里糊涂地拉扯着彼此，竭力想要逃走。巴格拉曾告诉过我，涡克拉的祖先本是人类。我可以发誓，我从它们的叫声中听出了这一点。

炮火声渐渐平息，我的耳朵仍在嗡嗡作响。我抬起头，船帆上溅到了黑色的血液和碎肉。我的眉宇间冒出一股冷汗，我觉得我都快吐了。

刚安静了一会儿，图亚就一仰头，发出了一声昭示胜利的大吼。其他船员也紧随其后，又是号叫又是狂喊。我想冲着他们所有人尖叫，让他们闭嘴。

"你觉得我们能不能再招来一群？"一个暴风召唤者问道。

"也许能。"斯特姆霍德说，"但我们可能应该朝东走了。天快亮了，我不希望被发现。"

对，我想，朝东走，离开这儿。我双手发抖，肩膀上的伤火烧火燎，还有些抽搐。我这是怎么了？涡克拉是怪物，它们会不假思索地把我们撕碎。这我知道，然而我依然可以听到它们的叫声。

"还有更多涡克拉在附近，"玛尔突然说道，"非常多。"

"你怎么知道的？"斯特姆霍德问。

"我就是知道。"

斯特姆霍德犹豫了。他戴着护目镜、帽子，领子高高竖起，因此无法让人看出他的表情。"在哪里？"他最终开口说道。

"只要往北一点，"玛尔说，"这边。"他指向黑暗之中，而我非常想把他的手推开。他可以追踪涡克拉并不意味着他必须这样做。

斯特姆霍德说出了方位，我的心沉了下去。

蜂鸟号双翼一沉，向玛尔说出的方向前进，由斯特姆霍德校正路线。我尽量将注意力集中在光芒上，庆幸着我拥有这种让人欣慰的能力，尽量忽略我五脏六腑的不适感觉。

斯特姆霍德让我们飞得更低了。我召唤的光在黑幕那苍白的沙子上闪烁，然后碰到一艘失事沙艇影影绰绰的庞大躯壳。

当我们接近它时，我全身一阵战栗。那艘沙艇从中间断成了两截。其中一根桅杆断成了两半，我还可以辨认出三面黑色船帆破破烂烂的残存部分。玛尔把我们领到了暗主沙艇的遗骸旁边。

我勉强才有的那一点冷静顿时烟消云散了。

蜂鸟号降得更低了，我们的影子掠过了破碎的甲板。

　　我感觉到了极其微小的一点轻松。尽管很不合逻辑，但我以为自己会看到甲板上横七竖八地躺着被我抛下的格里莎的尸体，会看到国王使者和外国使节的骸骨在角落里缩成一团。当然这些早就不在了，他们成了涡克拉的食物，他们的骨头散落在黑幕荒芜的疆域之中。

　　蜂鸟号侧向了右舷，我将光射入了断开船体那幽暗的深处，尖叫声由此响起。

　　"圣者们啊。"玛尔骂道，举起了他的来复枪。

　　三只巨大的涡克拉蜷缩在沙艇的船体下面，背对着我们，宽大的翅膀伸展开来。然而正是它们试图用身体护住的东西让我感到一阵强烈的恐惧和反胃：许许多多蠕动着、扭曲着的身形，极小的、微微闪光的手臂，小小的背，上面分裂出了呈透明膜状的、几乎还未成形的翅膀。它们恹恹地呜咽，在彼此身上滑来滑去，试图躲开光线。

　　我们发现了一个涡克拉的巢。

　　船员们都安静了下来，既没有号叫，也没有狂喊。

　　斯特姆霍德驾船又在低空划出了一道弧线。接着，他喊道："图亚，塔玛，格伦纳基。"

　　这对双胞胎推出了两枚铸铁炮弹，把它们架到了围栏的边缘。

　　又一波恐惧席卷了我的全身。它们是涡克拉，我提醒自己。看看它们，它们是怪物。

　　"暴风召唤者，听我的信号。"斯特姆霍德沉沉地说。"引爆准备！"他喊道，"枪炮手，扔！"

　　炮弹被扔出的那一瞬间，斯特姆霍德大喊道："现在！"他将船舵猛地转到了右边。

暴风召唤者双臂大张，蜂鸟号向上冲去。

安静持续了一秒钟，接着我们的下方就响起了巨大的爆炸声。爆炸产生的热量和冲力掀起一阵狂风，猛地撞在蜂鸟号上。

"稳住！"斯特姆霍德吼道。

小船剧烈地摇晃，在它的帆布翅膀下就像钟摆一样。我努力保持平衡，让光继续笼罩我们，这时玛尔的双手分别压在我身体的两侧，他用自己的身体护住了我。

终于，小船不再晃动，在熊熊燃烧的沙艇残骸上方，小船在空中划出了一条平滑的弧线。

我剧烈地颤抖着。焦糊的皮肉让空气中充满了臭味。我的肺感觉像烧焦了一样，每一次呼吸都让我胸口灼痛。斯特姆霍德的船员们再次欢呼起来。玛尔加入了他们，高举他的来复枪昭示胜利。在欢呼声之外，我依然可以听到涡克拉的尖叫声，在我听来，这声音无助、富有人性，好像是母亲哀悼幼子的恸哭。

我闭上了眼睛，只有这样做，我才不至于用手紧紧地捂住耳朵，瘫倒在甲板上。

"够了。"我小声说。似乎没有人听到我的话。"求求你们了，"我沙哑地说，"玛尔——"

"你已经变成很不错的杀手了，阿丽娜。"

那是个冷冷的声音。我猛地睁开了眼睛。

暗主站在我面前，黑色的凯夫塔铺在蜂鸟号的甲板上。我倒吸了一口凉气，向后退去，慌乱地四下张望，可是没有人在看我。他们在欢呼，叫喊，睁大眼睛看着下面的火焰。

"别担心，"暗主温和地说，"时间久了，这就会变得越来越容易。来，我做给你看。"

他从凯夫塔的袖子里抽出了一把刀，我还没来得及叫出声，他就砍向了我的脸。我双手一挥想自卫，猛地发出一声尖叫。光消失了，船坠入了黑暗。我蜷缩着跪倒在甲板上，准备迎接格里莎钢刺入皮肤的疼痛。

疼痛没有到来。人们在环绕着我的黑暗中尖声呼叫，斯特姆霍德在喊我的名字。我听到涡克拉的鸣叫在回响，很近，太近了。

有人在哀号，船猛地一斜。船员们手忙脚乱地想站稳脚跟，我听到一片靴子踩踏的声音。

"阿丽娜！"这次是玛尔的声音。

我感觉到他在黑暗中向我摸索过来。我恢复了一点知觉，重新召唤了光，抛出了一道闪亮的光瀑。

向我们冲来的涡克拉号叫着，转身飞回了黑暗之中，可是一个暴风召唤者流着血躺在甲板上，他的胳膊几乎被扯了下来。他上方的船帆徒劳地鼓动着。蜂鸟号倾斜了，大幅度地偏向右舷，正在快速下落。

"塔玛，去帮他！"斯特姆霍德命令道。不过图亚和塔玛早就已经匆忙地沿着船体向倒下的暴风召唤者冲过去了。

另一个暴风召唤者两只手都举了起来，试图召唤足够让我们继续飞在空中的风，她的面孔因为竭尽全力而发僵。船上下晃动，摇摆不定。斯特姆霍德紧紧抓着船舵，向操控船帆的船员们发出命令。

我心跳加速，狂乱地在甲板上张望，充满了恐惧和迷惑。我看到了暗主，我看到了他。

"你没事吧？"玛尔问道，他在我身边。"你受伤了吗？"

我无法注视他。我颤抖得非常厉害，我觉得自己可能快要散架了。我集中全部的力气来保证光芒在我们四周闪耀。

"她受伤了吗？"斯特姆霍德喊道。

"先把我们弄出去再说！"玛尔回道。

"哈，那我现在做的算什么？"斯特姆霍德粗暴地喊了起来。

涡克拉鸣叫着，盘旋着，拍打着光圈。它们也许是怪物，可我怀疑他们也懂得复仇。蜂鸟号在摇晃、抖动。我低下头，看见灰白的沙子正在急速靠近我们。

接着，我们突然就来到了黑暗之外，我们穿过黑幕的最后几缕屏障，冲入了破晓时分的蓝色天光中。

下方的地面正在以令人害怕的速度接近我们。

"把光收起来！"斯特姆霍德命令道。

我垂下手，绝望地抓住了座位的围栏。我看到一条路，延伸得很长，一座小镇的灯光在远处闪耀，那里，在一片低矮的小山上面，有一个细长的蓝色湖泊，清晨的阳光洒在湖面上。

"再远一点就行了！"斯特姆霍德喊道。

暴风召唤者使劲地发出呜咽声，她的手臂在颤抖。船帆一沉，蜂鸟号在继续下落。我们划过树顶，树枝剐蹭着船体。

"所有人，趴下，抓紧！"斯特姆霍德喊道。玛尔和我蹲坐着，缩到了座位里，手臂和腿都紧贴着座位区域的边缘，手紧紧扣在一起。小船嘎吱作响，晃动不已。

"我们做不到的。"我声音沙哑。

他什么也没有说，只是更加用力地握住了我的手。

"准备好！"斯特姆霍德吼道。

最后一秒钟，他手脚盘起，跳进座舱里。这时他还不忘说一句："好吧，这可真惬意。"接着，我们就撞到地上，骨头仿佛都要被震碎了。

玛尔和我撞到了座位区域向前突出的地方，这时船划破地面，发出咔哒咔哒的响声。伴随着巨响，水花四溅，然后我们就在水面上滑行了。我听到一阵可怕的断裂声，我知道一个船体已经裂开了。我们在湖面上猛烈地颠簸了几下，接着，在晃动中奇迹般地停住了。

我努力让自己镇定下来，仰面躺在座位区域的侧面，身边有个人在喘着粗气。

我小心翼翼地动了动，重重地撞到了头，两个手掌都被划出了口子，不过看起来我并没有缺胳膊少腿。

湖水漫了进来，淹过座位下面的地板。我听到水溅起的声音，大家在互相叫喊着。

"玛尔？"我试探地问，我的声音在颤抖，又尖又细。

"我没事。"他回答道。他在我左边的某个地方。"我们得出去。"

我四下看了看，可是没有看到斯特姆霍德。

当我们爬出座位的时候，这艘破裂的船开始倾斜，歪向一边。我们听到嘎吱的一声，好像一声叹息，一根桅杆断了，被船帆的重量带着沉入了湖中。

我们跃入水中，奋力挣扎。湖水则想把我们和船一起吞没。

一个船员被绳索缠住了。玛尔潜入水中，去解救他，当他们双双破水而出的时候，我如释重负，差点流下眼泪。

我看见图亚和塔玛自如地划着水，身后是其他的船员。图亚拖着那个受伤的暴风召唤者。斯特姆霍德在后面游着，拖着一个失去知觉的水手，那个水手的胳膊搭在他的背上。我们上了岸，我们做到了。

湿透了的衣服重量增加，让我觉得青肿的四肢更加沉重，不过我们最终走到了浅滩上。我们好不容易从水中走出来，艰难地穿过湿滑的芦苇丛，接着如释重负地躺到了宽阔的新月形沙滩上。

我躺在那里喘着粗气，听着那些清晨的声音，它们平凡得令人觉得古怪：草中蟋蟀的叫声，树林中传来的鸟鸣和呱呱的蛙声。图亚在照料那个受伤的暴风召唤者，完成治愈他手臂的工作，时不时地让他弯曲手指、收起手肘。我听到斯特姆霍德来到岸边，将最后一名水手交给塔玛诊治。

"他没有呼吸了，"斯特姆霍德说，"而且我完全感觉不到他的脉搏。"

我强迫自己坐了起来。这时太阳正在我们身后升起，阳光温暖着我的后背，也给湖面和树木的轮廓镀上了一层金色。塔玛双手按在那个水手的胸口上，用她的能力把水从他的肺里抽出来，让他的心脏重新恢复生命力。水手一动不动地躺在沙子上的那几分钟显得很长。接着他吸了一口气，眼睛猛然睁开，往外吐着湖水，吐到了自己的上衣上。

我松了一口气，我可以少为一个人的死亡而感到良心不安了。

另一个船员在自己的身侧捏了捏，查看他的肋骨有没有断。玛尔的额头上有一道很深的伤口。但我们全都在这儿，我们做到了。

斯特姆霍德涉水回到了湖中，他站在齐膝深的地方，凝视着平静的湖面，他的厚大衣浮在他身后。除了岸边地上磨出的一道痕迹之外，没有任何蜂鸟号曾经来过的迹象。

那个没有受伤的暴风召唤者转向了我。"当时发生了什么？"她吐了一口唾沫，"考尔维差点没命了，我们都差点没命了！"

"我不知道。"我说完，把头靠在膝盖上。

玛尔用手臂抱住我，可是我不想要安慰。我想要一个解释，我需要有人告诉我，那时我为什么会看到那样的景象。

"你不知道？"她不相信地说。

"我真的不知道。"我重复道，说这句话时一股怒气涌了上来，这让我有些惊讶。"我没有要求被推进黑幕，不是我想和涡克拉交战的，你为什么不去问问你的船长发生了什么？"

"她是对的。"斯特姆霍德说，他一边跋涉着从湖水中出来，上岸走向我们，一边脱去了他完全毁坏了的手套。"我应该多给她一点警示的，而且我不应该追过去找那个涡克拉的窝。"

不知怎么地，他同意我的话反而让我更加愤怒了。斯特姆霍德接着摘掉了他的帽子和护目镜，我的满腔怒气随之消失，变成了彻头彻尾的迷惑不解。

玛尔立刻站了起来。"这到底是什么情况？"他说，声音低沉而危险。

我坐在地上动弹不得，面前的怪异景象让我的伤痛和疲惫变得不值一提。我不知道自己看到的是什么，不过我很高兴玛尔也看到了同样的东西。经历了黑幕上发生的事情之后，我有些不信任自己了。

斯特姆霍德叹了口气，抹了一下他的脸——一张陌生人的脸。

他的下巴没有了显著的棱角，他的鼻子依然有点歪，但是和之前那个像要断掉的肿块完全不同。他的头发不再是发红的棕色，而是变成了深深的金色，干净利落地剪成了军队的长度，那双奇怪的、绿色发棕的眼睛现在是清澈明亮的浅褐色。他看起来完全不同了，可毫无疑问，他还是斯特姆霍德。

而且他很英俊，我想着，感到一阵莫名其妙的仇恨。

玛尔和我是唯一两个盯着他看的人。斯特姆霍德的船员看起来连微小的惊讶都没有。

"你手下有一个剪裁者。"我说。

斯特姆霍德面容抽搐了一下。

"我可不是一个剪裁者。"图亚忿忿地说。

"是啊，图亚，你的天分在其他方面，"斯特姆霍德安抚地说道，"主要是在杀人致残这些著名的领域。"

"你为什么要这样做？"我问道，依然需要努力适应斯特姆霍德的声音从另一个人嘴里发出来的不协调感。

"暗主不能认出我，这很重要。他在我十四岁之后就没有见过我了，但我不想在这件事情上冒险。"

"你是谁？"玛尔怒气冲冲地问。

"这是个很复杂的问题。"

"其实，这也很简单，"我跳了起来，说道，"不过回答这个问题需要说出真相，这似乎是你完全做不到的事情。"

"噢，我做得到的，"斯特姆霍德一边说，一边甩着一只靴子上的水，"我只是不太擅长而已。"

"斯特姆霍德，"玛尔咆哮着，向他逼近，"你有不多不少十秒钟来解释，不然图亚就必须给你做个全新的脸了。"

这时塔玛一跃而起："有人过来了。"

我们都安静下来，仔细听着。环绕着湖泊的树林之外传来了声音：马蹄声——很多匹马，还有人们穿过树林向我们接近时树枝折断的响动。

斯特姆霍德发出了抱怨的声音。"我知道我们会被看到的，我们在黑幕中待得太久了。"他叹了一口气，声音干哑，"船沉了，船员看起来像一群落水的负鼠，这可不是我想象的样子。"

我想准确地知道他到底是什么样子的，可是没有时间了。

树木分开了，一队骑着马的男人冲上了沙滩。十个……二十个……三十个第一部队的军人。国王的手下，全副武装。他们都是从哪里来的啊？

经历对涡克拉的屠杀和小船的事故之后，我以为自己的恐惧已经没有了，可是我错了。我想起了玛尔说过的逃离岗位的事情，一阵恐慌猛然向我袭来。我们是即将要作为叛徒被逮捕吗？我的手指开始痉挛起来。我不会再次被当作犯人带走的。

"放松点儿，召唤者，"那个私掠船船长小声说，"这个交给我来处理吧。"

"在你把每件事情都处理得这么好之后，斯特姆霍德？"

"你暂时先不要这样叫我，可能会比较明智一点。"

"这又是为什么？"我狠狠地说。

"因为这不是我的名字。"

　　士兵们骑着马跑过来，在我们面前停下，清晨的阳光照在他们的来复枪和军刀上。一个年轻的队长拔出了刀，"以拉夫卡国王的名义，放下你们的武器。"

　　斯特姆霍德走上前去，把自己置于敌人和他受伤的船员之间。他举起双手，做出投降的姿势。"我们的武器都在湖底，我们身上没有武装。"

　　根据我对斯特姆霍德和双胞胎的了解，我对此非常怀疑。

　　"报上你的姓名，你们是干什么的？"年轻的队长命令道。

　　缓慢地，斯特姆霍德从肩上脱下了湿透的厚大衣，把它交给了图亚。

　　那队士兵出现了一阵不安的骚动。斯特姆霍德穿着拉夫卡的军服。他浑身湿透，可是拉夫卡第一部队的暗橄榄绿服色和黄铜扣子是错不了的——代表军官头衔的金色双鹰也是错不了的。这个私掠船船长到底玩的是什么把戏？

　　一个比较年长的男人拨马出了队列，绕了一圈，来到斯特姆霍德面前。我一惊，认出了他是拉耶夫斯基上校，克里比斯克军营的指挥官。我们坠落的地方离市镇这么近吗？这倒解释了为什么这些士兵这么快就到了这里。

　　"解释一下吧，小子！"上校命令道，"在我剥掉你那身制服，把你挂在树上之前，报上你的姓名，还有身份。"

　　斯特姆霍德看起来毫无惧色。他开口的时候，他的声音有一种我以前从未发现的特质。"我是尼古拉·兰佐夫，二十一团少校，国王部队的军人，乌多瓦大公，双鹰王座统治者亚历山大三世陛下的次子，愿陛下福寿绵长。"

我听得目瞪口呆，那列士兵的脸上都出现了惊异的神色。队列中的某个地方传来一阵不安的窃笑。我不知道这个疯子以为自己在开什么玩笑，不过拉耶夫斯基看起来可没有被逗乐。他跳下马背，把缰绳扔给了一个士兵。

"听着，你这个大不敬的小崽子。"他说道，手已经放在了剑柄上，他大步径直走向斯特姆霍德，饱经风霜的面孔因为愤怒而显现出了条条皱纹。"在北部边境，尼古拉·兰佐夫曾在我手下服役，而且……"

他的声音逐渐低了下去。他现在和这个私掠船船长面对面了，而斯特姆霍德连眼睛都没有眨一下。上校张了张嘴又闭上了。他后退了一步，仔细打量斯特姆霍德的脸。我看着他的表情从蔑视嘲讽变成了不敢相信，然后又变成了一种只可能是承认的表情。

突然之间，他单膝跪地，低下了头。

"请原谅我，王子殿下。"他说道，凝视着他前方的地面，"欢迎回家。"

士兵们交换着困惑的眼神。

斯特姆霍德看了他们一眼，目光冷静，怀有期待。他发出了命令。队列里像是涌过了一阵电流。随后，一个接一个，他们跳下马背，低着头跪了下来。

噢，圣者们啊。

"这一定是在开玩笑吧。"玛尔嘟囔道。

我追捕过有魔力的牡鹿，我手腕上戴着被杀死的冰龙的鳞片，我看到过整座城市被黑暗吞没，但这是我见过的最奇怪的事情。这一定又是斯特姆霍德的一个骗局，一个会让我们所有人送命的骗局。

我凝视着这个私掠船船长。这有可能吗？我似乎无法让自己的脑筋转动起来。我太筋疲力尽了，被恐惧和惊慌压得透不过气了。我刷新着自己的记忆，寻找我关于拉夫卡国王两个儿子的那一点点了解。我曾在小王宫短暂地见到过国王的大儿子，可是小儿子已经多年没有在朝中露过面了。他应该在某个地方当枪械工的学徒，或者在学习造船。

也有可能他两件事情都做过。

我觉得头晕。塞巴切卡，珍娅这样叫那个王子。小狗。他坚持要去步兵团完成他的兵役。

斯特姆霍德，风暴猎犬，水上之狼。

塞巴切卡。这不可能，根本不可能。

"起来吧。"斯特姆霍德——或者不管他是谁——命令道。他的整体举止似乎都改变了。

士兵们立正站好。

"我离开家已经很长时间了，"这个私掠船船长高声说道，"不过我没有空着手回来。"

他跨到一边，接着伸出手，指向了我。所有的面孔都转了过来，等候着，充满期待。

"弟兄们，"他说，"我把太阳召唤者带回了拉夫卡。"

我无法控制自己。我稍稍后退，然后照着他的脸给了他一拳。

第九章

"你没吃枪子真是走运。"玛尔生气地说。

他在帐篷里走来走去，这是克里比斯克附近的格里莎营地中仅存的几顶帐篷之一，它的装饰颇为简洁。暗主富丽堂皇的黑色丝绸帐篷已经被推倒了。遗留下来的只有一大片枯草，上面散落着弯曲的钉子和曾经光滑的木地板的残破碎片。

我在做工粗糙的桌子旁坐下，向外看了看图亚和塔玛所在的地方，他们分别站在帐篷出入口的两侧。他们是在护卫我们，还是守在那里以防我们逃跑，我并不确定。

"还是挺值的，"我回应道，"再说了，没有人会让太阳召唤者吃枪子的。"

"你刚刚打了王子一拳，阿丽娜，我猜我们的叛国罪行又可以加上一条了。"

我晃了晃发痛的手，指关节有些刺痛。"首先，我们确不确定他真的是一位王子呢？其次，你只是在嫉妒罢了。"

"我当然嫉妒了。我以为给他一拳的会是我，不过这并不重要。"

在我的情绪爆发之后是一阵混乱，要不是斯特姆霍德巧舌如簧施加了一点压力，还有图亚非常凶猛地控制住了人群，我就要被套上锁链带走或者受到更加严厉的处置了。

斯特姆霍德护送我们穿过克里比斯克来到了军队营地。准备离开帐篷的时候，他轻轻地说："我只要求你们留下，好让我有时间向你们解释。如果你们听了以后不喜欢，你们随时可以走。"

"就这样？"我用嘲讽的语气说。

"相信我。"

"你每次说'相信我'，都会让我变得更加不信任你。"我气冲冲地说。

但玛尔和我还是留了下来，我们不清楚下一步要怎么办。斯特姆霍德没有绑住我们，也没有派重兵把守。他给我们提供了清洁干爽的衣物。如果我们想的话，我们可以试着从图亚和塔玛身边溜掉，穿过黑幕逃回去，没有人跟得上我们。我们可以在黑幕西侧的随便什么地方脱身出去。可是之后我们要去哪里呢？斯特姆霍德的身份变了，我们的境况却没有变。我们没有钱，没有同盟，我们也依然会被暗主追捕。而且，经历了蜂鸟号上发生的事情之后，我也并不想那么快回到黑幕中去。

我将愤怒压了下去，如果我真的考虑要去虚海寻求庇护，那情况确确实实是太糟糕了。

一个仆人端着一个大托盘走了进来。他放下一壶水，一瓶卡瓦斯和几个玻璃杯子，还有几小盘扎库斯基[18]。每个盘子都镶着金边，带有双鹰纹饰。

我端详了一下盘中的食物：烟熏鲱鱼配黑面包，腌甜菜根，酿馅鸡蛋。前一天在沃克沃尼号上吃过晚餐之后，我们就再也没有吃过饭，而且使用格里莎能力让我饥肠辘辘，可我现在却紧张得吃不下东西。

"当时是怎么回事？"仆人刚一离开，玛尔就开口问道。

我又晃了晃指关节："我脾气上来了而已。"

"我说的不是这个，在黑幕中是怎么回事？"

我仔细看着一小罐加了香草的黄油，手里转动着一个盘子，我看到了他。

"我只是累了。"我轻快地说。

"我们从尼切沃亚手中逃走的时候，你用的力量更多，那时你完全没事，是因为那个手链吗？"

"手链让我变得更强大，"我说道，拉了拉袖子，用袖口遮住了海鞭的鳞片。再说了，手链我已经戴了几个星期了。我的能力没有任何问题，但我自己也许出了什么问题。我在桌子上画来画去，描着假想中桌面的图案。"我们跟涡克拉打斗的时候，你觉得它们听起来有什么不一样吗？"我问道。

"怎么个不一样？"

18　原文为Autchen'ye osti，似近俄语。

"更加……像人？"

玛尔皱起了眉头。"没有啊，它们听起来跟以前没有什么区别，就像想要吃我们的怪物那样。"他把手放到我的手上，"发生什么了，阿丽娜？"

我看到了他。"我跟你说过了，我只是有些累了，没能集中注意力。"

他收回了手："如果你想跟我撒谎的话，随便你，但我不会假装相信你的话。"

"为什么不呢？"斯特姆霍德问道，走进了帐篷，"这只是一般的礼貌罢了。"

转瞬之间，我们已经站起来，做好了战斗的准备。

斯特姆霍德猛地停下脚步，抬手做出了表示没有恶意的手势。他换上了一身干爽的制服，在他的脸颊上，出现了一块淤青。他小心翼翼地卸下了佩剑，把它挂在帐篷门帘边的杆子上。

"我来只是想跟你们说说话。"他说道。

"那快说啊，"玛尔顶嘴道，"你是谁？你在耍什么把戏？"

"我是尼古拉·兰佐夫，不过请不要再让我复述一遍我的头衔了，那些对谁都没意思，而且其中唯一重要的就是'王子'。"

"那斯特姆霍德算什么？"我问道。

"我也是斯特姆霍德，沃克沃尼号的指挥官，实海上的恶霸。"

"恶霸？"

"嗯，至少我还是挺烦人的。"

我摇了摇头："这不可能。"

"不太可能。"

"现在可不是开玩笑的时候。"

"拜托啦，"他用和解的语气说，"都坐下吧，我不知道你们怎么想，不过我是觉得呢，坐下来说话，事情都会变得比较好理解，这可能跟身体的血液循环有关系吧，我觉得是这样。当然了，躺下来的话会更好，不过我想我们还没到那个程度。"

我一动也没有动，玛尔抱起了双臂。

"好吧，嗯，那我要坐下了。我发现扮演归来的英雄真是太辛苦了，我可是累坏了。"他走到桌边，给自己倒了一杯卡瓦斯，找了一把椅子坐下来，满意地出了一口气。他啜了一口卡瓦斯，开始龇牙咧嘴。"难喝的玩意，"他说，"我一直无法忍受。"

"那就叫人送点白兰地来吧，殿下，"我被激怒了，"我觉得你想要什么他们都会拿给你的。"

他神色大悦："你说得非常对，我估计我可以在一浴缸白兰地里面泡澡，我或许接下来就要这么做。"

玛尔恼怒地双手一甩，走到了帐篷的门帘边，看向外面的营地。

"你不会真的希望我们相信这些吧。"我说道。

斯特姆霍德挥了挥手，以便更好地展示他的戒指。"我确实有皇室的印章。"

我哼了一声："这个很有可能是你从真的尼古拉王子那里偷

来的。"

"我和拉耶夫斯基一起服过役，他认识我。"

"说不定你也偷了王子的脸。"

他叹了一口气："你必须明白，我只有在这里，在拉夫卡才可以安全地透露我的身份。我的船员里面，知道我真正是谁的只有那些最值得信任的人——图亚、塔玛、普利夫耶特，还有几名埃斯里尔基。其他的……嗯，他们是好弟兄，但他们也是商人和海盗。"

"所以你欺骗了你自己的船员？"我问道。

"在海上，尼古拉·兰佐夫作为人质比作为船长更有价值。如果你要不停地担心三更半夜会有人猛击你的脑袋，然后向你的国王爸爸要求赎金，那指挥一艘船就难了。"

我摇了摇头："这些都完全没有道理，尼古拉王子应该在某个地方研究船只——"

"我确实在一个菲尔顿造船师手下当过学徒，也在一个泽米尼枪械师手下干过，还在一个书翰博省的土木工程师那儿干过。有一段时间，我还学着写诗。结果嘛……比较不幸。目前，我主要的精力用在扮演斯特姆霍德上了。"

玛尔靠在帐篷的杆子上，双臂交叉："所以说，就是某一天你决定抛弃奢华的生活，试着当当海盗玩？"

"私掠船船长，"他说，"而且我没有在任何事情上玩，我知道，和在朝廷里消磨时光相比，我作为斯特姆霍德可以为拉夫卡做更多的事情。"

"那国王和王后认为你在哪儿？"我问道。

"他们以为我在科特达姆[19]的大学。"他回答道。"一个很可爱的地方，高档得很。我们现在说话的时候，一个拿着丰厚报酬的运输公司职员正坐在教室里，替我上每一节哲学课。他只要能取得还算过得去的成绩，能替尼古拉回答问题，放量饮酒而且经常去喝，就没有人会怀疑了。"

这么说下去是不是要无休无止了？"为什么要这样做？"

"我试过的，我真的试过，但我从来都不擅长静静地待着。我从小就让我的保姆非常操心，应该说，保姆们。我差不多有一支军队那么多的保姆，根据我的回忆。"

我那时候应该打他打得更重一点的。"我是说，你为什么要搞这样一出骗人的好戏？"

"我是拉夫卡王位的第二顺序继承人，我几乎是逃跑去参军的。我不认为我的父母会同意我从泽米尼海盗那里敛财或者打破菲尔顿的封锁，不过他们倒是挺喜欢斯特姆霍德的。"

"好吧，"玛尔站在门边说，"你是个王子，你是个私掠船船长，你是个大傻瓜。你想从我们这里获得什么呢？"

斯特姆霍德又试探地啜了一口卡瓦斯，抖了一下。"我想获得你们的帮助，"他说，"游戏规则已经改变了。黑幕在延伸，第一部队几近哗变。暗主的政变算是失败了，但这也让第二部队四分五裂，拉夫卡已经到了陷落的边缘。"

我觉得自己渐渐明白了，说道："让我来猜一猜，你就是那个拨乱反正的最佳人选吗？"

19　科特达姆是本书中科奇国的首都。

斯特姆霍德身体前倾："你在宫里的时候，见过我的哥哥瓦西里吗？比起他的人民，他更关心马匹和他的下一杯威士忌。我的父亲对于治理拉夫卡顶多会一时兴起，而且有报告说即使在那些时候他也是糊里糊涂的。这个国家正在分崩离析，需要有人趁着为时未晚，把它重新统一起来。"

"瓦西里才是太子。"我说道。

"我想他可以被说服，让到一边。"

"这就是你把我们拖回这里来的原因？"我厌恶地说，"因为你想当国王？"

"我把你拖回这里来，是因为大教长已经切切实实地把你变成了一个活着的圣者，而且人民热爱你。我把你拖回这里来，是因为你的能力是拉夫卡能否幸存的关键。"

我双手重重地拍在桌上："你把我拖到这里来，你就可以和太阳召唤者一起隆重出场，然后抢走你哥哥的王位！"

斯特姆霍德向后一靠，说道："我不会为了我的雄心壮志而道歉，这并不会改变我是最佳人选这个事实。"

"你当然是了。"

"跟我一起回欧斯奥塔。"

"为什么？这样你就可以炫耀我，好像我是一只得了奖的山羊？"

"我知道你不信任我，而且你也没有理由信任我，但是我会遵守我在沃克沃尼号上对你的承诺。你先听听我的提议，如果你仍然不感兴趣，斯特姆霍德的船可以带你去世界上的任何地方。我认为你会留下来的，我认为我可以给你其他任何人都给不了你的东西。”

"最好是这样。"玛尔嘟囔着。

"我可以给你改变拉夫卡的机会，"斯特姆霍德说，"我可以给你为人民带来希望的机会。"

"哦，就这些吗？"我阴阳怪气地说，"那我要怎么才能做到啊？"

"帮助我联合第一部队和第二部队，并成为我的王后。"

我还没来得及眨一下眼睛，玛尔就已经把桌子推到了一边，来到斯特姆霍德面前，把他提起来扔了出去，他重重地撞到了帐篷的杆子。斯特姆霍德龇牙咧嘴，但没有做出要回击的动作。

"喂，放松点，可不能让这身制服沾到血，听我解释——"

"我要把拳头塞进你的嘴里，看你怎么解释。"

斯特姆霍德身子一拧，瞬间他已经摆脱了玛尔的钳制。他手里拿着一把刀，那是他从袖子里抽出来的。

"后退，奥勒瑟夫，我是看在她的面子上才礼让三分的，但我要是把你当条鲤鱼开膛破肚，那也快得很。"

"你试试啊。"玛尔咆哮道。

"够了！"我抛出一片亮光，让他们两个暂时看不见东西。他们都抬手去挡住耀眼的光芒，于是都分了神。"斯特姆霍德，把你的武器放回去，不然你就是那个会被开膛破肚的人。玛尔，退到一边。"

我等到斯特姆霍德把刀收了起来才让光芒慢慢消失。

玛尔垂下了手，依然紧紧握着拳头。他们警惕地盯着彼此。就在几个小时之前，他们还是朋友。当然，那时候斯特姆霍德还彻是头彻尾的另外一个人。

斯特姆霍德捋直了军装的袖子，说道："我并不是说要出于真爱结婚，你这个让人心痛的呆子，这只是一种政治结盟。如果你停下来，稍微想一想，你就会发现这对整个国家来讲具有重大意义。"

玛尔发出了一声粗野的大笑："你是说对你来讲很有意义吧。"

"两件事难道不能同时为真吗？我在军队服过役，我了解战争，我也了解武器，我知道第一部队会跟从我。我也许只是第二顺序继承人，但我的皇室血统让我有权得到王位。"

玛尔的手指戳到了斯特姆霍德脸上："你无权得到她。"

斯特姆霍德似乎失去了一些沉着冷静。"你想怎么样啊？你觉得你可以带着一个最强大的格里莎就这么浪迹天涯，好像她只是一个可以跟你在谷仓里打滚的乡下女孩？在你心里故事是不是就该这样结束？我在努力做的事情是让一个国家不要分崩离析，而不是夺走你心爱的姑娘。"

"够了。"我轻轻地说。

"你可以留在王宫中，"尼古拉继续说，"或者可以以她的私人护卫队长的身份。这种安排反正不是第一次了。"

玛尔下颌上的一条肌肉抽搐起来："你让我觉得恶心。"

斯特姆霍德不屑一顾地挥了挥手："我是个邪恶堕落的怪物，这我知道。不过，你认真想想我说的话吧。"

"我不需要想，"玛尔喊道，"她也不需要，这完全不可能。"

"那只会是名义上的婚姻。"斯特姆霍德坚持说道。接着，他好像无法克制住自己似的，朝玛尔挑衅地笑了一下："除了需要生产继承人之外。"

玛尔猛冲向前，斯特姆霍德伸手拿刀，我看得出接下来会发生什么，于是几步迈到了他们之间。

"停下！"我喊道，"都给我停下，不要当我不存在一样讨论我！"

玛尔沮丧地吼了一声，再次开始走来走去。斯特姆霍德扶起一把翻倒的椅子，重新坐了下来，伸展腿脚，又给自己倒了一杯卡瓦斯，一副很有派头的样子。

我吸了一口气："殿下——"

"尼古拉，"他纠正道，"不过众所周知，叫'甜心'或者'帅哥'我也会答应的。"

玛尔一下子转过身来，不过我用恳求的表情让他不要作声。

"你必须现在停止，尼古拉，"我说，"不然我会亲手打掉王子高贵的牙齿。"

尼古拉揉了揉正在变深的淤青："我知道你擅长这么做。"

"我确实擅长，"我坚定地说，"而且我不会跟你结婚。"

玛尔舒了一口气，他僵硬的肩膀也松弛了一些。我觉得有些心烦，因为他之前觉得我有可能会接受尼古拉的提议，也因为我知道他不会喜欢我接下来要说的话。

我给自己鼓了鼓劲，然后说道："但我会跟你一起回欧斯奥塔。"

玛尔的头猛地抬了起来："阿丽娜——"

"玛尔，我们总是说我们会找到法子回拉夫卡，我们会找到法子尽一份力。可是如果我们不作为的话，也许就没有拉夫卡可以回了。"他摇了摇头，但我转向尼古拉，急促地说了下去，"我会跟你一起回欧斯奥塔，我也会考虑帮你获得王位。"我深呼吸了一下，"但第二部队要归我。"

帐篷里变得异常安静，他们看着我，好像我发了疯似的。而且，实话实说，我也觉得自己不是很清醒，但我讨厌像这样被拖着穿过实海和半个拉夫卡，我讨厌被想要利用我和我能力的人所操控。

尼古拉不安地笑了一下："人民热爱你，阿丽娜，不过我想象的是一个比较有象征性的头衔——"

"我不是一个象征，"我立刻说，"而且我已经厌倦了被当作棋子。"

"不行，"玛尔说，"这太危险了，这简直就像是在你背上画了一个靶子。"

"我背上已经有一个靶子了，"我说，"而且只要暗主不被打败，我们两个就永远都不会安全。"

"你曾经担任过指挥者吗？"尼古拉问道。

我有一次主持过一个初级地图绘制员的讨论会，不过我认为他不是这个意思。

"没有。"我承认道。

"你没有经验，没有先例，没有授权。"他说道，"第二部队自从成立就一直是由暗主们领导的。"

由一个暗主，不过现在不是解释这个的时候。

"年龄和继承权对于格里莎而言并不重要，他们只关心力量。我是唯一佩戴过两个加乘器的格里莎，而且我是活着的格里莎中唯一强大到可以对抗暗主和他的阴影士兵的人，其他任何人都做不到我可以做到的事情。"

我努力让自己的声音显得很有自信，尽管我甚至不清楚自己为什么要这样做。我只知道我厌倦了活在恐惧之中，我厌倦了东躲西藏的日子，而且如果玛尔和我能有任何一点找到火鸟的希望，我们首先需要得到对那些疑问的解答。小王宫可能是唯一能找到答案的地方。

有很长一段时间，我们三个只是站在那里。

"那么，"尼古拉说，"那么……"

他的手指在桌子上敲击，他在仔细思考。接着他站了起来，向我伸出了手。

"好吧，召唤者。"他说，"帮助我赢得民心，然后格里莎就是你的了。"

"真的吗？"我脱口而出。

尼古拉笑了起来："如果你计划统领一支军队，你最好学会扮演那样的角色，合适的回答应该是'我知道你会明白其中的利害关系的。'"

我拉住了他的手，它很粗糙，布满老茧。这是海盗的手，不是王子的手。我们握了手。

"关于我的提议——"他开口说。

"别得寸进尺。"我一边说一边抽回了我的手，"我说了会和你一起回欧斯奥塔，就这么多。"

"那我要去哪儿？"玛尔轻轻地说。

他站在那里，双臂交叉，用他平和的蓝眼睛看着我们。他的眉毛上沾着血，那是蜂鸟号坠落时留下的。他看起来很疲惫，而且非常非常遥远。

"我……我以为你会和我一起去。"我结巴了。

"以什么身份呢？"他问道，"你的私人护卫队长？"

我涨红了脸。

尼古拉清了清喉咙："好吧，尽管我很乐意看看结果，不过我确实还有些事情要处理，除非，当然——"

"出去。"玛尔命令道。

"不错，那好，我就不打扰你们了。"他只停了一下拿回他的剑，就快步离开了。

帐篷中的寂静似乎在蔓延。

"这条路往后走会怎么样呢，阿丽娜？"玛尔问道，"我们拼了命离开这个被圣者遗弃的地方，现在我们又完全陷入到这个烂摊子里了。"

我跌坐在行军床上，头埋在手里。我精疲力竭，身体里的每一块骨头都在痛。

"那我应该怎么做呢？"我用恳求的语气说，"发生在这里的事情，发生在拉夫卡的事情——我要付一部分责任。"

"不是这样的。"

我空洞地笑了笑："呵，就是这样。如果不是因为我，黑幕不会延伸、扩大。诺沃克里比斯克会依然存在。"

"阿丽娜，"玛尔说，他在我面前蹲下，把手放在我的膝盖上，"即使加上所有的格里莎和斯特姆霍德的上千枪炮，你还是没有强大到可以阻止他。"

"如果我们拥有第三个加乘器——"

"可是我们并没有！"

我握住了他的手："我们会有的。"

我们四目相对，他问道："你有没有想过我可能会说不？"

我的心向下一沉，我没有想过。玛尔也许会拒绝，这个想法从来没在我的脑海中出现过，我忽然觉得很惭愧。为了和我在一起，他放弃了一切，可这并不意味着他对所有的事情都能欣然接受。也许他受够了打斗，受够了恐惧和不确定，也许他受够了我。

"我以为……我以为我们都想帮助拉夫卡。"

"我们都想做的是这件事吗？"他问道。

他站了起来，转过身，背对着我。我使劲咽了咽口水，用力压下喉头忽然产生的痛楚。

"所以你不准备去欧斯奥塔？"

他在帐篷的出入口停了一下，然后说道："你想戴上第二个加乘器，你得到了它。你想去欧斯奥塔，好，我们去。你说你需要火鸟，我会想法子把它找来给你。可是等这些都结束了，阿丽娜，我不知道你还会不会要我。"

我猛地站了起来："我当然会了！玛尔——"

不管我本来要说什么，他反正没有留下来听。他迈出帐篷，走入阳光之中，他的身影消失了。

我用掌根压住眼睛，努力不让泪水涌出来。我在做什么啊？

我不是一个王后，我不是一个圣者，而且我显然不知道要怎么统领一支军队。

士兵刮胡子时照的镜子就摆在床边的桌子上，我在其中瞥见了自己。我将外套和上衣拉到一旁，让肩膀上的伤裸露出来。尼切沃亚爪子插入的痕迹十分显眼，在我的皮肤上，那一块发黑发皱，暗主曾说这些伤永远不会彻底痊愈。

什么伤无法被格里莎能力治愈呢？由就根本不该存在的东西造成的伤。

我看到了他，暗主的面孔，苍白而俊美，还有那挥出的刀。一切都显得那么真实。在黑幕上发生了什么呢？

回到欧斯奥塔，执掌第二部队，这就相当于宣战了。暗主会知道去哪里找我，等他足够强大，他就会来。不管我们有没有准备好，我们都别无选择，只能应战。这是一个令人心惊胆战的想法，不过我惊讶地发现，它也给我带来了一些轻松之感。

我会面对他，无论是以哪种方式，这一切都会结束。

第十章

　　我们没有立即动身前往欧斯奥塔，而是用了接下来的三天时间穿过黑幕运送货物。我们动用了克里比斯克军营里余下的所有人力。当黑幕开始扩大的时候，大部分军队已经撤走了。一座新的瞭望塔建了起来，用以监控虚海黑色的边界，只有少数人员留了下来，维持干船坞的基本运作。

　　没有一个格里莎留在营地里。在暗主尝试政变、摧毁诺沃克里比斯克之后，一波反格里莎的情绪席卷了拉夫卡，也席卷了第一部队中的所有阶层，对此我并不感到惊讶。整个小镇就那么没了，它的人民变成了怪物的食粮。拉夫卡不会这么快忘记的，我也做不到。

　　一些格里莎逃到了欧斯奥塔，寻求国王的庇护，另外一些躲了起来。尼古拉怀疑他们中的大多数人已经找到了暗主并且投靠了他。不过在尼古拉的流浪暴风召唤者的帮助下，我们第一天成功穿越了两次黑幕，第二天三次，最后一天四次。空空的沙艇前往西拉夫卡，然后满载而归，装着大量泽米尼来复枪，一箱一箱的弹药，可以制造和尼古拉安在蜂鸟号的枪炮类似的连击枪的零件，还有几吨糖和茱达花——全拜斯特姆霍德的走私所赐。

"贿赂。"玛尔说，那时我们正望着目眩神迷的士兵们兴冲冲地去查看被运到船坞中的货物，面对闪闪发亮的大批武器，他们又是谩骂又是赞叹。

"礼物。"尼古拉纠正道，"不管我的动机是什么，你会发现子弹照样能用。"他转向了我，"我认为我们今天还来得及再跑一趟，有兴趣吗？"

并没有，但我点了点头。

他微笑着拍了拍我的背："我去下命令。"

我转过身去，看着不断变化的黑幕，我可以感觉到玛尔正在看着我。蜂鸟号上的事件没有再次发生。不管那天我看到的是什么——幻象，错觉，我不知道应该把它称作什么——它反正没有再次出现。只要在黑幕上，我依然每时每刻都小心而警觉，努力掩饰自己心中的恐惧。

尼古拉想趁着穿越的时候来捕杀涡克拉，可我拒绝了。我告诉他我依然感觉比较虚弱，而且我对于自己的能力能否确保我们的安全没有足够的把握。我的担心是真实的，但其他的话都是谎言。我的能力前所未有地强大，这是来自牡鹿和鳞片的力量，纯正而活跃，一波一波在我体内涌动。可是一想到要再次听见那些尖叫声，我就无法忍受。我让光在沙艇边形成宽大的穹顶，这样尽管涡克拉会尖声鸣叫、拍打翅膀，它们和我们之间总算保持了一定的距离。

玛尔在每次穿越的时候都陪着我们，他紧跟在我身边，来复枪随时准备射击。我知道他察觉到了我的紧张不安，但他没有逼我进行解释。实际上，自从我们在帐篷里的那次争执之后，他就没怎么说过话。我很害怕，他开口的时候，他不得不说的那些话会是我不愿意听到的。我要回欧斯奥塔的想法没有改变，可是我担心他的想法会改变。

我们拔营前往首都的那天早晨，我在人群中寻找他，我害怕极了，怕他决定索性不出现了。当我看见他的时候，我念了小小的一段祷告词来表达谢意，他当时昂首挺胸，默不作声地坐在马鞍上，等候加入一列骑兵。

天还没亮我们就出发了，马匹和马车蜿蜒的队伍从营地出发，走上了宽阔的威大道。尼古拉已经为我弄来了一套纯蓝的凯夫塔，不过它被塞到了行李之中。在他找到更多的属下来护卫我之前，我只是王子随行人员中一名普通的士兵。

当太阳升上地平线的时候，我看到了微弱的希望。要努力取得暗主的位置，要尝试重新集合格里莎，统领第二部队，所有这些依然令人望而生畏，似乎毫无可能，但至少我在努力去做，而不只是从暗主身边逃走，或者等着他来抓我。我拥有两个莫洛佐瓦的加乘器，而且在我正要前去的地方，我也许可以找到线索，引领我去获得第三个加乘器。玛尔不太高兴，但看着清晨的阳光在树顶闪耀，我感觉自己一定可以让他回心转意。

我们一路从克里比斯克城中走过，我的好心情却难以维持了。坠落湖中之后，我们曾经穿过这座摇摇欲坠的港口小镇，但那时我浑身发抖，心不在焉，以至于没有注意到这个地方发生了多少变化。这一次，我无法逃避。

尽管克里比斯克从未有过特别值得一看的美丽，可它的人行道上也会到处都是旅行者和商人，还有国王的属下和码头工人。它的街道熙熙攘攘，两旁林立着繁忙的商铺，人们可以在那里买到穿越黑幕所需的全部装备，另外还有大小酒馆，迎合着营地中军人们的需要。可是现在，这些街道十分安静，几乎空空荡荡的，大多数的酒馆和商铺都闭门歇业了。

真正令人揪心的，是我们到达教堂时所看到的景象。我记忆中的教堂是一栋洁净优美的建筑，有着明亮的蓝色圆顶。那石灰刷过的白墙现在被一排又一排的姓名覆盖了，写字的红漆被风干了，变成了血的颜色。台阶上，枯萎的花朵、小圣像、烧熔剩下的小截许愿烛堆积在一起。我还看到了许多瓶卡瓦斯，不少糖果，被丢弃的孩童的玩偶，祭奠死者们的礼物。

我扫了一眼那些姓名：

斯蒂芬·路切金，57岁

安雅·思伦卡，13岁

米卡·拉斯基，45岁

吕贝卡·拉斯基，44岁

彼得·奥泽罗夫，22岁

玛丽娜·寇斯卡，19岁

瓦伦丁·约姆奇，72岁

萨沙·潘金，8个月

墙上还有很多很多名字。我抓紧了缰绳，感觉有一只寒冷的手攥住了我的心脏。记忆不请自来：抱着孩子奔跑的母亲；跟踉之中被黑暗追上的男人，他嘴巴大张，像是在尖叫；困惑而恐惧的老妇人，惊慌失措的人群吞没了她……我都看到了，是我让这一切有了发生的可能。

这些人来自诺沃克里比斯克，那座在黑幕另一端、正好与克里比斯克相对的城市，那座姐妹城市，满城都是亲戚、朋友、商业伙伴。他们是在码头上工作、操控沙艇的人，他们中一定有人多次穿越黑幕，每次都挺了过来。他们生活在恐怖之地的边缘，以为在自己的家里就安全了，以为走在他们港口小镇的街道上不会有事。而现在，他们都不在了，因为我没能阻止暗主。

玛尔拍马上前，来到我的身边。

"阿丽娜，"他低声说，"别看了。"

我摇了摇头。我想记住他们的姓名，塔莎·斯图尔，安德烈·巴增，舒拉·莱琴科，能记多少记多少。他们被暗主害死了，他们在我的梦中徘徊不去，他们是否也这样在暗主梦中徘徊不去呢？

"我们必须阻止他，玛尔，"我声音嘶哑地说，"我们必须找到法子。"

我不知道自己希望他说什么，但他只是沉默不语。我不确定玛尔是否还愿意向我做出更多的承诺。

最终，他骑马向前去了，而我却逼迫自己通读所有姓名，读完之后我才转过身去，策马回到了废弃的路上。

当我们渐渐走到了离黑幕较远的地方，那里的克里比斯克似乎恢复了一丝生机。几家商铺开了门，也依然有商人在威大道上被称作"小贩街"的那一段兜售货品。道路两旁放着一排排摇摇晃晃的桌子，桌上铺着亮色的桌布，摆放着各式各样的商品：靴子、大披肩、木质玩具、放在手工制作的刀鞘中的劣质刀具。许多桌子上都散落着看起来像是碎石和鸡骨头的东西。

"普利阿尼耶欧斯梯！ [20]"小贩们喊道，"奥森耶欧斯梯！ [21]"真的骨头，货真价实的骨头。

我在马头旁边，探出身子，想看得更清楚一些。这时，一个老人叫道："阿丽娜！"

我惊讶地抬头望去，他认识我吗？

尼古拉忽然来到了我身边。他将自己的马靠近我的马，一把抓过我的缰绳，用力一拽，将我从桌子那里拉走了。

"涅，斯白塞巴。 [22]"他对老人说。

"阿丽娜！"那个小贩大叫着，"奥森耶阿丽娜！"

"等等。"我一边说，一边在马鞍上扭转身体，试图看清那个老人的脸。他正在整理桌子上陈列的商品，发现不能卖给我们东西之后，他似乎就对我们失去了兴趣。

"等等，"我坚持道，"他认识我。"

---

20 原文为Provin'ye osti，应为俄语，意为"不用了，谢谢"。

21 原文为Autchen'ye osti，似近俄语。

22 原文为Net, spasibo，应为俄语，意为"不用了，谢谢"。

"他不认识。"

"他知道我的名字。"我说道，愤怒地从他那里抓回了缰绳。

"他只是想卖给你圣者遗骨，指骨，正宗的圣者阿丽娜。"

我听得有些发懵，深深的寒意笼罩了我。我那不知情的坐骑继续稳稳地向前走着。

"正宗的阿丽娜。"我呆呆地重复着。

尼古拉不自在地动了动。"有传言说你在黑幕中死了。整个拉夫卡和西拉夫卡都有人在贩卖你的遗骨，已经有好几个月了。你成了很不错的幸运符。"

"那些被当成我的手指？"

"也可以是指关节，脚趾头，肋骨的碎片。"

我感到有些恶心。我环顾四周，希望能找到玛尔，渴求能看到熟悉的东西。

"当然啦，"尼古拉继续说，"哪怕其中有一半真的是你的脚趾头，你至少也得有一百只脚才行，不过迷信是一种很有力量的东西。"

"信仰也一样。"从我身后传来了一个声音，我转过身去，惊讶地看到了图亚，他骑着一匹体型巨大的黑色战马，宽宽的脸上神情十分庄严。

这些都太难以让人承受了。不过是一个小时之前，我还很乐观，可这种情绪现在已经烟消云散了。突然之间，天空看起来好像在向我压过来，如同一个陷阱，将我围在里面。我踢了踢马，让它小跑起来。我一直是一个笨拙的骑手，但这次我牢牢骑在马上，一路不停，直到克里比斯克被远远落在了后面，直到我不能

160

听见骨头那咯咯的响声。

那天晚上，我们在一个小旅馆落了脚。这家旅店在弗诺斯特的一个小村庄之中，我们在那里遇到了一队全副武装的第一部队的士兵。我很快得知，他们中的许多人来自二十二团，尼古拉曾经在这个兵团中服役，并最终在北方作战时起了部分统帅作用。显然，王子希望在进入欧斯奥塔时，自己的身边能有朋友陪伴。我没办法责怪他。

有他们在场，他似乎放松了下来，我再一次注意到了他举止的改变。他之前毫不费力地从油嘴滑舌的投机者切换成了高傲的王子，现在他又变成了一个深受爱戴的指挥官，一名和伙伴谈笑风生并且知晓所有指挥官姓名的军人。

士兵们带来了一辆奢华的马车。它漆成了浅淡的拉夫卡蓝色，一侧配有国王的双鹰纹饰。尼古拉已经下令在另一侧加上一个金色的太阳。这辆马车由六匹与之相配的白马拉着。这个奇巧古怪的东西闪着微光，隆隆作响地来到了旅店的庭院，那时我不由得翻起了白眼，我想起了大王宫里的铺张无度，大概缺乏品味也是会遗传的吧。

我原本希望能和玛尔单独在我的房间里吃晚饭，可是尼古拉坚持要求我们一起在旅店的公共休息室就餐。于是我们没能在火旁安静地休息，而是胳膊肘碰胳膊肘地挤在一张桌子旁，桌边吵吵闹闹，围满了军官。玛尔在整顿饭中一句话都没有说，不过尼古拉却喋喋不休，他说的话够我们三个人的量了。

他一边大吃一盘焖牛尾，一边讲起前往欧斯奥塔的途中他打算停留的地方，这个名单似乎长得没有止境。光听他说就已经让我疲惫不堪了。

"我之前没有意识到'赢得民心'意味着要去会见每一个人。"我喃喃地抱怨道，"我们难道不赶时间吗？"

"拉夫卡需要知道它的太阳召唤者已经回来了。"

"还有它离经叛道的王子？"

"也需要知道他回来了。小道消息要比王室声明管用。说到这个我想起来了，"他压低了声音说，"从现在起，你一举一动，都要当作有人时时刻刻在看着你。"他用叉子在我和玛尔之间指了指，"你私下的举动是你自己的事，只是要小心些。"

我差点被葡萄酒呛住了。"什么？"我气急败坏地说。

"你和一个王子联系在一起是一回事，人们以为你和一个农夫瞎混就完全是另外一回事了。"

"我没有——这不关任何人的事！"我愤怒地小声说。我快速瞄了玛尔一眼，他咬紧牙关，用力地握着餐刀。

"力量来自结盟，"尼古拉说，"这事关所有的人。"他又啜了一口酒，我瞪着他，对他的话并不相信。"还有，你应该穿代表你的颜色。"

我摇了摇头，话题的转换让我有点反应不过来。"现在连我的衣服也要你来选了？"我身上穿着蓝色的凯夫塔，但尼古拉显然并不满意。

"如果你计划要领导第二部队，取代暗主的位置，那你看起来就要像那样的角色。"

"召唤者该穿蓝色的。"我有些不耐烦了。

　　"不要低估讲究排场所带来的力量，阿丽娜。人们喜欢壮观的事物，暗主非常了解这一点。"

　　"我会好好想想的。"

　　"我可不可以提个建议，金色怎么样？"尼古拉并没有停下来，"非常华贵，非常合适——"

　　"非常俗气？"

　　"金色配黑色就最好了，象征意义极好，而且——"

　　"不要黑色。"玛尔说。他一推桌子站了起来，没有再多说一个字就走出了拥挤的屋子。

　　我放下了叉子，说道："我分不出你是在故意挑事还是你本来就是个混蛋。"

　　这位王子又吃了一口菜，问道："他不喜欢黑色？"

　　"黑色是那个人的颜色，那个试图杀掉玛尔并且经常把我当作人质的人，可以说他是我不共戴天的敌人。"

　　"这样你更有理由宣称它成了你的颜色。"

　　我伸长脖子想看玛尔去了哪里，透过门口，我看到他独自在吧台边找了个位子坐下。

　　"不要，"我说，"不要黑色。"

　　"随你喜欢，"尼古拉回应道，"不过还是要为你和你的护卫选个颜色。"

　　我叹了口气："我真的需要护卫吗？"

　　尼古拉向后靠到椅背上，审视着我，他的表情忽然变得严肃起来。"你知道我是怎么得到'斯特姆霍德'这个名字的吗？"他问道。

"我以为是某种玩笑，拿塞巴切卡玩了个文字游戏。"

"不，"他说，"这个名字是我挣来的。我登上的第一艘敌船是一艘从德霍姆出来的菲尔顿商船。我叫那个船长放下剑的时候，他冲着我大笑，让我回家去找妈妈。他说菲尔顿人会用瘦弱的拉夫卡男孩的骨头做面包。"

"所以你就杀了他？"

"我没有杀他，我告诉他，愚蠢的老船长们肉不够好，拉夫卡人不会吃。然后我剁下了他的手指，当着他的面把它们喂给了我的狗。"

"你……什么？"

满满当当一屋子喧哗的士兵，他们在唱歌、呼喊、说故事，我盯着尼古拉看，震惊得说不出话来，那时这一切仿佛都消失了。那种感觉就像我看着他再次变换身份一样，他仿佛撕掉那张迷人的面具，成为了一个非常危险的人。

"你听见我说的话了吧，我的敌人懂得残忍，我的船员也懂得。那之后，我和我的手下一起喝酒，瓜分抢来的东西。接着我回到了自己的舱室，把我的管家准备的精致晚餐吐了个一干二净，然后哭着睡着了。但就是在那一天，我变成了一个真正的私掠船船长，也就是在那一天，斯特姆霍德诞生了。"

"对'小狗'来说真不容易。"我说，我自己也觉得有点想吐。

"我是个想要统领一队散漫船员去对抗敌人的男孩，船员们都是小偷和流浪者，敌人们则年纪更大，更有智慧，更强悍。我要让他们怕我，我要让他们所有人都怕我。如果他们不怕我，那就会有更多的人死去。"

我推开了我的盘子，说道："你是在告诉我要把谁的手指剁下来吗？"

"我是在告诉你，如果你想当一个领导者，那现在到了你应该开始像领导者那样思考和表现的时候了。"

"我以前听到过这样的话，从暗主和他的支持者那里。要残忍，要无情，从长远来看可以拯救更多的生命。"

"你是不是觉得我很像暗主？"

我仔细端详着他——金色的头发，挺括的制服，显得过于聪明的浅褐色眼睛。

"不，"我缓缓说道，"我不这样觉得。"我站起身，准备去找玛尔。"不过我以前看错过人。"

前往欧斯奥塔的旅途不太像是行军，而更像是一次缓慢且折磨人的游行。我们在威大道旁的每一个小镇停留，也在农场、学校、教堂、牧场停留。我们问候当地的显贵，巡视医院的病房。我们和参过战的老兵一起吃饭，为女孩们的合唱而鼓掌。

很难不去注意的是，村庄里的居民老的老，小的小，绝大多数都是如此。所有体力尚可的人都被征招进入了国王的部队，在拉夫卡打不完的仗中厮杀。墓地和市镇的规模一样大。

尼古拉将金币和一袋袋的糖分发出去。他和商人们握手；满脸皱纹的老妇叫他塞巴切卡，亲吻他的脸颊，他欣然接受；任何接近他两英尺范围之内的人都为他所倾倒。他看起来永远不会疲倦，永远不会失去活力。不管我们骑马走了多少英里，不管我们见了多少人，他都准备好了与下一个人见面。

他看起来总是知道别人想从他这里获得什么，知道什么时候扮演笑口常开的少年，什么时候扮演金光闪闪的王子，什么时候又该扮演时刻警惕[23]的军人。我想这是生为皇室成员、在朝廷中成长所修炼出来的，不过看着他这样依然让我烦躁不安。

关于营造大场面，他不是开玩笑的。他总是尽力掐着黎明或黄昏的时间到达目的地，要不就是让我们的队伍停在教堂或者城中广场深深的阴影之中——这样做都是为了更好地炫耀太阳召唤者。

当他抓到我翻白眼的时候，他会眨眨眼，向我使个眼色，对我说："所有人都以为你死了，小美人。有个好的亮相是很重要的。"

于是我遵守了我们的协议，扮演起我的角色来。我亲切地微笑着，召唤出光芒，让它在屋顶和尖塔上闪耀，让每张充满敬畏的面孔都沐浴在温暖之中。人们流泪了。母亲把她们的幼儿带来让我亲吻，老人握住我的手深深鞠躬，他们的脸颊湿漉漉的都是泪水。我感觉自己是个彻头彻尾的骗子，我把这个想法如实地告诉了尼古拉。

"你这话是什么意思？"他问道，表现出了真实的困惑，"人民热爱你。"

"你是说他们热爱你带来的得奖的山羊。"在我们走出一个城镇的时候，我嘟嘟囔囔地抱怨道。

"你真的得过什么奖吗？"

23　原文为weary，意为"疲倦的"，似与前文不符，疑为"wary（警惕的）"之误。

"这并不好笑。"我忿忿地小声说，"你知道暗主的能力，看到过暗主能做什么。这些人将把他们的子女送去和尼切沃亚打斗，而我无法把他们救出来。你在拿谎言喂饱他们。"

"我们在给他们希望，这比什么都没有强。"

"你说得好像你体会过一无所有的感觉似的。"我说完，策马走开了。

拉夫卡的夏天是它最可爱的时候。田野上植物茂盛，有的金黄有的青翠，温暖的干草味道让空气芬芳而甜美。尽管尼古拉表示了反对，我还是坚持舍弃了马车的舒适。我屁股酸痛，每晚从马鞍上下来的时候，我的大腿都好像在大声抱怨，可是坐在我自己的马上意味着能呼吸到新鲜的空气，也意味着在每天的骑行途中有找到玛尔的可能。他没有怎么说过话，不过他身上的坚冰似乎融化了一点。

尼古拉把暗主本来要在黑幕上处决玛尔的故事传了出去。这立刻为玛尔赢得了士兵们的信任，甚至还有一些名望。偶尔，他会和追踪手组队去侦察，他还试图教图亚如何打猎，不过这个大块头格里莎不怎么擅长在树丛中悄无声息地进行跟踪。

离开撒拉的路上，我们正在穿过一片白榆树林，就在这时，玛尔清了清嗓子，说道："我在想……"

我坐直了身子，将全部注意力都放在他的身上。这是我们离开克里比斯克之后他第一次挑起话头。

他在马鞍上动了动，没有看我的眼睛。"我在想我们可以找谁来组建私人护卫。"他说道。

我皱起了眉头："私人护卫？"

他清了清嗓子："为你组建私人护卫。尼古拉手下的几个人看起来不错，我也认为应该考虑考虑图亚和塔玛。他们是书翰人，但他们是格里莎，所以这应该不是问题。还有……嗯，我。"

我不认为我曾经切切实实地看到玛尔脸红过。

我咧嘴笑了："你是不是在说你想成为我的私人护卫队长？"

玛尔看了我一眼，他的嘴角浮现出了一个微笑："我到时候能不能戴一顶高档的帽子？"

"你可以戴最高档的，"我说，"也许还可以弄一个披风。"

"会有羽毛装饰吗？"

"哦，会的，会有好几根羽毛呢。"

"那我加入。"

我想让自己到此为止，可是看样子我无法克制住自己。"我以为……我以为你可能会想回到你的小队，重新成为一名追踪手。"

玛尔盯着他缰绳上的结，说道："我不能回去。希望尼古拉能让我不被吊死——"

"只是希望？"我尖声叫了起来。

"我逃离了我的岗位，阿丽娜，连国王都不能让我再次成为一名追踪手。"

玛尔的声音很平稳。

他调整了心态，我想。但我知道，或许他会抱憾终身，为了他命中注定本该过的生活，为了如果没有我的话他原本会有的生活。

他向着前方点头示意，在那里的一队骑手中勉强可以看到尼古拉的背影，"而且，我不可能让你单独和'无缺王子'在一起。"

"所以你不相信我抵挡得住他的魅力？"

"我甚至都无法相信我自己能抵挡得住。我从来没有看到过有人能像他那样对待民众。我很确定石头和树木都在准备对他宣誓效忠。"

我笑了起来，向后靠了靠，阳光穿过头顶的树枝投射下来，斑斑驳驳，温暖着我的皮肤。我摸了摸海鞭手链，它安全地藏在我的袖子里。关于第二个加乘器的事情，我想暂时保密。尼古拉的格里莎已经起了誓会保守秘密，我也只好希望他们能守口如瓶。

我的思绪飘到了火鸟上，我依然不太相信它是真实存在的。它看起来会是它在那本红色小书页面上的样子吗？羽毛是白色和金色的吗？它的翅膀尖端会有燃烧的火焰吗？什么样的怪物会搭箭把它射下来？

我拒绝取牡鹿的性命，无数的人因此死去——诺沃克里比斯克的公民，暗主沙艇上被我抛弃的格里莎和士兵。我想起了那些写满了死者姓名的教堂高墙。

莫洛佐瓦的牡鹿。鲁索耶。火鸟。神话在我眼前变为现实，却只是为了在我面前死去。我记得海鞭一起一伏的体侧，它快断气的时候游丝般的叫声。它当时已经在死亡的边缘，可我还是迟疑了。

我不想成为一个杀手。可是仁慈也许不是太阳召唤者可以承受得起的礼物。我抖擞了一下精神。首先我们必须找到火鸟。在那之前，那个并不可信的王子的肩膀上承载着所有的希望。

第二天，第一批朝圣者出现了。他们看起来和镇上的其他人并无不同，他们等在路边看着皇家队伍缓缓经过，但他们戴着臂章，拿着长条旗，上面的纹饰是一个升起的太阳。他们因为长途跋涉涉而风尘仆仆，手里拿着大包小包，里面装着他们少得可怜的财物。我穿着蓝色的凯夫塔，脖子上戴着牡鹿的项圈，他们看到这样装扮的我，就向我的马簇拥了过来，挤成一团，嘴里喃喃地念着"圣者、圣者"，手则想要抓住我的袖子或者裙摆。有的时候他们会跪下，这让我不得不格外小心，不然我的马就会踩到他们中的某个人。

我觉得自己会渐渐习惯受到人们的关注，甚至习惯被陌生人摸来摸去，可是这些感觉很不同。我不喜欢被称为"圣者"，而且他们的脸上带有某种饥渴的表情，这让我神经紧张。

我们渐渐深入拉夫卡内地，围观的人也越来越多。他们来自四面八方，从城市来的，从小镇来的，从港口来的。他们聚集在村庄的广场和威大道两旁，有男有女，有老有少，有走来的，有骑着驴来的，也有挤在干草拖车里过来的。不管我们到哪里，他们都会喊出我的名字。

有的时候我是圣阿丽娜，有的时候是正义的阿丽娜，或者光明的阿丽娜、仁慈的阿丽娜。科尔姆森的女儿，他们喊道，拉夫卡的女儿。黑幕的女儿。蒂比·德瓦·斯图尔巴[24]，他们这样叫我，双磨坊的女儿，这个名字是根据我出生的无名之地所在的山

---

24 原文为Rebe Dva Stolba，似近俄语，文中将之解释为"双磨坊的女儿（Daughter of Two Mills）"。

谷取的。对于让那个山谷得名的遗址，我只有非常模糊的印象，依稀是有两块纺锤形的石头立在一条尘土飞扬的道路旁边。大教长过去一直忙着探索我的过去，从碎石中筛出可用的材料，构建出一个圣者的生平故事。

朝圣者们的期待把我吓坏了。按照他们的想法，我是来解救拉夫卡的，让它免于敌人侵扰，免于黑幕荼毒，免于暗主掌控，免于贫穷，免于饥饿，免于疼痛，免于蚊虫，免于一切可能让他们烦恼的事情。他们乞求我赐福给他们，治愈他们，而我能做到的只是召唤光，挥挥手，让他们摸摸我的手。尼古拉的秀，包含的全部内容就是这些。

朝圣者们不仅仅是来看我的，还是来追随我的。他们跟在皇家队列的后面，而且那衣衫褴褛的队伍每过一天都会变得更加壮大。他们跟着我们走过一个又一个城镇，在休耕的田野里露营，进行晨祷仪式，祈求我身体健康并拯救拉夫卡。他们的数量几乎要超过尼古拉的士兵了。

"都是大教长干的好事。"一天吃晚餐的时候我对塔玛抱怨道。

我们那晚借住在城外路边的一个小店里。透过窗户，我可以看到朝圣者们做饭时的火光，听到他们唱着乡间的歌曲。

"这些人应该在家里，种自家的田，照顾自己的孩子，而不是追随一个冒牌的圣者。"

塔玛一边沿着盘子推动一块烧糊了的土豆，一边说："我妈妈跟我说，格里莎能力是非凡的礼物。"

"那你相信了她的话？"

"我没有更好的解释。"

我放下了叉子："塔玛，我们并不拥有非凡的礼物。格里莎能力是你与生俱来的东西，就像有的人生来脚大，有的人天生一副好嗓子一样。"

"书翰人就是这样认为的。格里莎能力跟身体相关，潜藏在你的心脏或者脾脏里，是一种可以被分离、解剖的东西。"她看了一眼窗外朝圣者的营地。"我不认为这些人会同意这种说法。"

"拜托你别告诉我，你也认为我是个圣者。"

"你是谁并不重要，重要的是你能做些什么。"

"塔玛——"

"那些人认为你可以拯救拉夫卡，"她说，"显然你也这样认为，不然你就不会在去欧斯奥塔的路上了。"

"我去欧斯奥塔是为了重建第二部队。"

"还有找到第三个加乘器？"

我差点把手中的叉子掉到地上。"小点声。"我气急败坏地说。

"我们看到了那本《伊斯托连·桑恰伊》。"

所以斯特姆霍德没有将这本书当作秘密。"还有谁知道？"我问道，努力恢复镇定。

"我们不会跟别人说的，阿丽娜。我们知道轻重。"塔玛的玻璃杯在桌上留下了一圈潮湿的印迹。她手指绕着这圈印迹来回移动，嘴里说道："你知道，有些人相信最初的所有圣者都是格里莎。"

我皱起了眉头："哪些人啊？"

塔玛耸了耸肩："人数不少，多到让他们的首领被逐出了教会。有些人甚至被绑在火刑柱上烧死了。"

"我从来没听说过这样的事情。"

"那是很久以前的事了。我不明白这个想法为什么会让人们那么愤怒。即使圣者们是格里莎，他们所做的事情依然是奇迹，一点也不会因此而改变啊。"

我在座位上不安地扭动起来，说道："我不想成为圣者，塔玛。我没想去拯救世界。我只是想找到法子打败暗主。"

塔玛扬起了眉毛："重建第二部队，打败暗主，摧毁黑幕，解放拉夫卡，怎么说随你喜欢，但这些听起来都和拯救世界出奇地相似。"

好吧，被她这样一说，这些似乎是有点野心勃勃。我啜了一口葡萄酒。和沃克沃尼号上标有年份和产地的佳酿比起来，这里的葡萄酒只能算是酸涩的汁水。

"玛尔会邀请你和图亚成为我的私人护卫队的成员。"

塔玛的脸上绽放出了笑容，她笑得很美。"真的吗？"她问。

"不管他问不问，你现在实际上就在做这项工作嘛。不过如果你要白天黑夜地护卫我，你需要答应我一件事。"

"什么事都行。"她说道，满面笑容。

"不许再说起圣者的事了。"

第十一章

　　随着朝圣者的队伍日益壮大，他们也变得越来越难以控制，很快我就被迫要坐在马车里了。有时候，玛尔会陪着我，不过他通常选择在外面骑马，和图亚、塔玛一起引导这辆车。尽管我非常渴望他的陪伴，我也知道这样有好处。待在一个表面上漆的小珠宝盒子里似乎会让他心情不佳。

　　只有在我们进出每个村庄的时候，尼古拉才会和我同乘，这样人们就会看见我们一起抵达，一起离开。他一直说个不停。他总是想着要制造某种新的东西——用来铺设路面的奇巧装置，新的灌溉系统，可以自动划桨的船。他在任何他能找到的纸张上画草稿，每一天他似乎都能想到一个提升下一代蜂鸟号的方法。

　　他也会很热切地谈论第三个加乘器和暗主，尽管这些会让我很紧张。他也没有认出插图上的石拱门，而且不管我们盯着书页看多久，圣伊利亚也没有泄露出他的秘密。不过这并没有阻止尼古拉不停地推测去哪里捕捉火鸟，也没有阻止他向我询问暗主的新能力。

"我们要一起去打仗。"他说道，"要是你忘记了的话，那我提醒你一下，暗主可不怎么喜欢我。我希望拥有一切我们可以得到的优势。"

我知道的非常少，我自己也搞不清楚暗主在做什么。

"格里莎只能使用或改变已经存在的事物，真正的创造是一种不同的能力，巴格拉把它叫作'与世界中心同寿的东西'。"

"你认为这就是暗主在追寻的东西？"

"也许吧，我不知道。我们都有极限，想要超过限度的时候我们就会觉得累。但是从长期来说，使用能力会让我们更加强大。暗主召唤尼亚切沃的时候却不同，我觉得那是在消耗他。"我描述了暗主脸上显现的压力以及他的疲惫，"那种能力不是在滋养他，而是依靠他来滋养。"

"嗯，这就说得通了。"尼古拉说，他的手在大腿上拍来拍去，他的脑子里已经飞快地闪过各种各样的可能性了。

"什么说得通了？"

"说得通为什么我们还活着，我的父亲也还坐在王座上。如果暗主可以随手召集起一支阴影部队，他早就向我们发起进攻了。这是件好事，"他果断地说，"为我们争取了时间。"

问题在于这能为我们争取多少时间。我回想起了在沃克沃尼号上，我仰望满天星斗时心底涌起的渴望。对权力的饥渴让暗主堕落了，据我所知，它可能也让莫洛佐瓦堕落了。将三个加乘器合在一起也许会导致前所未有的痛苦。

我抱起双臂摩挲着，努力驱除我身上泛起的寒意。这些疑问我不能跟尼古拉说，而玛尔对于我们已经选择的这条路原本就很不情愿了。

"你知道我们要对抗的是什么，"我说，"我们的时间不一定够。"

"欧斯奥塔有大量的防御工事，它与伯利兹纳亚的基地距离很近，最重要的是，它离北面和南面的国界都很远。"

"这会对我们有帮助吗？"

"暗主的力量范围是有限的。那时我们弄坏他的船，他就没办法让尼切沃亚来追我们了，这就意味着他必须和他的怪物一起进入拉夫卡。东面的山不能通行，他也不能在没有你的情况下穿越黑幕，所以他要来攻击我们的话，就必须借道菲尔顿或者书翰。不管他走哪条路，我们都会得到很多警报。"

"国王和王后也会留下来？"

"如果我的父亲离开了首都，那和现在把国家拱手让给暗主没有什么区别。还有，我不知道他的身体能不能受得了旅途的奔波。"

我想起了珍娅的红色凯夫塔。"他的身体还没有康复吗？"我问道。

"他们没有让最坏的消息传出来，不过答案是没有，他还没有康复，我怀疑他以后也康复不了了。"他双臂交叉，头偏向一侧，"你的朋友美极了，作为一个投毒者来说。"

"她不是我的朋友。"我说，虽然连我自己都觉得这些话很孩子气，而且感觉像是一种背叛。我会为很多事情责怪珍娅，但我不会为她对国王做的事情而责怪她。尼古拉的间谍似乎无处不在，我怀疑他是否知道他的父亲实际上是个怎样的人。"我也不太相信她用了毒药。"

"好吧，她肯定对我的父亲做了什么，他的医生们都找不出治疗方法，而我的母亲又不让科波拉尔基治愈者接近他。"过了片刻，尼古拉说，"这是很聪明的一招，真的很聪明。"

我猛地扬起了眉毛："你是说尝试杀死你的父亲？"

"暗主那时本可以杀掉我的父亲，这对他来说易如反掌，但那样的话他就要冒农民和第一部队全面反叛的风险。让国王活着，被隔离起来，那就没有人确切知道发生了什么。大教长当时就在那里，扮演得到信任的顾问，颁布命令。瓦西里到外面疯狂购买马匹和妓女。"他停顿了一下，看向窗外，手指从镀金的窗沿上滑过，"我在海上。这一切结束后，又过了好几个星期我才听到消息。"

我静静地等候着，不知道自己应该说什么。他的眼睛紧紧盯着窗外的风景，他的表情却显得很陌生。

"等血洗诺沃克里比斯克和暗主失踪的消息传出来，一下子就天下大乱了。一些皇室大臣和王宫守卫硬闯进大王宫，要求见国王。你知道他们发现了什么吗？他们发现，我的母亲蜷缩在她的房间里，抓着那只爱抽动鼻子的小狗。而拉夫卡的国王，亚历山大三世，一个人在自己的卧室里，奄奄一息，躺在他自己的秽物里。对于这一切我却无能为力。"

"你不可能知道暗主在策划什么啊，尼古拉，没有人知道。"

他好像没有听见我说的话似的，继续说道："那些遵照暗主命令把守王宫的格里莎和奥布里奇尼克想要逃走，后来在下城区被抓住，并被处决了。"

我不禁一阵颤抖。"那大教长呢？"我问道。那个牧师曾和暗主勾结，现在也有可能依然在与他合作。可是在政变之前他试图接近我，我一直认为他也许在下一盘更大的棋。

"逃掉了，没有人知道他是怎么做到的。"他的声音生硬而刺耳，"不过等时候到了，他会作出回答的。"

我再次窥见了那潜藏在文雅举止之下的残酷无情。是否那才是真正的尼古拉·兰佐夫呢？又或者那只是他在伪装？

"你把珍娅放走了。"我说。

"她是小卒子，你才是奖赏，我必须集中精力。"他随后咧开嘴笑了，之前阴郁的情绪烟消云散，好像不曾存在过一样。"而且，"他眨眨眼，使了个眼色，说道，"她那么漂亮，喂鲨鱼太可惜了。"

乘坐马车让我坐立不安，我热切希望能赶快到达小王宫，尼古拉设定的速度让我充满了挫败感。不过这也给了他调教我的机会，帮助我为到达欧斯奥塔做好准备。尼古拉非常在意我能否成功统领第二部队，而且他好像总会有新的心得想要传授给我。这让我难以招架，但我不认为自己已有资本忽视他的建议，我觉得自己又回到了小王宫的图书馆，脑子里塞满了格里莎的理论。

你说得越少，你的话就越有分量。

不要争辩，永远不要放下身段去否认，笑对羞辱。

"你并没有嘲笑那个菲尔顿船长啊。"我说道。

"那可不是羞辱，那是挑战。"他说，"你要搞清楚其中的区别。"

软弱是一种伪装。当他们需要知道你有人性的时候换上这副伪装，但永远不要在你觉得软弱的时候表现出软弱来。

能用石头盖房子就不要想着要用砖头，要充分利用眼前的一切人、事、物。

成为领导者意味着一直会有人在看着你。

先让他们服从命令做小事，他们自然也就会服从命令做大事了。

蔑视人们的期待是可以的，但永远不要让他们失望。

"这么多我要怎样才记得住啊？"我恼怒地问。

"你不需要想太多，做就行了。"

"你说起来容易，你从出生那天起就接受这样的训练。"

"我被训练去打草地网球，参加香槟派对，"尼古拉说道，"其余的部分来自于实践。"

"我没有时间来实践！"

"你会没事的，"他说，"冷静点。"

我发出了一声沮丧的大叫。我真的很想掐住他的脖子，以至于我的手指都发痒了。

"啊，还有一条，让人愤怒最简便的方法就是告诉她'冷静点'。"

我不知道是要大笑还是要把我的鞋子丢向他。

在马车外面，尼古拉的行为变得越来越令人不快。他知道重提结婚事宜并不明智，可是他显然想让民众以为我们之间的关系不一般。每到一站，他都会变得更大胆，站得离我更近，他亲吻我的手，当风吹乱我的发丝时，他会把它们捋到我耳后。

在塔施它，一大群村民和朝圣者聚集在小镇建立者的塑像旁边，尼古拉向他们挥手致意。当他扶我回马车的时候，他用胳膊搂住了我的腰。

"拜托你不要用拳打我。"他小声说，然后他猛地将我拉入怀抱，贴着他的胸腔，将他的嘴唇压在了我的唇上。

人们欣喜万分，发出了疯狂的欢呼声，排山倒海似的向我们压过来。我还来不及作出反应，尼古拉就把我推入了阴暗的车内，他自己也快速跟了进来。他用力关上了身后的门，可我依然听到镇上的人在外面欢呼。在"尼古拉！"与"圣阿丽娜"的喊声中还混杂着新的称呼：宋·克罗列娃[25]，他们喊着。太阳王后。

我只能透过马车的窗户看到玛尔。他坐在马背上，管控着人群，确保他们站在道路之外。他阴云密布的表情说明他显然什么都看见了。

我转向尼古拉，重重一脚踢在他的胫骨上。他疼得大叫一声，不过这还远远不能让我发泄怒火。我又踢了他一脚。

"感觉好点儿了吗？"他问道。

---

25 原文为Sol Koroleva，当为俄语，"sol"意为"太阳"，"koroleva"意为"王后"。

"下次你再敢做这样的事情，我不会踢你，"我怒火万丈，"我会把你一劈为二。"

他掸去了裤子上的一小块棉絮，说："我不确定那样做是否明智，恐怕民众看到有人弑君，多多少少会皱起眉头的。"

"你还不是国王呢，塞巴切卡。"我尖声说道，"所以尽量不要惹我。"

"我不明白你为什么这么不高，民众们很喜欢这样。"

"我不喜欢。"

他扬起了眉毛："你也不讨厌。"

我又踢了他一脚，这一回他闪电般地出手，抓住了我的脚踝。如果是冬天的话，我会穿着靴子，可我当时穿着夏天的鞋子，于是他的手指碰到了我赤裸的腿。我的脸涨得通红。

"你保证以后不会再踢我，那我也保证以后不会再亲你。"他说道。

"我踢了你只是因为你亲了我！"

我努力想把腿挣脱出来，可是他握得很用力，紧紧不放。

"保证。"他说。

"好吧，"我狠狠地说，"我保证。"

"那我们一言为定。"

他松开了我的脚，我收回腿，遮在凯夫塔下面，我希望他看不见我傻瓜一样的大红脸。

"很好，"我说，"现在给我出去。"

"这是我的马车。"

"我们的约定只说不可以踢你，没说不可以抽你、打你、咬你，也没说不可以把你一劈为二。"

他咧嘴一笑："你是怕奥勒瑟夫会疑心我们发展到什么地步了？"

这正是我所担心的。"我是怕如果我被迫再和你多待一分钟，我可能就要吐在我的凯夫塔上了。"我说道。

"那是在演戏，阿丽娜。我们的联盟结合得越紧密越好，对我们两个人来说都是如此。我很抱歉这让玛尔不痛快，可这些举动是必要的。"

"那个吻可不是必要的。"

"我临场发挥了一下，"他说，"我被带跑了。"

"你从来不会临场发挥。"我气愤地说，"你做的每件事情都是算计过的。你改变性格就像别人更换帽子一样，你知道吗？这让人心里发毛。你就没有做自己的时候吗？"

"我是一个王子，阿丽娜，我没有资本做自己。"

我烦闷地吐了一口气。

他沉默了片刻，然后说："我……你真的认为我让人心里发毛吗？"

这是他第一次听起来对自己不那么有把握，尽管他做了那些事，我其实对他还是感到些许歉疚。

"偶尔会。"我承认道。

他揉了揉后颈，看起来明显很不自在。接着，他叹了口气，耸了耸肩："我是小儿子，还很有可能是私生子，而且我离开朝廷差不多七年了。我会做一切我能做到的事情来加大我得到王位的机会，如果那意味着要讨好整个国家或者要对你含情脉脉，那我就会这么做。"

我睁大眼睛瞪着他，并没有听清"私生子"之后的任何话。珍娅暗示过，关于尼古拉的身世一些传言，可是听到他亲口承认还是让我震惊不已。

他笑了起来："如果你不学着把你的真实想法掩饰得好一点，你是永远没办法在朝廷里活下去的。你看起来像是坐到了一碗冷掉的粥里，把你的嘴合上。"

我猛地闭上了嘴巴，试着调整五官，努力做出愉快的表情。但这样尼古拉笑得更厉害了。"现在你看起来像是酒喝多了。"

我放弃了，随意向后靠在座位上。"你怎么拿这样的事情开玩笑呢？"

"我从小就听到很多这样的耳语，接下来的话我不会在这辆马车之外重复——如果你说起的话我会否认——不过我对身上是不是流着兰佐夫家族的血一点儿都不在乎。实际上，考虑到皇室那么多近亲结合，成为一个私生子很可能还对我有好处呢。"

我摇了摇头。他这个人让我完全捉摸不透，在尼古拉这里，你很难知道要把哪些话当真。

"为什么王冠对你来说那么重要？"我问道，"为什么要千方百计做这些事？"

"要你相信我真的关心这个国家的命运就这么难吗？"

"说实话，就是这么难。"

他盯着自己锃亮的靴子尖。我从来弄不明白他怎么能让靴子总是这么闪亮。

"我猜，我喜欢把东西修好，"他说，"我一直喜欢这个。"

这算不上是一个正经的答案，不过不知怎么的听起来却很合理。

"你真的认为你的哥哥会让到一边？"

"我希望如此。他知道第一部队会追随我，而且我不认为他有打内战的胆量。再说了，瓦西里继承了我父亲的特质，对于勤奋工非常厌恶。一旦他认识到要管理一个国家真正需要做什么，我估计他就会迫不及待地逃离首都。"

"要是他没那么容易放弃呢？"

"问题在于找到正确的奖励方式，仅此而已。不管是贫民还是王子，任何人都可以被收买。"

来自尼古拉·兰佐夫的心得又来了。我看向马车窗外，只能看到玛尔挺立在马鞍上，跟马车保持着一样的速度。

"不是任何人都可以。"我低声说。

尼古拉顺着我的眼光看去。"都可以的，阿丽娜，即使你的头号支持者也有他的价码。"他转向我，浅褐色的眼睛显出若有所思的样子，"而且我怀疑我现在正看着那个价码。"

我在椅子上不自在地动了动。"你对所有事情都那么确定，"我没好气地说，"说不定我会决定要自己登上王座，然后在你睡觉的时候把你闷死。"

尼古拉只是咧嘴一笑。"终于，"他说，"你开始像个政客那样思考了。"

尼古拉总算大发慈悲，离开了马车，可是距离我们停下来过夜还有好几个小时。我不需要寻找玛尔，因为马车门打开的时候，他就在那里，伸出手准备扶我下车。广场上挤满了朝圣者和其他旅行的人，所有人都伸长了脖子，想把太阳召唤者看得更加清楚一些，但我不知道自己什么时候再有机会和他说话。

"你生气了吗？"他领着我走过鹅卵石路的时候，我小声说道。我可以看到尼古拉在广场的另一端，已经和一群当地有头有脸的人物聊了起来。

"生你的气？没有。但是我要和尼古拉大吵一架，等他身边没有武装护卫的时候。"

"我踢了他，不知道这会不会让你好受一点。"

玛尔笑了起来："你真的踢了他？"

"踢了两脚，有好一点吗？"

"还真的好了一点。"

"我今晚吃饭的时候还会重重踩他的脚的。"这应该不属于"不可以踢"的范畴。

"所以，即使是在皇家亲王的怀里，你也没有脸红心跳或者晕头转向？"

他在打趣，但我听得出他话语背后的不确定。

"我好像免疫了。"我回答道，"而且，幸运的是，我知道真正的吻应该是什么感觉。"

我撇下他，留他站在广场上，我习惯于让玛尔脸红。

在进入欧斯奥塔的前一晚，我们住在一个小贵族[26]的宅邸之中，离城墙只有几英里远。那里有点让我想起了科尔姆森——巨大的铁门，长而直的小路，尽头优美的宅子有着浅色砖头砌成的宽阔两翼。明考夫伯爵看来以培育矮种果树著称，宅中走廊两侧都排列着修剪精美的小盆景，这让屋里充满了桃李的甜香。

我被安置在二楼一间雅致的卧房里。塔玛住在和我毗邻的那间房，图亚和玛尔则住在门廊对面。床上放了一个大盒子，里面是我上周要求的凯夫塔，我总算想好了它的形制。尼古拉将命令传回了小王宫，我也认出那交织着金线的深蓝色丝绸是格里莎物料能力者的作品。我以为它在我手中会显得沉甸甸的，不过马蒂莱尔基的手艺让面料轻盈得几乎没有重量。我套头把它穿上的时候，它像波光一样闪烁流转。搭扣是小小的金色太阳。这件衣服很美，同时又有一点浮夸而引人注目的成分。尼古拉会满意的。

这座宅子中的女主人派了一个女仆来为我做头发。她让我在梳妆台前坐下，对着我乱糟糟的头发一通忙活，把我的头发挽成了一个松松的髻。她下手比珍娅轻得多，不过做出来的效果却远远不如珍娅做出的。我从脑海中驱走了这个念头，我不愿去想珍娅，不愿去想我们离开捕鲸船后她可能会遭遇什么，也不愿去想，没有她，小王宫中的生活会让我感觉多么孤独。

我向那个女仆道了谢，然后在离开房间之前，一把抓起了那个黑色的天鹅绒小包，它是和我的凯夫塔一起放在盒子里送来

---

26 原文为minor nobleman，可指"低阶贵族"，一般指拥有男爵或骑士之下贵族头衔的人，但后文的"伯爵（count）"属于高阶贵族，所以这里暂译为"小贵族"。

的。我把小包放入口袋，检查了一下，确认手链藏在我的袖子下面，之后就下了楼。

晚餐时的谈话主要是关于最新的戏剧、暗主可能的下落、欧斯奥塔的情形等。难民已经让城里人满为患了，新到的人被拦在城门之外，有传言说下城区发生了饥民暴乱。在这个金碧辉煌的地方，这些听起来遥远得不可思议。

伯爵和他的妻子招待了我们。伯爵夫人颇为丰满，她长着泛灰的头发，穿着有些暴露，让人为她担心。餐桌布置得十分奢华。我们用镶着珠宝的南瓜形碗杯食用凉汤，烤羊排上厚厚地涂着醋栗果酱，蘑菇在奶油里烘焙过，还有一道菜我只小口吃了一点，后来我才知道那是白兰地调味的布谷鸟。所有的盘子和玻璃杯都镶着银边，带有明考夫家族的纹章。不过最令人印象深刻的，是餐桌中间和桌子等长的摆设：一个活生生的微缩森林，具有精致而丰富的细节，其中包括一丛丛极小的松树，指甲盖差不多大的凌霄花，还有一个小茅屋，里面还藏着盐罐。

我坐在尼古拉和拉耶夫斯基上校之间，那些贵客们谈笑风生，一次又一次为年轻王子的归来和太阳召唤者的健康举杯祝愿，我就这么静静地听着。我跟玛尔说过让他和我们在一起用餐，但他拒绝了，他选择跟图亚、塔玛一起在府内巡逻。尽管我很努力想让自己专注于谈话，但还是不停地往露台上瞄，希望能看到他的身影。

尼古拉一定是注意到了，因为他小声对我说："你不必真的集中注意力，但你看起来必须像是注意力集中的样子。"

我尽力了，然而我并没有多少话可讲。即使我穿着闪闪发亮的凯夫塔，坐在王子身旁，我依然是一个来自无名小镇的乡下人。我并不属于这些人的阶层，也并不真的想要成为他们中的一员。不过我还是在内心做了祷告，感谢安娜·库雅教过她的孤儿们在餐桌边要怎样坐，吃蜗牛的时候要用哪种叉子。

晚餐之后，我们一大群人拥入客厅，在那里，伯爵和伯爵夫人在他们女儿的竖琴伴奏下表演了一个二重唱。甜品摆放在靠墙的桌子上：蜂蜜慕斯，核桃蜜瓜甜羹，堆成塔状的糕点，上面覆盖着云雾般的棉花糖，那本就是用来垂涎地看而不是用来吃的。更多的葡萄酒，更多的小道消息。我被要求召唤光，于是我抛出一道温暖的光，投在方格天花板上，引起了热烈的掌声。等一些宾客坐下开始玩牌了，我就推说头痛，悄悄溜走了。

尼古拉在通往露台的门口堵住了我。"你应该留下，"他说，"这是对宫廷里那老一套很好的演练。"

"圣者们也需要休息。"

"你是计划睡在玫瑰花丛中吗？"他一边问，一边低下头看向了花园。

"我刚才一直在好好扮演跳舞的小熊，尼古拉。我的花样都展示完了，现在到我说晚安的时候了。"

尼古拉叹了口气："也许我只是希望能和你一起走。伯爵夫人吃晚饭的时候一直在桌子下面掐我的膝盖，玩牌呢我又很不喜欢。"

"我以为你是个面面俱到的政客呢。"

"我跟你说过我坐不住的。"

"那你就不得不邀请伯爵夫人跳个舞了。"我咧嘴一笑说，翩然走入了晚风之中。

走下露台楼梯的时候，我扭头看了看。尼古拉依然在门口徘徊。他穿着全套军装，胸前斜挂着一条浅蓝色的绶带。客厅里的灯光照在他的勋章上，让他的金发有了一圈光泽。他今晚扮演的是文质彬彬的王子。可是他这样站在那里，看起来不过是一个不想自己一个人回到宴会上去的孤独少年。

我转过身，沿着弯曲的楼梯，走入了地势较低的花园。

没花多长时间我就找到了玛尔。他靠着一棵大橡树的树干，环视着经过精心修饰的景色。

"有人藏在暗处吗？"我问道。

"只有我。"

我靠着树干站在他旁边。"你应该跟我们一起吃晚餐的。"

玛尔哼了一声。"谢谢你，不用了。据我所见，你看起来很受罪，尼古拉看起来也开心不到哪儿去。再说了，"他看了一眼我的凯夫塔，补充道，"我能穿什么去啊？"

"你讨厌这件衣服吗？"

"它很可爱，对你的嫁妆是个完美的补充。"我还没来得及瞪他一眼，他就一下子抓住了我的手。"我不是那个意思，"他说道，"你看起来很美。我今晚第一眼看到你之后就一直想这么说。"

我脸红了起来："谢啦。每天使用我的能力也有帮助啊。"

"在考夫顿，眉毛里散落着茉达花粉的时候，你也很美。"

我不自然地拉着自己的一根发丝。"这个地方让我想起科尔姆森。"我说道。

"是有点像，不过这里要眼花缭乱得多。培养小而又小的水果到底有什么意义呢？"

"给那些有着小而又小的手的人吃呗，让他们自我感觉好一点。"

他笑了起来，那是发自肺腑的笑。我把手伸进口袋，摸来摸去找那个黑色天鹅绒小包。

"我有东西要给你。"我说。

"什么东西？"

我伸出了握住的拳头。

"猜一猜。"我说道。这是我们小时候玩过的游戏。

"嗯，很显然，是件毛衣。"

我摇了摇头。

"可以参赛的小马？"

"不对哦。"

他伸手抓住我的手，把它翻过来，温柔地展开了我的手指。

我等着他的反应。

当他从我手里拿走金色太阳徽章的时候，扬起了嘴角。他粗糙的手指拂过我的手掌，我的脊背一阵颤动。

"给你的私人护卫队队长的？"他问道。

我不安地清了清嗓子："我……我不想要制服，我不想要任何看起来像暗主的军队的东西。"

有很长一段时间，玛尔低头看着太阳徽章，我们就那样默不作声地站着。接着他把徽章还给了我，我的心像铅锤一样坠了下去，但我努力地掩饰着我的失望。

"帮我戴上好吗？"他问道。

我顿时松了一口气。我用手指夹着徽章，将别针插入他上衣左侧的褶边里。我试了两次才把它别上。当我别好徽章准备退后的时候，他抓住我的手，把它按在金色的太阳上，按在他的心上。

"这就是全部？"他说。

我们现在站得离彼此很近，在花园温暖的黑暗中，旁边没有别人。这是几个星期以来我们第一次拥有独处的片刻时光。

"全部？"我重复道，声音几乎和呼吸声一样轻。

"我相信有人许诺说我会得到披风和高档的帽子。"

"我会补偿你的。"我说。

"你在挑逗我吗？"

"我在作交换。"

"好吧，"他说，"我现在就来拿我的第一笔报酬。"

他语调轻松，可是当他的唇碰到我的唇，他的吻里没有任何嬉闹的成分。热量的味道，伯爵[27]花园中刚成熟的梨子的味道。在他嘴唇的力道中，我察觉到了饥渴，他的需求中有一丝不熟悉的东西，它让焦躁不安的火苗在我全身燃烧起来。

我踮起脚尖，双臂环绕着他的脖子，感觉我的身体和他的身体融和在了一起。他的拳头顶着我的腰，弄皱了衣服的丝绸，他让我贴在他身上，他拥有军人的力量，我从他双臂和手指的压力中感受到了这种力量。他抱我的方式里有某种激烈的、近乎绝望

27　原文作"Duke（公爵）"，与前文不符，疑误，故仍依前文译为"伯爵"。

的东西，好像他没办法离我足够近。

我头晕目眩，思维变得缓慢，脑子成了一团浆糊，不过不知怎么地，我听见了脚步声。下一刻，塔玛就沿着小径走来了。

"我们有伴了。"她说道。

玛尔松开我，取下挂在一边的来复枪，动作一气呵成。"是谁？"

"有一队人在门口要求进来，他们想见太阳召唤者。"

"是朝圣者吗？"我问道，努力让我被那个吻搅乱的脑子正常运转。

塔玛摇了摇头："他们自称是格里莎。"

"在这里这样说？"

玛尔将一只手放在我的胳膊上，说道："阿丽娜，在屋里等吧，至少让我们先去探探虚实。"

我迟疑了。我因为他们让我逃避躲藏而不快，可我也不想干蠢事。靠近门的地方传来了叫喊声。

"不要。"我一边说一边抽回了胳膊，"如果他们真的是格里莎，你也许会需要我。"

塔玛和玛尔看起来都不太乐意，但他们还是分别站到了我的两侧，我们沿着碎石路一起向门口快步走去。

宅邸的铁门旁集合了一群人。很容易从中发现图亚，他矗立在那里，比所有人都高。尼古拉站在前面，身边环绕着手拿武器的士兵，还有伯爵家配有武器的男仆。我看到一小队人围在铁门的另一面，但别的就看不清了。有人愤怒地把铁门晃得咔拉咔拉响，我还听到一片喧闹的叫喊声，几个很大的声音混在一起。

"让我过去。"我说。塔玛担忧地看了玛尔一眼。我扬起了下巴。如果他们要担任我的护卫，那他们就必须服从我的命令。"就现在，我需要在事情变得难以收拾之前看清情况。"

塔玛给了图亚一个信号，那个巨人用肩膀开道，轻而易举地穿过门边的人群，几步迈到了我们面前。我向来是小个子，被挤在玛尔和双胞胎之间，各个方向都有焦躁不安的士兵推来挤去，我忽然觉得呼吸有些困难。我努力克制自己的惶恐，视线越过人群看向门口，尼古拉正在那里和一个人争执。

"如果我们想和国王的狗腿子谈话，我们现在就会去大王宫的门口了。"一个不耐烦的声音说，"我们是来见太阳召唤者的。"

"放尊重点，刽子手，"一个我不认识的士兵咆哮着说，"跟你说话的是一位拉夫卡的王子，也是一位第一部队的军官。"

这样下去场面不会好看的。我一点一点往人群的前方走，不过当我看到铁门外的一个科波拉尔基的时候，我停住了。"费约德尔？"

他的长脸上绽开了笑容，然后他深深鞠了一躬。"阿丽娜·斯达科夫，"他说，"我所能做的只有希望传言是真的。"

我戒备地审视着费约德尔。他身边是一队格里莎，他们身上的凯夫塔沾满尘土，大多数是科波拉尔基的红色，有一些是埃斯里尔基的蓝色，零零星星有几个是马蒂莱尔基的紫色。

"你认识他？"尼古拉问道。

"对，"我说，"他救过我的命。"费约德尔曾经在一大堆菲尔顿刺客面前保护我。

他又鞠了一躬："这是我的无上荣耀。"

尼古拉看起来并不买账，问道："可以信任他吗？"

"他是个逃兵。"尼古拉身边的士兵说。

门两边的人都骂骂咧咧的。

尼古拉对图亚做了个手势："让所有人退后，确保这些男仆里没有人脑子一热开枪射击。我怀疑他们难得有什么兴奋的事情。"他转身朝向门，"你叫费约德尔，是吧？稍等一下。"他将我拉到一旁，轻声说，"怎么样？可以信任他吗？"

"我不知道。"我上次见到费约德尔是在大王宫的宴会上，几个小时之后，我就得知了暗主的计划，藏在马车后面逃亡去了。我绞尽脑汁，努力回想他当时跟我说了什么。"我想到，他驻扎在南方的边境，他是一名职位较高的摄心者，不过不算是暗主最宠爱的那批人。"

"涅夫斯基是对的。"他说着，点头向那个愤怒的士兵示意，"不管是不是格里莎，他们首先应该对国王效忠，他们离开了自己的岗位，按理说就是逃兵。"

"但这并不意味着他们是叛徒。"

"真正的问题在于他们是不是间谍。"

"那我们要拿他们怎么办？"

"我们可以逮捕他们，对他们进行问讯。"

我皱起了眉头，思考着。

"别不说话。"尼古拉说。

"我们难道不想让格里莎回来吗？"我问道，"如果我们逮捕每一个归来的人，那就没有什么部队会让我领导了。"

"记住，"他说，"你会和他们吃在一起，工作在一起，并睡在同一个屋檐下。"

"而且他们可能通通都在为暗主做事。"我扭头看着费约德尔，他耐心地等在门边。"你怎么看？"

"我不认为这些格里莎比那些等在小王宫里的更值得信赖，也不认为他们更不值得信赖。"

"这可不怎么鼓舞人心。"

"一旦我们进入宫墙之内，所有的交流都会被密切监控。如果暗主无法联系到他们，似乎他也就很难利用他们了。"

我抑制着想要摸一摸肩上伤疤的强烈冲动，吸了一口气。

"好吧，"我说，"开门。我会和费约德尔谈话，只和他谈。其他人今晚可以在宅邸外露营，明天和我们一起进入欧斯奥塔。"

"你确定吗？"

"我不太相信自己是否还会确定什么事，但是我的部队需要士兵。"

"很好，"尼古拉轻轻地点了一下头，说道，"只是要慎重地选择你可以信任的人。"

我用锐利的目光，瞥了他一眼："我会小心的。"

第十二章

　　费约德尔和我那天谈到很晚，不过我们从来没有落单。或是玛尔，或是图亚，或是塔玛，总有人在那里守望着我们。

　　费约德尔在南方边境靠近斯昆斯科的地方服役。当诺沃克里比斯克被毁的消息传到前哨的时候，国王麾下的士兵将枪口转向了格里莎，半夜把他们从床上拉起来，私自进行审判来判定他们是否忠诚。费约德尔协助领导了一次逃亡行动。

　　"我们本可以把他们全部杀死，"他说，"但我们没有那样做，我们只是带上我们的伤员逃走了。"

　　有些格里莎就没有这么宽容大度了。在切纳斯特和乌伦斯科都发生了大屠杀，那里的士兵试图攻击第二部队的成员。那时，玛尔和我正在佛拉德号上向西航行，安全地远离了这些混乱纷争，而这些之所以会发生，完全和我们有关。

"几个星期之前，"他说，"你已经回到拉夫卡的消息开始流传出来，将会有更多的格里莎来找你的。"

"有多少？"

"无从知晓。"

像尼古拉一样，费约德尔认为，有些格里莎为了躲避风头藏了起来，等候秩序重新恢复。不过他怀疑其中大多数人已经投靠了暗主。

"他就是力量，"费约德尔说，"他就是安全，他们是这样理解的。"

也有可能他们只是认为自己选了稳操胜券的一方，我悲观地想着。不过我知道不只是这样。我曾经感受过暗主力量的那种吸引。这难道不也是朝圣者们云集到一个冒牌圣者这里来的原因吗？第一部队依然为一位无能的国王卖命的原因不也一样吗？有些时候，只是因为追随别人比较容易吧。

等费约德尔结束了他的叙述，我让人带他去吃晚餐，并告诉他要为黎明时进入欧斯奥塔做好准备。

"我不知道我们可能会受到怎样的对待。"我向他预警道。

"我们会做好准备的，主上大人。"他说着，向我鞠躬行礼。

这个称呼让我一惊。在我的脑海中，这个称呼依然属于暗主。

"费约德尔……"我将他送到门口时开了口，然后我就犹豫了。我难以相信我准备说的这些话，但无论是好是坏，很显然尼古拉已经影响到了我。"我明白你们一路非常辛苦，不过还是在明天到来之前收拾得整齐一点吧。我们要给人留下一个好印象，这一点很重要。"

他的眼睛连眨都没有眨一下——只是又鞠了一躬，回了一句"是，主上"，然后就消失在了夜色之中。

很好，我心想，我下了一个命令，还有大概几千个命令要下达。

第二天早上，我穿着那件精致的凯夫塔，和玛尔、双胞胎一起走下了宅邸的台阶。金色太阳徽章在他们的胸口闪耀，不过他们依然穿着农家的粗布衣服。尼古拉也许不喜欢这样，但我想消除存在于格里莎和其他拉夫卡人民之间的界线。

尽管我们已经得到预警说欧斯奥塔中涌入了大量的难民和朝圣者，可是这一次，尼古拉没有坚持要我乘坐马车。他希望人们看见我进入欧斯奥塔城。不过这并不意味着他不准备安排一场秀。我的护卫和我都骑上了俊朗的白马，与尼古拉同一兵团的人在我们两侧排开，他们每个人都配有拉夫卡的双鹰标志和画着金色太阳纹饰的旗帜。

"非常低调，一如既往。"我叹了口气。

"低调本身是被高估了的。"他一边骑上一匹带有斑纹的灰马，一边回应道，"现在，我们可否去看看我古色古香的童年家园？"

那是一个温暖的早晨，我们沿着威大道缓缓走向首都，队伍的长条旗子在静止的空气中无力地垂下来。正常的话，皇室家族会在他们位于湖区的夏宫度过较热的几个月。但是欧斯奥塔更容易防守，于是他们选择躲避在这座城市著名的双层围墙后面。

我们骑着马向前走，没多久我就开始犯困了。我晚上没有睡好，尽管我感到紧张不安，但早晨的温暖加上马背上稳定的摇晃和昆虫的低鸣还是让我打起了瞌睡。不过当我们到了城郊山顶的时候，我迅速清醒了过来。

远远地，我看到了欧斯奥塔，梦之城，它白色的尖顶耸入无云的天空。可是在我们和首都之间，站着一排又一排的武装男子，他们排列成了完美的军事队形。那是几百个第一部队的军人，也许有一千个——步兵，骑兵，军官，普通士兵，阳光照在他们的剑柄上，他们身后都背着来复枪。

在他们前面有一个骑着马的人。他穿着挂满了勋章的军官外套，骑着一匹体型巨大的马，这是我所见过的最大的马之一。那匹马载得动两个图亚。

那个骑手在队列之间飞驰，尼古拉静静地看着，叹了一口气。"哎，"他说，"看样子我的哥哥过来迎接我们了。"

我们慢慢下了山坡，在那一大群集结完毕的人面前停了下来。我们的队伍由杂七杂八的格里莎和衣衫褴褛的朝圣者组成，尽管有白马和闪闪发亮的长条旗，看起来还是不那么壮观。尼古拉拍马上前，他的哥哥驾马慢跑，过来与他会面。

我曾在欧斯奥塔看见过瓦西里几次。他还算英俊，不过他运气不好，继承了他父亲疲软的下巴，过长的眼皮又让他看起来总是无聊透顶，或者有些醉意。可是现在他似乎从持续的恍惚状态中振作了起来。他笔直地坐在马鞍上，散发出自负高贵的气质。在他旁边，尼古拉看起来年轻得不可思议。

我感到一阵恐惧，所有的事情好像一直都在尼古拉的掌握之中。他不过比玛尔和我年长几岁而已，一个少年船长，想要成为少年国王。

尼古拉离开宫廷已经有七年时间了，我不认为他在这段时间中见过瓦西里。然而这次的相逢既没有泪水，也没有刻意的寒暄。两位王子只是下了马，简单地拥抱了一下。瓦西里审视着我们这些随行人员，眼光意味深长地在我身上多停留了一会儿。

"这个女孩就是你所说的太阳召唤者？"

尼古拉扬起了眉毛。他哥哥给他的这个开场真是再好不过了。"是真是假，一看便知。"他说完，向我点了点头。

低调本身是被高估了的。我举起双手，召唤出一束炫目的光芒，它排山倒海似的压向列队的士兵们，热量随之一浪一浪地翻涌开去。他们抬手遮挡，马匹受到惊吓开始嘶叫，几个人后退了一些。我让光慢慢减弱。瓦西里抽了抽鼻子。

"你一直挺忙的啊，弟弟。"

"你都想象不到我有多忙，瓦夏。"尼古拉用愉快的调子回应道。瓦西里听到尼古拉叫他的小名，抿起嘴，看起来一本正经得几乎有点装模作样了。"在欧斯奥塔见到你真是让我有些惊讶，"尼古拉继续说道，"我以为你会在卡耶瓦赛马呢。"

"本来是的，"瓦西里说，"我的青色杂花马表现得好极了。不过我听说了你回家的消息，那时我就觉得，我要在这里欢迎你。"

"让你费这么多心思，真是麻烦了。"

"皇室亲王的回归可不是小事，"瓦西里说，"即使回来的是个小儿子。"

他强调的重点很明确，我内心的恐惧变得更加强烈了。也许尼古拉低估了瓦西里对于保住自己第一顺序继承权的兴趣。我不愿设想他的其他错误或者失算对于我们可能意味着什么。

但尼古拉只是微笑了一下。我想起了他的建议：笑对羞辱。

"小儿子会珍惜自己可以得到的东西。"他说，然后他向一个立正站在队伍中的士兵喊道："皮切金中士，我记得我们曾一起在豪姆赫德作战。你现在能站得像石板一样直，看来你的腿伤一定是完全痊愈了。"

那个中士的脸上显出了诧异的神色。"是，殿下。"他恭恭敬敬地说道。

"叫'先生'就可以了，中士。我穿着这身制服的时候就是军官，不是王子。"瓦西里的嘴又抿了起来。像许多贵族子弟一样，他得到一个荣誉性的职衔，在长官营中舒舒服服地完成了兵役，离前线远得很。可尼古拉是在步兵团里服的兵役，他完全靠自己赢得了勋章和军阶。

"是，先生，"那个中士说，"只是下雨的时候还会感到不舒服。"

"那我猜菲尔顿人应该会祈祷天天下暴雨，你杀死了不少菲尔顿人，如果我没有记错的话。"

"我记得您好像也一样，先生。"这个军人含着笑说道。

我差点笑出声来。一个回合之间，尼古拉就从他哥哥的手中夺来了掌控权。今晚，当士兵们聚在欧斯奥塔的小酒馆或者在营房里玩牌的时候，他们谈论的会是那位记得一名普通士兵姓名的王子，那位不计出身血统、和他们并肩战斗的王子。

"哥哥，"尼古拉对瓦西里说，"我们到宫里去吧，这样我们才能够向大家致意。我有一箱科奇威士忌需要打开来喝，还有我在科特达姆看到的一匹小马驹，想让你给点儿建议。他们告诉我说这匹马的父亲是达哥雷纳，不过我还有些怀疑。"

瓦西里试图掩饰他被挑起的兴趣，但好像难以克制。"达哥雷纳？他们有文书吗？"

"来瞧瞧吧。"

尽管瓦西里依然面带戒备之色，不过他和一个指挥官说了几句话之后就跃上了马背，动作非常娴熟。这对兄弟来到了队列的前面，我们的游行队伍也再次行进起来。

"干得漂亮。"我们从一排排士兵当中经过的时候，玛尔小声对我说，"尼古拉可不是傻瓜。"

"我希望他不是，"我说，"不然我们两个就惨了。"

当我们渐渐接近首都，我看到了明考夫伯爵的宾客们先前所谈论的情况。城墙边已经产生了一座帐篷城，在门口等候的人们排成了一条长龙。有几个人在和守卫争执，毫无疑问他们是在请求能够进去。配有武器的士兵在古老的城垛上执勤——对于处在战乱中的国家来说，这是很好的防范措施，而对于城下的人们来说，这是一种致命的提醒，让他们老实听话。

当然了，城门是会为拉夫卡的王子们打开的，游行队伍随后穿过人群，一刻都没有停。

许多帐篷和马车上都有画工粗糙的太阳，当我们骑马穿过简易的营地时，我听到了人们不停地喊"圣阿丽娜"，这样的喊声我现在已经非常熟悉了。

我感觉这样做很蠢，可还是强迫自己挥舞手臂，我下定了决心，至少要努力做做看。朝圣者们欢呼雀跃，也向我挥手，许多人为了跟上我们跑了起来。但其他一些难民沉默地站在路边，神情中充满怀疑，甚至流露出明显的敌意。

他们眼中看到的是什么？我很想知道，是另一个享有特权的格里莎吗？他们是不是在想：她将去山坡上安全而奢华的宫殿，我们却要在野外生火做饭，在城市的阴影中睡觉，而且这座城市拒绝为我们提供庇护。又或者他们看到的是什么其他更糟的东西：一个骗子？一个冒牌货？一个胆敢自称活着的圣者女孩？

很快，我们进入了城墙的保护范围之内，我如释重负。

刚一进入墙内，游行队伍的速度就慢了下来，就像在爬行。下城区拥挤得就像快要爆炸了，人行道上满满当当都是人，人们来到了街上，导致交通瘫痪。商店的窗户上贴满了告示，写明哪些商品有货，每一家店门口都排起了长龙。到处都是尿液和垃圾的臭气。我要用袖子掩住鼻子，不得不选择先用嘴巴呼吸。

人们欢呼着，呆呆地望着这边，不过他们明显不像城门外的人那么激动。

"没有朝圣者。"我说道。

"城墙之内不允许有朝圣者。"塔玛说，"国王已经宣布大教长为叛教者，他的追随者也被禁止进入欧斯奥塔。"

大教长曾和暗主密谋让王座易主。即使他们之后就一刀两断，国王也没有理由去信任这个牧师和他的异教，因此也没有理由信任你，我提醒自己。你呀，不过是个大傻瓜，才会悠闲地走进大王宫，希望能得到仁慈的对待。

我们跨越了宽阔的运河，将下城区的喧嚣纷扰抛在了后面。我注意到，桥上的门楼由重兵把守。可是当我们到达对岸之后，上城区看起来毫无变化。宽敞的大道一尘不染，宁静安详，宏伟的房屋都经过精心打理。我们经过了一个公园，在那里，打扮入时的男男女女或在修饰整齐的小道上散步，或在敞篷马车中兜风。孩子们由保姆看管，玩着巴博吉[28]，一个男孩戴着草帽，骑着小马，马的鬃毛编成了辫子，上面系着丝带，一名身着制服的仆人牵着缰绳。

我们走过的时候，他们都转过身来，举起帽子，手掩着嘴巴小声议论，看到瓦西里和尼古拉的时候，他们弯腰鞠躬、行屈膝礼。他们真的像表面看起来这样平静坦然、无忧无虑吗？我难以理解他们怎么可以不在意拉夫卡所面临的可怕危险，不在意桥另一头的极端混乱，不过更令我难以相信的是，他们相信自己的国王能够保障他们的安全。

我不希望那么快就到大王宫，然而不久后我们就来到了它的金色大门前。大门关上的声音给我带来了些许恐慌。上一次我从这道门中经过的时候，我藏身在马车里，躲在几块布景板之间，那时我从暗主身边跑掉，成了一个孑然一身的逃犯。

如果这是个陷阱怎么办？我忽然想到。如果根本没有宽恕和赦免该如何是好？如果尼古拉从来没打算让我统领第二部队怎么

28　原文为babki，当为俄语，是一种古老的儿童游戏，传统玩法是用羊的骨头做成子儿，可以用多种方式进行抛接，现代一般改用塑料制作子儿。（来源：维基百科）

办？如果他们把玛尔和我用铁链锁住，投入某个阴暗潮湿的囚室里去又该怎么办呢？

停下，我责骂自己，你不再是那个小女孩了，不再会害怕得双腿在军靴里发抖。你是一名格里莎，太阳召唤者。他们需要你，而且你要是想的话，你可以当着他们的面把整座宫殿都给拆了。我挺直了脊背，努力让自己的心跳平稳下来。

我们来到双鹰喷泉那里的时候，图亚扶我下了马。我眯着眼睛，抬起头看向大王宫，一层又一层的金饰和雕塑将它闪闪发亮的白色露台塞得满满当当。它和我记忆中一样丑陋，一样令人生畏。

瓦西里把手中的缰绳递给了在一边等候的仆人，他一眼都没有往后看就走上了大理石台阶。

尼古拉挺起了胸膛。"别说话，尽量做出悔过的样子。"他小声对我们说。随后，他跃上台阶，赶上了他的哥哥。

玛尔的脸色很苍白。我在凯夫塔上擦了擦湿冷的手掌，我们就这样跟在王子们后面上了台阶，将其他人留在了我们身后。

我们走进了宫殿，经过一间间金碧辉煌的屋子，宫殿里的走廊寂静无声。我们的脚步声在光滑的地板上回响，每走一步，我的惶恐就增加一分。到了正殿的门口，我看到尼古拉做了个深呼吸。他的制服无懈可击，英俊的面庞如同一个童话中的王子。我忽然怀念起了斯特姆霍德肿胀的鼻子和棕绿色的眼睛。

房门打开了，男仆宣告说："太子瓦西里·兰佐夫殿下到，大公尼古拉·兰佐夫殿下到。"

尼古拉已经跟我们说过，我们的名字不会被报出来，尽管如此，我们还是应该跟在他和瓦西里的后面。我们迈着犹犹豫豫的步子跟在后面，和王子们保持着表示敬意的距离。

长长的浅蓝色地毯从房间一头铺到了另一头。地毯尽头，一群衣着高雅的人在高起的平台边晃来晃去。在他们上方，拉夫卡的国王和王后坐在各自的座位上。

旁边没有牧师，我们走近的时候我注意到了这一点。大教长以前好像会一直潜伏在国王后面的某个地方，不过他现在显然缺席了，似乎没有另一个精神导师替代他。

国王要比我上次见到他的时候虚弱得多。他窄窄的胸口看起来有些凹陷，垂下的胡须变得花白。不过最大的变化发生在王后的身上。没有珍娅修饰她的脸，她好像在几个月之中老了二十岁。她的皮肤不再柔滑紧致，深深的皱纹开始在她的鼻子和嘴巴周围形成，过于明亮的虹膜变成了比较自然、但不那么迷人的蓝色。我本来对她还有些怜悯，但记忆中她对待珍娅的方式让我所有的怜悯都烟消云散了。说不定如果她能对她的侍女少一点轻蔑，珍娅也许就不会那么义无反顾地押宝在暗主身上，许多事情都可能会变得不同。

我们走到了平台的基座处，尼古拉深深鞠了一躬。"国王陛下，"他说，"王后殿下。"

那是漫长而紧张的片刻，国王和王后就这样凝视着他们的儿子。接着好像有某种脆弱的东西在王后体内一下子绷断了，她从王座上跳了起来，跃下台阶，身上的丝绸和珍珠跟着摆动起来。

"尼古拉！"她一把将儿子拉入怀中，大喊道。

"母后。"他微笑着说，同时也抱住了王后。

围观的宫廷随从中传来了小声的议论和零零星星的掌声。王后热泪盈眶，这是我第一次看到王后真情流露。

一个男仆疾走到国王身边，在他的搀扶下，国王慢慢地站了起来，然后走下了高台的台阶。他的身体状况真的很不好，我意识到，新王继位的问题可能比我之前想象中要急迫得多。

"过来，尼古拉，"国王说着，向他的儿子伸出手去，"快过来。"

尼古拉一手挽着父亲，一手则被他的母亲牢牢抓着，他们旁若无人地走出了正殿。瓦西里跟了上去，他面无表情，但他皱起的眉头泄露了他的秘密，这没有逃过我的眼睛。

玛尔和我站在那里，不清楚下一步该做什么。国王一家重聚，重叙亲情，这一切都很好，可我们这时候要怎么办呢？我们没有被允许离开，但也没有人告知我们要留下。国王的顾问们毫不掩饰好奇之心，仔细地打量着我们，宫廷随从们则窃笑私语。我努力克制自己焦躁不安的情绪，一直昂着头，希望自己表现出高傲的样子。

时间一分一秒地过去了。我又饿又累，我的一只脚已经麻木了，不过我们还是站在那里等候着。过了一会儿，我仿佛听到门廊中传来了叫喊的声音，也许他们是在争吵，到底要让我们留在这里等多久。

过了肯定有大半个小时的时间，国王一家终于回来了。国王满面笑容。王后的面孔则显得有些苍白。瓦西里看起来火冒三丈。但尼古拉变化最大，他似乎比较轻松自在了，还恢复了在沃克沃尼号上时我看到过的那种大摇大摆的样子。

他们知道了，我明白过来，他已经告诉了他们，他就是斯特姆霍德。

国王和王后重新在王座上坐下。瓦西里过去站到了国王身后，尼古拉则在王后身后站好。王后伸出手，摸索寻找尼古拉的手，于是他把手搭在了她的肩膀上。母亲和她的孩子在一起的时候，就是这个样子。我已经长大了，不会再为我无从了解的父母而痛苦哀伤，但这个举动依然让我深受感动。

国王的话让我的伤感一扫而光："作为即将统领第二部队的人，你非常年轻。"

他甚至没有说出我的名字，我点头表示承认："是的，陛下。"

"我本打算立刻将你处死，但我的儿子说那只会把你变成一位烈士。"

我吃了一惊。那样大教长会很喜欢的，我心里这样想，充满了恐惧，红色小书里会多一幅喜气洋洋的插画：绞刑架上的圣阿丽娜。

"他认为你值得信赖，"国王虚弱地颤了颤，"可我没那么确定。你逃离暗主的事似乎不可思议，但我无法否认，拉夫卡需要你为它服务。"

他说得好像我是个管理员或者郡县的书记官似的。露出悔改的样子，我提醒自己，把反讽的回话咽了下去。

"能侍奉拉夫卡国王是我的无上荣耀。"我说。

要么是国王爱听奉承话，要么是尼古拉为我求情求得非常成功，因为国王嘟囔着："很好，很好。你至少可以暂时作为格里莎的指挥官。"

难道就这么容易吗？"我……谢谢您，陛下。"我结结巴巴地说，心里是带着困惑的感激。

"不过你要知道，"他说道，用手指指着我，"如果我发现任何证据，说明你会反对我，或者你和那个背教者有联系，我就会立刻把你绞死，毫不留情，也不用经过审判。"他的声音提高了八度，带着怒气。"人们说你是个圣者，但我认为你不过是另一个破衣烂衫的难民，你明白了吗？"

另一个破衣烂衫的难民，同时也是最有可能帮你保住那闪闪发光的王位的人，我心想，一股意料之外的怒气涌了上来，但我把自尊放到了一边，深深地鞠了一躬，腰弯到了我能达到的极限。暗主以前是不是也是这种感觉？被迫在一个荒淫的傻瓜面前卑躬屈膝？

国王随意挥了一下他露出青筋的手。我们可以退下了，我看了一眼玛尔。

尼古拉清了清嗓子。"父亲，"他说，"还有那个追踪手的事。"

"嗯？"国王说，抬头看了看，他好像已经打起了瞌睡。"那个……哦，对。"他用湿乎乎的眼睛盯着玛尔，有些厌烦地说，"你逃离了你的岗位，违反了长官的命令，这是要处以绞刑的过错。"

我猛吸了一口气。在我身旁，玛尔完全呆住了。一个不安的念头在我脑中浮现：如果尼古拉要把玛尔摆脱掉，这绝对是个不费力的方法。

高台旁边的人们兴奋地交头接耳起来。我让我们陷入了怎样的境地啊？我张开了嘴巴，不过我还没来得及说话，尼古拉就开口了。

"陛下，"他谦卑地说，"恕我放肆，不过那个追踪手确实帮助太阳召唤者逃脱了抓捕，否则，王室的敌人一定会抓住她的。"

"如果她真的曾经陷入什么危险的话。"

"我曾亲眼看见他举起武器对抗暗主，他是一个值得信赖的朋友，我相信他会以保障拉夫卡最高利益为目标来行事。"国王的下唇伸了出来，但尼古拉继续说了下去，"他在小王宫中会让我比较放心。"

国王皱起了眉头，他很有可能已经在想着午饭和打盹了，我心想。

"你有什么要说的啊，小伙子？"他问道。

"我做了我认为对的事情，仅此而已。"玛尔平静地说。

"我的儿子似乎觉得你有很好的理由。"

"我猜每个人都认为自己有很好的理由，"玛尔说，"那依然是逃亡。"

尼古拉直翻白眼，而我恨不得狠狠摇晃玛尔一下。他就不能不有什么说什么吗？

国王的眉头皱得更紧了。我们静静地等候着。

"很好，"他最终说道，"不过是窝里多一条蛇，有什么关系呢？你会得到不光荣的赦免。"

"不光荣的？"我脱口而出。

玛尔只是鞠了一躬，说道："谢谢您，陛下。"

国王懒懒地抬手挥了一下。"走开吧。"他暴躁地说。

我想留下来进行争辩，但尼古拉警示地瞪了我一眼，而且玛尔也已经转身走了。当他沿着铺有蓝色地毯的走廊离开时，我不得不加快步伐，这样才能赶上他。

我们离开了正殿，大门刚刚在我们身后关上，我就说道："我们要和尼古拉谈谈，我们要让他向国王求情。"

玛尔甚至没有停下脚步。"这样做没有意义，"他说，"我早就知道会是这样。"

虽然他话是这样说，可是看他垂头丧气的模样，我知道某种程度上他还是曾经抱有希望的。我想要抓住他的胳膊，让他停下，告诉他我很抱歉，告诉他我们会找到法子让事情回到正轨。但我没有，我只是赶忙走到他身旁，努力跟上他的脚步，我强烈地感觉到每个门口的男仆都在看着我们。

我们沿着来时的路，穿过王宫金碧辉煌的走廊，走下大理石台阶。费约德尔以及他的格里莎在他们的马匹旁边等候着。他们已经尽力打理过了，但他们亮色的凯夫塔依然显得有点残破。塔玛与图亚站在离他们稍远一点儿的地方，我给他们的金色太阳徽章，在他们的粗布上衣上闪耀。我做了个深呼吸。尼古拉已经尽力做了他所能做的，下面轮到我了。

第十三章

　　我们沿着蜿蜒的白石小路穿过王宫，经过起伏的草地和只具装饰性的建筑，还有那片树篱迷宫的高墙。平时一声不吭、安安静静的图亚，现在却在马鞍上不自在地扭动了起来，他的双唇抿成一线，嘴巴凹了进去。

　　"有什么不对劲的地方吗？"我问道。

　　我以为他可能不会回答，但他随后说道："这里有一种发虚的味道，好像人们在变得柔弱。"

　　我看了这个魁梧的战士一眼："跟你相比的话，每个人都很柔弱，图亚。"

　　通常都会有塔玛来取笑她的兄弟，可是这次，她却出人意料地说道："他是对的，这个地方感觉死气沉沉的。"

　　他们没有起到让我冷静下来的作用。正殿中那些所见所闻已经让我有点焦躁不安了，我对国王的怒气甚至让我有些吃惊，尽管圣人们知道，国王活该如此。他是个龌龊的老色鬼，喜欢把女仆逼到墙角，更别提他是个糟糕透顶的领导人了，竟然在区区几分钟之内先后威胁我和玛尔要把我们处死。即使只是想了想这些，我就又觉得心中充满了仇恨。

当我们进入树木围成的通道时，我心跳加快了。树木包围了我们，在我们上方，树枝交织在一起，形成翠绿的华盖。我上次看到它们的时候，它们还是光秃秃的呢。

我们走出了华盖，进入明亮的阳光之中。在我们下方的就是小王宫了。

我很想念它，我突然意识到。我想念它金色穹顶发出的光，想念那奇特的墙壁，上面雕刻着或真实的或幻想中的各种怪兽。我想念那蓝色的湖泊，它闪着微光，如同一小块天空，我想念那不在湖正中位置的小小岛屿，还有湖畔召唤者帐篷的点点白色。这是一个独一无二的地方。我诧异地发现，这里给我的感觉，就像家一样。

然而，并不是一切都和从前一样。现在第一部队的士兵背着来复枪驻扎在各处的空地上。在对抗一支由毫不手软的摄心者、暴风召唤者、火焰召唤者组成的军队时，我不知道他们能起到多大的作用，但由此传递出的信息很明确：格里莎是不受信任的。

一队身着灰衣的仆人站在台阶上等候着，准备牵走我们的马匹。

"准备好了吗？"玛尔扶我下马时小声说道。

"我真希望大家不要再问我这个问题了，我看起来难道没有准备好吗？"

"有一次我偷偷把一只蝌蚪放进了你的汤里，你不小心把它吞下去了，你看起来就跟那时候的表情一模一样。"

我忍住了笑，感觉我的担忧减少了一点儿。"多谢你提醒我，"我说，"那笔账我还没跟你算呢。"

我停顿了一下，把我凯夫塔的褶皱弄平整，我不慌不忙，希望自己的腿能在这段时间里停止颤抖。接着我上了楼梯，其他人跟在我身后。仆人们将门开得很大，我们踏入了宫殿之内。穿过门口房间冷冷的黑暗，我们进入了金色穹顶大厅。

这是一间巨大的六角形房间，和大教堂一样。精雕细刻的墙壁上镶嵌着珍珠，上面是一个硕大的金色穹顶，它高得不可思议，好像悬浮在我们上方一样。屋子正中是四张长桌，围成一个正方形，格里莎就等在那里。尽管人数减少了，但他们还是按照序列分成了红色、紫色、蓝色三队，在各自的队伍内或坐或站，紧紧围在一起。

"他们真是很爱他们漂亮的颜色啊。"图亚嘟囔道。

"不要让我动心思噢，"我小声说，"说不定我会决定让我的私人护卫穿亮黄色的双排扣大衣。"

这是第一次，我看见他的脸上浮现出类似恐惧的表情。

我们向前走去，大多数格里莎都站了起来。这些人都很年轻，我突然意识到，许多年纪更大、经验更丰富的格里莎都选择了投奔暗主，一阵不安随之涌上我的心头。也许他们只是够明智，知道要逃跑。

我预测到不会有太多科波拉尔基选择留下来。他们是最高阶的格里莎、最受器重的斗士，与暗主的关系也最为紧密。

人群中还是有几张熟悉的面孔。谢里盖是少数几个决定留下的摄心者之一。玛丽和纳蒂亚站在埃斯里尔基之中。我惊讶地看到大卫在马蒂莱尔基的桌边，懒散地靠在椅子上。我知道他对于暗主的所作所为有过疑虑，但那并没有阻止他把牡鹿项圈固定在我的脖子上。或许这正是他没有看我的原因，也有可能他只是热切地希望能回他的工作间去。

暗主的黑檀木椅子已经被搬走了，他的桌子上空无一物。

谢里盖是第一个走出来的人。"阿丽娜·斯达科夫，"他紧张地说，"见到你我很高兴，欢迎你回到小王宫。"我注意到他没有鞠躬。

紧张的气氛如同一个活物，在屋里膨胀、跃动。我希望能消除这种紧张感，这其实很简单。我可以露出喜色，发出笑声，拥抱玛丽和纳蒂亚。尽管我从来没有真的属于这里，但我可以体体面面地做个样子出来，假装我再次成为他们的一员感到非常轻松。但我想起了尼古拉的各种警告，于是我抑制住了自己。软弱是一种伪装。

"谢谢你啊，谢里盖，"我说道，刻意显得不太正式，"我也挺高兴能站在这里。"

"有传言说你回来了，"他说，"但也有同样多的传言说你死去了。"

"嗯，如你所见，我活得好好的，在威大道上旅行了几周后，我现在保持着最佳的状态。"

"据说你是和国王的次子一起到达这里的。"谢里盖说。

已经开始了，第一次挑战。

"是这样的，"我愉快地说，"他在我和暗主的争斗中提供了帮助。"

屋里一阵骚动。

"在黑幕中吗？"谢里盖有些疑惑地问道。

"在实海上。"我纠正道。人们交头接耳起来。我抬起手，他们安静了下来，这让我松了一口气。先让他们服从命令做小事，他们也就自然会服从命令做大事了。"我有很多故事要讲，有很多信息要传达，"我说，"不过这并不那么紧迫，我是带着一个目的回到欧斯奥塔的。"

"大家在谈论婚礼。"谢里盖说。

哈，尼古拉知道了一定非常惊喜。

"我回到这里不是来当新娘的，"我说，"我回来只有一个理由。"这不完全是真的，但是在满满一屋子不确定是否忠诚的格里莎面前，我并不准备谈起第三个加乘器。我吸了一口气，说道："我回来是为了统领第二部队。"

所有人都按捺不住了。有人在欢呼，也有人愤怒地喊叫。我看见谢里盖和玛丽交换了一个眼神。当屋里安静下来的时候，他说道："这在我们的意料之中。"

"国王已经同意由我进行指挥。"暂时，我心中想着，但嘴上没有说。

屋子里又是一阵骚乱。

谢里盖清了清嗓子："阿丽娜，你是太阳召唤者，你能安全归来，我们谢天谢地，但是要指挥军事行动，你还不太够格。"

"不管够不够格，我都获得了国王的祝福。"

"那我们将会向国王请愿，科波拉尔基是最高阶的格里莎，应该由科波拉尔基统领第二部队。"

"那是你的说法，刽子手。"

我一听到那丝绸般的声音就知道它是属于谁的了，可当我看到她鸦翼般的黑发，心里还是一颤。佐娅从埃斯里尔基中走了出来，她柔韧的身形包裹在蓝色的夏季丝绸里，衬得她的眼睛闪亮如宝石——带有超长睫毛的宝石。

我克制着自己，没有转过身去看玛尔的反应。佐娅就是那个曾经用尽一切办法让我在小王宫中过得悲惨的格里莎。她曾经嘲笑过我，散布过关于我的流言蜚语，甚至打断过我的两根肋骨。但她也是那个很久以前在克里比斯克引起过玛尔兴趣的女孩。我不确定他们之间发生过什么，不过我怀疑并非只是气氛活跃的谈话而已。

"我代表埃斯里尔基说话，"佐娅道，"我们会跟从太阳召唤者。"

我努力不让自己显示出惊讶的表情。我完全没有想到，她会是支持我的人。她在耍什么把戏啊？

"不是我们所有人都会。"玛丽无力地插嘴说。我知道自己不该对此感到惊讶，但这依然让我有些难过。

佐娅轻蔑地笑了一声："是啊，我们了解的，你支持谢里盖的一切努力，玛丽。但这不是班亚旁边的深夜幽会，我们在谈论的是格里莎的未来和整个拉夫卡的未来。"

佐娅的发言引来了一阵窃笑，玛丽的脸涨得通红。

"够了，佐娅。"谢里盖厉声说。

一名我不认识的埃斯里尔基走上前来。他有着深色皮肤，左侧脸颊较高的地方有一道浅浅的伤疤。他的衣服上有火焰召唤者的刺绣。

"玛丽说得对，"他说，"你不能代表我们所有人说话，佐娅。我确实更愿意看到一名埃斯里尔基成为第二部队的首领，可那不应该是她。"他的一根手指以控诉的姿态指向了我，"她甚至都不是在这里长大的。"

"说得没错！"一名科波拉尔基喊道，"她成为格里莎还不满一年呢！"

"格里莎是与生俱来的，不是后天造就的。"图亚咆哮起来。

真是理所当然，我心想，暗自叹了一口气，他会选择现在来敞开心扉。

"你是谁？"谢里盖问道，自然而然地流露出了他傲慢的本性。

图亚把手伸向了他的弯刀，回答道："我是图亚·于一巴托。我在远离这个腐朽宫殿的地方长大，我也很乐意证明我可以让你的心脏停止跳动。"

"你是格里莎？"谢里盖不相信地问道。

"跟你一样。"塔玛回答道，她金色的眼睛闪闪发亮。

"那你呢？"谢里盖问玛尔。

"我只是一个士兵，"玛尔回答着，走过来站在我身旁，"她的士兵。"

"我们都是她的士兵。"费约德尔加了一句,"我们回到欧斯奥塔来侍奉的是太阳召唤者,而不是某个装腔作势的男孩。"

另一名科波拉尔基站了起来:"你只是另外一个暗主倒台后逃走的懦夫罢了,你没有资格来这里羞辱我们。"

"那她呢?"另一名暴风召唤者问道,"我们怎么知道她不是在为暗主做事?她帮助他摧毁了诺沃克里比斯克。"

"她还上过他的床!"另一个人喊起来。

永远不要屈尊去否认,我脑海中响起了尼古拉的声音。

"你跟尼古拉·兰佐夫是什么关系呢?"一名物料能力者要求我回答。

"这很重要吗?"我冷冷地问道,但我可以感觉到自己在渐渐失控。

"当然重要了。"谢里盖说,"我们怎么能确定你是否忠诚呢?"

"你没有权利审问她!"一名召唤者喊道。

"为什么呢?"一名治愈者反驳道,"因为她是活着的圣者吗?"

"把她放到教堂里去吧,她属于那里!"某个人说道,"把她和她那帮乌合之众赶出小王宫去。"

图亚伸手去拿剑。塔玛和谢里盖都扬起了手。我看见玛丽掏出了她的打火石,我感觉到召唤者的风卷起了我凯夫塔的边缘。我以为我已经准备好面对他们了,然而我对于自己心中涌起的潮水般的愤怒并没有准备。我肩膀上的伤在隐隐作痛,我体内似乎有什么东西要爆发了。

我看着谢里盖冷嘲热讽的面孔，将力量集结了起来，目的明确而邪恶。我举起了手臂，如果他们需要教训，那我就给他们一个教训。他们要争论，那就在谢里盖尸体的碎块旁边争论吧。我的手在空中划出一道弧线，向他劈去。这光芒是一把被愤怒磨利的刀。

最后一秒钟，一丝残存的理智冲破了愤怒的迷雾。当我意识到自己准备做什么的时候，我满怀恐惧地想：不行。我感到恐慌，大脑飞速旋转着。我猛地一转身，将开天斩抛向了高处。

轰然碎裂的声音传遍了整个房间，格里莎们尖叫着往后退，挤到了墙边。

天光从我们上方锯齿状的裂缝中倾泻而下。我切开了金色的穹顶，好像它是一枚巨大的蛋一样。

随之而来的是深深的寂静，当时所有格里莎都看向了我，惊魂未定，难以置信。我咽了咽口水，对自己做出的事感到讶异，对自己差点做出的事感到惊骇。我想起尼古拉的建议，硬起了心肠，绝对不能让他们看到我的恐惧。

"你们以为暗主很强大，是吧？"我问道，冰冷的声音让我自己吃了一惊，"你们完全不知道他现在能做什么。只有我看到过，只有我曾经面对他，并且活了下来，只有我可以讲述他的能力。"

在我自己听来，我像个陌生人，不过我感觉到力量的余波在体内回荡，于是我继续推进。我缓缓转过身去，直视每一双震惊的眼睛。

"我不在乎你们认为我是圣者还是傻子，抑或是暗主的妍头。如果你想留在小王宫，那你就要跟从我。如果你不喜欢，那你今晚就要离开，不然我会让你成为阶下囚。我是一名军人，我是太阳召唤者，而且我是你们唯一的希望。"

我大步穿过房间，猛地打开了通往暗主居室的那一扇扇大门，心里暗暗感谢它们没有上锁。

我盲目地沿着门廊往里走，并不确定自己要到哪里去，我一定要趁着别人没有看到我发抖之前，离开穹顶大厅。

凭着运气，我找到了通往作战室的路。玛尔在我后面走了进来，在他关上门之前，我看到图亚和塔玛在门口站起了岗。费约德尔和其他人一定还在后面，希望他们能和其余格里莎和平共处。或者，他们可能已经开始互相残杀了。

我在一张拉夫卡古地图前踱来踱去，那张地图和对面的墙壁一样长。

玛尔清了清嗓子："我觉得进行得很顺利。"

一阵歇斯底里的、咯咯的笑声从我的唇间发出。

"除非你原本是想把整个屋顶弄下来砸在我们头上，"他说，"那样的话我猜就只能算是部分成功了。"

我咬着大拇指，继续踱来踱去。"我必须把他们的注意力吸引过来。"

"所以你本来就准备那样做？"

我差点杀了人，我想要杀人，不是穹顶就是谢里盖，而且解决谢里盖可比解决穹顶困难多了。

"不完全是。"我承认道。

突然之间，仿佛所有的力气都从我体内消失了。我瘫坐在长桌边的一把椅子上，把头搁在手上。"他们会走得精光的。"我呻吟道。

"有可能，"玛尔说道，"不过我觉得不会那么糟糕。"

我把头埋在了胳膊里。"我在骗谁啊？这个我做不来，这就好像一个糟糕的笑话。"

"我可没听到有人笑。"玛尔说道，"就某个不知道自己做了什么的人来说，我觉得你已经表现得很不错了。"

我抬眼凝视着他，他靠在桌子上，双臂在胸前交叉，唇边还带着一抹笑意。

"玛尔，我在天花板上开了个洞。"

"一个富有戏剧性的洞。"

我有些气恼，发出了介于哭和笑之间的声音。"下雨的时候我们要怎么办啊？"

"跟平常一样，"他说，"别让自己淋湿了。"

一阵敲门声响起，塔玛把头探了进来："仆人问你是不是准备在暗主的居室里就寝。"

我知道我不得不这样做，但对此我并不期待。我用手抹了一把脸，勉强从椅子上站了起来。我在小王宫里待了还不到一个小时，就已经精疲力竭了。"我们去看看吧。"

沿着作战室外的门廊往里走就到暗主的住处了。一个炭灰服色的仆人领着我们进入了一间很大且颇为正式的公共休息室，室内摆着一张长桌和几把看起来不太舒服的椅子。每面墙上都有一扇双开的门。

"这扇门里面是一个可以带您离开小王宫的通道，主上大人。"仆人指着右边的门说，接着，她指了指左边的门说："那扇门通向护卫的住处。”

我们正对面的门无须解释，它从地板一直延伸到天花板，黑檀木的门板上雕刻着暗主的标志，日蚀时的太阳。

我感觉自己还没有完全准备好面对这一切，所以我漫步到护卫的住处，往里看了几眼。他们的公共休息室要舒适得多，屋内有一张打牌用的圆桌，一个不大的砖炉用来在冬天取暖，几把垫得很厚的椅子围在炉子旁边。透过另一道门，我瞥见了几排行军床。

“我猜暗主的护卫要多一些。”塔玛说。

“多得多。”

“我们另外多带一些人来。”

“我想想。”玛尔说，“不过我不知道是否有这个必要，我也不知道谁是我们可以信赖的人。”

这一点我必须承认。我对于图亚和塔玛有一定程度的信任，但我真正确定信赖的人只有玛尔。

“也许我们应该考虑从朝圣者中挑选一些人。”塔玛建议道，“有些朝圣者以前是军人，他们中一定会有人很善于打架，而且他们绝对愿意为你卖命。”

“绝对不行，”我说道，“国王听到某个人小声说句‘圣阿丽娜’就会把绞索套到我的脖子上了。再说了，我可不希望把自己的性命交到认为我能死而复生的人手里。”

“也许我们可以这样凑合。”玛尔说。

我点了点头：“好吧，那……有谁能去处理一下修屋顶的事情呢？”

图亚和塔玛的脸上绽开了一模一样的笑容。“我们不能让它就那样放几天吗？”

"不行，”我笑了起来，"我可不想它整个塌下来砸到我们身上。找找物料能力者吧，他们应该知道怎么做。”我的拇指摩挲着那条横贯手掌的伤疤。"不过别让他们修得太完美了。”我补充道。伤疤可以成为很好的提醒。

我回到了主公共休息室，对在门口徘徊的仆人说："我们今晚在这里吃饭，你能去看看餐盘准备好了没有吗？”

那个仆人扬起了眉毛，接着鞠了一躬，快步走开了。我应该对他们下达命令，而不是问问题。

我留下玛尔和双胞胎讨论值班的时间表，自己穿过屋子来到了那扇黑檀木大门前。门把手是两片薄薄的银色新月，材质看起来像是骨头。当我抓住把手拉门的时候，没有吱吱呀呀的响动，也没有铰链的声音，那扇门就这样无声无息地打开了。

仆人已经点亮了暗主屋内的灯。我仔细打量这间屋子，吐了一口气，而我之前并没有意识到自己屏住了呼吸。我在期待发现什么呢？一个地牢？一个深坑？暗主悬在树枝上睡觉？

这间屋子是六角形的，深色的木墙上雕刻着幻想中的森林，其中满是细长的树木。在带有华盖的大床上方，半球形的天花板是用光滑的黑曜石制造的，排成星座形状的小片珍珠在其间闪闪发光。这是一个不寻常的房间，也确实很奢华，但它依然只是一间卧室。

架子上空空的，没有书。桌子和镜台上也空空如也。他所有的物品一定都已经被移走了，很有可能被烧掉或者碾成碎片了。我恐怕应该为国王没有把整座小王宫夷为平地而感到高兴。

我走到床边，抚过枕头凉滑的面料。我知道他依然是个凡人，知道他像其他所有人一样晚上会躺下休息，这让人感觉不错。但我真的要在这里睡觉吗？在他的床上，在他的屋顶下？

一惊之下，我意识到这间屋子闻起来也有他的气味。我甚至从来没有注意过他有自己的气味。我闭上眼睛，深吸了一口气。这是什么？是冬日朔风的凛冽，是枯枝，是虚无的气息，夜晚的气息。

我肩上的伤抽痛起来，我挣开了眼睛，房门紧闭着，我并没有听到门关上的声音。

"阿丽娜。"

我猛地一转身，暗主正站在床的另一头。

我用手捂住嘴，免得自己尖叫出来。

这不是真的，我告诉自己。这只是一种幻觉，就像黑幕中那次一样。

"我的阿丽娜。"他低声说。他的面孔很俊美，没有伤疤，完美无缺。

我不会尖叫的，因为这不是真的，它动一动就会消失的。

他沿着床慢慢走过来，没有发出脚步声。

我闭上眼睛，用双手捂住，默数了三下。可当我再次睁开眼睛的时候，他竟然站在我面前。我不会尖叫的。

我向后退了一步，靠到了墙上。我的心都提到了嗓子眼。

我不会尖叫的。

他伸出了手。他碰不到我的，我告诉自己。他的手会穿过我，就像鬼魂那样。这不是真的。

"你不能从我身边跑开的。"他小声说。

他的手指拂过我的脸颊。实在，真切。我感觉到了他的触摸。

我感到深深的恐惧，张开双手，一束光芒夺目而出，耀眼的光波带着微微的热量席卷了整个房间。暗主消失了。

屋外传来了一阵匆忙的脚步声，门一下子被打开了。玛尔和双胞胎冲了进来，手里拿着武器。

"发生了什么事？"塔玛一边环视空空的房间，一边问道。

"没事。"我从唇间挤出了这两个字，希望自己的声音听起来很平静。我用凯夫塔遮住了自己颤抖的双手。"怎么了？"

"我们看到了光，还有——"

"只是因为这里有点阴郁罢了，"我说，"到处都是黑的。"

他们盯着我看了半晌，接着塔玛四下瞧了瞧："是挺沉闷的，也许你可以考虑重新装饰一下。"

"我的待办事项上绝对有这件事。"

双胞胎又扫视了一眼屋子，然后就向门外走去了，图亚已经嘟嘟囔囔地向他的姐妹抱怨起晚餐来了。玛尔站在门口，等着。

"你在发抖。"他说。

我知道这次他也不会要求我解释的。本来他也没有问的必要，我应该主动把实情告诉他。但是我能说什么呢？说我产生幻觉了？说我发疯了？说我们不管跑多远都永远不会安全？说我身上和那个金色穹顶一样有裂口，但从我的裂口里爬进来的东西比天光糟糕得多？我保持沉默。玛尔摇了一下头，就这样走开了。我独自一个人，站在暗主空空荡荡的房间中。把他叫住啊，我绝望地想，告诉他一些，告诉他全部。

玛尔离我只有几英尺远，就在墙壁的另一头。我可以喊出他的名字，把他叫回来，告诉他所有的一切——在黑幕中发生了什么么，我差点对谢里盖所做的事，我刚刚看到的东西。我张开了嘴巴，但总是想起同样的话。

我不会尖叫的，我不会尖叫的，我不会尖叫的。

第二天早上，我在愤怒的说话声中醒来。有片刻时间，我根本不知道自己身在何处。屋里漆黑一片，只有门下的缝隙透进一丝光亮。

我随后回到了现实之中，坐了起来，摸索床边墙上的灯。我点亮了灯，借着火光，仔细看了看围绕着床的黑色丝绸帷幔、板岩地板、带有雕刻的黑檀木墙壁。我真的必须对这里做点改变。这个房间太压抑了，压抑得简直不适合人在这里醒来。想到我真的在暗主的居室里，想到我在他的床上过了一夜，想到我看见他就站在这间房里，我觉得非常奇怪。

够了。我掀开被子，从一侧下床。我不知道我看到的是想象中的事物，还是某种真实的东西，暗主在尝试由此来操控我，不过这些现象一定有其合理的解释。也许是尼切沃亚咬我的那一口让我感染了什么。如果确实如此，那我只需要找到法子进行治疗就可以了。也有可能，随着时间的推移，这种影响就会渐渐消失。

门外争吵的声音变得更大了，我听出了那是谢里盖的声音和图亚恼怒的低吼。一件绣花礼服已经为我放在了床边，我迅速穿上它，检查了一下，确定腕上的手链藏好之后就赶忙开门往公共休息室里走去。

我差点撞到了那对双胞胎身上。图亚和塔玛肩并肩地站在那里，将一队恼怒的格里莎拦在我的居室外面。谢里盖和费约德尔大声说着他们要进来的理由，图亚双臂交叉，塔玛则摇着头。我郁闷地看到佐娅在他们身后，身边是前一天质疑过我的那个深色皮肤的火焰召唤者。每个人都自说自话。

"怎么回事？"我问道。

谢里盖一看到我就大步走了上来，手里捏着一张纸。塔玛上前想挡住他，但我示意她不必过来。

"没有关系，"我说，"什么事？"不过我想我已经知道了。谢里盖在我面前挥动着那张纸，我在上面认出了我自己的笔迹，也从火漆残存的部分看出了那是尼古拉给我的金色太阳印章。

"这个我们不能接受。"谢里盖怒气冲冲。

我昨晚传令说我准备召开军事会议。每个格里莎序列都需要选举两位代表来参加。我很高兴看到他们在选了谢里盖之外，也选了费约德尔，不过当这位较为年长的格里莎开口插话时，我的好心情顿时消磨了不少。

"他是对的，"费约德尔说，"科波拉尔基是格里莎的第一道防线，我们对于军务最有经验，我们也应该获得与之相配的代表人数。"

"我们在保障战斗力方面和你们一样有价值。"佐娅忿忿地说，脸红通通的。即使是在火冒三丈的时候，她依然美艳动人。我已经想到了她有可能被选为埃斯里尔基的代表，但我对此当然并不感到愉快。"如果会议代表中有三名科波拉尔基，"她说，"那就也应该有三名召唤者。"

所有人又开始大喊大叫起来。我注意到马蒂莱尔基没有出现在这里发牢骚。作为格里莎序列最低的一级，他们也许觉得有份参加就很高兴了，也有可能他们只是沉浸在工作之中，懒得来这里费神。

我依然没有完全清醒。我想要的是早餐，而不是争吵。但我知道，有些话必须说明白。我意在改变原有的方式——他们可能也意识到了会有所改变，只是不知道改变的程度有多大，我的这项努力也有可能还没有开始就将夭折。

我抬起双手，他们立刻安静了下来。显然我已经掌握了这样的把戏。或许他们是害怕我会再一次毁坏天花板吧。"每个序列两名格里莎，"我说，"不多，不少。"

"但是——"谢里盖开口说。

"暗主已经变得和以前不同了。如果我们想有一点胜算，那我们也需要做出改变。每个序列两名格里莎，"我重复道，"而且三个序列的座位将不再分开，你们会一起坐在桌边，一起吃饭，一起战斗。"

至少我让他们住了嘴。他们只是站在那里，目瞪口呆。

"还有，物料能力者从今天开始也要进行格斗训练。"我总结说。

我清楚地看到了他们惊恐万分的表情，看他们的样子，好像是我让他们一起光着身子上战场似的。马蒂莱尔基不被认为是战士，所以也从来没有人去教他们如何打斗。对我来说，我觉得这实在是一种浪费。利用眼前的一切人、事、物。

"我看得出你们都很惊喜。"我微微叹了口气说。

怀着对喝一杯茶的渴望，我走到了桌边，桌上的早餐托盘里，盛有若干带盖的盘子。我掀开了其中的一个盖子：黑面包和鲱鱼。这个早晨是不会有一个好的开端了。

"但……但一直都是这样的。"谢里盖结结巴巴地说。

"你不能随便就推翻几百年来的传统。"那个火焰召唤者也提出了抗议。

"我们真的连这件事也要争吵吗？"我生气地问，"我们要和一个来自远古的强大力量对抗，他的力量根本无法估量，而你们还要为午饭的时候坐在谁旁边斤斤计较？"

"这个不是重点，"佐娅说，"凡事都有个秩序，做事的方式——"

他们又开始喋喋不休——关于传统，关于事情运作的方式，关于要有组织结构，还有人们要知道自己的地位。

我把盖子往盘子上一扣，发出很响的"哐啷"一声。

"这就是我们要采取的方式。"我说，立刻失去了耐心。"不要再对我说科波拉尔基高人一等，不要再给我搞埃斯里尔基小团体。还有，不要再给我上鲱鱼了。"

佐娅张开了嘴，不过随即想了想，琢磨了一小会儿之后，又把嘴巴闭上了。

"现在都走吧，"我粗声说，"我想安安静静地吃早餐。"

有一会儿，他们只是站在那里。接着，塔玛和图亚走上前去，我惊奇地看到，格里莎们按照吩咐去做了。佐娅看起来很恼火，谢里盖的脸上阴云密布，但他们全都挪动了脚步，顺从地走出了屋子。

他们离开之后，过了几秒，尼古拉就出现在了门口，我意识到他刚才一直在门廊里偷听。

"干得不错，"他说，"今天应该作为'鲱鱼大法令日'被永久铭记。"他走进屋内，带上了身后的门，"不过，还算不上特别顺畅。"

"我没有你那种'吃到了鱼又不惹一身腥'的天赋。"我一边说，一边坐回桌边，急切地撕开一块小面包吃起来，"不过'满腹牢骚'的风格似乎还挺适合我的。"

一个仆人快步上前，从茶炊里倒了一杯茶给我。它热乎得令人感到幸福，我在里面加了很多糖。尼古拉找了一把椅子，问都没问一声就坐了下来。

"你真的准备不吃这些吗？"他说着，已经把鲱鱼放到了自己的盘子里。

"恶心。"我简洁地说。

尼古拉吃了一大口，说道："如果你受不了鱼类，你在海上可活不下去。"

"别在我面前装成可怜水手的样子。我在你的船上吃过饭，记不记得啊？斯特姆霍德的厨子可不会端出咸鳕鱼和硬饼干。"

他哀叹了一声："我要是把布尔戈斯带来就好了，宫廷的厨子好像觉得菜不浸在黄油里就不算菜似的。"

"只有王子才会抱怨菜里黄油太多。"

"嗯，"他若有所思地说，拍了拍自己扁平的肚子，"也许皇家式的大腹便便可以让我显得更加威严。"

我大笑，差点跳了起来，那时门开了，玛尔走进了屋子。他看到尼古拉的时候停了下来。

"我不知道您会在小王宫用餐，殿下。"他僵硬地向尼古拉鞠了一躬，然后又向我鞠了一躬。

"你不需要这样的。"我说。

"不，他需要。"

"你听到'无缺王子'怎么说的了。"玛尔一边说，一边坐到桌边。

尼古拉咧嘴笑了："我有过很多外号，但这个外号绝对是最贴切的。"

"我不知道你已经起来了。"我对玛尔说。

"我已经起来好几个小时了，四处闲逛，想找点儿事做。"

"好极了，"尼古拉说，"我正是来发出邀请的。"

"是舞会吗？"玛尔问道，从我的盘子里取走了剩下的一小片面包，"我挺希望来场舞会的。"

"虽然我确定你的华尔兹跳得很不错，不过并不是舞会。靠近巴拉基雷夫的树林里发现了野猪，狩猎的队伍明天就出发，我希望你也能去。"

玛尔扬起了眉毛："朋友的数目不足了，殿下？"

"敌人还有余。"尼古拉回应道,"不过我不会去那边,我的父母还没准备好让我离开他们的视线。我已经跟一位将军说过了,他同意让你作为他的客人。"

玛尔向后一靠,双臂交叉起来。"我明白了,意思就是我去树林里玩乐几天,而你留在这里。"他一边说,一边意味深长地看了我一眼。

我在椅子上动了动。我不喜欢他所暗示的内容,但我也不得不承认,这似乎明显是个计策。就尼古拉的水平而言,这样的计策实在太过拙劣了。

"你知道,对于两个彼此真爱的人来说,你的不安全感强得让人觉得可怕。"尼古拉说,"第一部队中一些地位很高的人会去参加那个狩猎聚会,我的哥哥也会去。他是个狂热的猎手,而我亲眼见证过,你是拉夫卡最好的追踪手。"

"我以为我应该护卫阿丽娜,"玛尔说,"而不是和一堆成天被伺候的皇室成员一起跑来跑去。"

"你不在的时候,图亚和塔玛应付得来,而且这是一次机会,可以让你变得更有用。"

这下可好了,我看着玛尔的眼睛眯了起来,心里想,简直完美死了。

"那你要做什么来让自己有用呢,殿下?"

"我是一位王子,"尼古拉说,"这个职位的描述里并不包含'有用'这一内容。不过呢,"他补充道,"在我没有无所事事、忙着耍帅的时候,我会努力提高第一部队的配置,还有收集关于暗主所在位置的信息。有消息说他进入了斯库佐伊。"

玛尔和我闻言都感到振奋。斯库佐伊山脉覆盖了大部分拉夫卡和书翰之间的国境线。

"你认为他在南面？"我问道。

尼古拉又拿了一片鲱鱼放到嘴里。"有这个可能。"他说道，"我本来觉得他更有可能和菲尔顿人结盟，北方的边境要容易攻打得多。不过斯库佐伊是个藏身的好地方。如果报告内容属实的话，那我们就需要尽快着手跟书翰人建立联盟，这样我们就可以两面夹击暗主。"

"你想去攻打他？"我说道，有些惊讶。

"总好过等着他强大到足够来攻打我们。"

"我喜欢这个主意，"玛尔赞赏地说，不过同时也显得很不情愿，"这会出乎暗主的意料。"

我由此想了起来，尽管玛尔和尼古拉有意见相左之处，但玛尔和斯特姆霍德本来已经快要成为朋友了。

尼古拉喝了一小口茶，说道："第一部队也传来了一些让人心烦的消息，看样子有不少士兵信了教，当了逃兵。"

我皱起了眉头："你说的不会是——"

尼古拉点了点头："他们加入了大教长的太阳圣者教，在修道院寻求庇护。那个牧师宣称你被腐朽的君主囚禁了起来。"

"太荒唐了。"我说。

"实际上，这完全说得通，而且他由此编造了一个很圆满的故事。不用说，我的父亲很不高兴，他昨晚大发脾气，还把悬赏大教长头颅的奖金翻了一倍。"

我发出一声呻吟："这可真糟糕。"

　　"确实糟糕。"尼古拉承认道，"所以说，让你的私人护卫队队长开始在大王宫内结交些盟友也许会比较明智，你也看得出这一点。"他将锐利的眼光转向了玛尔，对玛尔说道："而这，奥勒瑟夫，也正是你让自己有用的方式。在我的印象中，你让我的船员颇为着迷，所以也许你可以拾起弓箭，不当心怀嫉妒的恋人，改扮成外交官的角色。"

　　"我会好好考虑的。"

　　"乖孩子。"尼古拉说。

　　噢，看在圣者的份上，他就是不能见好就收，他能吗？

　　"当心点你自己，尼古拉。"玛尔低声说，"王子流起血来和其他人完全没有分别。"

　　尼古拉掸了一下袖子，除去了并不明显的灰尘。"是的，"他说，"只是他们会穿着更讲究的衣服流血。"

　　"玛尔——"

　　玛尔站了起来，椅子与地板摩擦出了刺耳的声音。"我需要去透透气。"

　　他大步走出门去，忘记了所有鞠躬、使用敬称之类的伪装。

　　我把餐巾一扔。"你为什么要那样做啊？"我气愤地问尼古拉，"为什么要那样惹他？"

　　"我有吗？"尼古拉一边说，一边伸手去拿小面包。我真想拿起一把叉子刺穿他的手。

　　"不要一直挑战他的极限，尼古拉。如果你失去了玛尔，那你也将失去我。"

　　"他需要学学这里的规矩。如果他不能学会，那他就会成为

236

负担。如果讲究起来的话，实在太危险了。”

我颤抖起来，摩挲着双臂来驱除寒意。“我讨厌你这样说话，你听起来简直就像是暗主。”

“如果你什么时候难以区分我们两个，找那个不会用酷刑折磨你、也不会试图杀死玛尔的人就行，那个就是我。”

“你就那么确定你不会吗？”我反唇相讥，“如果那样做会让你离你想要的东西更近，让你离王座更近，离实现你拯救拉夫卡的大计更近，你确定你不会亲自把我送上绞刑架吗？”

我以为尼古拉也会随口回一句俏皮的话，但他的样子却像是我照着他的肚子打了一拳似的。他开了口，停下了，然后又摇了摇头。

“圣者们啊，”他说道，语气介于迷惑和厌恶之间，“我真的不知道。”

我无力地坐回到了椅子上。他的承认本该让我气愤不已，可是怒气却仿佛从我体内被抽走了，或许是因为他的诚实，或许是因为我开始担心自己的能力。

我们默不作声地坐在那里，度过了漫长的一分钟。他用手摸了摸后颈，缓慢地站了起来。他在门口停了一下。

“我的野心很大，阿丽娜。我被野心所驱使着，但我还是希望……我希望我依然懂得对错之间的差别。”他迟疑了一下，“我答应过给你自由，我是认真的。如果明天你决定要和玛尔一起跑回诺威埃泽姆去，我会把你们送到船上，交给大海。”他和我目光相接，浅褐色的眸子平和而沉稳，“但我看到你离开会觉得很遗憾。”

他的身影消失在了门廊之中，他的脚步声在石制的地板上回响。

我在那里又坐了一会儿，一边挑挑拣拣地吃早饭，一边细细思考尼古拉离开时说的话。然后我稍稍抖擞了一下，我没有时间来一条一条分析他的动机。仅仅几个小时之后，军事会议的代表就要会面，讨论战略，讨论防御暗主的最佳方案。我有许多东西需要准备，不过我首先要去见一个人。

我系上了金蓝两色凯夫塔上太阳形状的扣子，懊丧地摇了一下头。巴格拉一上来就会对我这副新的、做作的样子一通嘲讽的。我梳了梳头发，然后就从暗主的通道走出了小王宫，穿过空地，来到了湖边。

一个仆人告诉我，巴格拉在冬季祭典之后不久就称病了，从那以后，她也停止了接收学生。当然，我知道实情。宴会那晚，巴格拉揭露了暗主的计划，帮助我逃离了小王宫。接着她通过隐瞒我的失踪来为我争取时间。暗主发现她骗了他时，一定会怒火万丈，这个念头像块石头一样压在我的胃里。

我当时还想继续向那个战战兢兢的女佣询问一些细节，可她慌乱笨拙地行了个屈膝礼后，就快步离开了房间。巴格拉依然活着，而且她还在这里。暗主可以摧毁整座小镇，不过即使是他，似乎也划定了原则，没有越界去杀死自己的母亲。

通往巴格拉石屋的小径上长满了带刺的灌木，枝条都缠绕在一起，树叶和湿润土壤的气息扑面而来。我加快了步伐，惊讶地发现自己如此热切地想要见到她。即使在她最友好的时候，她也是一个严格的老师和一个不让人喜欢的女人，可是在没有人向我伸出援手的时候，她尝试过帮助我，而且我知道她是最有可能帮我解开莫洛佐瓦第三个加乘器之谜的人。

我走上了石屋前的三级台阶，敲了敲门，没有人回应。我又敲了敲，然后就推开了门，熟悉的热浪让我龇牙咧嘴。巴格拉似乎总会觉得冷，进入她的小屋简直像是被塞进了炉灶。

阴暗的小屋内部和我记忆中的一模一样：只有最基本的家具，火焰在砖炉里咆哮，巴格拉穿着褪色的凯夫塔蜷缩在火旁。我惊讶地看到她并非独自一人。一个仆人坐在她身边，是一个身着灰衣的男孩。我进门时他就站了起来，在昏暗的光线中盯着我看。

"不接受访客。"他说。

"这是谁下的命令？"

听到我的声音，巴格拉猛地抬起了头。

她用拐杖敲击地面。"走开，娃娃。"她命令道。

"可是——"

"走！"她咆哮道。

真是跟以前一样和蔼，我小心翼翼地想。

男孩没有再多说一个字就快步走出了石屋。

门刚刚关上，巴格拉就说道："我很好奇你是怎么回到这里来的，小圣者。"

我就知道巴格拉会用我不想听到的名字来称呼我。

我已经在冒汗了，完全没有想走近火焰的欲望，但我还是那样做了，我穿过屋子，坐到了仆人空出来的座位上。

当我走近的时候，巴格拉转身朝向火焰，用背对着我。她今天有点儿不寻常。我没有理会她的羞辱。

我默默地坐了一会儿，不确定应该从何说起："我听说你在我离开之后就病了。"

"嗯。"

尽管我并不想知道这个问题的答案，可我还是强迫自己问了："他对你做了什么？"

她发出了干哑的笑声："论能力，他还可以做得更绝。论情理，他已经做得太绝了。"

"巴格拉——"

"你本该去诺威埃泽姆，你本该就此消失。"

"我试过了。"

"不，你去捕猎了。"她嘲讽道，同时又用拐杖敲了一下地面。"你找到了什么？一条好看的项链，余生都要戴着？过来，近一点，"她说，"我想知道我的付出换来了什么。"

我礼貌地顺从了，将身子靠了过去。当她转向我的时候，我倒吸了一口气。

巴格拉比我上次看到她的时候老了很多，好像又过了一辈子似的。她黑色的头发变得稀疏发灰，清晰的五官变得模糊，嘴唇原本紧绷的线条也显得凹陷而松弛。

但让我畏缩的原因不只是这些。巴格拉的眼睛没有了，本该是双目的地方现在是两个黑窟窿，里面深不见底，阴影在其中翻涌。

"巴格拉。"我哽咽了。我伸手想去抓住她的手，但我刚刚碰到，她就抽搐了一下避开了。

"对我就省省你的怜悯吧，丫头。"

"他……他对你做了什么？"我的声音非常微弱。

她的声音很强悍，然而坐在火边，我意识到这是她身上唯一没有改变的东西了。她的身体本来柔韧而强健，杂技演员般的身姿像刀锋一般挺拔。如今，她古老的手轻微地颤抖着，过去瘦长结实的身形也变得枯瘦而虚弱。

"让我摸摸。"她一边说，一边伸出了手。我坐着不动，任她的手抚过我的脸。瘦骨嶙峋的手像两只白色的蜘蛛，毫无兴趣地掠过我脸颊上的泪水，沿着我的下颌爬到了喉咙，在项圈上停了下来。

"啊，"她很轻很轻地说，指尖在我脖子上鹿角的粗糙表面上滑过，她的声音低低的，透着伤感，"我本来打算看看他的牡鹿的。"

我想要转过头去，不去看她充满黑暗的眼窝。可我没有，而是撸起袖管，紧紧抓住了她的一只手。她想要挣脱，但我更加用力地抓住她，把她的手指放到了我腕际的手链上。她愣住了。

"不可能，"她说，"不可能是它。"

她沿着海鞭鳞片的边缘摸索过去。

"鲁索耶，"她小声说，"你做了什么呀，丫头？"

她的话带给了我希望："你知道还有其他的加乘器。"

她的手指嵌进了我的手腕，我皱起眉头。"那是真的吗？"她突兀地问，"他们说他可以做到的事情，赋予阴影生命，那是真的吗？"

"是的。"我承认道。

她的背更驼了。接着她甩开了我的手，好像甩开什么脏东西一样。"出去。"

"巴格拉，我需要你的帮助。"

"我说了，出去。"

"拜托了，我需要知道到哪里去找火鸟。"

她凹陷的嘴巴微微颤抖起来："我已经背叛了我的儿子一次，小圣者，是什么让你觉得我会再背叛他一次？"

"你想要阻止他。"我犹犹豫豫地说，"你——"

巴格拉用拐杖重重敲着地面，说道："我不想让他变成怪物！可是现在已经太迟了，是不是？因为你，他变得更加不像人了，比以往任何时候都更加不像。他不可能获得任何救赎了。"

"也许是这样的，"我承认道，"可是拉夫卡还有救。"

"这个可怜兮兮的国家会发生什么，我有什么可关心的？这个世界就这么好，让你觉得它值得被拯救？"

"是的，"我说，"而且我知道你也这样认为。"

"凭你所知道的那点东西，你连个肉饼都做不出来，丫头。"

"好啦！"我说，心中的绝望压倒了负罪感，"我是个白痴，我是个笨蛋，我没有希望了，所以我需要你的帮助。"

"你需要的不是帮助，你唯一的希望是逃跑。"

"告诉我，你知道的关于莫洛佐瓦的事吧，"我乞求道，"帮我找到第三个加乘器。"

"去哪里找火鸟，我连猜都不知道怎么猜，即使我知道我也不会告诉你的。我现在只需要一间温暖的屋子，没人打扰地等死。"

"我可以收走这间屋子，"我气愤地说，"还有你的火，你顺从的仆人。那时候你可能就会愿意说了。"

话一出口我就想收回了。一股羞耻感令人压抑地席卷过来。我刚才真的对一个目盲的老妇发出了威胁吗？

巴格拉笑了起来，发出了那阴狠的笑声："对于能力，你适应得不错啊，我了解了。它越增长，就越会饥渴地想要更多。信号相似则相吸，丫头。"

她的话带来一阵恐惧，像利剑一样刺穿了我。

"我刚才不是那个意思。"我无力地说。

"你不可能违背这个世界的准则而不付出代价。没有格里莎应该拥有那样的力量。你已经在改变了，去找第三个加乘器，去使用它，然后你会一点一点地，彻底迷失自己。你想要我的帮助？你想知道要怎么做？我告诉你，忘掉火鸟，忘掉莫洛佐瓦和他的疯狂。"

我摇了摇头："我做不到，我也不会那样做。"

她转身朝向了火："那你爱干什么就干什么吧，丫头。我受够了这条命，我也受够了你。"

我以为会是怎样的呢？她会像问候女儿一样问候我？像欢迎朋友一样欢迎我？她失去了儿子对她的爱，牺牲了她的视力，可是到头来，我辜负了她。我想死乞白赖地要求她帮我。我想要威胁她，说好话哄她，跪下来求她原谅，为了所有她失去的东西和所有我犯下的错误。但我都没有，我做了她一直想要我做的事情，我转身逃跑了。

当我跟跟跄跄地走出石屋时，我差点在台阶上失去了重心，不过那个仆役男孩正等在台阶下面。在我摔倒之前，他伸出手扶住了我。

我心怀感激地大口呼吸着新鲜的空气，感觉汗水在皮肤上凉丝丝的。

"那是真的吗？"他问道，"你真的是太阳召唤者吗？"

我看了一眼他充满希望的面庞，喉咙因为泪水而发痛。我点点头，努力微笑了一下。

"我妈妈说你是一位圣者。"

她还相信哪些其他的童话故事啊？我心中苦涩地想着。

趁着我还没有在他骨瘦如柴的肩膀上崩溃大哭，趁着我还没有因此感到尴尬，我松开他，沿着窄窄的小径快步走开了。

走到湖边的时候，我来到了召唤者的白石篷房旁边。这些算不上真正的楼宇，只是半球形的篷，年轻的召唤者可以在里面练习使用他们的天赋，不必担心会把学校的房顶吹掉或者把小王宫给烧着了。我在篷房台阶的荫凉中坐下，把头放在手上，一边用意志力强忍着泪水，一边努力恢复正常的呼吸。直到现在破灭了，我才意识到我之前在巴格拉身上投入了多少希望。

我在腿上抚平了凯夫塔闪闪发亮的边，努力不让自己抽泣。我想过巴格拉会嘲笑我，会讥讽说小圣者穿着鲜亮的衣服，打扮起来了。我之前怎么会相信，暗主会对他的母亲仁慈呢？

还有，我为什么表现成那样？我怎么可以威胁她要剥夺她所剩无几的东西？这种丑陋的行为让我作呕。我可以归咎于自己的绝望，但这并不能减弱我的羞耻感，也不能改变这样的现实：我仍然想走回她的小屋，去兑现那些威胁，把她拖到阳光下，从她凹陷的嘴里掏出答案。我这是怎么了？

我从口袋里取出了那本《伊斯托连·桑恰伊》，抚过那旧了的红色皮革封面。我看过它那么多遍，以至于它自己就翻到了有圣伊利亚插图的那一页，不过因为蜂鸟号的坠毁，现在书页都是被水泡过的样子了。

一位格里莎圣者？还是另一个抵制不住力量诱惑的、贪婪的傻瓜？贪婪的傻瓜，就像我一样。忘掉火鸟，忘掉莫洛佐瓦和他的疯狂。我的手指沿着书页上的石拱门画出一道弧线。它也许毫无意义，它也许只是与伊利亚过往的经历有某种呼应，和加乘器毫无关系，也有可能那只是艺术家的渲染。即使我们是对的，它可以作为某种地标，它也可以在任何地方。尼古拉游历过拉夫卡的大部分地方，可他也没有见过这道拱门，说不定它上百年前就碎成一堆石块了。

湖对面的学校里响起了铃声，一群叽叽喳喳的格里莎孩童从门里冲出来，叫喊，嬉闹，急切地想跑到室外，享受夏日的阳光。尽管过去的几个月中发生了不少事情，学校还在继续运行。可是如果暗主要来攻打我们的话，我将不得不让学生们撤走，我不想让孩子们去面对尼切沃亚。

耕牛可以感觉到轭头，可是飞鸟会感觉到它们翅膀的重量吗？

巴格拉是否真的对我说过这些话？还是我只是在梦中听到过？

我站了起来，掸落凯夫塔上的尘埃。我不确定是什么让我难过气馁，是巴格拉拒绝帮助我，还是她七零八落的模样？她并不仅仅是一个年迈的女人，她是一个没有希望的女人，她的希望被拿走了，而我就是把希望从她身上拿走的帮凶。

第十五章

　　虽然名为作战室，我却很喜欢这里。我内心深处有个地图绘制员，他无法抵挡那些古旧地图的魅力，它们绘在兽皮上，细节丰富，充满奇思妙想：欧斯科沃的镀金灯塔，书翰的山中寺庙，在海洋边缘幻想地带游动的美人鱼。

　　我环视坐在桌边的格里莎，有的是熟脸，有的是新面孔。他们中的每个人都有可能是间谍，为暗主或国王或大教长效力。每个人也都有可能在寻找机会除掉我，获得权力。

　　图亚和塔玛站在外面，万一出事的话，喊一声他们就会进来，不过真正让我安心的是玛尔在这里。他坐在我右手边，穿着他的粗布衣服，太阳徽章在他的胸口闪耀。我不愿去想，他很快就要离开我去狩猎了，但我不得不承认，让他换换心情可能是一件好事。玛尔曾以身为士兵而感到骄傲，我知道国王的裁定让他很难受，尽管他试图隐藏这样的情绪。他认为我对他有所隐瞒，可这对他毫无帮助。

谢里盖坐在玛尔的右边，双臂抱在胸前，闷闷不乐。他并不乐意坐在一个奥特卡扎泽亚护卫旁边，他也不乐意一个物料能力者坐在我左手边，因为那里被认为是代表荣誉的位置。这是一个叫巴哈的苏利女孩，我之前从来没有见过她。她有着深色的头发和接近黑色的眼睛，紫色凯夫塔袖口上的红色刺绣显示，她是一名炼制者，这一类物料能力者专攻闪粉和毒药之类的化学物品。

大卫坐在桌旁更远一点儿的位置，他袖口上的刺绣是灰色的。跟他打交道的是玻璃、钢铁、木材、石头——任何固体的东西。他是一名操控者，我知道他是最好的操控者，因为暗主选择了他来制作我的项圈。接下来是费约德尔，他身边是佐娅，身着埃斯里尔基的蓝色，一如既往地美艳动人。

佐娅对面是派威尔，那个深色皮肤的火焰召唤者，他前一天曾非常气愤地出言反对我。他脸型细长，一个牙齿缺了一块，说话的时候微微漏风。

会议的第一部分被用来讨论拉夫卡全境大量前哨中格里莎的人数，以及可能躲藏起来的格里莎的人数。佐娅建议派出信使，传递我归来的消息，同时也说明，对于宣誓效忠太阳召唤者的人一律无罪赦免。我们花了将近一个小时的时间来辩论免罪的条件以及如何措辞。我知道我必须把这个交由尼古拉转给国王进行审批，我也要步步小心。最终，我们达成一致，决定这样措辞，"忠于拉夫卡王座及第二部队"。这个说法似乎让大家都不太高兴，我因此颇为确定我们走对了方向。

费约德尔提起了关于大教长的事情。"他逍遥法外这么久，让人很伤脑筋。"

"他有尝试过联系你吗？"派威尔问我。

"没有。"我说道。我在他的脸上看到了怀疑的神色。

"他在科斯基和瑞耶沃斯特出现过，"费约德尔说，"他会突然现身讲道，又在国王的士兵实施抓捕之前销声匿迹。"

"我们应该考虑进行暗杀，"谢里盖说，"他的势力正在变得强大，而且他有可能仍然和暗主在勾结。"

"我们必须先找到他才行。"派威尔说道。

佐娅优雅地挥了一下手："这样做的意义是什么呢？他似乎在散播太阳召唤者的消息，宣称她是一位圣者。人们好不容易才对格里莎有了些喜爱之情。"

"不是对格里莎，"派威尔说，满怀敌意地朝着我的方向扬了扬下巴，"是对她。"

佐娅抬起了一侧的肩膀："总好过他们把我们斥为巫师、卖国贼。"

"不如让国王出面吧，"费约德尔说，"让他找到大教长并将其处死，然后让他去承受人民的怒火。"

我无法相信我们正在淡定地讨论如何杀死一个人，我也不确定我是否想要大教长死去。那个牧师身上有许多谜团，不过我并不相信他依然在与暗主合作。还有，他给了我那本《伊斯托连·桑恰伊》，这就意味着他或许可以提供一些信息。如果他被抓到的话，我只能希望国王可以把他的命留得长一点，让他可以接受讯问。

"你觉得他相信吗？"佐娅审视着我，问道，"相信你是一个死而复生的圣者？"

"他相不相信似乎并不重要。"

"嗯，这可以让我们了解他到底有多疯狂。"

"我宁可对付一个叛徒，也不愿意对付一个狂热的信徒。"玛尔低声说，这是他在会上第一次开口，"我在第一部队的熟人也许还愿意告诉我一些情况。有传言说，某些士兵逃去加入了他的教派，如果事实确实如此，那他们一定知道他在哪里。"

我偷偷瞄了佐娅一眼。她正用那双蓝得不可思议的眼睛注视着玛尔，似乎在会议的一半时间内，她都冲着玛尔眨着她那睫毛长长的眼睛。或许是我自己在胡思乱想。她是一名强大的暴风召唤者，也有可能可以成为一个强大的盟友。但她也曾经是暗主最宠爱的格里莎之一，这显然让我不太容易信任她。

我差点儿笑出声。我在骗谁啊？连跟她坐在同一间屋子里都让我讨厌。她看起来倒像个圣者，纤巧美丽的骨架，富有光泽的黑发，没有瑕疵的肌肤，再来个光圈她就完美了。玛尔完全没有注意她，但我有种很不好的感觉，我本能地觉得他不理会她的样子有点太过于刻意了。我知道，相比于佐娅，我有更重要的事情要去担心。我有一支军队要领导，而且四周都是敌人，但我似乎就是没有办法让自己不去胡思乱想。

我吸了一口气，试图让自己集中注意力。现在还没有到这次会议最艰难的部分。尽管我很想随便找个宁静黑暗的地方蜷缩起来，可有些事情确实需要好好说清楚。

我环视桌边的人，说道："你们要搞清楚，我们要对抗的是什么。"

屋子里安静了下来。好像一口钟敲响了，好像之前的一切都是在演戏，真正的会议，现在才刚刚开始。

一条一条，我说出了我所知道的关于尼切沃亚的事情，它们的力量和大小，它们几乎刀枪不入，还有最重要的一点，它们不害怕阳光。

"但你逃出来了，"派威尔试探着说，"所以它们一定是可以被杀死的。"

"我的能力可以摧毁它们，受到我的力量冲击之后，它们似乎无法恢复。不过那并不容易，需要用开天斩，我不确定我一次能挡住多少尼切沃亚。"我没有提及第二个加乘器。即使有它，如果一波羽翼丰满的阴影军队大举进攻，我知道我还是抵挡不住，而且我准备保守手链的秘密，至少暂时如此。"我们能逃走，只是因为尼古拉王子将我们带离了暗主的进攻范围，"我继续说，"它们似乎不能离开主人太远。"

"那能离开多远？"派威尔问道。

我看向了玛尔。

"不好说，"他回答道，"一英里，也有可能是两英里。"

"所以说他的力量还是有某种限度的。"费约德尔说道，语气轻松了不少。

"绝对是有的。"我很高兴能够说一些不是全无希望的事情，"要来进攻我们，他将不得不和他的军队一起进入拉夫卡。那就意味着我们会收到警报，他也将处于弱势。他不能像召唤黑暗那样召唤它们，进行这种召唤他也在消耗自己。"

"因为那不是格里莎的能力，"大卫说，"那是米亚佐斯特[29]。"

在拉夫卡语中，表达"魔法"和"恶煞"的词是一样的。基础格里莎理论中明确指出，物质不能无中生有，然而那是小科学的原则。米亚佐斯特是不同的，它是对与世界中心同寿之物的腐蚀。

大卫随手玩着袖子上一根松了的线头，说道："那种能量，那些实体必定是从某个地方来的，那一定来自他的体内。"

"可是他怎么能做得到呢？"佐娅问，"曾经有格里莎拥有这种能力吗？"

"真正的问题在于如何和它们战斗。"费约德尔说。

谈话转向了如何防御小王宫，以及在战场上直面暗主时我们可能拥有的优势。可我却在看着大卫。当佐娅问起有没有其他格里莎有过这种能力的时候，他在我到达小王宫之后第一次正视了我。好吧，其实也不是我，而是我的项圈。之后他又低下头盯着桌子看，但他看起来似乎比之前更加不自在了，如果他还有可能更加不自在的话。我很好奇，觉得关于莫洛佐瓦他可能知道些什么。而且，佐娅提出的问题，我也想知道答案。我不知道我有没有那个水平或者胆量去尝试做这样的事情，可是有没有一种方法能够召唤光明士兵，让它们去和暗主的阴影大军搏斗呢？这有没有可能就是三个加乘器可以赋予我的力量？

我本想在会议结束之后跟大卫单独谈谈，可是我们才刚一

---

29 原文为merzost，是俄语中与英语的"abomination"对应的词。"abomination"直译为"令人憎恶之事"，这里为求简雅，试译为"恶煞"。

休会他就蹿出了门。我想过当天下午在马蒂莱尔基的工作间堵住他，不过在我房中等着我的一堆堆文件将这些想法压了个粉碎。我花了好几个小时准备赦免格里莎的有关内容，签署了数不清的文件，给第二部队拨款拨物，希望能在拉夫卡边境重建前哨基地。谢里盖曾经尝试承担暗主的部分职责，但许多工作还是放在那里没人管。

所有文件都被写得让人看不懂。本该是很简单的请求，我不得不读了一遍又一遍。等到我终于处理完一小部分文件的时候，我已经错过了晚餐的开饭时间——那是我在穹顶大厅里的第一顿饭。将饭送到我自己的房里会更合我的心意，但我需要强化自己在小王宫中的存在感，这很重要。而且我也想确认大家都遵从了我的命令，格里莎们确实不分序列地坐在了一起。

我坐在暗主的桌边。为了能够认识一些我之前不熟悉的格里莎，也为了避免他们有借口组成新的小团体，我已经决定让不同的人每晚和我一起就餐。这是个不错的主意，但我既不会像玛尔那样自来熟，也没有尼古拉的魅力。对话进行得很生硬，磕磕绊绊，还不时出现尴尬的沉默。

其他桌上的情况似乎也没有好到哪儿去。格里莎们肩并肩地坐着，红色、紫色、蓝色混杂在一起，他们几乎没有说话。银制餐具碰在一起的声音在破裂的穹顶下回响。物料能力者还没有开始修理工作。

我不知道是该大笑还是该尖叫。他们那种表现，就好像我让他们在涡克拉身边吃晚饭似的。至少谢里盖和玛丽看起来挺满意，虽然在他们搂搂抱抱、情意绵绵的时候，他们身边的纳蒂亚看起来像是想要让自己消失在黄油碟子里一样。我为他们感到高兴，也许也有一点嫉妒吧。

我在心里默数了一下——大概四十名格里莎，也有可能是五十名，他们大多数刚刚走出校门。这样也算是一支部队吧，我暗自叹息，我辉煌的统治看来是要有个悲惨的开端了。

玛尔已经同意去参加狩猎聚会，隔天早上，我早起为他送行。我渐渐意识到，在小王宫中，我们的私人时间比我们在路上时还要少。有图亚和塔玛，还有时刻在旁的仆人们，我开始觉得我们或许永远也不会有独处的时间了。

前一晚，我醒着躺在暗主的床上，回忆着玛尔在伯爵宅邸亲吻我时的情形，想着说不定会听到他来敲我的门。我甚至在心里斗争过，要不要穿过公共休息室，去扣一扣护卫住处的门，但我不确定是谁在值班，想到来应门的可能是图亚或者塔玛，一阵羞惭尴尬顿时刺痛了我。最终，这一天的疲劳替我做出了决定，因为我恢复意识的时候已经是早上了。

等我到达双鹰喷泉的时候，通往王宫大门的小路上满满当当挤满了人和马匹：瓦西里和他的贵族朋友们，穿着精工细作的骑马装；第一部队的军官们，制服笔挺；在他们后面是身着白金服色的众多仆役。

我找到了玛尔，他在一队皇家追踪手旁边，正在检查他的马鞍。他穿着农家的粗布衣服，因此很容易就能把他认出来。他背上背着一张弓和一口袋箭，崭新的弓熠熠生辉，箭上饰有浅蓝色和金色的羽毛，那是拉夫卡国王的颜色。在拉夫卡，正式的狩猎禁止使用火器，不过我注意到有几个仆人背着来复枪，那是当猎物过于靠近他们尊贵的主人时，以防万一。

"够壮观的，"我说着，走到了他的身后，"只是，捕获一头野猪到底需要几个人啊？"

玛尔哼了一声："这算不上什么，另外一队仆人天不亮就出发去建营地了，圣者们是不会允许一位拉夫卡的王子喝杯热茶还要等半天的。"

号角声响起，伴随着一阵马蹄声，骑手们开始各就各位。玛尔摇了摇头，用力紧了一下肚带。"那些野猪最好是聋子。"他嘟囔道。

我扫了一眼周围闪光的制服和锃亮的靴子："也许我应该把你打扮得更……闪亮一点儿。"

"孔雀不能成为猛禽是有原因的。"他笑着说。这是一个放松、自在的笑容，很长时间以来，我第一次看到他这样笑。

他很乐意去，我明白过来。尽管嘴上抱怨，但他心里还是很高兴。我努力让自己对此不要太在意。

"而你就像一只大大的棕色老鹰？"我问道。

"正是。"

"或者一只体型过大的鸽子？"

"还是老鹰吧。"

其他人纷纷上了坐骑，策马跟上正沿着碎石路往前走的队伍。

"走吧，奥勒瑟夫。"一个沙色头发的追踪手喊道。

我像是突然惊醒了，强烈地意识到周围有许多人，也意识到他们正好奇地盯着我们看。也许连我过来道个别也违反了某种行为规范。

"好啦，"我说着，在他那匹马的身侧拍了拍，"玩得开心点儿，尽量不要射中任何人哦。"

"知道啦。咦，等等，不要射中任何人？"

我微笑起来，但我感觉笑得有些勉强。

我们在那里又多站了一会儿，我们之间的静默像是被拉长了，变得富有张力。我想张开双臂抱住他，想把头放在他颈上，想让他保证会注意安全。可是我什么都没有做。

一抹伤感的笑容出现在他的唇上。他鞠了一躬。

"主上大人。"他说道。我的心在胸腔里拧成了一团。

他骑到了马鞍上，拍马向前，骑手的队伍像一片海洋，起起伏伏地向着金色大门而去，玛尔的身影淹没在了其中。

我情绪低落地走回了小王宫。

时间还早，不过天气已经热了起来。当我进入树木通道时，塔玛正在那里等着我。

"他很快就会回来的，"她说，"不必显出这么忧伤的样子啦。"

"我知道的。"我回应道，感觉自己很傻。当我们穿过草坪去马厩的时候，我终于笑了一次。"在科尔姆森的时候，我有一个娃娃，是我用旧袜子做的，只要他出去打猎，我就会跟那个娃娃说话。也许那样会让我感觉好一点吧。"

"你是个古怪的小女孩。"

"你都想不到我有多怪。你和图亚以前会玩些什么？"

"敌人的头骨。"

我看见了她眼中狡黠的光，然后我们两个都猛地大笑起来。

到了训练室，我们跟博特金短暂地会了面，他是这里的教练，负责格里莎的格斗训练。这个老雇佣兵立刻就被塔玛迷住了，他们两个用书翰语滔滔不绝地聊了将近十分钟，我才终于找到机会提起要训练物料能力者的事情。

"博特金可以教会任何人打架。"他带着浓重的口音说。昏暗的光线让他喉咙处的那一道伤疤有了珍珠般的光泽。"教会了小女孩打架，对吗？"

"对。"我附和道，想起博特金折磨人的训练和我在他手下挨的打，我的面容抽搐起来。

"不过小女孩不再那么小了，"看到我凯夫塔上的金色，他说道，"你回来和博特金训练。我打大女孩，和小女孩一样。"

"你真是一视同仁。"我说完，赶在博特金决定向我展示他可以多么公平之前，就催着塔玛一起离开了训练室。

我直接从马厩去了作战室，参加又一个会议，接下来我只来得及整整头发、掸掸凯夫塔，就赶去了大王宫，和尼古拉一起，听国王的顾问们向他简要汇报欧斯奥塔的防御工作。

我感觉我们有点像硬闯去大人那里的小孩。那些顾问们觉得我们在浪费他们的时间，他们明显地表现出了这一点。但尼古拉似乎不为所动。他细细问了许多问题，关于军备，关于驻扎在城墙边的人数，还有发生袭击时的警报系统。很快那些顾问们就不再居高临下了，他们开始认真地与他对话，向他问起穿过黑幕带回来的武器，以及怎样能够最好地使用它们。

他让我简短地介绍了一下尼切沃亚，以便更好地解释为什么也应该给格里莎配备新式武器。顾问们依然对第二部队充满顾虑，不过在走回小王宫的路上，尼古拉依然毫无忧色。

"到时候他们就会接受的，"他说，"这就是你需要在那里的原因，打消他们的顾虑，让他们意识到，暗主和其他任何敌人都不相同。"

"你觉得他们不知道这一点？"我难以置信地问道。

"他们不想知道。如果他们可以坚持原来的想法，认为可以和暗主谈条件，或者可以迫使暗主低头，那他们就不必面对现实情况了。"

"我也不能因此责怪他们。"我忧郁地说。谈论连队、城墙、警报固然很好，但是我怀疑在对抗暗主的阴影士兵时，这些并不能起到多大的作用。

当我们走出通道的时候，尼古拉说："要不要跟我一起去湖边？"

我迟疑了。

"我保证不会单膝跪地，为你的美貌编几首歌谣。我只是想让你看一些东西。"

我脸颊绯红，尼古拉咧嘴笑了。

"你应该看看科波拉尔基能不能治一治你的脸红。"他说完，迈开大步，沿着小王宫的侧面走向了湖边。

我想要跟过去，只为了把他推进湖里的快感。不过……科波拉尔基有可能治好我脸红的毛病吗？我摇了摇头，驱走了这个荒唐的念头。如果我让一个科波拉尔基去料理我脸上的红晕，那当天我就会被嘲笑得没脸留在小王宫的。

尼古拉停下脚步，站在碎石路上离湖岸还有一半路程的地方，我在那里赶上了他。他指了指远处湖岸边离学校很近的一片条状沙滩。"我想在那里建一个码头。"他说。

"为什么要建码头？"

"那样我就可以重建蜂鸟号了。"

"你真的没办法静下来是不是？你手头的事还不够多吗？"

他眯着眼睛看向波光粼粼的湖面："阿丽娜，我希望我们能找到法子打败暗主。但是如果我们做不到的话，那我们就得想法把你送出去。"

我注视着他："那其余的格里莎呢？"

"对于他们，我无能为力。"

我几乎无法相信他在暗示什么。"我不会逃跑的。"

"我知道你会这样说的。"他叹了口气说。

"还有你呢？"我气愤地说，"你会不会就那样飞走，让我们其他剩下的人面对暗主？"

"别瞎着急，"他说，"你知道我一直想要一个英雄的葬礼。"他将目光转回到了湖上，"我很乐意上战场，去战斗，但我不想让我的父母听凭暗主的摆布。你能给我两个暴风召唤者来进行训练吗？"

"他们不是礼物，尼古拉。"我说道，我想起了暗主把珍娅作为礼物送给王后的事情，"我会征招志愿者的。不过不会告诉他们是为了什么进行训练。我不想让其他人泄气。"或许人们会争抢船上的位置。"还有一件事，"我说，"我想要你给巴格拉留个位子。她不应该再去面对暗主。她已经受了够多苦了。"

　　"当然可以，"他说完，旋即又补充道，"我依然相信我们可以获胜，阿丽娜。"

　　我很高兴有人这样相信，我悲观地想着，随后，我转过身，准备走回室内。

第十六章

上次会议的时候，大卫又成功地在会后溜走了，当我终于有片刻空闲去物料能力者的工作间找他的时候，已经是第二天傍晚接近午夜了。我看到他弓着背，面朝一堆设计图纸，他的手指上沾着墨水。

我在他旁边的小凳子上坐下，清了清嗓子。他抬头一看，像猫头鹰一样眨了眨眼睛。他非常苍白，以至于我可以透过他的皮肤看到蓝色的血管，不知道是谁把他的头发剪得如此糟糕。

很有可能是他自己剪的，我心想，暗自摇了摇头。很难相信这就是那个曾经让珍娅倾心的男孩子。

他的眼睛瞟向了我脖子上的项圈。他烦躁起来，开始拨弄工作台上的物品，把它们移来移去，仔细地排成一行：一个指南针，几支石墨铅笔，几支钢笔和几罐不同颜色的墨水，几片透亮的、可以作镜面的玻璃，一个白水煮的蛋，我估计那是他的晚餐，还有一页又一页的图和文件，对于它们的内容，我一点头绪都没有。

"你在做什么呢？"我问道。

他又眨了眨眼："盘子。"

"哦。"

"反光碗，"他说，"根据抛物线。"

"多么……有趣啊？"我尽力说道。

他挠了挠鼻子，在鼻梁上留下了巨大的一片蓝色污迹。"这也许可以放大你的能力。"

"就像我手套上的镜子那样？"我已经要求操控者为我重新制作手套了。有了两个加乘器的力量，我很有可能不需要它了。但是那些小镜子让我可以对光进行聚焦、定点射出，它给我的掌控力中增加了一种令人安心的东西。

"有点儿类似，"大卫说，"如果我弄对的话，开天斩的使用范围会大很多。"

"那如果你弄错了呢？"

"嗯，要么什么都不会发生，要么操作的人会被炸成碎片。"

"听起来还挺有希望的。"

"我也这样想。"他说道，没有一丝开玩笑的意思，接着就埋头准备继续工作了。

"大卫。"我说。他抬起头，一副大吃一惊的样子，好像他已经完全忘记了我的存在。"我需要问你一些事情。"

他的目光再次投向了项圈，然后转回到了工作台上。

"关于伊利亚·莫洛佐瓦，你可以告诉我些什么吗？"

大卫抽搐了一下，眼光在几乎空无一人的房间转了一圈。大多数的物料能力者都还在吃晚饭。他明显很紧张，甚至有些害怕。

他看着桌子，拿起指南针，又把它放下。

终于，他小声说道："他们把他称作骨头匠人。"

我全身一阵战栗。我想起了在克里比斯克，商贩桌上摆着的指骨和脊骨。"为什么呢？"我问道，"因为那些由他发现的加乘器吗？"

大卫抬起头，表情讶异："他没有发现它们，他制造了它们。"

我不愿相信自己的耳朵。"米亚佐斯特？"

他点了点头。所以，当佐娅问起有没有格里莎曾经拥有过这样能力的时候，大卫会抬头看莫洛佐瓦的项圈，原因就是这个。莫洛佐瓦以前曾和暗主一样，玩弄过同样的力量。魔法，恶煞。

"怎么制造的呢？"

"没有人知道。"大卫一边说，一边又扭头看了看，"黑色异端在造成了黑幕的事故中死去之后，他的儿子不再躲藏，现身掌管第二部队，他把莫洛佐瓦所有的笔记都毁掉了。"

他的儿子？我再度确认，没有几个人知道暗主的秘密。黑色异端从来都没有死去——有史以来只有一个暗主，那一个强大的格里莎，一代又一代统治着第二部队，隐藏着他的真实身份。据我所知，他从未有过儿子。他也绝不可能毁掉像莫洛佐瓦的笔记那样珍贵的东西。在捕鲸船上时，他说过，不是所有的书上都说不能把加乘器叠加起来使用，也许他指的就是莫洛佐瓦自己书写的内容。

"他的儿子为什么要躲起来？"我问道，对于暗主如何能够圆这个谎我感到很好奇。

这次大卫皱起了眉头，好像答案是显而易见的。"暗主和他的继承人从来不会同时住在小王宫中，那样受到刺杀的风险就太大了。"

"我明白了。"我说。足够合理，而且上百年来一直如此，我怀疑不会有人再去质疑这种说法。格里莎对于他们的传统很是热爱，而珍娅也不可能是暗主曾经纳入麾下的第一名剪裁者。

"他为什么要毁掉所有的笔记呢？"

"笔记中记录了莫洛佐瓦关于加乘器的试验，黑色异端试图复制那些试验，就是那时出了差错。"

我胳膊上的汗毛都竖了起来："导致的结果就是黑幕。"

大卫点了点头："他的儿子把莫洛佐瓦所有的笔记和文件都烧了。他说那些东西太危险，对于任何格里莎来说都是太大的诱惑，所以我在开会的时候才什么都没说，我甚至不应该知道那些东西曾经存在过。"

"那你是怎么知道的呢？"

大卫再次环顾了一下空无一人的工作间。"莫洛佐瓦是一名物料能力者，有可能是第一个，无疑也是最强大的一个。他做出了不管是前人还是后来人想都想不到的东西。"他不好意思地耸了耸肩，接着说道，"对于我们来说，他有点像个英雄。"

"关于他创造出来的加乘器，你还知道其他的事情吗？"

大卫摇了摇头："有传言说还有其他的加乘器，但我听说过的只有牡鹿。"

有可能大卫连见都没有见过《伊斯托连·桑恰伊》。大教长宣称，曾经所有的格里莎孩童都会在到达小王宫时收到这本书，不过那是很久以前的事了。格里莎相信的是小科学，我也从来不晓得他们会在宗教上费什么心思。迷信，暗主曾这样评价那本红色的小书，乡下的宣传。大卫明显没有把圣伊利亚和伊利亚·莫洛佐瓦联系在一起，也有可能是他需要隐瞒些什么。

"大卫，"我说，"你为什么会在这儿？你把鹿角做成了项圈，你一定知道他的意图。"

他咽了咽口水。"我知道他能够控制你，那个项圈让他可以使用你的能力。但我从来没有想过，我一直不相信……所有那些人……"他努力寻找可以表达自己意思的词汇。最终，他伸出墨迹斑斑的双手，用几乎恳求的语气说道："我是制作东西的，我不毁坏东西。"

我知道他不了解暗主有多么冷酷无情，我显然也犯了同样的错误。但他有可能是在撒谎，也有可能只是软弱。哪种情况更糟糕呢？我脑海中一个刺耳的声音问道。他可以倒戈一次，也就可以倒戈第二次。那是尼古拉的声音吗？还是暗主的声音？又或者只是我学会了不相信任何人？

"你忙盘子的事吧，祝你好运。"我一边说，一边起身准备离开。

大卫皱起了眉头，弓起背看向了他的图纸，说道："我不相信运气。"

那可太糟了，我心想，我们还是需要一些运气的。

我从物料能力者的工作间直接去了图书馆，在那里待了大半个晚上。这是一项充满挫败感的工作。尽管伊利亚·莫洛佐瓦被认为是有史以来最伟大的物料能力者，但我查阅的格里莎历史中只有他的最基本的信息。他发明了格里莎钢，一种制造打不碎的玻璃的技术，还有液体火焰混合物，由于过于危险，创出这种混合物的十二个小时后他就毁掉了它的公式，然而任何提及加乘器或者骨头匠人的内容都被抹去了。

但这并没有阻止我在第二天晚上再次跑过去，把自己埋在了宗教文本和任何我能找到的提及圣伊利亚的资料之中。像大部分圣者的传说一样，他的殉难故事残酷得令人压抑：有一天，一个犁在他家后面的田地里翻倒了。听到尖叫声，伊利亚跑去帮忙，却只发现一个人在他死去的儿子身边哭泣，那个男孩的身体被犁上锋利的部分切开了，他的血把土地都浸湿了。伊利亚让那个男孩重新活了过来——然而村民们对他的答谢则是，给他铐上铁链，把他扔进了河里，让他在锁链的重力作用下沉入水底。

故事的细节模糊不清，让人绝望。有时候伊利亚是农民，有时候又是泥瓦匠或者木工。他有两个女儿或者一个儿子或者没有孩子。简直有一百个不同的村庄宣称自己是他殉难的地方。接下来，关于他展现的奇迹也有个小问题。我可以相信圣伊利亚也许是一名科波拉尔基治愈者，然而伊利亚·莫洛佐瓦应该是一名物料能力者。要是他们根本就不是同一个人呢？

到了夜晚，这间带有玻璃穹顶的屋子会由油灯照明，屋里的寂静如此深沉，以至于我都可以听见自己的呼吸声。我独自处在黑暗之中，四周全是书籍，在这样的情况下很难不觉得压力大得超出负荷。然而图书馆看起来是我最有希望找到答案的地方了，所以我还是坚持了下去。一天晚上，图亚在那里找到了我，那时我正蜷缩在我最喜欢的椅子上，费力地想弄明白一篇古拉夫卡语文章的意思。

"你不应该晚上不带我们俩中任何一个人就到这里来。"他气乎乎地说。

我打了个哈欠，伸了个懒腰。最有可能发生的危险也就是一个书架倒下来压到我吧，但我累得无力争辩。"下次不会了。"我说道。

"那是什么？"图亚问道，低下身，想更清楚地看看放在我腿上的那本书。他长得如此魁梧，我感觉像是一头熊过来和我一起自习了。

"我不太清楚，我在目录里看到了'伊利亚'这个名字，所以我就挑出来看了，可我看不懂是什么意思。"

"这是一张头衔的列表。"

"你能读懂这个？"我惊讶地问。

"我们从小就常去教堂。"他说道，眼光飞快地扫过书页。

我皱起了眉头。许多孩子都是在信教的家庭里长大的，可那并不意味着他们能够读懂拉夫卡语中的礼拜用语。"上面说了些什么？"

他用一根手指指着"伊利亚"这个名字下面的文字。他的大手上满是伤疤。在他粗布衣服的袖子下面，我可以隐约看见一个文身的边缘。

"没太多内容，"他说，"被热爱的圣伊利亚，被珍视的圣伊利亚。不过列了几个小镇，据说都是他展现奇迹的地方。"

我挺直了脊背，说道："也许可以从这里入手。"

"你应该去礼拜堂瞧瞧，我想它的附属室里也会有一些书。"

我从皇家礼拜堂旁边走过许多次，但我从来没有进去过。我一直认为那是大教长的领地，即使他现在离开了，我还是不太确定自己是否愿意进去。"它怎么样？"

图亚耸起了他健壮的肩膀："就跟其他礼拜堂一样。"

"图亚，"我问道，突然生出了好奇之心，"你有没有想过要加入第二军队？就只是想一想那种，有过吗？"

他看起来像是受到了冒犯。"我生来注定不会为暗主服务。"我想要问问他生来注定要做什么，可他拍了拍书页说，"我可以替你翻译这个，如果你愿意的话。"他咧嘴一笑，"或者我也可以逼塔玛做。"

"好的，"我说，"谢啦。"

他垂下了头。那只是一个鞠躬而已，可他依然跪在我身旁，他的姿势里有某种东西让我的脊背上掠过了一阵寒意。

我感觉他好像在等待什么，我试探性地伸出手，放在他的肩膀上。我的手指刚刚落下，他就吐出了一口气，似乎是一声叹息。

我们保持这个姿势待了一会儿，在油灯的光晕里沉默不语。

随后，他站了起来，再次鞠了一躬。

"我就在门外。"他说道，他的身影随后渐渐消失在了黑暗之中。

第二天早上，玛尔结束狩猎之旅回来了，我急切地想告诉他所有的事情——我从大卫那里得知的信息、要建新蜂鸟号的计划、我跟图亚那次奇怪的交流。

"他是挺怪的，"玛尔表示同意，"不过去礼拜堂看看也不会有什么害处。"

我们决定一起走过去，在路上我催他给我讲一讲狩猎的见闻。

"每天我们花在打牌、喝卡瓦斯上面的时间比什么都多。有个公爵喝得酩酊大醉，居然在河里面不省人事，差点被淹死。他的仆人们拽着他的靴子把他拉上来了，可他又要走回水里去，含含糊糊地说着什么抓鳟鱼的最佳方法。"

"那是不是很糟啊？"我笑着问。

"那没什么。"他抬脚踢走了小路上的一颗石子，"关于你，人们都很好奇。"

"哦，我才不喜欢听这些呢。"

"有个皇家追踪手很确定你的能力是假的。"

"那我是怎么做假的呢？"

"他们觉得有一个用镜子和滑轮组成的精密系统，可能还跟催眠术有关。我当时有点听糊涂了。"

我咯咯地笑了起来。

"并不都是那么好笑的，阿丽娜。喝多了杯中物的时候，有些贵族明确地表示，他们认为应该围捕并处死所有格里莎。"

"圣者们啊。"我叹息道。

"他们害怕了。"

"那不能成为理由。"我说着，感觉怒气正在上涌，"我们也是拉夫卡人。他们好像忘记了第二部队为他们做过的所有事情。"

玛尔抬起了手，说："我可没说我同意他们的观点。"

我叹了口气，在一根无辜的树枝上用力一拍："我知道。"

"不管怎么说，我觉得我跟他们的关系还是有一点儿进展的。"

"你是怎么做到的啊？"

"嗯，他们喜欢你在第一部队服过役这一点，还有你救过他们王子的命。"

我扬起了眉毛："在他自己冒着生命危险营救我们之后？"

"在细节上我可能稍微自由发挥了一下。"

"哦，尼古拉会很喜欢的。还有什么别的吗？"

"我告诉他们你讨厌鲱鱼。"

"为什么告诉他们这个？"

"我还说了你喜欢李子蛋糕。还有安娜·库雅打过你的屁股，因为你跳到水坑里，毁了你春天穿的鞋子。"

我皱起了眉头："你为什么要告诉他们这些啊？"

"我想展示你平常人的一面。"他说道，"他们只把你当作太阳召唤者，他们看到的是威胁，是又一个像暗主那样强大的格里莎。我想让他们看到一个女儿，一个姐妹，或者一个朋友，我想让他们看到真正的阿丽娜。"

我有些哽咽了："你练过怎么变得这么棒吗？"

"天天在练啊。"他咧嘴笑着说，接着眨眨眼，使了个眼色，"不过我更喜欢'有用'。"

一座修道院曾屹立于欧斯奥塔，目前礼拜堂是它仅存的建筑，据说礼拜堂也是拉夫卡最初的国王们加冕的地方。它有着石灰刷过的白墙和浅蓝色的穹顶，与王宫中的其他建筑相比，显然是一栋简陋的房子。

它里面空空的，而且看起来需要好好打扫一番。靠背长椅上落满了厚厚的一层灰尘，屋檐上还有鸽子筑的巢。当我们沿着走廊往里走时，玛尔牵起了我的手，我的心不正常地猛跳了一下。

我们没有在附属室里浪费多少时间。书架上寥寥无几的书令人失望，那只是一些古老的赞美诗罢了，书页也发脆泛黄。唯一真正令我感兴趣的是圣坛后面宏伟的三联画。它颜色鲜明，三块巨大的板上展示了十三位仁慈的圣者。根据《伊斯托连·桑恰伊》，我认出了其中几个：莱莎贝塔和她染血的玫瑰，彼得和他依然在燃烧的箭，还有圣伊利亚，戴着项圈、手链和断裂的铁链。

"没有动物。"玛尔说道。

"从我查阅过的内容来看，他从来没有和加乘器一起出现过，只是戴着铁链而已。只有在《伊斯托连·桑恰伊》里不一样。"我只是不知道为什么会这样。

大部分的三联画都还算保存完好，不过伊利亚所在的那块板上有严重的水渍。那些圣者们的脸被霉斑侵蚀得快要看不出来了，潮湿的霉味几乎令人难以忍受。我用袖子捂住了鼻子。

"肯定是哪里漏水了，"玛尔说，"这个地方真是一团糟。"

我的目光沿着尘垢下面伊利亚面孔的轮廓扫了一圈，又是一条死路。我不愿意承认，但我对这里抱了不小的期望。我再一次察觉到了那种吸引力，还有我手腕上的空虚感。火鸟到底在哪里呢？

"我们可以在这里站一整天，"玛尔说，"但是他们不可能开口说话。"

我知道他是在开玩笑，可我还是感到有些愤怒，尽管我不确定我是在对他生气还是在对我自己生气。

我们转身沿着走廊走回去，我猛地停住了脚步。暗主就等在门边的暗处，坐在阴影笼罩的长椅上。

"怎么了？"玛尔问道，沿着我目光的方向看去。

我等候着，一动不动。看到他，我内心乞求着，拜托你看到他。

"阿丽娜，有什么不对劲吗？"

我的手指掐入了掌心。"没有，"我说，"你觉不觉得我们应该再去附属室看看？"

"那里好像希望不大。"

我迫使自己微笑，迫使自己迈开了脚步。"估计你是对的，是我一厢情愿了。"

当我们从暗主身边走过的时候，他转过头看着我们，将一根手指压在嘴唇上，然后垂下头，讽刺地装出祷告的样子。

当我们走出门去，远离礼拜堂中的霉味，呼吸到新鲜空气的时候，我感觉好了一些，可我的脑子依然在飞速旋转。暗主再次出现了。

暗主的脸上没有疤痕。玛尔没有看到他，这意味着那一定不是真的，只是我的某种幻觉。

可是那天晚上，在他的居室里，他触碰了我。我感到他的手指抚过我的脸颊。到底什么样的幻觉，才可以这样啊？

我们进入树林的时候，我一阵颤抖。这是不是暗主新能力的某种体现？他也许可以用某种方式进入我的思想，想到这里，我简直胆战心惊。你不可能违背这个世界的准则而不付出代价。我夹紧胳膊，感觉海鞭的鳞片刺痛了我的皮肤。忘掉莫洛佐瓦和他的疯狂。也许那和暗主毫无关系，也许我只是在渐渐失去理智。

"玛尔，"我开了口，但并不确定自己想要说什么，"第三个加——"

他将一根手指竖到了唇边，这个手势与暗主的手势如此相似，害得我差点跌倒，不过下一秒钟，我就听到了一阵窸窸窣窣的声音，瓦西里从树林中走了出来。

在大王宫以外的地方看到这位王子，我还有些不太习惯，于是有片刻时间，我只是呆呆地站在那里。过了一会儿，我回过神来，向他鞠了一躬。

瓦西里向我点了一下头，完全没有理会玛尔——如果他看到了玛尔的话。在瓦西里眼中，"仆役们"似乎是隐形的。

"殿下。"我问候道。

"阿丽娜·斯达科夫，"王子对我报以微笑，"我希望你能给我一点儿时间。"

"当然可以。"我回应道。

"我就在小路那一边等你。"玛尔说道，疑虑地瞪了瓦西里一眼。

王子看着他离去，说道："这个逃兵还不太了解自己的位置，是不是？"

我压下了自己的怒气："我可以为您做点什么呢，殿下？"

"拜托了，"他说，"我希望你叫我瓦西里，至少私底下你可以这样称呼我。"

我眨了眨眼。我从来没有单独和这位王子相处过，现在也并不想和他独处。

"你在小王宫适应得怎么样？"他问道。

"非常好，谢谢您，殿下。"

"瓦西里。"

"我不知道这样随便地称呼您是否妥当。"

"你就是直接称呼我弟弟名字的。"

"我遇到他的时候……情况非常特殊。"

"我知道他是非常迷人的，"瓦西里说，"但你也应该知道，他诡计多端，而且非常聪明。"

嗯，这确实很对，我心里这样想，嘴上却只是说："他的思维非比寻常。"

瓦西里哈哈大笑起来："你变成了多么好的外交家啊！真是令人耳目一新。假以时日，我完全相信，尽管你出身低微，但你将学会在言行中展现出贵族女子的分寸和优雅。"

"你是说我将学会闭嘴?"

瓦西里不以为然地抽了抽鼻子。我需要在我真的冒犯到他之前结束这次对话。瓦西里看起来可能像个傻瓜,可他仍然是一位王子。

"实在不是,"他说着,做作地笑了一下,"你有一种令人愉快的坦率。"

"谢谢您,"我含含糊糊地说,"如果您允许我退下的话,殿下——"

瓦西里几步迈到了我前方。"我不知道你和我弟弟做了什么安排,但你必须明白,他只是国王的次子。不管他有怎样的野心,他最多也就是那样了,只有我可以让你成为王后。"

这才是真格的,我暗自叹了一口气。"只有国王可以让人成为王后。"我提醒他。

瓦西里挥挥手,并没有把这句话放在心上。"我父亲活不了多久了,我现在就等于统治拉夫卡了。"

你就是这样统治的?我心想,恼怒顿时涌了上来。我怀疑如果尼古拉没有对他的王位造成威胁,他现在甚至不会在欧斯奥塔,不过这次我管住了自己的嘴巴。

"作为一个科尔姆森的孤儿,你已经升到了很高的位置,"他继续说,"但你也许还可以升得更高。"

"我可以向您保证,殿下,"我诚心诚意地说,"我没有这样的野心。"

"那你想要什么呢,太阳召唤者?"

"现在吗？我想去吃午餐。"

他的下唇不快地向前伸了出来，那一刻他看起来和他父亲一模一样。接着，他笑了。

"你是个聪明的姑娘，"他说，"我想你也会证明你是个有用的姑娘，我期待以后能够加深我们之间的了解。"

"再没有比这样更好的了。"我撒了谎。

他拉起我的手，将他湿乎乎的嘴巴压在我的指关节上，说道："下次再见，阿丽娜·斯达科夫。"

我抑制住了一阵恶心。等他大步走开之后，我偷偷在自己的凯夫塔上擦了擦手。

玛尔在树林的边缘处等着我。

"这次是怎么回事？"他问道，一脸担忧之色。

"哦，你懂的，"我回答道，"另一位王子，另一次求婚。"

"你不可能是认真的吧，"玛尔说，难以置信地笑着，"他倒是一点时间也没浪费。"

"力量来自结盟。"我模仿尼古拉的口吻说。

"我是否应该送上我的贺辞？"玛尔说道，但他的声音里没有丝毫锐利的东西，只有打趣的意味。显然，拉夫卡王位的继承人远不如一个自信过头的私掠船船长有威胁。

"你觉得暗主也是这样，不情愿地面对那些不请自来、嘴唇湿乎乎的皇室成员的主动示好吗？"我闷闷不乐地说。

玛尔窃笑起来。

"什么事这么好笑啊？"

"我只是在设想那个画面，暗主被某个满身大汗的女公爵拦住，女公爵还企图对她为所欲为。"

我先是哼了一声，接着开始放声大笑。尼古拉和瓦西里如此不同，以至于很难让人相信他们有着同样的血统。我毫无缘由地想起了尼古拉的那个吻，想起了他将我抱紧时，他的唇在我唇上的那种粗糙的感觉。我摇了摇头。

他们也许是不同的，在我们去宫殿的路上，我提醒自己，但他们都想利用你，这一点是相同的。

第十七章

　　夏意渐浓，带着湿气的热浪一波一波席卷了欧斯奥塔。只有在湖中或班亚的冷池里才能消消暑。小王宫旁边有一片桦树林，冷池就在小树林的浓荫下面。不管拉夫卡朝廷中的人对格里莎抱有怎样的敌意，都没有阻止他们把暴风召唤者和潮汐召唤者叫到大王宫，让他们召唤轻风、制造巨大的冰块来给闷热的房间降温。这很难说是善用格里莎的才能，但我迫切地需要让国王和王后保持愉快的心情，而且我已经从他们手中夺走了几名颇受器重的物料能力者，这些物料能力者正在为大卫神秘的镜面盘埋头苦干。

　　每天早上，我会和我的格里莎会议代表见面——有的时候是几分钟，有的时候是几个小时——讨论情报，兵力调动，以及我们从北方和南方边境获得的消息。

　　尼古拉依然希望能够在暗主充分集合起他的阴影部队之前

跟他打这一仗，然而到目前为止，拉夫卡的间谍和线人网络依然未能找到暗主的位置。看情形，我们将不得不在欧斯奥塔进行抵抗。我们仅有的优势是暗主无法直接驱使尼切沃亚来攻打我们。他不能距离他的那些怪物太远，这就意味着他必须和它们一起进军首都。首要问题在于，他会经由菲尔顿还是书翰进入拉夫卡。

　　站在作战室中，在格里莎会议代表面前，尼古拉对着横跨墙面的那些巨大地图中的一幅做了个手势。"我们在最近的作战中收回了这块领土的大部分，"他一边说，一边指向了拉夫卡北方与菲尔顿毗邻的边境，"这里是浓密的森林，在河流没有结冰的时候几乎无法通行，而且所有进入森林的道路都已经被封锁了。"

　　"有格里莎驻扎在那儿吗？"佐娅问道。

　　"没有，"尼古拉说，"不过在乌伦斯科城外有很多侦察哨，如果他从那边过来，我们会收到很多警报的。"

　　"而且他必须经过派特拉佐伊，"巴哈说，"不管他是翻山越岭还是绕山而行，都会为我们赢得更多的时间。"经过之前的几周，她已经变得很独立了。虽然大卫依旧沉默，显得有些烦躁不安，不过巴哈看起来倒是很高兴能够有机会离开工作间。

　　"我比较担心的是永久冻土地带，"尼古拉一边说，一边用手指着兹白亚上方的一长条边境区域，"那里有重兵防守，可是需要顾及很大一片领土。"

　　我点了点头，玛尔和我曾经一起走过那些荒野地带，我知道那里有多么辽阔。我忽然发现自己在环视屋子，寻找玛尔，即使我本就知道他又去狩猎了，这次是和一群科奇神射手以及拉夫卡外的交官。

"那如果他从南面来呢？"佐娅问道。

尼古拉向费约德尔发出了一个信号，费约德尔站了起来，为格里莎们盘点了一遍南方边境的薄弱地带。因为曾经驻扎在斯昆斯科，所以他对那个区域颇为了解。

"要巡遍斯库佐伊所有的山路几乎是不可能的，"他郁闷地说，"多年来书翰人一直在利用这一点，暗主要从那儿溜进来实在不难。"

"然后就可以直接到达欧斯奥塔了。"谢里盖说。

"要先经过伯利兹纳亚的军事基地，"尼古拉指出了这一点，"这可以给我们带来益处，不管是哪种情况，当他进攻的时候，我们都可以先做好准备。"

"做好准备？"派威尔哼了一声，"面对一支由不可摧毁的怪物组成的部队？"

"他们不是不可摧毁的，"尼古拉说着，对我点点头，"而且暗主也不是，我知道，我曾经一枪射中过他。"

佐娅睁大了眼睛："你射中过他？"

"是的，"他说，"很不幸，我做得不太好，不过我确定，经过练习我会有进步的。"他审视了一遍格里莎们，仔细看着每一张担忧的面孔，之后才再次开口，"暗主很强大，但我们也一样。他从来没有面对过第一部队和第二部队通力合作的威力，也没有面对过我准备提供的那种武器。我们要面对他，我们会攻其两翼，我们要看看是哪颗子弹走运打中他。"

当暗主的阴影军团集中进攻小王宫的时候，暗主会门户大开。首都周围会是两英里一岗，由全副武装的格里莎和士兵组成的小分队守在各个岗位上。一旦战斗开始，他们就会逼近暗主，释放尼古拉可以集合到的所有火力。

从某个角度来说，这是暗主一直害怕的事情。我记得他是如何描述拉夫卡边境之外新武器的产生的，我也记得，很久以前，在一个陈旧谷仓半塌的屋顶下，他对我说的话：运用格里莎能力的时代快要结束了。

巴哈清了清嗓子："有没有人知道，等我们杀死了暗主，那些阴影士兵会怎么样？"

我简直想去拥抱她。我并不知道如果我们成功地解决了暗主，那些尼切沃亚会怎样。它们或许会烟消云散，也有可能会发狂，或者出现其他更糟的情况，可是她这样说了：等我们杀死了暗主。这句话是试探性的，充满恐惧，但它听起来依然是充满希望的。

我们将大部分努力集中在欧斯奥塔的防御上。这座城市有一个古老的警报系统，敌人进入可视范围之内就会警示王宫。得到他父亲的允许后，尼古拉在城市上方和宫墙上都安装了重型枪炮，和之前蜂鸟号上安装的颇为类似。尽管格里莎们多有抱怨，我还是安排了几个人守在小王宫的屋顶上。他们也许不能让尼切沃亚停下来，但他们可以减慢它们的速度。

其他格里莎开始试着敞开心胸，承认物料能力者的价值了。在火焰召唤者的帮助下，马蒂莱尔基正在尝试制造另一种格伦纳基，它可以发出强烈的光，暂时阻挡阴影士兵的前进。困难的地方在于，要如何做出这种东西，而不至于投入足以将周遭一切事物夷为平地的爆破炸药。我有时候担心他们会把整个小王宫都炸飞，帮暗主省了心。我不止一次在餐厅看到过袖口被烧掉一块或者眉毛焦黑的格里莎。我鼓励他们去湖边，在有潮汐召唤者在场的情况下试验最危险的部分，以防万一。

尼古拉坚持要参与设计工作，他对此非常着迷。物料能力者最初试图忽略他，然后假装敷衍他，但他们很快发现尼古拉可不是那种闲得无聊会浅尝辄止的王子。他不仅理解大卫的想法，而且因为和流浪格里莎合作过很长的时间，他还对小科学相关的表达方式信手拈来。不久后，物料能力者们似乎就忘记了他的地位和他的奥特卡扎泽亚身份，时常可以看到尼古拉在马蒂莱尔基工作间里的某张桌子前埋头工作。

最让我心神不宁的是在科波拉尔基解剖室里进行的试验，在那些红漆大门后面，科波拉尔基和物料能力者进行合作，试图把格里莎钢和人的骨骼结合在一起。这么做是为了让士兵承受得住尼切沃亚的袭击。然而这个过程却很痛苦，而且还有不完善的地方，许多时候，试验对象的身体会出现排斥金属的现象。治愈者们已经尽力而为了，但还是时不时可以听到第一部队志愿者刺耳的尖叫声回荡在小王宫的走廊里。

下午的时间都被大王宫中没完没了的会议占据了。在拉夫卡尝试和其他国家结成联盟的过程中，太阳召唤者的能力是讨价还价时的珍贵筹码，于是我经常被要求在外交集会上现身，展示我的能力，同时也证明我确实活着。王后开茶会、晚餐会的时候我也会被要求进行表演。尼古拉常会顺便过来称赞几句，没皮没脸地打情骂俏，关切地在我的椅子旁边转来转去，活像一个昏了头的追求者。

不过最冗长无聊的当属和国王的顾问以及高官们一起开的"战略会"。国王几乎从不出席，他更愿意把时间花在这些上面：跛着脚追逐仆役少女，像个老年的公猫似的在太阳底下睡觉。在国王缺席的情况下，他的顾问们会一轮一轮地说个没完。他们讨论我们是应该与暗主和解还是应该对他开战，争论是否要与书翰结盟，接着又争论是否要与菲尔顿联合。每一项预算的每一行字他们都要争论，从军备数量到部队的早饭吃什么。然而，很少有事情能够得到解决，或者有了定论。

作为兰佐夫家族的继承人，瓦西里多年来一直对他的职责置之不理，而在他得知尼古拉和我在参加这些会议之后，他放下以往不闻不问的态度，坚持也要出席。让我惊讶的是，尼古拉竟然热情地欢迎了他。

"真是帮了我的大忙啊，"他说，"拜托你一定要告诉我，你晓得这些文件说的都是什么。"说完，他把高高一摞文件推到了桌子对面。

"这是什么啊？"瓦西里问道。

"一份提案，关于修理切尔尼森城外的一座水道桥。"

"一座水道桥就要这么多文件？"

"别担心，"尼古拉说，"剩下的文件我会派人送到你房里去的。"

"还有？就不能由某个大臣——"

"我们的父亲让别人来掌控拉夫卡的政事，发生了什么你也看到了，我们必须处处留心。"

瓦西里小心翼翼地拿起了那一摞文件最上面的一张，好像是在把一条脏兮兮的小毯子拎起来。我强忍着没让自己笑出声来。

"瓦西里以为他可以像我们的父亲那样统治，"那天下午晚些时候，尼古拉向我透露了他的想法，"开开宴会，偶尔做做演讲。我会让他明白，没有暗主或者大教长在那儿掌握实权的时候，'统治'意味着什么。"

这个计划看起来非常不错，然而没过多久，我就开始对两个王子都暗自咒骂起来了。只要瓦西里一出现，会议肯定会持续更长时间。他装腔作势，什么议题都要插一脚，长篇大论地谈爱国、战略，还有外交中的一些小事。

"我从来没有遇到过一个人可以说那么多话，却又似乎什么都没有说。"一次非常糟糕的会议之后，在尼古拉陪我走回小王宫的路上，我愤怒地说，"你一定可以做点什么的吧。"

"比如？"

"比如弄一匹他获奖的小马过来踢他的脑袋。"

"我很确定那些马也常有这样的想法，"尼古拉说，"瓦西里又懒惰又自大，而且他喜欢走捷径，可是治理国家没有简单的方法，也没有捷径可以走。相信我，他很快就会对这一切感到厌倦的。"

"也许吧，"我说，"可是我说不定在他厌倦之前就无聊而死了。"

尼古拉笑了起来："下次呢，带个小酒壶。每次他改变主意，你就喝一小口。"

我发出一声叹息，说道："那用不了一个小时我就得醉倒在地了。”

在尼古拉的帮助下，我得以让伯利兹纳亚的军备专家过来，帮助格里莎熟悉新式武器以及训练他们使用火器。尽管一开始，这样的练习气氛有些紧张，不过后来就变得自然了很多，我们也希望第一部队和第二部队之间能够建立起一些友谊来。进展最快的是那些由格里莎和士兵组成的小队，集合这些小队的目的是当暗主接近欧斯奥塔时将他擒获。完成训练任务回来，他们带回了很多内部笑话，产生了新的同胞情谊。他们甚至开始称呼彼此诺尼基，意为“零们”，因为他们都不再明确地属于第一部队或者第二部队。

我曾经担心博特金对于这种种变化会做出一定的反应。但这个男人似乎只有杀人的天赋，不管用什么方法都无所谓，而且，一有机会与图亚和塔玛谈论武器装备，他就会很高兴。

因为书翰人有解剖其格里莎的坏习惯，所以能活下来进入第二部队的书翰格里莎非常少。博特金很高兴能够讲自己的母语，不过他同时也很喜爱这对双胞胎的生猛。他们不像从小在小王宫长大的格里莎那样过于依赖自己的科波拉尔基能力。不仅不是这样，而且摄心能力只是在他们本已惊人的各项武艺之外，又多加了一项而已。

“危险的男孩，危险的女孩。”一天早上，博特金看着双胞胎和一队科波拉尔基格斗的时候评论道。那次玛丽和谢里盖也在场，纳蒂亚也像往常一样在他们身后跟了过来。

“女的比男的更厉坏（害）。”谢里盖抱怨道。塔玛豁开了他的嘴唇，所以他现在说话不太方便。"我为她的丈呼（夫）感到抱颤（歉）。"

"不会结婚的。"当塔玛把一个倒霉的火焰召唤者摔到地上的时候，博特金说道。

"为什么不会？"我讶异地问。

"她不会，兄弟也不会，"这个雇佣兵说，"他们就像博特金，注定要战斗，为战争而生。"

三名科波拉尔基向图亚猛冲过去，片刻之间，他们就都在地板上呻吟了起来。我想起了图亚在图书馆里说的话，他说他生来注定不会为暗主服务。像许多书翰人一样，他选择了成为可以花钱雇的士兵，以雇佣兵和私掠船船员的身份游历四方。但不管怎样，他还是来到了小王宫。他和他的姐妹会在这里待多久呢？

"我喜欢她，"纳蒂亚说，留恋地看着塔玛，"她无所畏惧。"

博特金笑了起来："'无所畏惧'是'愚蠢'的另一种说法。"

"我可不费（会）当着她的面这样缩（说）。"谢里盖嘟嘟囔囔地说，玛丽正拿着一块湿布轻拍他的嘴唇。

我不自觉地开始微笑起来，将头转向了别处。我没有忘记他们三个是怎样"欢迎"我回到小王宫的。他们不属于叫我婊子或者想把我扔出去的那一小撮人，但他们也绝对没有站出来为我说话。而且，我也不太知道在他们身边我应该怎样表现。我们从来没有真的亲密过，现在我们之间地位的差别仿佛更是一道不可逾越的鸿沟。

珍娅不会在乎的，我突然想到。珍娅了解我，她曾经和我一起欢笑，向我吐露心事，亮闪闪的凯夫塔和头衔都不会阻止她告诉我她的真实想法，也不会阻止她挽住我的胳膊，跟我分享一点儿八卦消息。尽管她骗了我，我还是很想她。

好像是在回应我的想法似的，我的袖子被轻轻拉了一下，一个战战兢兢的声音说："主上大人？"

纳蒂亚站在那里，重心在两脚之间换来换去，说道："我希望……"

"什么事？"

她转向马厩一个阴暗的角落，指了指一个身穿埃斯里尔基蓝色衣服的年轻男孩，我之前从来没有看到过他。在我们发出赦免令之后，一些格里莎陆陆续续回到了小王宫，可是这个男孩看起来太年轻了，不像是会在战地服役的样子。他不安地走了过来，手指在凯夫塔下拧来拧去。

"他叫艾德里克，"纳蒂亚说着，用自己的胳膊抱住了他，"我弟弟。"他们之间确有相似之处，不过不是很明显。"我们听说你计划撤走学生。"

"是的。"我准备把学生们送去一个我知道有足够的宿舍和空间可以容纳他们的地方，一个远离战争的地方——科尔姆森，博特金也会和他们一起去。我很不愿意失去一名如此能干的战士，可是这样的话，年纪尚小的格里莎们将依然能够向他学习——他也可以照看他们。由于巴格拉不愿见我，我派了一个仆人去她那里表达了同样的意愿，她没有给出答复。虽然我尽力不去理会她故意的轻慢，一次又一次的拒绝还是让我心中有些刺痛。

"你是学生？"我问艾德里克，从脑海中驱走了关于巴格拉的想法。他点了一下头，下颌坚定地向上扬起。

"艾德里克在想……我们在想可不可以——"

"我想留下。"他情绪激动地说。

我的眉毛猛地扬了起来："你多大了？"

"足够打仗了。"

"他本来今年就要毕业了。"纳蒂亚补充了一句。

我皱起了眉头，他只比我小几岁，但他皮包骨头，一头乱发。

"跟其他人一起去科尔姆森吧，"我说，"如果你没有改变主意的话，一年后可以回来。"如果我们还在这儿的话。

"我没问题的，"他说，"我是一名暴风召唤者，而且我和纳蒂亚一样强，即使没有加乘器。"

"那太危险了——"

"这是我的家，我不要离开。"

"艾德里克！"纳蒂亚斥道。

我抬起一只手："没关系。"艾德里克看起来有些狂热，他将双手握成了拳头。我看着纳蒂亚，问道："你确定你希望他留下吗？"

"我——"艾德里克开了口。

"我在跟你姐姐说话。如果你落入暗主的手中，她会是那个为你哀悼的人。"听到这句话，纳蒂亚的脸色苍白了一些，但艾德里克没有畏惧。我必须承认，他颇有勇气。

纳蒂亚咬着嘴唇，看看我，又看看艾德里克。

"如果你现在害怕让他失望，那你就想想埋葬他会是什么感觉。"我说道。我知道这些话不好听，但我希望他们两个都能明白自己在做什么。

她犹豫了一下，接着挺起了胸膛。"让他上战场吧，"她说，"是我说的，让他留下。即使你把他送走，一个星期后他也会回到王宫门口的。"

我叹了一口气，接着将注意力转移到了艾德里克身上，他已经咧嘴笑开了。"一个字也不许对其他学生提，"我说，"我不想让他们动心思。"我用手指点着纳蒂亚："还有，他要由你来负责。"

"谢谢您，主上大人。"艾德里克说，他深深鞠了一躬，幅度大得让我觉得他会翻倒。

我已经开始为我的决定后悔了。"让他回去上课吧。"

我看着他们走上通向湖泊的小丘，我掸了掸身上的灰尘，向比较小的一间训练室走去，在那儿，我看到玛尔正在和派威尔进行格斗训练。玛尔最近在小王宫中的时间越来越少了。邀请函从他自巴拉基雷夫回来的那个下午就开始陆续到达——狩猎、别墅聚会、钓鳟鱼、玩牌等，似乎所有贵族和军官都想让玛尔出现在他们的下一次活动中。

有时他只是一个下午不在，有时是几天都不在。这让我想起了在科尔姆森的日子，那时我会看着他骑马离开，之后就等在厨房的窗边，每天盼着他归来。不过，如果要我诚实面对自己的话，他不在的日子可以说比他在的日子要轻松。他在小王宫中的时候，我会因为不能抽出多一些的时间跟他在一起而感到内疚，我也讨厌格里莎对他不理不睬或者像吩咐仆人似的居高临下跟他说话。所以，尽管我会非常思念他，我还是鼓励他去参加各种活动。

这样比较好，我告诉自己。在他当逃兵来帮助我之前，玛尔原本是一个前途光明的追踪手，他身边有很多朋友和仰慕者。在门口站岗，潜伏在屋子的角落里，在我去参加一个又一个会议的时候扮演我忠诚的影子，他不应该做这样的事情。

"我可以整天都看着他。"我身后传来一个声音。我愣住了，佐娅站在那里。虽然天气炎热，可她似乎从来不会出汗。

"你就不觉得他有科尔姆森的臭习气吗？"我问道，不禁想起了她曾经对我说过的那些恶毒的话。

"我发现阶级低一些的人有某种粗野的吸引力，等你跟他结束了，你会告诉我的，对吧？"

"麻烦你再说一次？"

"噢，是我搞错了吗？你们两个似乎有点儿太……亲密了。不过我相信，这些日子以来，你的眼光已经变高了。"

我把头转向了她："你在这里做什么，佐娅？"

"我过来参加训练。"

"你知道我的意思，你在小王宫，是要做什么？"

"我是第二部队的军人，我属于这里。"

我抱起了双臂，到了佐娅和我要把丑话说出来的时候了。"你不喜欢我，而且你从来不会错过让我知道这一点的机会，现在为什么要跟从我呢？"

"我还有什么选择呢？"

"我确定暗主会高高兴兴地欢迎你回到他的阵营的。"

"你在命令我离开吗？"她竭力想保持平日傲慢的语气，但我感觉得到，她有些害怕了。这让我心头升起了带着罪恶感的小小惊喜。

"我想知道你为什么要这么坚决地留下来。"

"因为我不想生活在黑暗之中，"她说，"因为你是我们最大的希望。"

我摇了摇头："太轻描淡写了吧。"

她的脸涨红了："我是应该乞求吗？"

她会乞求吗？我发现我并不介意她这样做。"你自高自大，野心勃勃。只要能得到暗主的关注，你本来什么都愿意做，是什么东西变了呢？"

"是什么东西变了？"她哽咽了。她挤出了这句话，拳头在身体两侧握得紧紧的。"我有个阿姨[30]住在诺沃克里比斯克，还有个外甥女。暗主本来可以告诉我他准备做什么的。如果我可以事先告诉他们——"她的声音变得断断续续，我顿时为自己之前看到她不安时感到的愉悦而惭愧起来。

30　原文为"aunt"，因为英语中亲属称谓比中文宽泛，有可能是姑母也有可能是阿姨，因无法确定，这里姑且译为"阿姨"。下一句中的"niece"也可表外甥女、侄女，同理姑且译为"外甥女"。

巴格拉的声音在我耳畔回荡：对于能力，你适应得不错啊……它越增长，你就越会饥渴地想要更多。还有，那我现在相信佐娅了吗？她眼中的泪光是真情还是伪装？她眨眨眼，努力不让眼泪流下来，目不转睛地瞪着我。"我依然不喜欢你，斯达科夫，我永远也不会喜欢你。你平凡又笨拙，我不知道为什么你生来会具有那样的能力。可是既然你是太阳召唤者，你也许可以让拉夫卡不要任人摆布，那么，我就会为你而战。"

我看着她，细细思索着，我注意到了她脸颊上两块火一般的红晕，还有她嘴唇的颤动。

"怎么样？"她说，我可以想到说出这句话让她多么难受，"你准备把我送走吗？"

我又等了一会儿。"你可以留下，"我说，"暂时留下。"

"都没事吧？"玛尔问道。我们甚至都没有注意到他已经停止了格斗。

顷刻之间，佐娅不确定的情绪就不见了。她向玛尔露出了一个明艳耀眼的笑容："我听说你在弓箭方面很有在行，我想你也许可以教教我。"

玛尔看了佐娅一眼，随后将目光转回到我身上："也许过些时候吧。"

"我很期待。"她说道，伴随着丝绸般柔软的声音，她翩然走开了。

"刚才是怎么回事？"当我们开始走上通往小王宫的一个小丘时，他问道。

"我不信任她。"

漫长的一分钟过去了，他什么也没说。"阿丽娜，"玛尔不自在地开了口，"在克里比斯克发生的事情——"

我打断了他，我不想知道那时在格里莎营地，他和佐娅做过什么，而且那也算不上是我不信任佐娅的原因。"她是暗主最宠爱的格里莎之一，而且她一直很讨厌我。"

"她很有可能只是嫉妒你。"

"她打断过我两根肋骨。"

"她……什么？"

"那是个意外，算是吧。"我从来没有告诉过玛尔，在我学会使用我的能力之前，感觉有多么糟糕，那没有止境的、处处失败的孤独日子。"我只是不确定她真正效忠于谁。"我感觉后颈上的肌肉有些紧张，我伸出手去揉了揉，"我对谁都不确定。格里莎也不确定，对仆人们也不确定，对他们中的任何人都可能在为暗主做事。"

玛尔环顾四周，这一次，似乎没有人在看着我们。他情难自抑地抓住了我的手："格里斯基要在上城区举办一个占卜宴会，就在两天之后，你跟我一起去吧。"

"格里斯基？"

"他的父亲是斯蒂凡·格里斯基，腌菜大王，一个暴发户，"玛尔说道，惟妙惟肖地模仿出了势利贵族的样子，"不过他的家族在运河边有个像宫殿一样的宅子。"

"我不能去，"我说，脑子里想的是那些会议，大卫的镜面盘，撤走学校的事情。在我们还有几天或者几周就可能要打仗的时候，去参加宴会好像总有点不妥。

"你可以的，"玛尔说，"也就是一两个小时。"

这很有诱惑力——远离小王宫的种种压力，抽出一点儿时间和玛尔在一起。

他一定看出我有所动摇了。"我们会把你打扮成表演者的样子，"他说，"甚至没有人会知道太阳召唤者在那里。"

一场宴会，在夜晚时分，在白天的工作结束之后举行。我会有一晚不能去图书馆进行毫无收获的搜索。这又有什么关系呢？

"好吧，"我说，"我跟你一起去。"

他脸上露出的笑容让我无法呼吸。我不知道我是否会渐渐习惯，这样的笑容有可能真的是为我绽放的。

"图亚和塔玛可不会喜欢这个主意哦。"他提醒道。

"他们是我的护卫，得服从我的命令。"

玛尔"啪"一个立正，给我来了个花式鞠躬。"是，主上大人，"他用严肃的语气说，"我们毕生为您效劳。"

我翻了个白眼，不过当我快步走向马蒂莱尔基的工作间时，我感觉到了几周以来前所未有的轻松。

第十八章

　　格里斯基家的宅子坐落在运河区域，这里被认为是上城区中最不时髦的地段，因为它邻近大桥，也邻近桥对岸的下层民众。这是一栋奢华的小楼，一边靠着战争纪念堂，另一边则靠着圣莱莎贝塔女修道院。

　　玛尔成功地为晚上的行程借到了马车，我们被一起塞进了车内狭小的空间里，其中还有一个非常暴躁的塔玛。为了宴会的事，她和图亚大吼大叫了半天，但我明确表示我是不会改变主意的。我也让他们发誓保守秘密，我不想让关于这次远足的消息越过宫墙传到尼古拉的耳朵里去。

　　我们都按照苏利占卜者的方式着装，穿着亮橙色的丝绸斗篷，戴着红漆面具，面具雕刻成了豺狼的样子。图亚没有来，即使从头到脚都包裹起来，他的体格还是会引来过多的关注。

玛尔捏了捏我的手，我感觉到了一阵迷乱的兴奋。我的斗篷暖和得让人不舒服，我的脸已经在面具下面开始发痒，但我并不在乎。我感觉我们回到了科尔姆森，丢下家务活，冒着被打屁股的风险，只为了溜到我们的牧场里去。我们可以躺在凉爽的草地上，听着虫儿低唱，看着头上云卷云舒。那样的宁静现在看起来是如此遥远。

通向腌菜大王家宅的路上挤满了马车。我们在靠近修道院的地方转入了一条小巷，这样我们就可以更自然地在仆役入口混进表演者之中。

当我们走出马车的时候，塔玛小心地理了理她的斗篷。她和玛尔都在身上藏了手枪，我也知道，在那橙色的丝绸下面，她的两把斧头分别绑在两边的大腿上。

"如果有人真的要来算命怎么办？"我问道，把面具的带子系得更紧了一些，并且戴上了兜帽。

"说几句常见的话，糊弄一下就行了，"玛尔说，"美丽的女人啊，意料之外的财富啊，还可以说要格外注意数字八。"

沿着仆役的入口往里走，我们先经过了一间热气腾腾的厨房，然后来到了宅子的内室。不过我们刚一迈进屋内，就出现了一个男子，身上穿着一套格里斯基家的侍从制服，他一把抓住了我的胳膊。

"你以为你在干什么啊？"他一边说一边摇晃了我一下。我看见塔玛的手向腰上伸去。

"我——"

"你们三个应该已经走动起来了，"他把我们推入了宅子的主屋，"不要在任何一个客人身上花太多时间。还有，别让我看到你们喝酒！"

我点了点头，试图让自己的心不要继续猛烈地跳动，我们快步走入了舞厅。那位腌菜大王很舍得花钱，宅子进行了装饰，看起来像是最奢华的苏利营帐。天花板上悬挂着上千个星星形状的灯笼。覆以丝绸的四轮马车沿着屋子的边缘停了一圈，形成了一条闪闪发亮的车队，还有假的篝火光芒四射，彩色的火光上下翻飞。露台的门都敞着，晚风低吟，与之相伴的还有指钹[31]富有节奏的叮当声和小提琴婉转的曲调。

我看到了分散在人群中的真正的苏利占卜者，这才意识到我们戴着豺狼面具的样子一定非常古怪，不过宾客们似乎并不在意。他们中的大多数人已经是醉醺醺的了，他们对着彼此大笑大叫，三三两两闹哄哄地聚在一起，呆呆地看着舞台，杂技演员们在绸带间快速地旋转。有些人坐在椅子上摇来晃去，在金色的咖啡壶旁让人给他们算命。还有的人在露台上的长桌边吃东西，一边大口吃着酿馅无花果和一碗碗的石榴籽，一边跟着音乐拍着巴掌。

玛尔偷偷塞给我一小杯卡瓦斯，我们在露台上阴影处的角落里找了一张长椅，塔玛在附近站岗，谨慎地和我们保持着一段距离。我把头靠在玛尔的肩膀上，仅仅只是坐在他身边，听着吵闹的音乐，这让我感到心情愉快。空气中满是某种夜间绽放的花朵的香气，在花香之中，混合着柠檬的清香。我深深地吸了一口

31　指钹（finger cymbals）是尺寸较小的金属钹，多在肚皮舞表演中使用，一套指钹为四个，演员每只手上各套两枚。（来源：维基百科）

气，感觉过去几周的疲惫和恐惧缓解了许多。我把脚从鞋子里挪出来，让我的脚趾陷入凉爽的碎石之中。

玛尔调整了一下他的兜帽，以便更好地遮住脸，然后他掀起了面具，伸出手，为我做了同样的事。他靠了过来，豺狼面具的口鼻处撞在了一起。

我开始笑了起来。

"下次要换个别的戏服。"他嘟嘟囔囔地抱怨道。

"更大一点的帽子？"

"也许我们可以在头上套个篮子。"

两个女孩走了过来。塔玛瞬间出现在了我身侧，我们忙把面具放回了原位。

"给我们算算命吧！"个子较高的女孩要求道，结结实实地倒在了她的朋友身上。

塔玛摇了摇头，但玛尔指了指几张小桌子中的一张，那些桌子上摆放着蓝釉杯子和金色的咖啡壶。

那个女孩尖声叫着，倒出了一点儿烂泥般的咖啡。苏利人会根据杯底的残渣进行占卜。女孩喝光了咖啡，皱了皱眉头。

我用胳膊肘捅了捅玛尔，现在怎么办？

他站了起来，走到了桌边。

"嗯，"他一边说，一边盯着杯子里看，"嗯。"

那个女孩抓住了他的胳膊："怎么样？"

他挥挥手叫我过去。我一咬牙，向杯子俯下身去。

"是不好吗？"女孩呻吟道。

"司（是）——混（很）——好——的。"玛尔说道，那是我听过的最离谱的苏利腔。

女孩松了一口气。

"你挥（会）——遇到一个英俊的陌生人。"

女孩们咯咯直笑，拍起手来。我忍不住了。

"他挥（会）——是个大坏蛋。"我插嘴说。我的口音甚至比玛尔的还要糟糕。如果有某个真正的苏利人在一旁听到了，我说不定会被打得鼻青脸肿。"你一定要从蜡（那）个人身边跑开。"

"哦。"女孩们失望地叹了一口气。

"你一定要跟丑男结婚，"我说，"很盼（胖）的。"我手臂在身前比划，做出大腹便便的样子，"他挥（会）——让你幸福的。"

我听到玛尔在他的面具下哼了一声。

那个女孩抽了抽鼻子。"我不喜欢这个结果，"她说，"我们去找别人试试吧。"等她们蹦蹦跳跳地离开了，两个喝得酩酊大醉的贵族男子取代了她们的位置。

其中一个长着鹰钩鼻子和松松垮垮的下颌。另一个像豪饮卡瓦斯那样一口吞下了咖啡，把杯子往桌上一放，"现在呢，"他口齿不清地说，猪鬃般的红胡子扭来扭去，"我将来会怎样呢？讲好听点儿。"

玛尔假装研究着杯子："你挥（会）——获得很多财富。"

"我已经有很多财富了，还有什么别的？"

"嗯……"玛尔绕着弯子说，"你的妻子挥（会）——给你生三个漂亮的儿子。"

他的鹰钩鼻伙伴大笑起来。"哈，那你就会知道那些儿子不是你的了！"他大声说。

我以为另一个贵族会生气，但他不仅没有，反而大笑起来，他红通通的脸变得更红了。

"得去祝贺家里的男仆！"他扯着嗓子喊道。

"我听说所有厉害的家族都会有私生子。"他的朋友嬉笑着说。

"嗯，我们也都有狗。不过我们不会让它们上桌吃饭！"

我在面具下板着脸。我越来越怀疑他们在说尼古拉。

"哎哟，"我说着，从玛尔手中夺过了杯子，"哎哟，太惨了。"

"怎么了？"一个贵族说道，依旧在笑。

"你挥（会）——秃头的，"我说，"秃得很严重。"

他的笑声停止了，肥厚的手伸向了他已经在变得稀疏的红发。

"还有你呀。"我说着，指向了他的朋友。玛尔轻轻踢了一下我的脚，向我表示警告，但我没有理会他。"你挥（会）得扣啪。"

"得什么？"

"扣啪呀！"我用阴沉的语气宣称道，"你的私密部位挥（会）——缩小到木（没）有！"

他的面色变得苍白。他的喉咙倒还管用："可是——"

就在那一刻，舞厅里传来了一阵喊叫声，还有很大的撞击声，好像有人掀翻了桌子。我看到两个男人在互相推搡着。

"我想我们该走了。"塔玛一边说，一边轻轻推着我们，想让我们从骚乱中抽身离开。

我正要提出反对意见，就在这时，打斗忽然变得更加激烈了。人们开始又推又挤，拥到了露台上。音乐已经停止了，一些占卜者也挤在混乱的人潮之中。越过人群，我看到一辆覆有丝绸的马车塌了。有个人朝我们的方向猛冲过来，撞到了那两个贵族。咖啡壶翻倒在了桌上，那些小蓝杯子也随后倒了一片。

"走吧，"玛尔说着，手伸向了他的手枪，"从后门走。"

塔玛走在最前面，手里已经拿好了斧子。我跟着她走下了台阶，然而就在我们走出露台的时候，我又一次听到可怕的撞击声，还有一个女人在尖叫。她被宴会桌压住了。

玛尔把手枪放回了皮套里。"把她带上马车，"他对塔玛喊道，"我会赶上来的。"

"玛尔——"

"走！我就在你们后面。"他冲开人群，向那个被困的女人跑去。

塔玛拖着我走下了花园的台阶，然后走上一条小路，沿着这条路可以从宅子的侧面走回大路上去。没了宴会中熠熠生辉的灯笼，这里漆黑一片。我放出了一点柔光，让我们可以看清脚下的路。

"不行，"塔玛说，"这有可能是个幌子。你这样做会暴露我们的位置。"

我让光消失了，下一秒钟，我听到了扭打的声音，挣扎中的一声大喊，然后是——寂静。

"塔玛?"

我回头向宴会的方向看去,希望我能听到玛尔赶过来的声音。

我的心怦怦地跳得厉害。我抬起了双手。不管会不会暴露位置了,我可不会就这样站在黑暗之中。随后我听到门"嘎吱"一声,一只强有力的手抓住了我。我被拽着穿过树篱。

我放出了光,灼热的光嘶嘶作响,炫目而出。我在主花园旁边的一个院子里,四周都用紫杉树篱围了起来,而且我并非独自一人。

我还没看到他就先闻到了他的气息——翻过的泥土,香烛,霉菌。坟墓的味道。当大教长从阴影中走出来的时候,我抬起了手。这个牧师和我记忆中的并无二致,一样是支棱着的黑胡子和直勾勾的眼神。他依然穿着代表他身份的棕色长袍,不过他胸前的国王双鹰标志没有了,换成了一个用金线制成的太阳。

"待在那儿别动。"

他深深一躬:"阿丽娜·斯达科夫,宋·克罗列娃。我对你毫无恶意。"

"塔玛在哪里?如果她受了伤——"

"你的护卫们不会受到伤害,不过我请求你能听我说。"

"你想要什么?你怎么会知道我会来这儿?"

"信徒无处不在,宋·克罗列娃。"

"不要这样称呼我!"

"被你的光芒所吸引,你神圣的部队每天都在壮大。他们只等待你去领导。"

"我的部队？"我嘲讽地说，"我看到了在城墙外扎营的朝圣者——贫困，虚弱，饥饿，全都为了你带给他们的一丝希望而如痴如狂。"

"还有其他人。士兵。"

"还有更多人因为你所兜售的谎言而相信我是圣者？"

"那不是一个谎言，阿丽娜·斯达科夫。你是科尔姆森的女儿，重生于黑幕之上。"

"我没有死！"我火冒三丈地说，"我活了下来，因为我从暗主手中逃脱了，为此我害死了一整条沙艇上的士兵和格里莎。你有告诉过你的追随者这些吗？"

"你的人民在受苦受难。只有你能带来新时代的黎明，一个献身于圣火的时代。"

他的眼神变得癫狂，这双眸子如此之黑，以至于我看不见他的瞳孔。然而他的疯狂是真实的，或许是某种精心的布局？

"那谁会统治这个新时代呢？"

"当然是你，宋·克罗洛娃，圣阿丽娜。"

"而你会在我的右手边[32]？我看了你给我的那本书。圣者们的寿命可不长。"

"跟我来吧，阿丽娜·斯达科夫。"

"我不会跟你去任何地方的。"

"你还没有强大到可以面对暗主，而我可以改变这种状

32　原文为"with you at my right hand"，"at my right hand"的用法在《圣经》中出现过多次，如《路加福音（Luke）》中有"The Lord said to my Lord,'Sit at my right hand, until I make your enemies your footstool'"。

况。"

我愣住了："告诉我你知道些什么。"

"听我的，一切都将明了。"

我逼近了他，混合着渴望与愤怒的疼痛仿佛将我击穿了，这出乎我的意料。"火鸟在哪里？"我想过他也许会困惑地回应，也许会装作没有听见。可他反而微笑起来，露出了黑色的牙龈和参差不齐的牙齿。"告诉我，牧师，"我命令道，"不然我当场就把你劈开，让你的追随者去祈祷你复生吧。"我心中一惊，我猛然意识到我是认真的。

他看起来有些紧张，这是他头一次出现这样的神情。很好。他是不是原以为会见到一个驯服的圣者？

他举起手，做出让我消消气的样子。

"我不知道，"他说，"我发誓。不过在暗主离开小王宫的时候，他没有意识到他没机会再回去了。他落下了很多宝贵的东西，其他人认为很久以前已经被销毁的东西。"

又一股怒气在我体内涌起："莫洛佐瓦的笔记吗？在你手里？"

"跟我来吧，阿丽娜·斯达科夫。有一些秘密藏得很深。"

他说的有可能是真话吗？还是他会就这样把我交给暗主？

"阿丽娜！"从树篱另一边传来了玛尔的声音。

"我在这儿！"我喊道。

玛尔闯进了院子，已经抽出了手枪。塔玛紧跟在他身后。她丢掉了一把斧子，她的斗篷前襟上还染上了点点血迹。

大教长转身溜入了灌木之中，身上的衣料发出一股发霉的气味。

"等等！"我大叫，已经移动脚步准备跟上去了。塔玛愤怒地一声大吼，飞跑着超过了我，钻入了树篱去追大教长。

"我要他活着！"我冲着她渐渐消失的背影喊道。

"你没事吧？"玛尔跑到了我身侧，气喘吁吁。

我抓住了他的袖子："玛尔，我想他手上有莫洛佐瓦的笔记。"

"他伤到你了吗？"

"一个老牧师我抵挡得住。"我不耐烦地说，"你听到我说什么了吗？"

他抽回了袖子："我听到了。我以为你有危险。"

"我没有。我——"

塔玛已经大步回到了我们这里，她的脸像是一张代表挫败感的面具。"我不明白，"她说，"他就在那儿，然后他就不见了。"

"圣者们啊。"我骂了一句。

她垂下了头："原谅我。"

我从来没有见过她这么沮丧失落的样子。"没关系。"我嘴上说着，脑子依旧在飞速旋转。我想回到巷子里去，大喊大叫要求大教长现身，翻遍城市的街道，直到找到他，从他谎话连篇的嘴里撬出真相。我低头盯着一排排的树篱看。我依然可以听到叫喊声从我身后远处的宴会上传出来，黑暗中的某个地方，修道院的钟声开始敲响。我叹了口气："我们离开这儿吧。"

我们找到了车夫，他等在窄窄的支路上，车就停在原处。在回王宫的路上，气氛十分紧张。

"那场争吵不可能是偶然发生的。"玛尔说。

"是不可能，"塔玛表示同意，碰了碰她下巴上难看的伤口，"他知道我们会在那儿出现。"

"他怎么会知道呢？"玛尔着急地问，"没有别人知道我们要去啊。你告诉尼古拉了吗？"

"尼古拉和这件事没关系。"我说。

"你怎么能这么确定？"

"因为他无利可图。"我用手指按住了太阳穴，"也许有什么人看到我们离开宫殿了。"

"那他是怎么神不知鬼不觉进入欧斯奥塔的呢？他又是怎么知道我们会出现在这个宴会上的呢？"

"今晚我们还算走运，"塔玛说，"情况原本可能会比现在糟糕得多。"

"刚才我从来没有真正处于危险之中，"我坚定地说，"他只是想说些什么。"

"他说了什么？"

我尽可能如实地向她描述了情况，不过我没有提起莫洛佐瓦的笔记。除了玛尔，我还没有跟任何人说起过关于笔记的事情，而且塔玛对于加乘器的事本来也已经知道得太多了。

"他在召集某种部队，"我做了结语，"里面是相信我死而复生的人，他们认为我有某种神圣的能力。"

"有多少人呢？"玛尔问道。

"我不知道。我也不知道他准备让他们做什么。驱使他们进攻国王？送他们去和暗主的军团打仗？我已经在负责格里莎了。那支由无望的奥特卡扎泽亚组成的部队，我不想背上他们的负担。"

"我们并不都是那么弱小的。"玛尔说，声音里有某种锋利的东西。

"我不是……我只是想说他在利用这些人。他在剥削他们的希望。"

"这样做和尼古拉带着你一个又一个村庄游行有什么分别吗？"

"尼古拉没有告诉人民我是不朽的，也没有告诉人民我能展现奇迹。"

"是没有，"玛尔说，"他只是让他们自己相信了这些而已。"

"你为什么老是要说他坏话？"

"你为什么立刻就为他辩护？"

我转过头去，疲倦，恼怒，无法理清脑子里的纷乱头绪。上城区被灯光照亮的街道从马车窗外划过。接下来的那段路，我们谁都没有说话。

回到了小王宫，我去换衣服，玛尔和塔玛则向图亚讲述了之前发生的事情。

玛尔敲门的时候，我正坐在床上。他带上了身后的门，然后靠在门上，环顾屋内。

"这间屋子太让人压抑了。我以为你准备重新装修的。"

　　我耸了耸肩。有太多的事情需要我去担心，我也几乎习惯了屋中那悄无声息的黑暗。

　　"你相信笔记在他手上吗？"玛尔问道。

　　"他知道它们存在就已经让我很惊讶了。"

　　他穿过房间走到了床边，我屈起膝盖给他留出了位置。

　　"塔玛是对的，"他一边说，一边坐到我的脚边，"那件事原本有可能会糟糕得多的。"

　　我叹了口气："为了看看宴会场面，付出得真不少啊。"

　　"我不应该提议的。"

　　"我不应该同意的。"

　　他点了点头，靴子尖在地板上蹭来蹭去。"我很想你。"他轻轻地说。

　　温柔的话语，却引发了我一阵战栗，它让人痛楚又让人满足。我是否对这一点有过怀疑？毕竟他离开得那么频繁。

　　我摸着他的手："我也想你。"

　　"明天跟我一起去打靶练习吧，"他说，"就在湖边。"

　　"我去不了，尼古拉和我要会见科奇银行业代表团，他们想在确认贷款给王室之前看看太阳召唤者。"

　　"告诉他你病了。"

　　"格里莎不会生病。"

　　"好吧，那就告诉他你很忙。"他说。

　　"我不能这样做。"

　　"其他格里莎有时间——"

　　"我不是其他格里莎。"我的语气比我想象中要严厉。

"这个我知道。"他小心翼翼地说，长长地出了一口气，"圣者们啊，我真讨厌这个地方。"

我眨了眨眼，他声音中的强烈情绪让我大吃一惊。"你很讨厌这里？"

"我讨厌聚会，我讨厌那些人，我讨厌与这里有关的一切。"

"我以为……你看起来……不是很开心，但也——"

"我不属于这里，阿丽娜，别告诉我你没注意到。"

这点我还真不相信，玛尔在哪里都很合群。"尼古拉说大家都很喜欢你。"

"他们只是觉得我有趣而已，"玛尔说，"那不一样。"他把我的手翻过来，抚摸着那条横贯我手掌的伤疤。"你知道吗？我其实很怀念我们一起逃亡的时候，我甚至怀念考夫顿那个肮脏的小寄宿处，怀念在工厂里工作。至少我感觉我能做点什么，而不只是在浪费时间，收集八卦消息。"

我不自在地挪动了一下，忽然感觉要为自己辩白几句。"只要有机会你就会离开，其实你不必接受每一个邀请。"

他盯着我："我这样频繁地离开是为了保护你，阿丽娜。"

"保护我什么？"我难以置信地问。

他站了起来，烦躁地在房间里走来走去。"你觉得在皇家狩猎的时候，人们会问我什么？你知道他们第一句话问的是什么吗？他们想知道你和我之间的事情。"他转头看着我，当他再开口时，他的声音变得有些冷酷，冷嘲热讽道："听说你会跟太阳召唤者在一起鬼混，是真的吗？跟圣者在一起的感觉怎么样啊？

她是专门喜欢追踪手啊，还是会把所有的仆人都带上床啊？"他双臂交叉。"我离开是为了让我们之间有距离，为了能平息这些流言蜚语，或许我现在也不该留在这儿。"

我用手臂抱住膝盖，把它们紧紧抱在胸前，脸颊火烧火燎的。"你为什么不跟我说说呢？"

"我能说什么？什么时候说？我几乎都见不到你了。"

"我以为是你自己想要去的。"

"我想让你开口叫我留下来。"

我喉咙发紧。我张开了嘴，准备告诉他，他这样说并不公平，我不可能知道。然而真的是这样的吗？也许我真的相信玛尔离开小王宫会比较快乐，也有可能我只是告诉自己，他不在的时候我的日子会轻松一点儿，因为他不在就意味着少了一个人看着我、想从我这里获得些什么。

"对不起。"我的声音有些嘶哑。

他抬起手，好像要继续诉说他的苦衷，接着又无助地垂下了手。"我感觉你离我越来越远了，而我却不知道该怎么做。"

泪水刺痛了我的眼睛。"我们会找到法子的，"我说，"我们会留出更多时间——"

"不仅仅是这些，自从你戴上第二个加乘器，你就变得不一样了。"我的手摸向那条了手链。"你劈开穹顶的时候，你谈起火鸟的样子——我听到你那天和佐娅的谈话了。她很害怕，阿丽娜，而且你喜欢那样。"

"也许我确实喜欢。"我说，怒气上涌。这样的感觉比罪恶感或者羞耻感好受得多。"那又怎样呢？你不知道她是怎么样的人，你不知道这个地方对我来说是怎样的，那些恐惧，那些责任——"

"我知道的，我知道，我看得出你也受了不少罪，可这是你自己选择的。你有一个目的，而我呢，连自己在这里做什么都不知道了。"

"别这样说。"我把腿挪下床，站了起来。"我们有一个目的，我们来到这里，是为了拉夫卡，我们——"

"不是的，阿丽娜。你来到这里是为了拉夫卡，为了火鸟，为了统领第二部队。"他拍了拍胸口的太阳标志，接着说，"我到这里来是为了你。你是我的旗帜，你是我的家国，可是这些似乎都不再有意义了。你发现没有，这是我们几周以来第一次真正独处。"

我渐渐意识到，确实如此，这种感觉侵袭了我的全身。屋子里似乎安静得异乎寻常。玛尔试探性地向我迈了一步。接着他两大步跨到了我面前。他的一只手揽住了我的腰，另一只手捧着我的脸。他微微转动我的脸，让我的嘴与他的贴在一起。

"回到我身边吧，"他低声说。他抱紧了我，可就在他的唇与我的唇相碰的时候，我眼角的余光里闪过一个影子。

暗主站在玛尔身后。我呆住了。

玛尔松开了我。"怎么了？"他说。

"没事，我只是……"我的声音低了下去，不知道要说什么。

暗主还在那儿。"告诉他，当他把你搂进怀里的时候，你看到了我。"他说。

我用力闭上了眼睛。

　　玛尔垂下了手，后退了几步，他的手握成了拳头。"我看我需要知道的就这么多了。"

　　"玛尔——"

　　"你应该早点阻止我的，这么长时间，我就站在那儿，让干什么就干什么，就像一个傻瓜。如果你不想要我的话，你应该直接告诉我的。"

　　"不是那样的——"我辩驳道。

　　"是尼古拉吗？"

　　"什么呀？不是的！"

　　"又一个奥特卡扎泽亚，阿丽娜？"暗主讥讽地说。

　　玛尔厌恶地摇了摇头："我由着他把我支开，那些会谈，军事会议，晚餐。我由着他把我挤掉，我只是等着，希望你会足够想念我，你会说让那些通通都见鬼去吧。"

　　我咽了咽口水，试图不去理会暗主的冷笑。

　　"玛尔，暗主——"

　　"我不想再听到暗主的事情！也不想再听到拉夫卡或者加乘器或者其他任何事情！"他的手用力在空中一甩，"我受够了。"他调转方向，大步走向了门口。

　　"等等！"我赶忙去追他，伸出手想抓住他的胳膊。

　　他猛地一转身，我差点倒在他身上。"行了，阿丽娜。"

　　"你不明白——"我说。

　　"你退缩了，你敢说你没有吗？"

　　"那并不是因为你！"

　　玛尔发出了刺耳的笑声："我知道你没有多少经验，不过我

吻过很多女孩，我知道这意味着什么。别担心，这样的事情不会
再发生了。"

这些话像个耳光一样打在了我的脸上。他摔门而出。

我站在那里，盯着关上了的门。我伸出手，摸到了由骨头制
成的门把手。

你可以解释清楚的，我告诉自己，你可以让事情回到正轨
的。然而我只是站在那里，一动不动，玛尔的话还在我耳中回
响。我开始抽泣起来，胸腔有些发颤，我狠狠咬住嘴唇，努力让
自己不要发出声音。我心里想着，这样很好，当泪水滑落的时
候，仆役们就不会听见了。我感到一阵痛楚，仿佛有一块坚硬的
碎瓷片插入了我的肋骨，重重地压着我的心脏。

我没有听到暗主走动的声音，他到了我身边时我才察觉。他
用修长的手指将我脖子上的头发捋到后面，然后放在了项圈上。
他亲吻我脸颊的时候，嘴唇是冰冷的。

第二天一早，我在小王宫的屋顶上找到了大卫，建造巨大镜面盘的工程已经在那里开始了。他在一个穹顶的荫凉处搭建了一个简易的工作间，里面到处都是闪闪发光的物料碎屑和废弃的图纸。极其微小的风吹起了图纸的边缘。在一张纸边缘空白的地方，我认出了尼古拉潦草的字迹。

"情况如何？"我问道。

"好一些了，"他一边说，一边研究着离他最近的镜面盘光滑的表面，"我觉得我已经把曲率弄对了，我们应该很快就可以做好准备来试用一下它们了。"

"多快？"关于暗主的位置，我们依然在收到相互矛盾的报告，不过即使他还没有完全创造出他的军队，他距离大功告成也不远了。

"几个星期吧。"大卫说。

"还要那么久啊？"

"要么做得快，要么做得对。"他抱怨道。

"大卫，我需要知道——"

"我告诉你所有我知道的关于莫洛佐瓦的事了。"

"不是关于他，"我说，"不完全是，如果……如果我想把项圈取下来的话，我要怎么做呢？"

"你不能把它取下来。"

"不是现在，不过等我们——"

"不行的，"大卫说道，看都没有看我一眼，"它和其他的加乘器不一样，它不能就这样被拿下来。你必须把它弄断，破坏它的结构，结果会是灾难性的。"

"什么样的灾难呢？"

"这个我说不准，"他说，"不过我很确定，那样的灾难会让黑幕看起来就像是个剪纸作品。"

"哦。"我小声说道。那么手链也是一样了，不管我正在发生什么变化，都没有回头路可以走了。我原本希望那些幻象是尼切沃亚咬我的那一口造成的，希望随着伤口的慢慢愈合，它的效果会渐渐减弱。然而情况似乎并非如此。而且即使这些都能如我所愿，项圈还是会让我永远和暗主连在一起。再一次，我想知道他为什么没有选择亲自去杀死海鞭，以让我们的联系变得更紧密。

大卫拿起了一罐墨水，把它在指间转来转去。他看起来很难受，不仅仅是难受，我心想，还有负罪感，是他造就了这种联系，把这锁链永远放在了我的脖子上。

轻轻地，我从他手中抽走了墨水瓶。"即使你不做，暗主也会找别人做的。"

他抽搐了一下，那是一个介于点头和耸肩之间的动作。我把墨水放到了桌子远端、他痉挛的手指够不到的地方，然后转身准备离开。

"阿丽娜……？"

我停下脚步，回头看着他。他的脸颊涨得通红。温热的微风吹起了他蓬乱的发梢，至少他的头发长长了，不再是之前剪成的糟糕的样子。

"我听说……我听说珍娅那时候在船上，和暗主在一起。"

我感到一阵强烈的酸楚，为了珍娅，原来大卫并不是一点都没有察觉到。

"是的。"我说。

"她还好吗？"他满怀希望地问。

"我不知道，"我承认道，"我们逃走的时候她还很好。"可是如果暗主知道她相当于把我们放走了，我实在不知道他会对珍娅做出怎样的事情来。我迟疑了一下，说道："我求过她，让她跟我们一起走。"

他的表情显得很失落："可她还是留下了？"

"我想她是认为自己别无选择。"我说道。我难以相信自己在为珍娅开脱，可是我也不希望大卫就此看轻珍娅。

"我应该……"他似乎不知道下面要说些什么。

我想要说一些安慰的话，说点儿让他打消疑虑的话。然而我过去曾犯过那么多错误，以至于我想不到任何听起来不是虚情假意的话。

"我们只能尽力而为。"我无力地说。

大卫接着看了看我，遗憾清清楚楚地写在他的脸上。不管我说什么，我们两个都了解残酷的现实。我们尽己所能，我们努力尝试。很多时候，我们什么都改变不了。

我把阴郁的情绪带到了接下来在大王宫中召开的会议上。尼古拉的计划似乎开始奏效了。尽管瓦西里还是会来到会议室，参加我们和大臣的会谈，但他来得越来越迟了，偶尔我还能看到他打起瞌睡。有一次他没来，尼古拉还从床上把他拉了起来，坚持要他换衣服，还说没有他我们就无法开始。明显醉意未消的瓦西里撑过了半场会议，他一直摇摇晃晃地坐在桌子上首，刚一休息他就飞跑到门廊里，对着一个上了清漆的花瓶呕吐起来。

今天连我都很难保持清醒。尽管窗户开着，一丝风也没有，拥挤的会议室里还是闷热得令人难以忍受。会议就这样如老牛拖破车般地进行着，直到一位将军提出，根据第一部队名册，士兵人数正在减少。由于士兵死亡、逃跑以及连年的战乱，兵力原本已经减弱了，再加上拉夫卡要至少在一方的前线再次开战，目前的情况非常糟糕。

瓦西里懒懒地挥了挥手，说道："为什么一个个都咬着牙不说话？降低入伍年龄不就行了吗？"

我挺直了身子。"降到几岁？"我问。

"十四？要不十五？"瓦西里提议道，"现在是几岁？"

第十九章

我想起了尼古拉和我经过的那些村庄，那些绵延数英里的墓地。"怎么不干脆降到十二岁啊？"我厉声说。

"为国效力，多小都不算小。"瓦西里冷酷地说道。

我不知道是由于疲倦还是出于愤怒，总之下面的话没有经过大脑就冲口而出："既然这样，那又何必止于十二岁？我听说婴儿当炮灰可好得很呢。"

国王的顾问们窃窃私语，发出了一片指责之声。在桌下，尼古拉伸过手来，捏了一下我的手表示警告。

"王兄，将年龄更小的人征召入伍并不能够阻止他们当逃兵。"他对瓦西里说。

"那我们就找几个逃兵来杀鸡儆猴。"

尼古拉扬起了眉毛："你确定被枪决会比被尼切沃亚吞噬更让人害怕吗？"

"如果尼切沃亚真的存在的话。"瓦西里嘲讽地说。

我简直无法相信自己所听到的话。

可是尼古拉只是愉快地微微一笑："在沃克沃尼号上，我亲眼看到了它们，你一定不会认为我是骗子吧。"

"你一定不是在说犯叛国罪比在国王的部队中忠诚服役要更可取吧。"

"我是在说，也许这些人和你一样想要活着。他们装备差，供给少，而且缺乏希望。如果你读了报告，那你就会知道，现在军官已经难以维持部队中的秩序了。"

"那他们就应该开始实行更加严酷的惩罚措施，"瓦西里说，"这是农民们都明白的事情。"

我已经打过一个王子了，再来一个又有何妨？我从自己的座位上起身时，尼古拉一把把我拽回了座位。

"他们知道自己要填饱肚子，知道命令要清楚明白，"他说，"如果你能让我把之前提议过的措施实施下去，还有打开金库——"

"不可能事事都按你的意思做，小弟弟。"

屋里的气氛顿时紧张起来。

"世界在改变，"尼古拉说，声音里出现了钢铁一般的东西，"我们要么随之改变，要么就会化为灰烬。"

瓦西里笑了起来："我不能判断你是个危言耸听的家伙，还是个胆小鬼。"

"我也不能判断你究竟是个白痴，还是个白痴。"

瓦西里的脸涨得发紫，他猛地站起身，双手狠狠拍在桌上："暗主也是一个人，如果你害怕面对他的话——"

"我面对过他。如果你不害怕的话——如果你们中的任何人不害怕的话——那是因为你缺乏理解力，不知道我们要对抗的是什么。"

一些将军点了点头，然而国王的顾问们，欧斯奥塔的贵族和官员们，却是一副怀疑而愠怒的样子。对于他们而言，战争是游行，是军事理论，是地图上移来移去的指挥棒。如果真要有事，这些是会和瓦西里结盟的人。

尼古拉挺起了胸膛，他又展现出了那个"演员"的样子。"别动怒，哥哥，"他说，"我们两个都希望找到对拉夫卡来说最好的选择。"

318

但瓦西里并没有兴趣接受安抚，他说："对拉夫卡来说最好的选择就是有个兰佐夫家族的人坐在王座上。"

我猛吸了一口气。屋里一片死一般的寂静，瓦西里相当于把尼古拉叫作私生子。

不过尼古拉已经恢复了沉着镇定，而且现在没有什么可以动摇他。"那让我们一起为拉夫卡天命所归的国王祈祷吧。"他说道，"现在，我们可以继续开会了吗？"

会议又勉强进行了几分钟，就草草地结束了。在我们走回小王宫的路上，尼古拉表现出了不同寻常的沉默。

路上有一个花园，旁边有一个柱子支撑的装饰性建筑，当我们走到那里时，尼古拉停了一下，从树上摘下一片叶子，嘴里说："我不应该那样发脾气的，那样只会刺激他的自尊心，让他坚持不让步。"

"那你为什么会那样做呢？"我问道，充满了好奇。尼古拉会受情绪控制，这很罕见。

"我也不知道，"他说，手里撕着那片叶子，"你觉得生气，我觉得生气。那间屋子简直热死人。"

"我不认为是这样的。"

"吃东西不消化了？"他说。

我可不会被一句玩笑糊弄过去。尽管有瓦西里从中作梗，会议成员又几乎做任何事都不情愿，可尼古拉耐心与压力并施，通过这两者某种神奇的组合，还是成功地让他计划中的几项得以推行。他让他们批准了对于从黑暗边境逃离的难民免税的政策，还有征调马蒂莱尔基的核心布料供给第一部队的精锐兵团。他甚至让他们为一个更新农具的计划拨出了款项，这个计划是希望通过农具现代化来让农民可以去做一些糊口之外的事情。虽然都是一些小事，可也都是进步，也许能在为时已晚之前扭转局势。

"你会那样做是因为你真的关心这个国家的命运。"我说道，"对于瓦西里来说，王座只是一个奖品，他想要把王座抢过来，就像抢某个心爱的玩具。你不一样，你会成为一个好国王的。"

尼古拉愣住了。"我……"这一次，所有的话语好像忽然都离他而去了，接着他的脸上露出了一个勉强的尴尬笑容。这个表情和他平常充满自信的笑容大相径庭。"谢谢你。"他说。

我们重新迈步的时候，我叹了一口气，说道："你现在变得令人难以忍受了吧，是不是？"

尼古拉笑了起来："我本来就令人难以忍受。"

白天变得越来越长，太阳一直停在靠近地平线的地方不落，贝亚诺奇这一季的活动也在欧斯奥塔开展起来。即使到了深夜，天空也不是漆黑一片，尽管处在对战争的恐惧之中，且黑幕的威胁渐渐迫近，这座城市还是欢庆着这永远有微光的日子。在上城区，傍晚时分排满了歌剧、假面剧，还有奢华的芭蕾舞剧的表演。在桥上，喧闹的赛马和户外舞会简直可以震动下城区的街道。仿佛没有尽头的游船队伍在运河上随波起伏，在闪动的微光之下，缓缓流淌的河水环绕着都城，好像一只镶满珠宝的镯子，船只前端悬挂着明亮的灯笼。

暑热略微减弱了一些。在宫墙后面，每个人的情绪似乎都变好了。我继续坚持要求格里莎们不按序列坐，不知什么时候起，难堪的沉默被笑声和吵闹声取代了，我依然不知道那是怎么发生的。仍旧有人说着那些陈词滥调，仍旧有矛盾冲突，但大厅里多了一些前所未有的自在与欢笑。

我高兴地——甚至有一点儿自豪地——看到物料能力者和埃斯里尔基围着一个茶炊喝茶，看到费约德尔边吃早餐边向派威尔求证一个观点，还有纳蒂亚的弟弟努力地跟比他年长且显然没兴趣讲话的巴哈搭讪。但我感觉我好像是在一个很远的地方望着他们。

自从那晚的争吵之后，我几次尝试跟玛尔说话，可他总会找借口从我身边走开。他如果不是去狩猎，就是在大王宫中打牌，或者和他的新朋友一起在下城区的某个酒馆里流连。我看得出他喝酒比以前喝得多了。有些天的早晨，他眼神迷离地出现，身上有明显的瘀伤和刀伤，他好像曾经和别人大打出手，但他总是很准时，总是礼貌周全。他继续做着护卫的执勤工作，他会默不作声地站在门口，在宫中空地上跟着我时会保持表示敬意的距离。

小王宫变成了一个让人很孤独的地方。人们围绕在我身边，可我觉得他们看到的不是我，而只是他们需要从我身上获得的东西。我害怕自己会显出疑惑不解或者犹豫不决的样子，有些时候，我会觉得自己正被某种东西压得透不过气，那是责任和希望的重量。

我去参加会议。我和博特金训练。我长时间待在湖边，努力练习使用我的开天斩。我甚至把自尊抛到一边，尝试着去了巴格拉那里一次，希望她可以帮我进一步提升我的能力，哪怕她只做这一件事也好，可她还是拒绝见我。

这些还远远不够。尼古拉在湖上建造的船只就是一个提醒：我们所做的一切很有可能都是无用功。在某个地方，暗主正在集结他的兵力，建立他的军队，等他们到来的时候，没有枪炮，没有炸弹，没有士兵也没有格里莎有能力阻止他们，连我也不行。如果战况不乐观，我们会退入穹顶大厅，等待伯利兹纳亚那边的人前来救援。大厅的门用格里莎钢加固过了，物料能力者也已经开始填补裂缝来防止尼切沃亚进入。

可我不认为我们会走到那一步。我关于找到火鸟位置的尝试已经走入了死胡同。如果大卫不能让那些盘子生效的话，那么当暗主最终进攻拉夫卡的时候，我们将别无选择，只能撤离。逃跑，不停地逃跑。

运用我的能力曾让我安心，现在却完全不会了。每次我在马蒂莱尔基的工作间或者湖边召唤光的时候，我都会感觉右手腕上空空的，如同烙印般明显。即使我知道了加乘器可能会带来毁灭，可能会永久地改变我，我还是无法遏制自己对于火鸟的渴望。

玛尔是对的，这对我来说变成了一种痴迷。夜晚我躺在床上，想象着暗主已经找到了莫洛佐瓦之谜的最后一块拼图。也许他抓住了火鸟，把它放在一个金丝制成的鸟笼里。它会对暗主歌唱吗？我甚至不知道火鸟是否会歌唱，在有些传说中它是会的。一则传说宣称火鸟的歌谣可以让整支军队入眠。听到歌谣时，士兵们会停止打斗，躺在他们的武器上，在敌人的臂弯中安然睡去。

到目前为止，我已经知道了所有关于火鸟的故事。火鸟流出的眼泪是钻石，它的羽毛可以治愈致命伤，从它翅膀的拍动中也许可以看见未来。民间传说、史诗、乡间故事集我都会看，我擦去了一本又一本书上的灰尘，在其中找寻某种模式或者线索。海鞭的故事集中发生在枯骨之路冰冷的海域附近，然而火鸟的故事却出现在拉夫卡各地以及境外，而且没有一个故事把这个生物和一位圣者联系在一起。

更糟糕的是，那些幻象正在变得越来越清晰，出现得越来越频繁。暗主继续每天出现在我面前，一般是在他的居室或者图书馆的走廊里，有时他会在我开军事会议时出现在作战室里，有时他会出现在我傍晚从大王宫回小王宫的路上。

"你为什么不能让我自己一个人待着？"一天晚上，我小声说道，那时我试图在桌边工作，而他则在我身后徘徊不去。

漫长的几分钟过去了，我以为他不会回答了。我甚至希望他走掉，可我感觉到他的手放在了我的肩上。

"那样的话，我也会是自己一个人了。"他说，然后他待了一整个晚上，直到灯烛都燃尽了。

我渐渐习惯了看到他在走廊尽头等着我，习惯了晚上入眠时他坐在我的床沿上。如果他没有出现，我有时候会发现自己在寻找他，或者在想他为什么没来，而这一点，是最让我感到恐惧的。

最近的一件好事，是瓦西里决定为了在卡耶瓦进行的一岁小马拍卖会而离开欧斯奥塔。当尼古拉在某次散步中告诉我这个消息时，我几乎欣喜地尖叫了起来。

"半夜收拾的行李，"尼古拉说，"他说他会赶在我生日的时候回来，不过如果他找借口不回来的话，我也不会惊讶。"

"你应该尽量不要显得这么得意洋洋，"我说，"不太有皇家气派。"

"我当然有资格沾沾自喜一下啦。"他笑着说。我们一边走，他一边哼起了走调的小曲，和我记忆中他在沃克沃尼号上哼的一模一样。接着他清了清嗓子："阿丽娜，你一直都是可爱的化身，我没有否认的意思，不过……你睡觉了吗？"

"睡得不多。"我承认道。

"做噩梦？"

我确实依然会梦见碎裂的沙艇，梦见人们奔跑着想要逃脱黑幕，不过并不是这些让我在夜里辗转难眠。"不尽然。"

"哦。"尼古拉说着，把双手背到了身后，"我注意到你的朋友最近一直把心思放在工作上，他很受欢迎。"

"嗯，"我说，尽量让自己的语调保持和平，"那是玛尔嘛。"

"他是从哪里学会追踪的啊？似乎没有人能判断那是运气还是技巧。"

"他没有学过，他就是一直都能做到。"

"他真是幸运，"尼古拉说，"从来没有任何事情是我天生就会的。"

"你是非常惊人的演员。"我干巴巴地说。

"你这么认为吗？"他问道，接着他靠了过来，小声说，"我正在表演的是'谦逊'。"

第十九章

　　我气恼地摇了摇头，不过对尼古拉嘻嘻哈哈的唠叨我其实心怀感激，更让我感激的是他没有继续聊这个话题。

　　大卫又花了差不多两周的时间才让他的盘子可以投入使用，等他终于准备好了，我让格里莎聚到小王宫的屋顶上观看演示。图亚和塔玛也在，他们环视人群，一如既往地非常警惕，但玛尔毫无影踪。我昨晚在公共休息室熬了大半夜，希望能等到他，私下邀请他参加。午夜过后很久我才最终放弃，上床去睡觉了。

　　两面巨大的盘子被摆在屋顶上相对的两侧，就在东西两翼的穹顶上延伸出去的平台边缘。它们可以通过一个滑轮系统进行联动，每面盘子各由一名马蒂莱尔基和一名暴风召唤者操纵，他们都戴着护目镜，保护他们不受强光伤害。我看到佐娅和巴哈组成了一队，另一个盘子那里是纳蒂亚和一名操控者搭档。

　　好的，我焦躁不安地想着，即使这次是彻头彻尾的失败，至少他们在合作。没有什么比火花四溅的爆炸更能让人建立同胞情谊的了。

　　我在屋顶中间站定，正好处在盘子之间。

　　我看到尼古拉邀请了王宫护卫队队长前来观看，旁边还有两位将军和几个国王的顾问，我心头感到一阵紧张。我希望他们并不指望看到什么过于戏剧化的场面。我的能力在完全的黑暗中会展得比较好，而贝亚诺奇季的漫长白天让这无法实现。我问过大卫我们是否应该把展示安排在夜里，但他只是摇了摇头。

　　"如果奏效的话，结果会非常戏剧化的，而且我估计如果不奏效，结果甚至会更加戏剧化，一阵大爆炸什么的。"

"大卫，我想你刚刚说了句笑话。"

他皱起了眉头，完全糊涂了："我有吗？"

在尼古拉的建议下，大卫选择采用尼古拉在沃克沃尼号上的提示方法，通过哨子来对我们发出信号。他用力一吹，发出一声尖锐的哨音，旁观者退到穹顶边上，给我们留出了很大的空间。我抬起了手，大卫再次吹哨，我开始召唤光。

光亮如同金色的湍流涌进我体内，从我双手之中喷发而出，形成两道稳定的光束。它们击中了盘子，反射出令人炫目的强光。这很令人印象深刻，然而没有任何格外壮观的地方。

接着大卫又吹响了哨子，盘子微微转动，镜面将光芒反射出去，光的强度成倍增加，集中成了两束耀眼的白光，将尚浅的暮色完全穿透。

长长的一声"啊"从人群中传出，他们挡住了眼睛。我想我不必担心不够戏剧化了。

光束刺入空中，一阵一阵瀑布般的光和热量，仿佛在空中燃烧一般。大卫吹出了第二声短促的哨响，光束合二为一，化作由光汇聚而成的刀刃，让人无法直视。如果开天斩是我手中的一把小刀，那么这无疑就是一把大砍刀。

盘子倾斜了，光束向下射去，从下面的树林中穿过去，削平了树顶，人们惊奇地倒吸了一口气。

盘子倾斜得更厉害了。光束射向湖滨，然后又射入了湖中。一阵蒸汽翻涌而起，"嘶嘶"的声音清晰可闻，有片刻时间，整个湖好像都沸腾了。

大卫有些慌张地吹了一声哨。我急忙垂下手，光芒渐渐消失了。

我们跑到屋顶边上，瞪大了眼睛看着我们面前的情形。

就好像是有人拿了一把剃刀，沿着林木的顶端到湖岸的连线，干净利落地一挥，把树顶都割去了。在光束曾经接触过的地方，地上出现了一道闪着光的沟，一路通到水面。

"奏效了，"大卫茫然地说，"真的奏效了。"

大家都停顿了一下，然后佐娅放声大笑起来。谢里盖也笑了，接着是玛丽和纳蒂亚。忽然之间，我们所有人都在大笑、欢呼，连总是情绪阴沉的图亚也不例外，他还把昏头昏脑的大卫扛到了他健壮的肩膀上。士兵们在和格里莎拥抱，国王的顾问们在和将军们拥抱，尼古拉和戴着护目镜的巴哈跳起舞来，护卫队队长欣喜若狂地把我抱了起来。

我们喝彩，尖叫，手舞足蹈，整座宫殿似乎都因此颤动了起来。到暗主决定进攻的时候，有个大惊喜会等着尼切沃亚了。

"我们去看看吧！"不知什么人喊道，我们像小孩子听到了学校的铃声一般奔下了楼梯，咯咯直笑，一路飞跑。

我们冲过金色的穹顶大厅，打开了门，跌跌撞撞地跑下楼梯，来到了宫殿外面。当所有人冲向湖边的时候，我却一个急刹车。

玛尔正沿着与树木通道相连的小路走过来。

"你先去吧，"我对尼古拉说，"我会赶上来的。"

玛尔走过来的时候没有看着我，而是盯着路面。等他走近了，我看到他眼中布满了血丝，他的颧骨上有一块儿难看的淤青。

"发生什么事情了？"我问着，抬起手，伸向他的面孔。他躲开了，瞥了一眼站在小王宫门口的仆役。

"撞到了一瓶卡瓦斯。"他说道，"你需要我做什么吗？"

"你错过了演示。"

"不是我值班的时间。"

我没有理会胸口的刺痛，继续说道："我们准备去湖边，你要一起去吗？"

有片刻时间，他似乎在犹豫，接着他摇了摇头："我只是回去拿点儿钱，大王宫里正有一场牌局。"

碎瓷片插入般的疼痛加剧了。"你也许应该做点儿改变，"我说，"你看起来好像就是穿着这身衣服睡的觉。"话一出口我就后悔了，可玛尔却好像并不在意。

"也许我就是穿着这身衣服睡的觉。"他说，"还有别的事吗？"

"没有了。"

"主上大人。"他利落地鞠了一躬，跃上了台阶，好像迫不及待地想要离开我。

我不紧不慢地向湖边走去，希望我心中的痛楚能稍微减轻一些。屋顶上试验成功的喜悦已经荡然无存，我觉得自己空落落的，好像一口井，如果在井口冲着下面大喊，能听到的只有自己的回声。

到了湖边，一群格里莎正在沿着那条沟行走，边走边喊出测量的结果，一次比一次更有成就感，一次比一次更欢欣鼓舞。那条沟有两英尺宽，差不多同样深，焦土一直延伸到水边。在树林中，落下了一堆树枝和树皮。我伸出手，抚过一截断开的树干。木质很光滑，切口干净利落，摸上去依然温温的。有两个地方起了一点儿小火，不过很快就被潮汐召唤者扑灭了。

尼古拉要求把食物和香槟送到湖边来，于是我们所有人在湖边度过了那个夜晚。将军和顾问们早早离开了，不过护卫队队长和一些护卫留了下来。他们脱掉外套和鞋子，涉水走到了湖里，没过多久，所有人都不在乎会弄湿衣服，直接跳入水中，互相泼水，然后又组织起了游泳比赛，终点是那个小岛。获胜的总是浮在幸运水浪上的潮汐召唤者，对于这样的结果没有人感到惊讶。

最近尼古拉的船完工了，取名为"翠鸟号"，尼古拉和他的暴风召唤者说可以带人上船体验。人们刚开始还比较谨慎，不过当第一批勇者滔滔不绝地讲述了飞在空中的感觉之后，每个人就都想上去试一试了。我曾经发誓再也不要离开地面，但我最终还是屈服了，也登上了翠鸟号。

不知道是不是因为喝了香槟，或者是因为我更加了解情况，总之我感觉翠鸟号似乎比蜂鸟号更轻盈、更潇洒。我依然双手紧紧抓着座位，不过当我们平稳地升入空中时，我感觉自己的精神也随之振奋了起来。

我鼓起勇气，向下看去。大王宫的风景展现在我们下方，地面起起伏伏，被白石小路一分为二。我看到了格里莎温室的屋顶，双鹰喷泉池完美的圆形，王宫大门闪出的金光。接着我们飞到了上城区上空，下方是各种宅子，还有宽阔笔直的林荫大道。

路上到处都是欢庆贝亚诺奇季的人们。我在普罗斯派克特山[33]上看到了变戏法的人和踩高跷的人，还看到舞者在一个公园内的舞台上旋转。游船里传出的音乐在运河上飘荡。

我真想永远停留在空中，被大风环绕，望着我们下方这个小小的、歌舞升平的世界。但最终尼古拉转动了舵盘，船在空中慢慢划出了一道下行的弧线，我们回到了湖中。

天色渐暗，凝成了深紫色。火焰召唤者在湖边燃起了篝火，昏暗中的某个地方，有人在为三角琴调音。下面的城区中传来了烟火划过空气的飕飕声和噼里啪啦的响声。

尼古拉和我坐在临时码头的尾端，我们卷起了裤腿，双脚在木板边晃荡。翠鸟号在我们身后随波起伏，白色的风帆已经收了起来。

尼古拉用脚踢了一下水，溅起了一小片水花。"镜面盘让一切都改变了，"他说，"如果你能拖住尼切沃亚，我们就有时间去寻找、锁定暗主了。"

我躺在码头上，把手臂伸到头顶，欣赏着夜空那饱满的紫罗兰色。我转过头望去，只能勉强看见现在已经空了的学校的轮廓，那里的窗户都暗着。要是早知道，我更愿意让学生也看看盘子的威力，给予他们一点希望。但战争依然令人恐惧，特别是当我想到可能会有很多人丧命的时候，不过至少我们不是在一个小山顶上坐以待毙了。

---

33 原文为Gersky Prospect，"Gersky"与源于"gora（俄语中意为'山'）"的姓氏"Gorsky"近似，根据上下文理解在这里应该也指山；"Prospect"在英语中为"前景"、"勘测"等义，这里应为山名，所以采用音译。

"我们也许真的有机会跟他们斗一斗。"我说道，觉得这是很神奇的事。

"尽量不要兴奋过头啊，不过我还有好消息要告诉你。"

我呻吟了一声，我了解这种语气。"不许说。"

"瓦西里从卡耶瓦回来了。"

"你现在把我淹死吧，就当是做件好事。"

"然后我一个人受罪？还是不要了。"

"也许你生日的时候可以要求他戴上皇家专供的嘴套。"我提议道。

"不过那样的话我们就会错过那些关于夏季拍卖会的精彩故事了，培育优质拉夫卡赛马的事情会让你着迷的，对不对？"

我发出了一声哀叹。明晚尼古拉生日晚宴的时候应该是玛尔执勤，也许我可以让图亚或者塔玛代替他。目前来说，我忍受不了他一整晚都板着脸、保持立正的姿势，特别是在还有瓦西里哼哼唧唧的情况下。

"别垂头丧气的，"尼古拉说，"他也许会再次求婚的。"

我坐了起来："你怎么会知道的？"

"如果你还记得的话，我似乎也做过同样的事情，他没有再试第二次倒是让我有点惊讶。"

"那显然是因为不容易逮到我一个人的时候。"

"我知道，"尼古拉说，"你以为我为什么每次会议后都要从大王宫陪你走回去呢？"

"为了得到我光芒万丈的陪伴？"我尖刻地说，他的话让我感觉有些失望，而我会产生这样的感觉又让我很心烦。尼古拉太厉害了，总是会让我忘记他做的所有事情都是精心算计过的。

"那也是个原因。"他说着，将脚伸出水面，眼睛盯着自己扭动的脚趾，"过不了多久，他到底还是会再次提起这件事的。"

我夸张地哀叹了一声："谁会对王子说'不'呢？"

"你曾经说过一次，"尼古拉说，眼睛依旧看着自己的脚，"不过你就那么确定你想说'不'吗？"

"你不可能是认真的吧。"

尼古拉不自在地动了动。"嗯，他是王座的第一顺序继承人，他拥有纯正的王室血统，还有一切其他条件。"

"我不会和瓦西里结婚的，即使他有只名叫露德米拉的火鸟作为宠物我也不会，而且我对于他的王室血统一点儿也不在乎。"我注视着他，继续说道，"你说过你并不在意关于你血统的流言蜚语。"

"在这方面，我可能没有完全说实话。"

"你？居然不诚实？我好震惊啊，震惊又恐惧。"

他笑了起来。"我猜，当我不在朝中的时候，说血统无关紧要比较容易吧。但是在这里，似乎没有人愿意让我忘记这件事，特别是我哥哥。"他耸了耸肩，继续说道，"一直都是这个样子，甚至在我没有出生之前就有这些流言，所以我母亲才从来不叫我'塞巴切卡'，她说那让我听起来像是一只土狗。"

听到这里，我心中一阵酸楚。从小到大，我也被叫过很多绰号。

"我喜欢土狗，"我说，"它们耳朵软软的很可爱。"

"我的耳朵可是很端正的。"

我的手指抚过码头上一块光滑的木板。"这是你离开朝廷那么久的原因吗？是你变成斯特姆霍德的原因吗？"

"我不知道是不是只有这一个原因。我从来不觉得自己属于这里，所以我想努力找到一个地方，可以让我有归属感。"

"我也从来不觉得自己融入了任何地方。"我承认道，除了和玛尔在一起的时候。我驱走了这个念头，接下来，我皱起了眉头："你知道我讨厌你哪一点吗？"

他眨眨眼，吃了一惊："不知道。"

"你总是说出适当的话。"

"这让你讨厌？"

"我看到过你怎么转换角色，尼古拉。你总是那个别人希望你是的人。或许你真的从来不觉得有归属感，或许你只是说出这样的话来让我这个寂寞可怜的孤独女孩更加喜欢你。"

"所以说你确实喜欢我？"

我翻了个白眼："是啊，当我不想捅你一刀的时候还挺喜欢的。"

"这是一个开始。"

"才不是呢。"

他转向了我，在暗淡的光线之中，他浅褐色的眼睛宛如琥珀一般。

"我是一个私掠船船长，阿丽娜。"他低声说，"我会拿走所有我能得到的东西。"

我忽然意识到，他的肩膀贴着我的肩膀，他的大腿也靠在我的身上。空气温热，夏天的气息和木头燃烧的味道混在一起，闻起来甜甜的。

"我想吻你。"他说。

"你已经吻过我了。"我回应道，局促地笑了一下。

他唇边泛起了微笑。"我想再次吻你。"他修正道。

"哦。"我吐了一口气。他的嘴离我的只有几英寸，我心跳加速。这可是尼古拉，我提醒自己，这完全是算计的产物。我甚至不认为我想让他亲吻我，可是我依然因为玛尔的排斥而感觉自尊受到了伤害。他不是说他亲过很多女孩吗？

"我想吻你，"尼古拉说，"不过我现在不会这样做，我不会吻你，直到你开始想着我而不是试图忘记他。"

我往后一退，身子一斜，笨拙地站了起来，感觉自己又是面红耳赤，又是尴尬羞惭。

"阿丽娜——"

"至少我现在知道，你也不总是能说出适当的话了。"我低声说道。

我一把抓起鞋子，沿着湖边逃走了。

第二十章

　　我大步在湖边走着，远远避开了格里莎的篝火。我不想看见任何人，也不想跟任何人说话。

　　我想在尼古拉那里获得什么呢？希望他让我分分心？希望和他调调情？还是希望他带给我某种可以驱走心中痛楚的东西？也许我只是想通过某种卑劣的方式回到玛尔身边。也有可能是我太想跟别人建立联系了，什么人都行，这才让我愿意从一个不可信赖的王子那里获得一个虚情假意的吻。

　　想到明晚的生日宴，我心中充满了畏惧。我或许可以找个借口不去参加，我拖着沉重的脚步走在宫中的空地上，心里这样琢磨着。我可以写个体面的书信，用蜡封好，盖上太阳召唤者的专用印章，然后把它送到大王宫中去：

最神圣的拉夫卡国王陛下、王后殿下：

怀着悲伤的心情，我不得不抱憾告知你们，我将无法参加为庆祝尼古拉王子、乌多瓦大公诞辰而举行的庆典。

不幸的事情发生了，我最好的朋友似乎连看到我都无法忍受，而且你们的儿子没有吻我，而我希望他能够吻我，或者说我希望他没有吻过我，或者说我依然不确定我希望发生什么，但如果我被迫愚蠢地参加了他的生日晚宴，我很有可能会抱着蛋糕痛哭流涕。

在此献上我最美好的祝福。

白痴 阿丽娜·斯达科夫 敬上

我来到暗主居室的时候，塔玛正在公共休息室里看书。我进门时她抬起了头，但我的心情一定是显露在了脸上，因为她一个字也没有说。

我手一撑上了床，知道自己肯定睡不着，所以我已经拿好了一本书，是列有拉夫卡著名纪念性建筑的旅行指南，它是我从图书馆里带出来的。我怀着非常渺茫的希望，觉得它也许能为我指路，让我找到那个拱门。

我试图集中注意力，可我发现自己在反反复复读着同一个句子。我的头脑因为香槟而昏昏沉沉，我的双脚则因为湖水而依然觉得发冷发胀。玛尔可能已经结束牌局回来了。如果我去敲他的门然后他来开门的话，我要说些什么呢？

我把书放到了一边。我不知道要对玛尔说什么，这些天来我从没有知道过。但也许我可以从实情说起，说我迷茫又困惑，说不定还正在失去理智，说我有时甚至会吓到自己，说我好想好想他，以至于那种痛楚是生理上而不是心理上的了。在我们之间的裂痕变得完全难以修复之前，我需要尝试一下去弥合它。不管之后他怎么看我，情况都不可能变得更糟了。如果以后想起自己没有尽力让事情回到正轨，那会让我难以忍受，而且我也准备好了接受再一次的拒绝。

我向公共休息室里偷偷看了一眼。

"玛尔在吗？"我问塔玛。

她摇了摇头。

我放下了自尊，问道："你知道他去哪儿了吗？"

塔玛叹了口气："穿好鞋子，我带你去见他。"

"他在哪里呢？"

"马厩。"

我皱起了眉头，心中有些不安，迅速穿上了鞋子，跟着塔玛走出小王宫，穿过了草坪。

"你确定你想这样做吗？"塔玛问道。

我没有回答。不管她要让我看到的是什么，我知道我都不会喜欢的。但我不会就这样回我的房间，把头埋到被子里去。

我们走下了通往班亚的那个缓坡。马匹在围栏中嘶鸣，马厩一片黑暗，但训练室里灯火通明。我听到了叫喊声。

最大的那间训练室差不多就是一间谷仓，地板上满是尘土，不过墙上放满了可以想象得到的各种武器。通常，这里是博特金对格里莎学生进行惩罚、让他们经受训练的地方。可是今晚这里挤满了人，大多数是士兵，有一些格里莎，甚至还有几个仆役。

他们都在高叫欢呼，推来挤去，想更清楚地看到屋子中央发生的事情。

塔玛和我从摩肩接踵的人群之中挤了过去，没有人注意到我们。我瞥见了两个皇家追踪手，来自尼古拉所在军团的几个人，一队科波拉尔基，还有佐娅，她和其他人一样又是尖叫又是拍手。

当我看到那名暴风召唤者的时候，我已经快挤到人群最前面了，他举着拳头，光着膀子，在旁观者围成的圈子里气势汹汹地迈着步。爱斯科尔，我想起来了，他是和费约德尔一起过来的格里莎之一。他是菲尔顿人，长得也是菲尔顿人的样貌——蓝眼睛，浅金色头发，又高又壮，足以完全挡住我的视线。

还不太晚，我心想，你还可以转身离开，假装你从来没有来过。

我牢牢站在原地。我知道我将会看到什么，可是当爱斯科尔走到边上，我第一眼看到玛尔的时候，我还是非常震惊。像那个暴风召唤者一样，他的衣服褪到了腰际，肌肉发达的躯干上，尘土的污痕和汗水的印迹横一道竖一道。他的指关节有些淤青，眼睛下面有一道伤口，一股鲜血顺着他的脸颊流了下来，不过他似乎没有意识到。

暴风召唤者猛地向前一冲。玛尔挡开了第一记重拳，但第二拳打在了他肾脏的位置。他低吼一声，手肘一沉，重重地向暴风召唤者的下颌打去。

爱斯科尔跃出了玛尔的打击范围，手臂在空中甩出一道弧线。我一阵惊慌，意识到他在进行召唤。大风吹乱了我的头发，

338

紧接着，玛尔已经被埃斯里尔基的风吹离了地面。爱斯科尔甩出另一只手臂，玛尔的身体飞速上升，"砰"地一声撞在谷仓的屋顶上。他在那里悬了片刻，被压在木梁上。接着爱斯科尔让他坠了下来。他摔在满是尘土的地板上，冲力大得仿佛可以把骨头都震碎。

我尖叫起来，可那个声音淹没在人群的咆哮中。一个科波拉尔基为爱斯科尔叫好，另一个则冲玛尔大喊，让他站起来。

我向前挤过去，光已经在我掌中闪动。塔玛拽住了我的袖子。

"他不想获得你的帮助。"她说。

"我不在乎，"我尖声叫道，"这是不公平的打斗，是不被允许的！"在训练室中，格里莎永远不可以使用他们的能力。

"天黑以后，博特金的规矩就失效了。玛尔是在打斗，不是在上课。"

我挣脱了他，让玛尔生气总比让玛尔死掉好。

他手和膝盖着地，努力想要站起来。在经受了暴风召唤者的袭击之后，他还能移动，这让我很惊奇。爱斯科尔再次举起了手。大风呼啸，尘土飞扬。不管塔玛或者玛尔要说什么，我召唤出了光。可是这一次，玛尔身子一滚，避开了风头，以惊人的速度站了起来。

爱斯科尔沉下脸，四周扫视了一下，思索着可以有哪些对策。我知道他在权衡什么，他不能冒着打倒所有人的危险肆意而动，那样说不定还会把马厩弄塌。我等候着，手里的光圈半抓半放，不确定我该做什么。

玛尔喘着粗气，弯着腰，双手按在大腿上。他很有可能断了一根肋骨。没有摔断脊椎已经算是他的运气了。我希望他躺回去，老实地那样待着。可他没有，反而迫使自己站直了，因为疼痛而嘶嘶抽气。他转动了几下肩膀，嘴里骂着脏话，还往外吐着血沫。接着，让我惊恐的是，他手指内勾，做出了让那个暴风召唤者过来的手势。人群中发出了一阵欢呼声。

"他在干什么啊，"我呻吟道，"他这样会弄死自己的。"

"他会没事的，"塔玛说，"我见过情况更糟的时候。"

"什么？"

"他还算清醒的时候，几乎每晚都会来这里打架。有时候他醉得不太清醒也会来。"

"他跟格里莎打？"

塔玛耸了耸肩："他其实相当厉害。"

这就是玛尔晚上做的事情？我记起了他带着淤青和伤口出现的那些早晨。他想要证明什么呢？我想到了当我们从占卜宴会回来的时候，我口无遮拦说出来的话：那支由无望的奥特卡扎泽亚组成的部队，我不想背上他们的负担。

我真希望我可以把那些话收回。

那个暴风召唤者向左边做了个假动作，接着抬起双手发动了又一轮进攻。一阵风刮过，我眼看着玛尔的脚离开了地面。我牙关紧咬，确定我就要看到他被扔到最近的墙上去。可是在最后一秒钟，他一个旋转，脱离了狂风的控制，向那个目瞪口呆的暴风召唤者冲了过去。

玛尔扭住了爱斯科尔的胳膊，让这个格里莎四肢动弹不得，无法施展召唤的能力，爱斯科尔发出了一声痛呼。这个高大的菲尔顿人咆哮起来，试图从玛尔的控制中挣脱出来，他肌肉紧绷，牙齿都露了出来。

我知道这一定会让玛尔也付出代价，可他还是加大了手上的力道。他调整了一下位置，接着用前额猛撞对手的鼻子，发出了令人作呕的碎裂声。我还来不及眨眼，他就松开了爱斯科尔，一阵重拳如雨点一般落在了那个暴风召唤者的肚子和体侧。

爱斯科尔弓起了背，试图护住自己，他费力地呼吸着，血液从他张开的嘴里涌了出来。玛尔一腿扫过去，狠狠踢在了那个暴风召唤者的腿肚子上。爱斯科尔跪倒在地，摇摇晃晃，但上身还勉强挺着。

玛尔退后几步，审视着他的成果。人们又是欢呼又是跺脚，他们的尖叫变得狂热，但玛尔谨慎的目光依然定在那个屈膝跪着的暴风召唤者身上。

他仔细看了看他的对手，接着垂下了拳头。"来啊。"他对那个格里莎说。他脸上的神情让我打了个寒战，有种挑战的意味，还有某种阴郁的满足感。当他瞧着跪倒在地的爱斯科尔时，他看到的是什么呢？

爱斯科尔双眼无神，这个格里莎艰难地抬起了手，极小的一阵风吹向了玛尔。人们喝起了倒彩。

玛尔任风吹拂着自己，并向前走去。爱斯科尔召唤的微弱的风变得断断续续。玛尔把手放在暴风召唤者胸口正中的位置，然后轻蔑地推了一下。

爱斯科尔倒下了。他高大的身躯撞到了地上，他蜷缩起来，呻吟不止。

我们身边传来了挖苦的话语和兴高采烈的尖叫。一个欢欣鼓舞的士兵将玛尔的手腕抓起来，高高举过头顶昭示胜利，与此同时，下注的钱开始易手了。

人群潮水般涌向了玛尔，我们也被裹挟了过去，所有人都在说着话。人们拍着他的背，往他手里塞钱。接着佐娅出现在了他的面前，她甩开双臂抱住了他的脖子，然后把嘴唇印在了他的嘴唇上。他呆住了。

我耳朵里一片轰鸣，盖过了人群的喧嚣。

推开她，我无声地乞求着，推开她。

那一刻，我想他也许会推开她的。然而接下来他就用手臂抱住了她，他也对她进行亲吻，人们又是起哄又是欢呼。

我的胃好像忽然没了底。那种感觉，就像是走在结冰的河流上，一脚踏在了错误的位置，冰面裂开，瞬间坠落，心里知道下面什么都没有，除了幽暗的河水。

他放开了她，咧着嘴笑，脸颊上依然都是血污，这个时候，他看到我正盯着他。他的脸色变得惨白。

佐娅顺着他的目光看了过来，当她看到我的时候，她挑衅地扬起了眉毛。

我转过身，开始用力挤出人群。塔玛在我身边，跟我保持一致的步调。

"阿丽娜。"她说。

"让我一个人待会儿吧。"

我从她身边落荒而逃。我必须到外面去，必须离开所有人。

眼泪让我的视线模糊起来,我不确定我是在为什么而流泪,是为了那个吻,还是为了在那个吻之前发生的事,但总之,我不能让他们看见。太阳召唤者是不会哭泣的,特别是不会为她的一个奥特卡扎泽亚护卫而哭泣。

再说了,我又有什么资格去要求玛尔呢?我难道不也差点吻了尼古拉吗?也许我可以现在去找他,说服他亲吻我,不管我脑子里想着的是谁。

我冲出了马厩,来到了外面昏暗的光线之中。空气温热而凝重,我感觉自己好像无法呼吸。我大步离开了围场边灯光明亮的小路,向小桦树林走去,在那里我能得到掩护。

有人拉住了我的胳膊。

"阿丽娜。"玛尔说。

我甩开他,加快了步伐,几乎跑了起来。

"阿丽娜,停下。"他说,尽管受了那些伤,他还是轻而易举地跟上了我的脚步。

我不理他,钻入了树林。我闻到了供应给班亚的温泉的味道,还有脚下桦树叶清新的气息。我的喉咙痛了起来,我只想自己一个人待着,大哭一场或者大病一场,或者又哭又病。

"可恶!阿丽娜,拜托你停下行不行啊?"

我不能向我的伤痛屈服,所以我向我的愤怒屈服了。

"你是我的护卫队队长,"我一边在树木之间跌跌撞撞地走着,一边说道,"你不应该像个没身份的人一样大打出手!"

玛尔抓住了我的胳膊,把我拉了过去。"我就是一个没身份的人,"他咆哮道,"不是你的朝圣者,不是你的格里莎,也不是什么得宠的看门狗，整夜坐在你的门外，就为了你说不定什么时候也许会需要我。"

"当然不是了，"我大怒，"你的时间可以花在更有价值的事情上面，比如说喝得烂醉，或者把舌头顶到佐娅喉咙里去。"

"至少我碰她的时候她不会退缩，"他吼道，"反正你不想要我，为什么还要在乎她想不想要我呢？"

"我是不在乎。"我说道，然而话说出口却带着哭腔。

玛尔松开了我，那么突然，以至于我差点向后倒去。他离我远了一些，大步走来走去，把手插到了头发里。做这些动作痛得让他的眉头皱了起来。他用手指摸了摸体侧的皮肤。我想冲他大吼大叫，让他去找治愈者，我想一拳砸到伤口里去，让他痛得更厉害。

"圣者们啊，"他骂了一句，"我真希望我们从来没有到过这里。"

"那我们就走吧。"我狂乱地说。我知道我在胡言乱语，可我并不太在乎。"我们跑吧，就今晚，忘记我们曾经来过这个地方。"

他发出了一声粗野而刺耳的大笑。"你知道我有多想吗？想要和你在一起，没有等级或者墙壁或者任何东西隔在我们之间？想要一起重新变得平凡？"他摇了摇头，继续说道，"但你不会那样去做的，阿丽娜。"

"我会的。"我说道，泪流满面。

"别骗你自己了，你会找法子回来的。"

"我不知道怎么处理才好。"我绝望地说。

"你处理不好的!"他喊道,"事情就是这样了,你有没有想过,也许你注定要成为王后,而我注定什么也不是?"

"不是这样的。"

他气势汹汹地走向我,微光之中,树枝在他的脸上投下了不停变换的古怪阴影。

"我不再是一名士兵了,"他说,"我也不是王子,更不是什么见鬼的圣者,那我是什么人呢,阿丽娜?"

"我——"

"我是什么人呢?"他低语道。

他现在离我很近,那种我非常熟悉的气息,牧场的浓郁气息,现在被血和汗的味道掩盖了。

"我是你的守卫吗?"他问道。

他的手缓慢地抚过我的胳膊,从肩膀到指尖。

"你的朋友?"

他的左手从我的另一条胳膊上端滑到了下端。

"你的仆人?"

我可以感觉到他的呼吸,耳朵里是我雷鸣般的心跳声。

"告诉我,我是什么人。"他把我拉过去,靠在他的身上,他的手握着我的手腕。

他手握紧的时候,一阵强烈的震动骤然席卷了我的全身,让我膝盖打弯。整个世界都倾斜了,我大口喘息着。玛尔松开了我的手,好像被烫到一样。

他后退了几步,目瞪口呆。"那是什么?"

我试图通过眨眼驱走晕眩的感觉。

"那到底是什么玩意？"他又说了一遍。

"我不知道。"我的手指依然感到刺痛。

他嘴唇扭曲，露出了一个毫无幽默意味的笑容，说道："我们之间什么事都不容易，是不是啊？"

我猛地站了起来，忽然很气愤地说："是的，玛尔，是不容易，和我在一起，永远也没有什么容易啊，甜蜜啊，舒服啊，不会有的。我不能就这样离开小王宫，我不能逃跑，也不能假装我不是这个人，因为如果我这样做的话，更多的人会因此死掉的。我不可能再仅仅只是阿丽娜了，那个女孩已经不在了。"

"我想要她回来。"他沙哑地说。

"我回不去了！"我尖叫道，不在乎有谁会听到，"哪怕你可以拿走项圈、拿走海鞭的鳞片，你也不可能把我的能力从我体内割裂出来啊。"

"要是我可以呢？你会撒手吗？你会放弃它吗？"

"永远不会。"

这句话的真实性就这样卡在我们两人之间。我们站在那里，站在树林的黑暗中，我感觉心中的那块碎瓷片又在移动了。我知道疼痛过后留下的会是什么：孤独，虚无，无法弥合的深深裂痕，还有令人绝望的深渊，就像我曾经在暗主眼中瞥见的深渊一样。

"走吧。"玛尔最终说道。

"去哪儿？"

"回小王宫去，我不会就这样把你留在树林里的。"

我们沉默着走上了小山丘，经由暗主的居室进入了王宫。多亏圣者们保佑，公共休息室里没有人。

在我房间的门口，我转向了玛尔。

"我会看到他，"我说，"我会看到暗主，在图书馆里，在礼拜堂里，还有那次在黑幕里，蜂鸟号差点坠毁的时候，以及你想亲吻我的那天晚上，在我的房间里。"

他注视着我。

"我不知道那是幻象还是真的有人到访。我之前没有告诉你，是因为我觉得我可能要发疯了，也因为我觉得你本来就已经有一点怕我了。"

玛尔张开了嘴又闭上，然后又将这个动作重复了一遍。即使到了这个时候，我依然抱有希望，认为他也许会否认这一点。可他没有，他反而转过身去，用背对着我。他穿过房间走到护卫的住处，只在从桌上抓起卡瓦斯瓶子的时候停了一下，然后他轻轻地在身后关上了门。

我洗漱完毕，在被褥之间放松了下来，不过这一夜太热了。我把身上盖的被子踢到脚下，堆在了一起。我仰面躺着，睁大眼睛瞪着有星座装饰的黑曜石穹顶。我想去敲玛尔的门，告诉他我很抱歉，告诉他我把事情搞得一团糟，告诉他我们那天进入欧斯奥塔的时候就应该手牵着手。然而这样做会有意义吗？

你我这样的人是不可能过平凡的日子的。

不可能过平凡日子。只有战斗，只有恐惧，不可思议的剧烈动荡，让我们站不稳脚跟，连连后退。这么多年来，我一直都希望成为玛尔想要的那种女孩，也许这个愿望再也不可能实现了。

没有人像我们一样，阿丽娜，将来也不会有。

当泪水流出的时候，它仿佛在燃烧，灼热而愤怒。我把脸埋到了枕头里，这样就没有人会听到我的哭声了。我哀哀哭泣，直到泪水流尽，我陷入了不安稳的睡眠之中。

"阿丽娜。"

我醒了过来，玛尔的嘴唇正温柔地拂过我的唇，轻触我的太阳穴、我的眼皮、我的眉毛。当他俯下身，沿着我喉咙的曲线亲吻时，我床边桌上忽明忽暗的火光映在他棕色的头发上，一闪一闪的。

有片刻时间，我犹豫，迷惑，半睡半醒，接着我用双臂紧紧抱住了他，把他拉近。我不在乎我们是否吵过架，不在乎他曾经亲过佐娅，不在乎他从我身边走开，也不在乎这一切似乎有些不可能。唯一重要的事情是他改变了主意，他回来了，于是我不再是孤身一人。

"我想你，玛尔，"我在他耳边低语着，"我好想好想你。"

我的手臂滑过他的背，缠在他的脖子上。他又一次吻了我，我喘息着欣然接受了他嘴唇的压力。我感觉到他的重量渐渐压到了我身上，我的手抚过了他手臂结实的肌肉。如果玛尔依旧和我在一起，如果他依旧可以爱我，那就还有希望。我的心在胸中怦怦直跳，温热的感觉在我全身蔓延开来。四周寂静无声，只能听到我们的呼吸声，还有我们身体一起移动的轻微响声。他亲吻着我的脖子，我的锁骨，吸吮着我的肌肤。我战栗起来，将他抱得更紧了。

　　这正是我想要的，不是吗？找到法子弥合我们之间的裂痕？可是恐慌依然像小刀片一样刺入了我体内。我需要看看他的脸，需要知道我们和好了。我用双手捧起他的头，让他的下巴倾斜过来，当我与他四目相对的时候，我惊恐地猛然向后一缩。

　　我看着玛尔的眼睛——他熟悉的蓝眼睛，我了解它们甚至胜过了解自己的眼睛，只是那双眼睛不是蓝色的。在快要熄灭的灯光中，那双眼睛闪着灰色的光芒。

　　他接着微笑起来，那是一个冷冷的、狡黠的笑容，和我以前看到过的都不一样。

　　"我也想你，阿丽娜。"是那个声音，玻璃一般寒凉平滑。

　　玛尔的五官融在了阴影中，然后薄雾中重新出现了一张面孔：苍白，俊美，浓密的黑发，下颌的完美线条。

　　暗主轻柔地把一只手放在我的脸颊上。"快了。"他小声说。

　　我尖叫起来。他藏到阴影之中，消失了。

　　我手忙脚乱地爬下床，双臂紧紧抱住自己。我皮肤上好像有什么东西在爬动，我的身体因为恐惧和刚才关于欲望的记忆而发抖。我想塔玛或者图亚会从门口闯进来，我已经想好了谎话。

　　"做噩梦了。"我会这么说。而且我会说得语气平稳，让人信服，尽管我的心脏还在胸腔中惶惶不安地跳动，我还感觉得到喉咙里在发出新的尖叫声。

　　但屋子里一直静静的，没有人来。我在昏暗的光线中颤颤巍巍地站了起来。

　　我抖擞精神，浅浅地吸了一口气，接着又吸了一口气。

等我的双腿有了力气，我套上了长袍，偷偷往公共休息室里看了看。休息室里空无一人。

我关上门，背靠着门板，注视着床上凌乱的被褥。我不会回去睡觉的，也许我永远都无法再次入睡了。我瞥了一眼壁炉架上的钟。在贝亚诺奇季，太阳升起得很早，不过要好几个小时以后王宫才会开始苏醒。

我保存着我们在沃克沃尼号上旅行时穿的衣服，我在那一堆衣物中翻找着，拽出了一件棕褐色的外套和一条长围巾。这两样现在穿都太热了，但我不在乎。我把外套穿在了睡袍外面，用围巾裹住头和脖子，然后穿上了鞋子。

在我蹑手蹑脚地穿过公共休息室的时候，我看到护卫住处的门是关着的。如果玛尔或者双胞胎在里面的话，他们一定睡得很沉。玛尔也有可能正在小王宫穹顶之下的另外一个地方，在佐娅的臂弯中缠绵。我心中一痛。我打开了左边的那扇门，快步通过没有灯光的门廊，来到了安静的空地上。

第二十一章

　　我在微光之中漫无目的地走着，经过了笼罩着薄雾的安静的草坪，还有温室雾蒙蒙的窗户。我的鞋子踩在碎石路上的轻微响动是四周唯一的声音。清晨运送面包和果蔬的马车已经去过了大王宫，我跟着车队径直走出了宫门，来到了上城区的鹅卵石路上。街上依然有几个寻欢作乐的酒客，享受着清晨的阳光。我看到两个人穿着宴会上的服装在公园的长椅上打盹。一群女孩子在喷泉边嘻闹着，互相泼水，她们的裙子都挽到了膝盖以上。一个头戴罂粟花花环的男人坐在马路牙子上，头放在手上，一个顶着纸质王冠的女孩子拍着他的肩膀。我从所有这些人身边走过，没有人看见我，没有人注意到我，一个隐形的女孩子，穿着一件棕褐色的外套。

　　我知道我是在犯傻。大教长或者暗主的眼线也许正在看着我，我随时可能会被抓走。我并不确定那对我而言还要不要紧。我需要不停地走路，在我的肺里充入清新的空气，驱走暗主的手在我皮肤上的触感。

我摸了摸肩膀上的伤疤，即使隔着外套的面料，我仍然可以感觉到它凸起的边缘。在捕鲸船上的时候，我问过暗主为什么要让他的怪物咬我。我本以为那是出于怨恨，被咬过之后我就会永远携带着他的印迹，但说不定还有其他原因。

我看到的景象是真实的吗？他是就在那里，还是我脑子里假想出来的？我是得了什么病才会梦到这样的东西吗？

可我不想思考，我只想走路。

我沿着桥越过了运河，小船在下面的水上随波起伏。桥下的某个地方传来了手风琴呼哧呼哧的声音。

我深一脚浅一桥地穿过有守卫的大门，走到了狭窄的道路上，也进入了市镇的喧闹之中。这里看起来比之前更加拥挤了。有的人暂时等在房屋门口的小平台上，门廊上已经站不下了。有的人在箱子搭成的简易桌子上打牌，还有人靠在彼此的身上小憩。一对男女在酒吧的门廊中，随着只有他们自己能听见的音乐轻轻摇晃着。

当我走到城墙边上的时候，我告诉自己要停下来，转身回家去。我差点儿笑了出来，小王宫并不是我真正的家。

你我这样的人是不可能过平凡的日子的。

我的人生将只有职责而没有情感，只有效忠而没有友谊。每一个决定都要权衡利弊，每一个举动都要深思熟虑，没有一个人可以信任。那原本是我应该置身事外的人生。

　　我知道我应该回去，但我没有停下脚步，不一会儿，我就来到了城门的另一侧。就这样，我已经离开了欧斯奥塔。

　　那片帐篷城扩大了。有几百人，也许是几千人在城外搭起了帐篷。朝圣者们并不难找——我惊讶地发现，他们的人数又增加了很多。他们拥在一个巨大的白色帐篷旁边，全部面向东方，等候着初升的太阳。

　　一开始的时候，是一阵窸窸窣窣的细语，后来声音越来越大，像鸟儿的翅膀般搅动着空气，随着太阳升到地平线之上，将天空映成了浅蓝色，那个声音也渐渐变成了低声的吟唱。这时我才听出他们说的是什么。

　　圣者，圣阿丽娜。圣者，圣阿丽娜。

　　朝圣者们望着天空渐渐破晓，而我望着他们，无法移开视线，无法不去关注他们的希望和期盼。他们的面孔充满喜悦，当最初的几缕阳光照向他们的时候，有的人开始哭泣起来。

　　吟唱声越来越大，音量翻了几倍，起起伏伏，化作一声让我心惊胆寒的长啸。那一刻，仿佛是流水冲出了河岸，仿佛是一窝蜜蜂从树上被摇了下来。

　　圣者，圣阿丽娜。拉夫卡的女儿。

　　当太阳照在我皮肤上的时候，我闭上了眼睛，祈祷自己可以感觉到点什么，什么都好。

　　圣阿丽娜。科尔姆森的女儿。

　　他们把手伸向天空，他们的声音越来越大，变成一种狂热的呐喊，他们扯着嗓子叫喊着。苍老的面孔，年轻的面孔，病弱的人，健壮的人。这都是我没有见过的人，每一个都是。

我看了看自己。这不是希望，我心里想。这是疯狂，是饥渴，是需求，是绝望中的不顾一切。我感觉自己的脑子好像忽然清醒了。我为什么要到这里来呢？与在宫墙后面相比，我在这群人中间会更加孤独。他们没有任何东西可以给我，我也给不了他们任何东西。

我双脚发痛，意识到自己已经很疲倦了。我转过身，拨开人群，往城门的方向挤去，同时，那念咒般的声音渐渐升高，变成了咆哮嚎叫。

圣者，他们喊道，宋·克罗洛娃，蒂比·德瓦·斯图尔巴。

双磨坊的女儿，我曾经听到过这个称呼，在来欧斯奥塔的路上。双磨坊是一座山谷，因为某个古代遗址而得名，南方边境上一系列小小的、不重要的聚居区都坐落在那里。玛尔也出生在那附近，不过我们从来没有机会回去。再说了，回去又有什么意义呢？也许我们曾经有过的亲属，不是早就长眠于地下，就是化为灰烬了。

圣阿丽娜。

我又一次想起了去科尔姆森之前的生活，我那为数不多的记忆，关于那盘切片甜菜根，关于我被它们染红的手指。我想起了那条尘土飞扬的路，从某个人宽阔的肩膀上往下看，牛尾巴晃来晃去，我们的影子投射在地上。不知是谁用手指向了磨坊的遗址，两块窄窄的、手指形状的石头，被风雨和时间侵蚀成了光秃秃的纺锤形。这就是关于那段时间我遗留下来的全部记忆了。其余的就是关于科尔姆森了，其余的就是关于玛尔了。

圣阿丽娜。

我在人群之中挤出一条路，把围巾拉到耳畔，围得更紧了一些，想要隔绝噪音。一个朝圣的老妇人走到了我的去路上，我差一点把她撞倒。我伸出手去扶她，她紧紧拽着我，勉强维持住了身体平衡。

"请原谅我，巴巴亚。"我用很正式的口吻说到，绝不能让别人说安娜·库雅没教过我们礼仪。我轻轻地搀着这个老妇人，让她站好。"您没事吧？"

但她并没有看我的脸——她盯着我的喉咙。我双手猛地捂住了脖子。可是已经太晚了，围巾已经松掉了。

"圣者，"那个妇人呻吟道，"圣者啊！"她跪了下来，用力抓住我的手，放在了她满是皱纹的脸颊上，"圣阿丽娜！"

突然之间我周围到处都是手，抓着我的袖子、我的外套。

"拜托不要这样。"我说着，努力想把他们推开。

圣阿丽娜。低声嘟囔的，轻声说出来的，尖声叫出来的，高声喊出来的。我的名字让我自己都觉得很陌生，它像祷告词一样被人们说出来，成了某种用来驱散黑暗的异样咒语。

他们向我拥了过来，把我包围得越来越紧，他们伸出手来触摸我的头发、我的肌肤。我听到某种东西撕裂的声音，然后意识到那是我的外套。

圣者，圣阿丽娜。

周围的人群靠得越来越近，推推搡搡，大呼小叫，每个人都想要靠得更近一些。我的脚被挤得离开了地面。一撮头发被从头皮上扯了下来，我大叫起来。这样下去他们会把我撕成碎片的。

让他们这样做吧，我想着，豁然开朗。一切就可以这么容易地结束了，再也没有恐惧，再也没有责任，再也没有关于断裂沙艇或者被黑幕吞噬的孩子的噩梦，再也不会有幻象。我可以摆脱项圈，摆脱手链，摆脱他们的希望所带来的重量，那可以令人粉身碎骨的重量。让他们这样做吧。

我闭上了双眼，这会是我的结局。他们可以在《伊斯托连·桑恰伊》里添上我的一页，在我头顶加上一圈光环。万念俱灰的阿丽娜，斤斤计较的阿丽娜，疯狂的阿丽娜，德瓦·斯图尔巴的女儿，一天早上在城墙的阴影中被撕得粉碎。他们还可以在路边贩卖我的骨头。

有人尖叫了起来。我听到了一声怒吼，一双巨大的手抓住了我，然后我就被举到了空中。

我睁开眼睛，看到了图亚阴沉的脸。他把我护在怀中。

塔玛在他身边，手掌朝上，缓缓划出一道弧线。

"退后。"她对人群发出了警告。我看到一些朝圣者开始眨眼，有几个人干脆坐到了地上。她在降低他们的心率，试图让他们平静下来，然而人实在是太多了。一个男人向前冲了过来。有如闪电一般，塔玛抽出了她的斧子。那个男子的胳膊上出现了一道红色的痕迹，那个男人大叫起来。

"再靠近，你的胳膊就没有了。"塔玛厉声说。

朝圣者们变得狂乱起来。

"让我出点力。"我抗议道。

图亚没有理我，推开人群继续往前走。塔玛环绕在他的身边，挥舞着兵刃，拓宽可以走的路。朝圣者们呻吟，哀号，手臂伸得长长的，尽力伸向我。

"现在！"图亚说，接着他提高声音，"就是现在！"

他拔腿狂奔。我们冲向城墙后的安全区域，我的头一直撞击着他的胸口，塔玛则紧跟在我们后面。守卫们已经看出了骚乱的势头，正在动手关城门。

图亚奋力前进，赶走挡在他面前的人，从铁门之间越来越窄的空隙冲了进去。塔玛随后跃入，几秒之后，大门就"哐啷"一声关上了。从门的另一边，传来了捶击大门的砰砰声，手在门上抓挠的声音，还有因为渴望而提高了的叫喊声。我依然可以听到有人在喊我的名字，圣阿丽娜。

"你到底在想些什么啊？"图亚放下我的时候吼道。

"晚点再说。"塔玛粗暴地说。

城市的守卫们正在瞪着我们。"把她带走，"其中一个人怒气冲冲地叫道，"别在我们执勤的时候出现大暴乱就算是我们的运气了。"

双胞胎已经备好了马。塔玛从市场的一个摊位上拉过一条毯子，把它盖在了我的肩膀上。我把它紧紧拽到脖子的地方，遮住了项圈。她跃上了马鞍，图亚粗鲁地把我扔到了塔玛后面的那匹马上。

我们骑马返回王宫，一路上都是压抑的寂静。城墙外发生动荡的消息还没有传进来，我们也只是看到了一些带着疑问的面孔。

双胞胎一个字也没有说，不过我看得出他们怒火中烧。他们完全有理由愤怒。我表现得像个傻瓜，而且现在我只能希望山下那些守卫可以在不诉诸武力的情况下维持住秩序了。

不过，在惊慌和悔恨之余，我脑海中现出了一个念头。我告诉自己那是胡思乱想，是一厢情愿，但我无法把这个念头驱走。

等我们回到了小王宫，双胞胎想护送我直接回暗主的居室去，但我拒绝了。

"我现在安全了，"我说，"我有些事需要做。"

他们坚持要跟着我去图书馆。

我没花多长时间就找到了我想找的东西，毕竟我曾经当过地图绘制员。我把书塞到腋下，向我的房间走去，身后跟着满面怒气的护卫们。

令我惊讶的是，玛尔正等在公共休息室里。他坐在桌边，手中握着一杯茶。

"你们去哪——"玛尔开了口，但我还来不及眨眼，图亚就把他从座位上拎了起来，推到了墙上。

"你去哪儿了？"他冲着玛尔咆哮道。

"图亚！"我惊惶地叫道，努力想把他的手从玛尔的喉咙拉开，可这犹如掰弯一根铁条那样困难。我向塔玛求救，可她往后站了站，双臂交叉在胸前，看起来和她的兄弟一样气愤。

玛尔发出了窒息的声音。他还穿着昨晚的衣服，下巴上胡子拉碴，血渍和卡瓦斯的味道像一件肮脏的外套一样覆盖在他身上。

"圣者们啊，图亚！你能不能先把他放下来啊？"

那一瞬间，图亚看起来非常想取玛尔的性命，不过接下来，他松开了手指，玛尔沿着墙壁滑了下来，又是咳嗽，又是大口吸气。

"该是你值班，"图亚低吼道，一根手指直戳玛尔的胸口，"你本来应该跟她在一起。"

"对不起，"玛尔声音嘶哑地说，揉着自己的喉咙，"我一定是睡着了，我就在——"

"你在酒瓶里呢，"图亚火冒三丈，"我闻得出来。"

"对不起。"玛尔又说了一遍，神态痛苦。

"对不起？"图亚的手握起了拳头，"我应该把你撕开才对。"

"你可以晚点再肢解他，"我说，"现在我需要你去找尼古拉，告诉他到作战室来跟我见面，我这就去换衣服。"

我穿过休息室，进入我的房间，关上了身后的门，努力让自己恢复冷静。今天到目前为止，我已经差点死了一次，而且还有可能引起一场暴乱。也许在早饭之前，我还可以放一把火烧掉什么东西呢。

我洗了脸，换上了我的凯夫塔，接着就匆匆来到了作战室。尽管我没有邀请玛尔，可他已经在那里等候了，他瘫坐在一把椅子上，已经换过了衣服，看起来依然非常狼狈，眼睛里充满了血丝。昨晚的打斗让他的脸上增加了新的淤青。我进门时他抬头瞥了我一眼，什么话也没说。会有那么一刻，我注视着他的时候不会觉得痛楚吗？

我把地图册放在了长桌上，然后穿过房间，来到了那张和墙壁等长的古老拉夫卡地图跟前。在作战室里的所有地图之中，这张是目前最古老的，也是最美丽的。斯库佐伊是标志拉夫卡最南方、与书翰之间国境线的山脉，我用手指沿着它那些隆起的山脊滑动，一路滑到了西面靠近山脚的丘陵地带。德瓦·斯图尔巴山谷太小了，以至于并没有被标注在这张地图上。

"你记得些什么吗？"我开口问道，并没有看玛尔，"在去科尔姆森之前？"

玛尔来到孤儿院的时候，他不比我大多少。我依然记得他来到的那一天，我听说有另一个孤儿要来，希望那是个女孩，可以跟我一起玩。不过我看到的是一个蓝眼睛的小胖墩，受到刺激的时候什么都敢做。

"不记得了。"他刚才差点在图亚手下窒息，他的声音听起来依然因此而沙哑。

"什么都不记得了？"

"我以前经常会梦到一个有着金色长发的女人，她把头发编成辫子，把辫子当玩具在我面前晃来晃去。"

"是你的母亲吗？"

"母亲，阿姨，邻居。我怎么会知道呢？阿丽娜，关于之前发生的事——"

"还记得别的什么吗？"

他注视了我半晌，接着叹了口气，说道："每次我闻到干草味的时候，我就会记起我坐在一个门廊里，面前有一把涂成红色的椅子，就这些了。其他的……"他耸了耸肩，声音渐渐低了下去。

他无需解释。对于其他孩子来说，记忆是宝贵的，对于科尔姆森的孤儿来说却不是这样。要懂得感恩，要懂得感恩。

"阿丽娜，"玛尔试图再次开口，"你说的关于暗主的事——"

可是就在这个时候，尼古拉走了进来。尽管才一大早，他还是显示出王子的模样，金发闪着微光，靴子擦得锃亮。他看了看玛尔脸上的淤青和胡茬，接着扬起眉毛说道："我猜大家还没有打铃叫茶喝吧？"

他坐了下来，修长的双腿在身前伸开。图亚和塔玛其实已经在岗位上站好了，不过我叫他们把门关上，过来跟我们坐在一起。

等他们都在桌边坐定，我开口说道："我今天早上去了朝圣者中间。"

尼古拉的头猛地一抬，转瞬之间，那个平易近人的王子就消失了。"我想我一定是听错了。"

"我没事。"

"她差点死掉。"塔玛说。

"但我没有。"我加了一句。

"你是脑子完全糊涂了吗？"尼古拉问道，"那些人可都是狂热分子。"接着，他转向了塔玛："你怎么能由着她做这样的事呢？"

"我没有。"塔玛说。

"告诉我你不是自己一个人去的。"他对我说。

"我不是自己一个人去的。"

"她是自己一个人去的。"

"塔玛，住口。尼古拉，我跟你说，我没事的。"

"那完全是因为我们及时赶到了。"塔玛说。

"你们怎么赶到的？"玛尔轻声问道，"你们是怎么找到她的？"

图亚脸色一黑，他的一只大拳头重重地捶在了桌上。"本就不该是我们去找她的，"他说，"该你当班的。"

"别再提这件事了，图亚，"我大声说，"玛尔没有待在他应该待的地方，而我完全有能力独自做蠢事。"

我吸了一口气又呼出来。玛尔看起来有些黯然神伤，图亚则看起来像要把家具打成碎片，塔玛面无表情，尼古拉怒气冲冲，我看到过他最生气的样子也就是这样了。不过至少现在他们都把注意力放在了我身上。

我把地图册推到了桌子中央。"朝圣者们有的时候会用这个名字称呼我，"我说，"德瓦·斯图尔巴的女儿。"

"双磨坊？"尼古拉说。

"那是一个山谷，是根据山口处的遗址命名的。"

我把地图册翻到了我标记好的那一页。那是一张西南边境区域的详细地图。"玛尔和我来自这附近的某个地方，"我一边说，一边用手指指着地图的边缘，"聚居区分布在这整个区域。"

我翻动书页，停在了绘有插图的一页，上面画的是一条通往山谷的道路，谷中散布着一些小镇。道路的两侧各有一块石头，都是细长的纺锤形。

"它们好像没多少看头。"图亚嘟囔道。

"正是如此，"我说，"这些遗址非常古老，没有人知道它们在那里存在了多久或者以前是什么样的。虽然这个山谷被叫作'双磨坊'，但它们原先也有可能是门楼或者水道桥的一部分。"我弓起手指，放在纺锤状的石头之间，"它们还有可能是拱门的一部分。"

屋里忽然一片寂静。有了近处的拱门和远处的山峦，这个遗址看起来和《伊斯托连·桑恰伊》中圣伊利亚身后的背景非常接近。仅仅是少了那只火鸟。

尼古拉把地图册拉近了一些："我们会不会只是看到了自己想要看到的东西啊？"

"有这个可能，"我承认道，"可是很难相信这只是一种巧合。"

"我们可以派出侦察兵。"他建议道。

"不，"我说，"我想去。"

"如果你现在离开的话，你在第二部队中取得的所有进展就又会回到原点。我去吧，如果瓦西里可以跑到卡耶瓦去买小马驹，那应该也没有人会介意我进行一趟狩猎之旅。"

我摇了摇头："必须由我来杀死火鸟。"

"我们甚至不知道它在不在那里。"

"我们为什么还要讨论这个呢？"玛尔说，"谁都知道会是我去。"

塔玛和图亚交换了一个很不自然的眼神。

尼古拉清了清嗓子："恕我直言，奥勒瑟夫，你看起来并不在状态啊。"

"我没事。"

"你最近照过镜子吗？"

　　"我觉得你照镜子的次数相当于我们两个人的了。"玛尔反击道，"我太累了，而且昨晚喝多了还没醒，没力气为这个进行争辩。我是唯一能找到火鸟的人，所以必须是我去。"

　　"我跟你一起去。"我说。

　　"不行。"他说，语气强烈得让人有些诧异，"我会追捕它，我会抓到它，我会把它带回来给你，但你不可以跟我一起去。"

　　"那样太冒险了，"我表示异议，"即使你能抓到它，你要怎么把它带回这里来呢？"

　　"找个你的物料能力者随便做个什么东西给我就行了，"他说，"这样对所有人都好。你可以得到你的火鸟，我也可以离开这个被圣者遗弃的地方。"

　　"你不能独自一个人长途旅行，你——"

　　"那就让图亚或者塔玛跟我一起去。我们自己行动的话速度会更快，也不容易引人注意。"玛尔把椅子往后一推站了起来。"你琢磨吧，想做什么安排就做什么安排，"他说话的时候没有看我，"只要告诉我一声，我该什么时候出发就可以了。"

　　我还来不及再次出言拒绝，他就已经离开了。

　　我转过身，努力不让自己的眼泪流出来。在我身后，我听到有人走出房间的声音，听到尼古拉小声吩咐了双胞胎几句。

　　我仔细看着地图。伯利兹纳亚，在那里我们服了兵役。瑞耶沃斯特，在那里我们开始了我们的派特拉佐伊之旅。兹白亚，在那里他第一次亲吻了我。

　　尼古拉把他的手放在了我的肩膀上。我不知道我要做些什

　　么，是甩开他的手，还是转过身去扑入他的怀抱。如果我那样做了的话，他会怎么做？轻轻拍拍我的背？亲吻我？向我求婚？

　　"可能这样才是最好的，阿丽娜。"

　　我苦涩地笑了起来："你有没有注意到，人们只有在情况并不好的时候才会说这句话？"

　　他垂下了手，说道："他不属于这里。"

　　他属于我，我想要喊出这句话，但我知道那不是真的。我想起了玛尔青肿的面孔，想起了他如同笼中困兽一般走来走去的模样，想起了他喷着血沫却还招手让爱斯科尔继续打斗的情形。我想起了在我们穿越实海的时候，他把我搂在怀里。泪水溢满了我的双眼，地图在我的视线中渐渐模糊起来。

　　"让他去吧。"尼古拉说。

　　"去哪里啊？去追逐某种也许根本不存在的神秘生物？深入到处都是书翰人的地方，在那里蜿蜒的山脉中进行某种不可能成功的搜索？"

　　"阿丽娜，"尼古拉轻轻地说，"这就是英雄要做的事。"

　　"我不想让他成为什么英雄！"

　　"他不能改变他是谁，就像你不能停止做格里莎一样。"

　　这简直就和区区几小时前我所说过的话一样，可我现在却不想听。

　　"你并不关心玛尔会遇到什么事情，"我气愤地说，"你只是想摆脱他。"

　　"如果我希望你对玛尔斩断情丝，我会让他留在这儿的，我会由着他把烦恼都泡在卡瓦斯里，由着他表现得像个混蛋，但你真的希望他过这样的生活吗？"

我颤巍巍地呼吸了一下。不是的，我知道这一点，玛尔在这里过得很凄惨。从我们来到这里的那一刻起，他就一直在受罪，但我一直拒绝让自己看到这一点。我抱怨他要我成为我无法成为的人，可这么久以来，我都在要求他做同样的事情。我抹去了脸颊上的泪水，跟尼古拉争辩没有任何意义。玛尔曾经是一个士兵，他需要一个行动的目的。现在他的目的有了，如果我能就这样放手让他去的话。

为什么不愿承认这一点呢？即使在我提出异议的时候，我内心也有另一个声音，有一种贪婪的、可耻的欲望需要得到满足，我想要让玛尔出去找到火鸟，必须把它带回来给我，不管要付出怎样的代价。我告诉过玛尔，他认识的那个女孩已经不在了。对于他而言，在发现这一点的真实性之前离开，大概会比较好吧。

我的手指随意地在那幅德瓦·斯图尔巴的插画上滑动。双磨坊，或者不止于此？谁又能保证那里除了残迹之外什么都不剩呢？

"你知道英雄和圣者们都有个什么问题吗，尼古拉？"我一边合上书向门口走去，一边问道，"他们最终总是难逃一死。"

第二十二章

　　玛尔整个下午都躲着我，所以当他和塔玛一起出现，准备护送我去尼古拉的生日晚宴时，我吃了一惊。我以为他会让图亚代替他，不过也有可能他是在对缺勤的上一班岗进行弥补。

　　我认真地想过不来参加这场晚宴，但这似乎没有多大意义。我想不出什么合理的借口，而且我的缺席只会让国王和王后感到不快。

　　我身上穿着一件较薄的凯夫塔，它是由一块块闪闪发亮的金色丝绸制作而成的。上面镶有宝石，是召唤者的深蓝色，和我头发上的珠宝很搭配。

　　我走进公共休息室的时候，玛尔的目光从我身上闪过，而我忽然想到这件衣服的颜色和佐娅会更相配。接着我不得不问自己为什么要这样想。尽管佐娅也许艳压群芳，可她并不是问题所

367

在。玛尔就要离开了，而我将要由着他离开。我们之间的裂痕，怪不得其他任何人。

晚宴在大王宫中一间奢华的餐厅里举行，这间屋子被称为"鹰巢"，因为它的屋顶上雕刻的是戴着王冠的双鹰，鹰的一只爪子抓着一根权杖，另一只爪子里握的则是一捆用红色、蓝色、紫色丝带束在一起的箭[34]。箭羽的部分是用真金制成的，我不由得想起了火鸟。

桌边挤满了第一部队军阶较高的将军和他们的妻子，还有所有地位显赫的兰佐夫亲眷，叔伯舅舅、姑婶阿姨、表的堂的兄弟姐妹都来了。王后穿着浅玫瑰色的绸缎，像打蔫儿的花朵一般坐在桌子一端。桌子另一端，瓦西里坐在国王身旁，假装没有看到他的父亲在向一个官员的年轻妻子抛媚眼。尼古拉在桌子中间接受祝贺，我坐在他的旁边。他魅力四射，一如既往。

他本来要求不办舞会。城墙外还有那么多灾民饿着肚子，大肆庆贺似乎不太合适。但这是贝亚诺奇季，国王和王后看来也无法克制自己。晚餐由十三道菜组成，其中包括一头完整的乳猪，还有一个做成鹿状的果冻，其大小和真实的小鹿相仿。

到了送礼物的时间，尼古拉的父亲向他展示了一枚上了浅蓝色釉的彩蛋。蛋打开之后，出现的是一个精巧的微雕，一条装备齐整的船放置在青金石制成的海面上。斯特姆霍德的红狗旗帜在船桅上飘扬，小小的炮"砰"地一声开火，喷出了一小一团白烟。

34　这个图案可在本书正文前的地图中找到。

吃饭的时候，我始终一边歪着头听别人谈话，一边仔细注意着玛尔。在靠近墙壁的地方，每隔一段距离就有国王的护卫站岗。我知道塔玛站在我身后的某个地方，玛尔就站在我的正前方，他严格地保持着立正的姿势，双手背在身后，眼睛直视前方，目光落在不知姓名的仆役那里。就这样看着他，对我来说简直像是一种折磨。我们之间明明只有几英尺的距离，感觉却十分遥远。而且，自从我们进入欧斯奥塔，事情难道不是一直如此吗？我心中有一个结，每次我看他一眼，这个结似乎就拉紧了一分。他刮了胡子，理了发，穿着笔挺的制服，看起来疲惫而漠然，但他又像以前那个玛尔了。

贵族们举杯为尼古拉的健康祝酒，将军们则赞扬他的军事领导能力和勇气。我原以为，对于奉给他弟弟的溢美之辞，瓦西里会面露不屑，可他看起来却颇为愉快。在葡萄酒的作用下，他的脸上增添了好看的粉色，而他嘴唇的弧度也只能被描述成一个得意洋洋的笑容。他的卡耶瓦之旅似乎给他带来了好心情。

我的眼睛时不时地瞥向玛尔。我不知道我是想哭，还是想站起来把盘子丢到墙上去。这间屋子太暖和了，我肩膀上的伤又开始抽动发痒。我不得不努力抑制住想要伸出手去抓挠的冲动。

真不错，我阴郁地想着，也许我会在餐厅当中再产生一次幻觉，暗主搞不好会从大汤碗里面爬出来。

尼古拉低头对我耳语道："我知道我在你旁边可能起不了多少作用，不过你能不能至少试一下？你看起来好像要掉眼泪了。"

"对不起，"我小声说，"我只是……"

"我知道的，"他说，在桌下捏了一下我的手，"不过那头果冻小鹿为博你一笑可是付出了生命啊。"

我尽量微笑了一下，然后我也确实做出了努力。我和右手边红脸盘的将军说说笑笑。我对面那个满脸雀斑的姓兰佐夫的男孩，滔滔不绝地说着他继承来的宅邸的修理情况，我也装出了很有兴趣的样子。

等到果味冰上好之后，瓦西里站起来，举起了一杯香槟。

"弟弟，"他说，"你在其他地方度过了那么长的时间，现在能够为你的生辰祝酒、和你一起庆贺真是太好了。我向你致敬，这杯酒为你而喝。弟弟，祝你身体健康！"

"奈泽洛斯特！[35]"宾客们齐声说道，从杯中喝了一大口，然后又继续进行之前的谈话去了。

然而瓦西里还没有说完，他用叉子敲了敲杯身，发出响亮的"叮当叮当"声，将宴会宾客的注意力重新吸引了过去。

"今天呢，"他说，"除了我弟弟高贵的生日，我们还有其他更值得庆祝的事情。"

如果语气上强调得还不够的话，瓦西里得意的笑容也把缺少的部分补足了。尼古拉继续讨人喜欢地微笑着。

"你们都知道，"瓦西里继续说道，"这几周我一直在外面活动。"

"而且肯定也一直在花钱，"红脸膛的将军嬉笑着说，"我猜你很快就不得不给自己建个新的马厩了吧。"

35　原文为Ne Zalost，似近俄语。

瓦西里的目光像冰一样。"我没有去卡耶瓦，而是一路向北，去完成一项由我们亲爱的父亲交给我的任务。"

在我身边，尼古拉一动不动。

"经过漫长而艰难的交涉，我很高兴地宣布，菲尔顿已经同意和我们一起对抗暗主。他们保证会向我们提供军队和资源。"

"会这样吗？"一个贵族问道。

瓦西里骄傲地挺起了胸脯："会的。最终，经过不少努力，我们最凶悍的敌人变成了我们最强大的盟友。"

宾客们兴奋地说起话来。国王满面笑容，拥抱了他的长子。"奈泽洛斯特！"他喊道，举起了他的香槟。

"奈泽洛斯特！"宾客齐呼。

我诧异地看到尼古拉皱着眉头。他说过他的哥哥喜欢捷径，现在看起来瓦西里也找到了一条捷径。可是让自己的失望或者沮丧表现出来，这不是尼古拉的风格。

"真是非凡的成就，哥哥，我向你致敬，"尼古拉说着，举起了杯子，"敢问他们对于提供支持要求了什么回报吗？"

"他们确实狮子大开口，"瓦西里志得意满地笑着说，"不过没有什么太过苛刻的。他们希望可以使用西拉夫卡的港口，还有要求我们在维持南方商道方面提供帮助，共同对抗泽米尼海盗。我估计你在这方面可以帮上忙，弟弟。"他说道，又一次发出了舒心的笑声，"他们还想让北方的几条伐木道路重新开放，暗主被打败之后，他们也计划和太阳召唤者合作，跟我们一起努力，缩小黑幕的范围。"

他对我笑了一下，嘴咧得很开。他问都不问我就假定我会同意，这让我有些不快，不过这是一个很自然也很合理的请求，而且第二部队的统领本来也是要受国王支配的。我点了点头，希望显出庄重的样子。

"开放哪几条道路？"尼古拉问道。

瓦西里满不在乎地挥了挥手："在豪姆赫德南面，永久冻土西面。要是菲尔顿人动了什么歪心思，我们有乌伦斯科的要塞可以把那里牢牢守住。"

尼古拉站了起来，他的椅子在镶木的地板上摩擦，发出了很响的声音。"你是什么时候解除那里的封锁的？那些道路开放多久了？"

瓦西里皱起了眉头："那有什么关——"

"多久？"

我肩膀上的伤隐隐作痛。

"一周多一点儿，"瓦西里说，"你一定不是在担心菲尔顿人准备从乌伦斯科来向我们进军吧？河流几个月之内都不会结冰，而到了那个时候——"

"你有没有停下来好好想过，他们为什么会把伐木道路拿出来说？"

瓦西里不在意地挥了一下手。"我估计是因为他们需要木材，"他说，"或者那儿对他们某个莫名其妙的树精来说有什么神圣的意义吧。"

桌边响起了一阵局促的笑声。

"那里只有一个防守的堡垒。"尼古拉咆哮道。

"因为通道很窄，容不下什么真正的军队。"

"你想开展的是老式的战争了，哥哥。暗主不需要大量步兵或者重型枪炮，他只需要他的格里莎和那些尼切沃亚，我们必须立刻撤离王宫。"

"别说胡话了！"

"我们唯一的优势就是可以早早得到警报，在路障旁边的侦察兵是我们的第一道防线。他们是我们的眼睛，而你把我们弄瞎了，暗主现在说不定离我们只有几英里远了。"

瓦西里惋惜地摇了摇头："这真是太荒唐了。"

尼古拉的双手重重在桌上一拍，盘子都被震了起来，碰到一起，发出很响的声音。"为什么菲尔顿使者没有在这里分享你的荣光？没有一起为这前所未有的联盟举杯庆祝呢？"

"他们表达了遗憾之情，他们无法立刻上路，因——"

"他们不在这里，是因为这里将有一场大屠杀，他们的协约是和暗主定下的。"

"我们所有的情报都认为他在南面，在书翰那边。"

"你以为他就没有间谍吗？你以为在我们的网络里就没有秘密为他工作的人吗？他布下了一个小孩子都看得出的陷阱，而你却毫不犹豫地走了进去。"

瓦西里的脸涨成了紫色。

"尼古拉，一定——"他的母亲出言阻止。

"乌伦斯科的要塞配置了一整个军团。"一位将军插了一句。

"你看？"瓦西里说，"这是在制造恐惧心理，而且是最坏的那种，我不会上当的。"

"一个军团对一支尼切沃亚部队？那个要塞里所有的人都已经死了，"尼古拉说，"成为了你自大愚蠢的牺牲品。"

瓦西里的手伸向了他的佩剑剑柄，骂道："你越界了，你这个小杂种。"

王后喘着粗气。

尼古拉发出了刺耳的笑声。"好，这样叫我吧，哥哥。这样的好处可多了呢，看看桌子边上，"他说，"每一位将军，每一位地位显赫的贵族，兰佐夫家族的大多数人，还有太阳召唤者，在同一天晚上，都聚集在了同一个地方。"

桌边的许多面孔突然变得煞白。

"也许，"我对面长着雀斑的男孩说，"我们应该考虑——"

"不行！"瓦西里说，他的嘴唇在发颤，"这是他自己狭隘的嫉妒！看到我成功他受不了了，他——"

警报的钟声响了起来，最开始从远处传来，然后到了城墙那里，一声接着一声，汇合成了音量越来越大的警钟合唱，在欧斯奥塔的大街小巷中回荡，传遍了上城区，传入了大王宫的宫墙之内。

"你把拉夫卡拱手交给了他。"尼古拉说。

宾客们纷纷推开桌子站起身，七嘴八舌，诚惶诚恐。

玛尔立刻来到了我的身边，他的剑已经抽了出来。

"我们需要去小王宫，"我说道，心里想着屋顶上的那些镜面盘，"塔玛呢？"

窗户裂开了。

碎玻璃像雨点一般砸向了我们。我张开双臂护住头，宾客们尖叫起来，弯腰屈身抱在一起。

随着铺天盖地的阴影，尼切沃亚涌入屋内，空气中顿时充满了类似昆虫鸣叫的嗡嗡声。

"把国王带到安全的地方！"尼古拉喊道，拔出剑，跑到了他的母亲身旁。

王宫护卫们呆呆地站着，恐惧得动弹不得。

一个影子拎起了那个长着雀斑的男孩，把他往墙上一扔。他滑落到地上，扭断了脖子。

我抬起了手，可是屋子里人太多了，我不敢冒险使用开天斩。

瓦西里依然站在桌边，国王在他身边害怕得浑身颤抖。

"是你干的！"瓦西里尖声冲尼古拉叫道，"是你和那个女巫！"

他高高扬起了剑，大步走过来，像一头公牛一般怒吼着。玛尔一步迈到了我身前，举起剑准备抵挡。但瓦西里的剑还没来得及劈下来，一只尼切沃亚就抓住了他，把他的手臂从肩膀处扯了下来，连剑带手一起都扯了下来。他在那里站了片刻，摇摇晃晃，伤口向外喷着鲜血，然后倒在了地板上，成了一堆没有生气的肉。

王后开始歇斯底里地尖叫。她推开旁人冲上前去，试图跑到她儿子的尸体旁边，当尼古拉把她拉回来的时候，她的脚已经在瓦西里流出的血里打滑了。

"别去，"他请求道，用双臂紧紧抱住她，"他不在了，妈妈，他已经不在了。"

又一大群尼切沃亚从窗中挤了进来，冲向了尼古拉和他的母亲。

我必须冒险了。我将光聚成两条耀眼的弧，劈开了一只又一只尼切沃亚，其间差点儿打到一个蜷缩在地上发抖的将军。尼切沃亚倒向了人群，人们又是尖叫又是啜泣。

"到我这儿来！"尼古拉喊道，把他的母亲和父亲往门口赶。护卫跟在我们身后，我们一起后退着离开了大厅，然后开始狂奔。

大王宫陷入了一片混乱。惊慌失措的仆役和侍从把走廊挤得满满当当，有的人手忙脚乱地往出口钻，有的人躲进屋子里堵上了门。我听到哀嚎的声音，还有玻璃碎裂的声音。宫外传来了一阵爆炸声。

希望那是物料能力者，我绝望地想着。

玛尔和我逃出了宫殿，不管不顾地往大理石台阶下冲去。金属被扭曲的尖锐声音划破天空。我低头看着那条白石小路，正好看到大王宫金色的大门被埃斯里尔基排山倒海的风吹了下来，门板和旁边固定的铰链都断开了。暗主的格里莎鱼贯而入，身上穿着他们亮色的凯夫塔。

我们沿着小路向小王宫狂奔。尼古拉和皇家护卫跟在我们后面，他孱弱的父亲减慢了他们的速度。

到了树木通道的入口，国王弯下腰，气喘吁吁，王后流着眼泪，紧紧挽着他的手臂。

"我必须把他们带上翠鸟号。"尼古拉说。

"那就走远的那条路，"我说，"暗主会先去小王宫的，他要来找我。"

"阿丽娜，如果他抓住你的话——"

"走吧，"我说，"救他们，救巴格拉。我不会离开格里莎的。"

"我会把他们送出去再回来，我保证。"

"这是你的诺言，作为一个割喉凶犯和海盗？"

他摸了摸我的脸颊，手指只是短暂地停留了一下："私掠船船长。"

又一次爆炸，地面微微晃动。

"走吧！"玛尔喊道。

在我们冲入通道的时候，我回头瞥了一眼，只见紫色的昏暗天光中映出尼古拉的剪影。我不知道我还会不会再次见到他。

我们沿着通道使劲儿奔跑，我肩上的伤仿佛在燃烧，还一下一下地刺痛，这更让我加快了速度。我的大脑在飞快地运转——他们有没有机会把自己送进主厅，如果我能到盘子那里的话，他们来不来得及去屋顶上的枪炮后面各就各位。我们做的所有计划，都被瓦西里的骄傲自大给毁掉了。

我冲出了通道，猛地一个急刹车，脚下一滑，碎石被我弄得飞了出去。我不知道是因为这股冲力，还是因为我面前的景象，总之我跪倒在了地上。

小王宫被涌动着的阴影围住了。那些阴影飞过宫墙，俯冲向屋顶，咔咔作响，嗡嗡鸣叫。台阶上躺着许多尸体，空地上也是。前门完全敞开着。

台阶前的小路上散落着镜子的碎片。大卫设计的一个盘子倒在一旁，压着一个女孩子的尸体，她的护目镜歪到了一边。是巴哈。两只尼切沃亚蹲在镜子前面，注视着镜中它们破碎的影像。

我发出一声狂怒的大吼，抛出一片火热的光，将那两只尼切沃亚消灭。它们消失了，光沿着盘子的边缘碎裂开去。

我听到屋顶上传来了炮火的声音。有些人还活着，有些人还在战斗。而且还有一只盘子。它或许力量不大，但我们就只有它了。

"这边走。"玛尔说。

我们快速穿过草坪，从通向暗主居室的门进入了王宫。在台阶底部，一只尼切沃亚尖声鸣叫着从门里冲到了我们面前，把我撞倒在地。玛尔用剑去砍它。它晃动了一下，然后又恢复了形状。

"退后！"我叫道。玛尔闪身一避，我的开天斩劈开了那个阴影士兵。我一步两个台阶往上跑，我的心脏跳得飞快，玛尔紧紧跟在我身后。空气里充满了血液的气味，还有令人骨头发颤的炮火的喧嚣。

当我们到达屋顶的时候，我听到有人喊了一句："走开！"

我们刚刚低下身，格伦纳基就在我们头顶上方爆炸了，几乎将我们的眼皮烧焦，我们的耳朵里嗡嗡作响。科波拉尔基在操控尼古拉的那些枪炮，将一波一波的子弹向那一大堆阴影射去，物料能力者则在为枪炮装弹。剩下的那只盘子被配有武装的格里莎围在中间，他们正在艰难地阻止尼切沃亚靠近。大卫在那里，笨拙地抱着一条来复枪，努力坚守着自己的阵地。我将一道强光抛到高处，发出抽鞭子一般的脆响，劈开我们头顶上的天空，替我们争取到了宝贵的几秒钟的时间。

"大卫！"

大卫抓起挂在脖子上的哨子猛吹了两下。纳蒂亚套上了护目镜，那个操控者把盘子移到了位置。我片刻也没有停——双手一扬，让光直接照到了盘子上。哨子吹响了。盘子倾斜了。一道纯净的光束从镜面上反射了出去。即使没有第二个镜面盘，光束还是刺破天空，把尼切沃亚劈开了，它们被烧得一干二净。

光束在空中闪耀，划出一道弧线，所到之地的黑色躯体都化为乌有，那一大群阴影士兵开始减少，我们甚至可以看到贝亚诺奇季的天色了。第一眼看到星星的时候，格里莎们发出了一阵欢呼，一丝希望从我的恐惧之中冒了出来。

之后一只尼切沃亚突破了我们的防线。它避开光束，奋力跃到了盘子上，在盘子与屋顶的连接处猛烈地摇晃起来。

玛尔立刻扑到了那个生物身上，又劈又砍。一群格里莎努力控制住它结实的双腿，可是那个东西扭动着逃脱了。接下来，尼切沃亚就开始从四面八方冲下来。我看到其中一只躲过光束，直接俯身滑到了盘子的背面。镜面向前摇摆起来。光芒先是开始抖动，然后就消失了。

"纳蒂亚！"我尖叫道。她和那个操控者及时从盘子旁边躲开了。盘子倒向了一边，玻璃碎裂，发出一声巨响，尼切沃亚发动了新一轮的攻势。

我抛出了一道又一道光弧。

"去大厅!"我喊道,"封上门!"

格里莎们开始奔跑,可是他们还不够快。我听到一声大叫,费约德尔的面孔在我眼前一闪而过,他被举起来扔下了屋顶。我洒下大片光芒作为掩护,可尼切沃亚总是源源不断地出现。要是我们有两只盘子就好了。要是我们有多一点的时间就好了。

玛尔又突然来到了我身边,手里端着来复枪。"这样肯定不行,"他说,"我们必须离开这里。"

我点了点头,我们后退着走向了楼梯,与此同时,空中扭曲的身形也越来越密集了。我的脚绊到了身后一个柔软的东西,我踉跄了一下。

谢里盖蜷缩着靠在穹顶边上。他怀中抱着玛丽。她被劈开了,从脖子到肚脐。

"一个都不剩。"他抽泣着,泪水顺着他的脸颊流了下来,"一个都不剩。"他前后摇晃着,更加用力地抱住了玛丽。我无法去看玛丽,我承受不了。那个傻傻的、总是咯咯笑的玛丽,耳边垂着她可爱的棕色卷发。

尼切沃亚正飞过屋顶,如同黑色的潮水一般向我们冲过来。

"玛尔,把他弄起来!"我喊道。我朝着扑向我们的一大群黑影用力一劈。

玛尔抓住谢里盖,把他从玛丽身边拉走了。谢里盖挥舞着胳膊乱打,拼命挣扎,但我们还是把他带到了屋顶下面,然后在我们身后重重关上了门。我们半抱半推地把他弄下了台阶。下到第二级台阶的时候,我们听到屋顶的门被撞开了。我向高处抛去一道光,它像刀一样切出去,希望能击中楼梯之外的东西,然后我们连滚带爬地跑下了最后一级台阶。

我们冲进了主大厅，大门在我们身后猛地关上了，格里莎们用力插上了门锁。先是"砰"地一声巨响，然后又是一声，尼切沃亚正在试图冲破这道门。

"阿丽娜！"玛尔喊道。我转头看见另一道门也封上了，但是厅内还有尼切沃亚。佐娅和纳蒂亚的弟弟被逼得靠在了墙上，一堆阴影士兵不断向他们靠近，他们正在召唤风，举起桌椅和家具的碎片朝它们掷过去。

我扬起双手，一道光芒向前扫去，像一条发热的绳索，击中一个又一个尼切沃亚，直到它们都消失掉。佐娅垂下了手，一个茶炊落了下来，发出"哐啷"一声。

每一扇门外都传来了捶击和剐蹭的声音。尼切沃亚在用爪子抠门上的木头，它们想要进入厅内，它们在找寻一道可以让它们进入的裂缝。四面八方似乎都有嗡嗡声和咔哒咔哒的声音传来。不过物料能力者之前的工作做得很好。密封措施应该能坚持住，至少还能坚持一小段时间。

接着我环顾了一下屋内。大厅如同被血洗过一样。墙上是斑斑的血迹，石头地板被血浸湿了。到处都是尸体，一个一个小堆，紫色的，红色的，蓝色的。

"还有其他人吗？"我问道。我无法让自己的声音不发颤。

佐娅迷茫地摇了一下头。她一边的脸颊上溅满了血。"我们当时在吃晚饭。"她说，"我们听到了钟声。我们来不及封上门。它们就……到处都是了。"

谢里盖在无声地啜泣着。大卫面色苍白，不过很镇定。纳蒂亚从屋顶上跑下来了。她用胳膊抱着艾德里克，他的下颌依然保持着倔强的线条，可他的身体在发抖。还有三名火焰召唤者和两名科波拉尔基——一名治愈者和一名摄心者。这就是第二部队余下的所有人了。

"有人看到图亚和塔玛吗？"我问道。可是没有人看到过他们。他们也许已经死了。他们也有可能在这场灾难中扮演了某种其他的角色。塔玛在餐厅里没了踪影。根据我所知道的情况来看，他们一直以来都是在为暗主做事的。

"尼古拉也许还没有离开，"玛尔说，"我们可以试一试去翠鸟号那里。"

我摇了摇头。如果尼古拉没走的话，那他和他家族中的其他人就都已经死了，也许巴格拉也死了。我脑海中忽然浮现出了一个画面：尼古拉的尸体面朝下浮在湖中，旁边是翠鸟号的残骸。

不会的。我不能这样想。我记起了我第一次见到尼古拉时想到的东西。我必须相信，聪明的狐狸也能够逃脱这一个陷阱。

"暗主把他的力量集中在了这里，"我说，"我们可以逃到上城区去，再试一试从那里攻回来。"

"我们到不了那里的，"谢里盖不抱希望地说，"它们太多了。"确实如此。我们本来也知道或许会走到这一步，可是那时我们预想我们人数会比现在多，而且还抱有可以从伯利兹纳亚获得增援的希望。

远处的某个地方传来了滚滚雷鸣。

"他来了，"一个喷火兵呻吟道，"哦，圣者们啊，他来了。"

“他会把我们都杀死的。”谢里盖小声说着。

“那就算是我们的运气了。”佐娅回应道。

这实在不是当下最有帮助的话，但她是对的。在他母亲眼中阴影密布的黑洞里，我看到了暗主对待叛徒的真实手法，而且我怀疑佐娅和其他人会受到更加严厉的处置。

佐娅试图把脸上的血抹掉，但只能把它们变成一条贯穿脸颊的血迹。“要我说，我们还是试一试去上城区。我宁可跟外面的怪物冒险拼一拼，也不要干坐在这里等暗主来。”

“胜算可不大哦，”我警告道，我很讨厌自己不能给他们带来希望，“我不够强壮，挡不住那么多的尼切沃亚。”

“至少死在尼切沃亚手上还相对痛快一点，”大卫说，“要我说，我们就出去拼个你死我活。”我们所有人都转过头去看着他。他自己似乎都有点儿诧异。接着他耸了耸肩。他注视着我，说道：“我们尽力而为吧。”

我环视了一遍这一圈人。一个接着一个，他们点了头。

我吸了一口气又吐了出来：“大卫，你还有格伦纳基剩下吗？”

他从凯夫塔里掏出了两个铁的圆柱体：“这是最后两个了。”

“用一个留一个。我会发出信号。我一开门，你们就往宫门跑。”

“我留下。”玛尔说。

我张口想要争辩，可是他的表情告诉我，我说什么都没有用。

"不要等我们，"我对其他人说，"我会尽力给你们提供掩护。"

又一阵雷鸣般的声音破空而来。

格里莎们从死者身上扯下几条来复枪，围绕着我集合到了门边。

"好！"说完，我转过身，把手放在了雕花的门把手上。我的手掌感觉到了尼切沃亚身体的冲力，那是它们在不停地撞击木门。我的伤口灼热地抽痛了一下。

我对佐娅点了点头。锁"喀哒"一声打开了。

我把门甩开，大喊道："就现在！"

大卫把闪光弹高高抛入暮色之中，与此同时，佐娅的胳膊在空中猛地一挥，用一阵召唤者的气流将那个圆柱体送得更高。

"蹲下！"大卫高喊。我们转身朝向大厅，眼睛紧闭，双手抱着头，防护自己以免被爆炸所伤。

冲击波让我们脚下的石头地板都摇晃了起来，即使隔着眼皮，我也感觉到了耀眼红色。

我们开始狂奔。尼切沃亚散开了，因为光亮和声音的冲击而愣住了，但不过几秒之后，它们就又嗡嗡地向我们进攻了。

"快跑！"我喊道。我抬起双臂，光芒在我手中聚成冒着火的镰刀，砍向紫罗兰色的天空，把尼切沃亚一个接着一个劈开，同时玛尔也开火了。格里莎们跑向了树木通道。

我召唤出了每一分牡鹿的能量，每一分海鞭的气力，使出了每一个巴格拉教我的技巧。我把光从我体内拽出来，铸成一道道灼热的光弧，它们劈向阴影部队，在空中留下发亮的痕迹。

可是尼切沃亚实在太多了。制造出这么大数量的尼切沃亚让暗主付出了什么代价呢？它们蜂拥向前，身形不断变幻着，像一群发着微光的甲虫一般嗡嗡作响，它们的胳膊伸得长长的，露出了尖利的爪子。它们把格里莎从通道中逼了回来，黑色的翅膀拍动着空气，它们嘴部那阔大而扭曲的洞已经张开了。

接着，空气被炮火的喧嚣搅动起来。士兵们从树林中涌到了我左侧，他们一边跑一边射击。他们唇边喊出的作战口号让我有些吃惊——圣阿丽娜。

他们向尼切沃亚猛冲过去，拔出了刀剑，凶悍地朝那些怪物劈去。他们中有的人穿着农民的服饰，有的人穿着破破烂烂的第一部队的制服，但每个人都有着同样的标记：我的太阳符号，用墨水勾勒在他们的侧脸上。

只有两个人没有标记。图亚和塔玛冲在最前面，眼神发狂，刀光闪烁，嘴里高呼着我的名字。

第二十三章

　　太阳士兵们冲入阴影大军之中，狂砍猛冲，火枪手不停开火，逼得尼切沃亚连连后退。尽管他们如此勇猛，可是他们毕竟只是人类，是在用血肉之躯加上武器来对抗有生命的影子。一个一个地，尼切沃亚把他们打倒了。

　　"去礼拜堂！"塔玛喊道。

　　礼拜堂？她是计划要往暗主身上扔赞美诗集吗？

　　"我们会被困住的！"谢里盖喊道，向我跑来。

　　"我们已经被困住了，"玛尔说道，把来复枪扛到了背上，一把抓起了我的胳膊，"我们走！"

　　我不知道该如何是好，但我们没有其他选择了。

　　"大卫！"我高声叫道，"用第二枚炸弹！"

　　他把炸弹用力掷向了尼切沃亚。他的准头不敢恭维，不过幸好有佐娅在一旁帮忙。

我们钻入了树林之中，太阳士兵断后。爆炸的冲击波伴随着一片白光席卷了林子。

礼拜堂里已经点起了灯，门也开着。我们冲了进去，脚步声在长椅之间和光滑的蓝色穹顶下回荡。

"我们要去哪儿？"谢里盖惊惶地大叫道。

我们已经可以听到外面传来嗡嗡声和咔哒咔哒的声音了。图亚用力关上礼拜堂的门，把一条沉重的木头门闩放到了位。太阳士兵们在窗边各就各位，手里端着来复枪。

塔玛跃过一排长椅，沿着走廊飞跑，她从我身边经过，嘴里说着："快来！"

我疑惑地看着她，我们这是要去哪里呢？

她越过圣坛，抓住了木质镀金的三联画边框的一角。被水破坏了的那块画板旋开了，露出一条通道黑洞洞的入口，我看得目瞪口呆。原来太阳士兵是这样进来的，大教长也是这样逃离大王宫的。

"这通向哪里？"大卫问道。

"有什么关系呢？"佐娅回复道。

响雷般炸裂的声音划破天际，让这栋建筑摇晃了起来，礼拜堂的门被震成了碎片。图亚向后一仰，黑暗潮水般涌了进来。

暗主乘着一道阴影的浪潮进来了，又轻轻地落在了礼拜堂的地上。

"开火！"塔玛喊道。

顿时枪声四起。子弹打入尼切沃亚的身体，它们在暗主身边扭动翻腾，身形变幻重组，在毫无空隙的阴影浪潮中互相取代。暗主的步调甚至连一点变化都没有。

尼切沃亚正在从礼拜堂的门中蜂拥而入。图亚已经站了起来，疾步冲到我身边，手里拿着枪。塔玛和玛尔站在我两侧，格里莎们在我们背后排开。我抬起了手，召唤光亮，准备大开杀戒。

"不要抵抗了，阿丽娜。"暗主说。他冷冷的声音刺穿四周的嘈杂，在礼拜堂中回响，"你不抵抗，我就放他们走。"

作为回应，塔玛将两把斧子的锋刃相向一磨，发出了金属摩擦金属时刺耳的声音。太阳士兵们举起了他们的来复枪，我听到了火焰召唤者敲击打火石的声音。

"看看周围吧，阿丽娜，"暗主说，"你赢不了的，你只能眼看着他们死去。现在到我这里来吧，我不会伤害他们——不伤害你狂热的信徒士兵，甚至不伤害那些叛徒格里莎。"

我看了看礼拜堂中噩梦般的场景。一大群尼切沃亚在我们上方挤成一团，已经贴到了穹顶内壁上。它们聚集在暗主周围，躯体和翅膀形成了一片厚重的乌云。透过窗户，我可以看到更多的尼切沃亚在昏暗的空中盘旋。

太阳士兵神色坚定，可是他们的人数已经大大减少了。其中一个人的下巴上长了几粒青春痘。在太阳标记之下，他看起来不会超过十二岁。他们需要他们的圣者创造奇迹，一个我根本无能为力的奇迹。

图亚上了枪栓。

"等等。"我说。

"阿丽娜，"塔玛小声说，"我们还是可以让你出去的。"

"等等。"我又说了一遍。

太阳士兵们放低了枪管。塔玛将斧子放到了腰际，但手依然紧紧握着斧柄。

"你的条件是什么？"我问道。

玛尔皱起了眉头，图亚摇着头，我并不在乎。我知道这或许是诡计，可是只要有一点能够保住他们性命的机会，我就必须抓住它。

"你投降，"暗主说，"然后他们就都可以离开，获得自由，他们可以从这个兔子洞爬下去，从此永远消失。"

"自由？"谢里盖小声说。

"他在撒谎，"玛尔说，"这是他一贯的伎俩。"

"我不需要撒谎，"暗主说，"阿丽娜想到我这里来。"

"她不想跟你有任何瓜葛。"玛尔唾弃道。

"不想吗？"暗主问道。他黑色的头发在礼拜堂的灯光下微微发亮。召唤他的阴影部队对他产生了不好的影响，他显得更消瘦，更苍白，可是不知怎么地，他脸上清晰的棱角却变得更加俊美了。"我警告过你，你的奥特卡扎泽亚永远也无法理解你，阿丽娜。我告诉过你，他只会怕你，仇恨你的能力。如果我说错了，你可以告诉我。"

"你错了。"我的声音很平稳，可是我心中还是产生了怀疑。

暗主摇了摇头："你无法对我撒谎，你以为，如果你不那么孤独的话，我还能一次又一次出现在你面前吗？你召唤我，而我响应了。"

我不太相信自己所听到的话。"你……你一直都在那里？"

"在黑幕中，在王宫中，还有昨天晚上。"

我想起了他的身体压在我身上的情形，不由得涨红了脸。羞耻席卷了我的全身，不过相伴而来的还有铺天盖地的轻松之感。那些并不是我幻想出来的。

"那不可能。"玛尔咬牙切齿地说。

"你完全不知道我可以让什么事情成为可能，追踪手。"

我闭上了眼睛。

"阿丽娜——"

"我已经看到了真正的你，"暗主说，"而且我从来没有转身逃避，我永远也不会转身逃避。他能说一样的话吗？"

"你一点儿也不了解她。"玛尔狠狠地说。

"到我这里来吧，一切都将结束——恐惧，不确定，血腥。让他走吧，阿丽娜，让他们都走吧。"

"不。"我说。可是即使是在我摇头的时候，我内心的某个东西也在大喊，好。

暗主叹了口气，扭头看了一眼。"把她带来。"他说道。

一个披着厚重披巾的身影，驼着背，拖着脚，缓慢地向前移动过来，好像每走一步都非常痛苦。巴格拉。

我的胃难受起来。她为什么一定要这么固执？她怎么就不能和尼古拉一起走呢？除非尼古拉根本没能出去。

暗主把一只手放在了巴格拉肩头，她退缩了一下。

"让她一个人待着。"我气愤地说。

"给他们看。"他说。

她解开了披巾。我猛吸了一口气，听到身后有人呻吟了起来。

那不是巴格拉，我根本看不出那是什么。到处都是咬痕，隆起的黑色皮肉，扭曲肿胀的身体组织，它们永远无法被治愈，格里莎的手做不到，谁也做不到，毫无疑问，那是尼切沃亚留下的记号。接着我看到了她的头发，如同褪了色的火焰，还有她剩下的那只眼睛，那可爱的琥珀色。

"珍娅。"我喘息着说。

我们站在那里，一片可怕的寂静。我向她迈了一步，随后大卫从我身边挤了过去，沿着圣坛的台阶往下走。珍娅哆哆嗦嗦地往后退，把披巾拉了起来，转过身不让他看到她的脸。

大卫的脚步慢了下来，他犹豫了一下，轻轻地伸出手，去触碰她的肩膀。我看到她的背一起一伏，我知道，她是在哭泣。

我抑制不住自己，发出一声抽泣，我捂住了嘴。

在这漫长的一天里，我已经看过了很多很多恐怖的景象，可是这一个，让我喘不过气来：珍娅像一只吓坏了的动物，往远离大卫的地方退缩。光芒四射的珍娅，有着雪花石膏般的肌肤和秀雅的双手。外柔内刚的珍娅，忍受了无数轻蔑侮辱，却依然把她可爱的下巴高高抬起。愚蠢的珍娅，努力想成为我的朋友，胆敢对我表示慈悲。

大卫用他的手臂揽住了珍娅的肩膀，慢慢地引导她沿着走廊往回走。暗主没有阻止他们。

"我发动了你逼我发动的战争，阿丽娜。"暗主说，"如果你没有从我身边离开，第二部队会依然毫无损伤。所有的格里莎现在依然都会活着。你的追踪手会和他的兵团战友在一起，安全而愉快。什么时候才到头？什么时候你才会让我收手？"

你需要的不是帮助，你唯一的希望是逃跑，巴格拉是对的。我一直是个傻瓜，以为我能跟他斗。我尝试了，然而不计其数的人因此失去了他们的生命。

"你为在诺沃克里比斯克丧命的人哀悼，"暗主继续说下去，"还有在黑幕中死去的那些人。可是在他们之前，被无穷无尽的战争夺去生命的那成千上万的人呢？那些正在远方陆地上垂死挣扎的人呢？我们联手，就可以终结这一切。"

合情合理，合乎逻辑。这一次，我把这些话听进去了。结束这一切。

都结束了。

这个想法应该让我觉得被打倒了，击败了，可是并没有，我反而觉得它让我全身充满了意想不到的轻盈感。我早就知道一切会这样结束，难道不是吗？

那么久以前，在格里莎大帐里，当暗主的手滑过我的手臂的时候，他就将我完全占有了。我只是一直都没有意识到这一点罢了。

"好吧。"我小声说。

"阿丽娜，不可以！"玛尔狂怒着说。

"你会让他们走吗？"我问道，"所有人？"

"我们需要那个追踪手，"暗主说，"为了火鸟。"

"让他走，获得自由。你不能把我们两个人都占为己有。"

暗主顿了顿，然后点了一下头。我知道他认为他会找到法子让玛尔为他效力的。就让他这样相信吧，我绝不会让这件事情发生的。

"我哪里也不去。"玛尔牙关紧咬，从牙缝里挤出了这句话。

我转向了图亚和塔玛："把他带走，哪怕你们把他扛起也行来。"

"阿丽娜——"

"我们不走，"塔玛说，"我们发过誓的。"

"你们得走。"

图亚摇动着他巨大的脑袋："我们宣誓要用生命对你效忠，我们所有人都是这样。"

我转过身去，面朝他们。"那就照我的命令做。"我说道，"图亚·于-巴托，塔玛·柯-巴托，你们将这些人从这里带去安全的地方。"我召唤出光，让它在我周围发出辉煌的光晕。一个廉价的小把戏，不过效果很好。尼古拉要是看到的话会很骄傲的吧。"不要辜负我。"

塔玛眼中含着泪，但她和她的兄弟都垂首答应了。

玛尔拉住我的胳膊，粗暴地让我转了过去，说道："你在干什么啊？"

"我只能这样。"我需要这样。这是奉献牺牲还是自私自利，都已经不再重要了。

"我不相信。"

"我到底是谁，这是我无法逃避的问题，玛尔，我现在变成的样子，我也无法逃避。我不能把你认识的那个阿丽娜带回来，但我可以让你获得自由。"

"你不能……你不能选择他。"

"这不是在做选择，这或许是注定的。"这是实话，我从项圈里，从手链的重量里都感受到了这一点。几个星期以来，我第一次觉得强壮。

他摇着头："这全都不对。"他脸上的表情差点瓦解我的意志。那迷茫的、惊愕的表情，仿佛一个小男孩，独自站在村庄还在燃烧的废墟之中。"拜托了，阿丽娜，"他低声说，"拜托了，一切不可能就这样结束的。"

我把手放在他的脸颊上，希望我们之间仍然有足够的默契。我踮起脚尖，亲吻了他下颌上的那道伤疤。

"我这一辈子都在爱你，玛尔，"我透过泪水耳语道，"我们的故事不会结束的。"

我向后退了退，在心中记下他面孔的每根线条，我心爱的、他的面孔。接着我转过身，向走廊另一端走去。我的脚步很坚定。玛尔会有自己的生活，他会找到他生命的目的，而我也必须去追求我生命的目的。尼古拉曾许给我一个拯救拉夫卡的机会，一个对所有我做过的事情进行弥补的机会。他尝试过了，可这个机会还是要由暗主来给。

"阿丽娜！"玛尔喊道。我听到身后传来了脚在地上摩擦的声音，我知道那是图亚控制住了他。"阿丽娜！"他的声音如同裸露的白色木头，从树的中心被抽出。我没有回头。

暗主站在那里等候着，他的阴影护卫在他身边盘旋、变幻。

我很害怕，不过在恐惧之下，是渴望。

"我们很相似，"他说，"跟其他任何人都不同，以后也没有其他任何人会如此相似。"

这句话说出的真相在我脑中挥之不去。信号相似则相吸。

他伸出手，我踏入了他的臂弯之中。

我弯起手掌放在他的后颈上，他的头发滑过我的指尖，如同丝绸一般。我知道玛尔还在看。我需要他转过头去，我需要他离开。我仰起，朝向暗主的面孔。

"我的力量是你的。"我小声说。

当他的嘴唇贴近我的嘴唇时，我看见了他眼中的狂喜和成就感。我们嘴唇相碰，我们之间的联系建立了。在我的幻象中，他作为影子出现在我面前的时候，他不是这样触摸我的。现在这是真实的，而我会沉溺其中。

一股力量潮水般在我体内涌动——牡鹿的力量，它强壮的心脏在我们两个的身体之中跳动，那条他取走的性命，那条我试图拯救的性命。不过我也感受到了暗主的力量，黑色异端的力量，黑幕的力量。

信号相似则相吸。我在蜂鸟号进入虚海的时候就察觉到了这一点，可我一直害怕，不敢去接受。这一次，我没有抵抗。我放下我的恐惧，我的罪恶，我的羞耻。我体内有黑暗的成分，他把黑暗放在了那里，而我不会再否认。涡克拉，尼切沃亚，它们也是我的怪物，全部都是，他也是我的怪物。

"我的力量是你的。"我重复道。他双臂更加用力地抱住了我。"你的力量也是我的。"我小声说道。

我的，这两个字响彻我体内，我们两个人的体内。

阴影士兵们移动着，呼呼作响。

我想起了在大雪覆盖的林中空地里的感觉，那时暗主把项圈套在我的脖子上，由此掌控了我的力量。我把这股力量释放出去，跨过我们之间的联结。

他向后一仰："你在干什么啊？"

我知道他为什么一直不打算亲手杀死海鞭，为什么不想建立第二重联系了，他害怕了。

我的。

我将自己的那股力量不断向前推进，通过莫洛佐瓦的项圈铸就的联系，控制了暗主的力量。

黑暗从他体内涌出，他掌中出现了黑色墨水般的东西，翻涌着，跳跃着，手、头、爪子、翅膀渐渐形成，慢慢变成了尼切沃亚的身形。我的第一只恶煞。

暗主试图挣脱我，可我却更加用力地控制住了他，向他的力量发出信号，向黑暗发出信号，就像他曾经使用项圈召唤我的光时那样。

又一只生物出现了，然后又是一只。暗主大叫起来，好像那是从他体内硬生出来的。我也有同样的感觉，每一个阴影士兵都好像在撕扯着我，取走了创造它所需要付出的东西，而我的心脏也随之一次次紧缩。

"快住手。"暗主的声音有些干哑。

尼切沃亚在我们身边不安地飞动，发出咔哒声和嗡嗡声，动得越来越快。一个接着一个，我把我的黑暗士兵创造出来，赋予它们生命，我的部队在我们身边腾空而起。

暗主发出了呻吟声，我也一样。我们倒在彼此身上，但我依然没有心慈手软。

"你会把我们两个人都害死的！"他大叫。

"对。"我说。

暗主的腿打了个弯，我们都跪在了地上。

这不是小科学，这是魔法，某种古老的东西，与世界中心同寿。这种力量令人恐惧，无穷无尽。难怪暗主会渴望获得更多。

那片黑暗嗡嗡作响，嘈杂喧哗，如同一千只蝗虫、甲虫、饥饿的苍蝇，在摩擦着腿脚，扇动着翅膀。被他的暴怒和我的欣喜驱使着，尼切沃亚的身形晃动又重组，热烈疯狂地呼呼乱飞。

又一只怪物，又一只，鲜血从暗主的鼻子里流了出来。房间好像也在前后晃动，我意识到那是我在抽搐。我在慢慢死去，随着每一只怪物挣脱而出，获得自由，我都在一点一点地向死亡靠近。

再久一点，我心想，再多几个，那样就够了，我就可以把他送去另一个世界了，而我也将步其后尘。

"阿丽娜！"我听到玛尔的喊声，好像是从很远的地方传来的。他在拽我，试图把我拉开。

"不要！"我喊道，"让我了结这一切。"

"阿丽娜！"

玛尔抓住了我的手腕，我的全身开始震动起来。透过鲜血和阴影的薄雾，我好像从一扇金色的门中，瞥见了某个美丽的东西。

　　他把我从暗主身边拽开了，不过我还来得及向我的孩子们发出最后一道命令：毁掉这一切。

　　暗主瘫倒在地上。怪物们在他身边形成了嗡嗡作响的黑色纵队，它们升了起来，然后向礼拜堂的墙壁撞去，这栋小建筑的基座开始摇晃。

　　玛尔把我抱在怀里，沿着走廊奔跑。尼切沃亚继续撞击着礼拜堂的墙壁。大块儿的石灰掉在地上，蓝色的穹顶晃动不已，它底下的支撑结构遭到破坏。

　　玛尔奋力跃过圣坛，扑入了通道之中。潮湿泥土的气息和发霉的味道充斥着我的鼻腔，其中还混合着礼拜堂中香烛的微甜气味。他飞奔着，和我造成的灾难赛跑。

　　我们身后很远的地方传来"轰隆"一声，礼拜堂塌了。一股冲击波咆哮着扩散到了通道中。我们被一大块泥土的残骸击中，紧接着是一股强大的冲击波。玛尔向前飞了出去，我从他怀中滚到了地上，世界在我们周围坍塌。

　　我听到的第一个声音是图亚低沉的吼叫声。我无法说话，无法尖叫，只能感受到身上的疼痛和土石无情的重量。后来我才知道，他们在我身上辛苦地忙活了好几个小时，把空气注入我的肺里，止住血流，努力修补我骨折最厉害的地方。

　　我的意识时有时无。我口干舌燥，嘴巴肿得张不开，很确定我咬到了自己的舌头。我听到塔玛在发号施令。

　　"把剩下的通道弄塌，我们必须尽可能远离这里。"

　　玛尔。

他在哪里呢？埋在瓦砾下面？我不能让他们把他丢下。我努力喊出他的名字。

"玛尔。"他们能听到吗？我的声音又轻又含糊，连我自己听来，我的声音都有些低沉和不对劲儿。

"她在痛，我们是不是应该把她放下？"塔玛问道。

"我可不想冒让她的心脏再次停止跳动的风险了。"图亚回答说。

"玛尔。"我又说了一次。

"留着通往女修道院的通道，"塔玛对什么人说，"希望他以为我们往那里去了。"

女修道院，圣莱莎贝塔，格里斯基大宅旁边的花园。我无法理清自己的思路。我试图再说一次玛尔的名字，可是我已经无法控制自己的嘴巴了，疼痛又一次向我袭来。要是失去了他，我该怎么办啊？如果我还有力气的话，我就会尖叫起来，破口大骂，可我只是陷入了黑暗之中。

当我恢复意识的时候，世界正在我身下摇晃。我想起了在捕鲸船上醒来的感觉，片刻的惊恐之中，我以为自己身在一艘船上。我睁开了眼睛，看到了上方高处的土石，我们在一个巨大的洞穴中移动。两个男人用肩膀扛着担架之类的东西，我仰卧在上面。

要保持清醒十分困难。我活到现在，大部分的时候都觉得自己病恹恹的，很虚弱，但我从来没有感到这样疲惫。我只剩下一个驱壳，内部被掏空了，洗刷干净了。如果有一阵清风可以吹到地底这么深的地方，我就会被吹散，无影无踪。

尽管我的每一根骨头，每一块肌肉仿佛都在尖叫着抗议，我还是努力转过了头。

玛尔在那儿，躺在另一个担架上，被人扛着，离我只有几英尺远。他在看着我，好像一直在等我醒来。他伸出了手。

我不知道从哪儿来了一些力气，把手越过担架的边缘伸了出去。当我们手指相碰的时候，我听到一声啜泣，我意识到这是自己在哭。我如释重负地流泪，因为我不必背负让他送命的重担而活下去。然而，在我的感激之中，还嵌着一根仇恨的刺。我怒火中烧地流着泪，因为我还必须活下去。

我们走了很远，路上经过了非常狭窄的地方，在那里他们不得不把我的担架放到地上，在石头上拖着我前行；我们也经过了又高又宽敞的地方，那里简直可以让十辆干草拖车并排通过。我不知道我们这样走了多久，在地下也看不出是白天还是黑夜。

玛尔恢复得比我快，可以一瘸一拐地在担架旁走路。他在通道倒塌的时候受了伤，不过格里莎已经让他复原了。而我经受的那些，我接纳的那些，他们却无能为力。

有一次，我们在一个有着许多钟乳石的山洞中停了下来。我听到一个挑夫把它叫作"虫口"。他们把我放下来的时候，玛尔就在旁边，在他的帮助下，我勉强坐了起来，靠在山洞的石壁上。不过只是这些动作就让我脑袋发晕了，他用袖子擦拭我的鼻子，我知道自己在流血。

"情况有多糟糕？"我问道。

"你看起来已经好些了。"他坦白地说，"朝圣者们提到一个叫'白色大教堂'的地方，我想我们去的就是那里。"

"他们要把我带到大教长那里去？"

他扫了一眼洞内："他就是这样在政变后逃离大王宫的，他就是这样长期逃避追捕的。"

"他也是这样在占卜宴会上出现又消失的。那座大宅就在圣莱莎贝塔女修道院的旁边，记得吗？塔玛把我直接领到他面前，然后又把他放走了。"我听出了自己虚弱的声音中的苦涩与愤恨。

慢慢地，我昏乱的头脑把事情一点一点儿拼凑在了一起。只有图亚和塔玛知道宴会的事，是他们作好了安排让大教长来见我。那天早上当我差点儿引发一场暴乱的时候，他们本来就在朝圣者之中，在那里和那些信徒一起观看日出，因此他们才能那么快地赶到我身边。还有塔玛一察觉到可能有危险就从鹰巢中消失了。我知道，完全是因为双胞胎和他们的太阳士兵，才能有格里莎幸存下来，可是他们的谎言还是让我心中有些痛楚。

"其他人怎么样？"

玛尔转过头，看着蜷缩在阴影之中狼狈不堪的格里莎。

"他们知道手链的事了，"他说，"他们被吓坏了。"

"也知道火鸟的事了吗？"

他摇了摇头："我想没有。"

"我很快就会告诉他们的。"

"谢里盖的情况不大好，"玛尔继续说道，"我觉得他还处在震惊的状态中。其他人似乎都撑过来了。"

"珍娅呢？"

"她和大卫一直落在队伍后面，她走不快。"他迟疑了一下，"朝圣者们把她叫作拉泽鲁什亚。"

被毁灭之人。

"我要见图亚和塔玛。"

"你需要休息。"

"现在就要，"我说，"拜托了。"

他站了起来，却犹豫了。当他再次开口的时候，他的声音有些沙哑："你应该事先告诉我你准备做什么。"

我看向了别的地方。我们之间的裂痕感觉比以前更深了。我试图让你得到解放，玛尔，从暗主的手里，从我的手里。

"你应该让我了结这一切，"我说，"你应该让我赴死。"

听到他的脚步声渐渐消失，才让我放松下来。我可以听到自己短促的呼吸声。当我鼓足了力气抬起眼眸的时候，图亚和塔玛正跪在我面前，垂着头。

"看着我。"我说。

他们服从了。图亚的袖子卷了起来，我看到他粗壮的小臂上有太阳的标记。

"为什么不告诉我？"

"那样的话你就不会让我们那么接近你了。"塔玛回答道。

确实如此，即使是现在我也不知道要拿他们怎么办。

"如果你们相信我是圣者，为什么不让我在礼拜堂中死去？要是我注定该那样殉道呢？"

"那样的话你应该已经去世了，"图亚毫不犹豫地说，"我们就不会及时在瓦砾堆中找到你，就没有办法让你苏醒。"

"你们把玛尔放回来找我了，在你们向我发过誓之后。"

"是他自己挣脱的。"塔玛说。

我扬起了眉毛。玛尔可以挣脱图亚的那一天应该是出现奇迹的一天。

图亚头垂得更低，弓起了强壮的肩膀。"原谅我，"他说，"我不能作那个阻止他去找你的人。"

我叹了口气，这些神圣士兵啊。

"你们是为我效力的吗？"

"是的。"他们齐声说道。

"不是为那个牧师？"

"我们为你效力。"图亚说，他的声音非常洪亮、凶悍。

"以后见分晓吧。"我低声说着，挥手让他们离开。他们起身要走，不过我又叫住了他们："有些朝圣者开始管珍娅叫'拉泽鲁什亚'。警告他们一下，如果他们再敢说这个词，就割掉他们的舌头。"

他们没有眨眼，没有畏缩，只是鞠了一躬，然后走开了。

白色大教堂是一个白石英洞穴，非常巨大，闪闪发光的象牙白色一直延伸到洞的深处，里面似乎可以容纳得下一座城市。石壁很潮湿，蘑菇、盐百合、星星形状的伞菌在上面长得十分茂盛。这里是首都以北的某个地方，深藏在拉夫卡之下。

我想站着见那个牧师，所以当我们被带到他面前的时候，我紧紧抓着玛尔的胳膊，尽量掩饰我为了站直而付出的努力和我身体的颤抖。

"圣阿丽娜，"大教长说，"你终于到我们这里来了。"

接着，他穿着那身破破烂烂的棕色长袍跪了下来，亲吻了我的手、我衣服的边缘。他唤来了信众，几千人集合到了洞穴的腹地。当他开口的时候，周遭的空气好像都震动了起来。"我们会崛起，去建立一个新的拉夫卡，"他高呼着，"一个没有暴君和国王的国家！我们会破土而出，用正义的浪潮将阴影驱逐！"

在我们下方，朝圣者们吟唱着"圣阿丽娜"。

石洞中有一些房间，屋内的象牙白色的墙壁熠熠生辉，其中还有一条条闪着光的银色细线。玛尔扶我来到了我的住处，逼着我吃了几口甜豆糊，给我拿来了一罐清水，可以倒在脸盆中使用。一面镜子嵌在石头之中，当我瞥见自己的时候，我不由得轻轻惊叫了一声。沉重的水罐在地上摔碎了。我皮肤苍白，紧紧绷在突出的骨头上。我的眼睛变成了青黑色的，我的头已经完全变白了，如同一条雪白的瀑布。

我用指尖摸了摸镜子。玛尔将目光投向镜子中的我。

"我应该给你提个醒的。"他说。

"我看起来像个怪物一样。"

"更像是吉特卡。"

"树精可是会吃小孩子的。"

"只有在他们肚子饿的时候。"他说。

我试图微笑，把我们之间闪现的这一点温暖紧紧抓住。可是我注意到他站在离我很远的地方，他的手臂背在身后，像是护卫立正的姿势。他误解了我眼中的泪光。

"会好起来的，"他说，"你一旦开始使用你的能力就会好起来的。"

"当然。"我回应着，转过身，不再面向镜子，我感觉疲惫和痛楚浸透了我的骨骼。

我犹豫了一下，意味深长地看了一眼大教长派驻在房间门口的那个人。玛尔走近了一些。我想把脸颊贴在他的胸口上，感受他胳膊的环绕，倾听他那平稳的心跳。可我没有。

我只是用很低的声音说了一句话，嘴唇几乎保持不动。"我试过了，"我低语道，"好像有什么东西不对劲儿。"

他皱起了眉头。"你不能进行召唤了？"他犹犹豫豫地问道。他声音中充满的是恐惧吗？还是希望？担忧？我分辨不出。我在他身上能感觉到的只有警戒。

"也许是我太虚弱了，也许是因为我们在地底下的位置太深了，我不知道。"

我看着他的脸，想起了我们在小桦树林中发生的争吵，那时他问我，会不会放弃做格里莎。永远不会，我当时这样说道，永远不会。

绝望向我袭来，浓稠而黑暗，沉重得就像那泥土的压力。我不想说出这些话，不想将我的恐惧表达出来，那是我在漫长而阴暗的地下旅途中背负了一路的恐惧，可我还是迫使自己把它讲了出来："光不会来了，玛尔，我的能力不在了。"

之后

女孩再次梦到了船只，不过这一回，它们飞了起来。它们有着帆布制成的白色翅膀，还有一只眸子机灵的狐狸站在船舵后面。有时候那只狐狸会变成一位王子，亲吻她的嘴唇，要把珠光宝气的王冠送给她。有时候，它是一只红色的地狱恶犬，口鼻冒着白沫，在她逃跑的时候猛咬她的脚跟。

时不时地，她会梦到火鸟。它会用烈焰翅膀接住她，载着她，在她燃烧的时候抓住她。

早在消息传来之前，她就知道暗主活下来了，而她再一次失败了。他被他的格里莎救了出来，现在坐在阴影盘绕的王座上统治着拉夫卡，他的怪物大军聚集在他的身边。他的力量有没有被她在礼拜堂中所做的事情削弱，她不知道。他来自远古，力量对于他来说很熟悉，正如对她而言完全陌生一样。

他的奥布里奇尼克护卫攻入修道院和教堂，拆掉砖瓦，掀开地板，寻找太阳召唤者。悬赏发出了，威胁发出了，女孩又一次被追捕了。

牧师发誓说，在四通八达的地道之中，她是安全的，那些地道像一张秘密地图一般在拉夫卡纵横交错。有人宣称地道是由信徒组成的军队建造的，人们用鹤嘴锄和斧头进行挖掘，花费了数百年才建好。也有人说这些地道出自一个怪物的手笔，那是一条巨大的蠕虫，它吞食泥土、石头、植物的根、砂砾，挖出了通往古老圣地的地下路径，在那些圣地，残缺不全的祷告词仍在被人吟诵。而女孩只知道，没有什么地方可以长期保证她们的安全。

她看着追随者们的面孔：老人，年轻女子，孩子，士兵，农民，罪犯。她眼中看到的全都是死尸，暗主堆在她脚边的很多死尸。

大教长流着眼泪，高声诉说他的感恩之情，为了太阳召唤者还活着，为了她再一次得以死里逃生。在他疯狂的黑色眸子里，女孩看到了不一样的真相：一个死去的殉道者不会像一个活着的圣者这么麻烦。

信众的祷告词在男孩和女孩周围响起，声音在白色大教堂高耸的石壁间回响，在地下回荡，变得越来越响。大教长说这里是一个圣地，他们的避难所，他们的神殿，他们的家。

男孩摇了摇头，他知道监狱看起来是什么样子的。

他错了，毋庸置疑。女孩从大教长注视着她挣扎着站起来的眼神中，发现了这一点。她也从自己的心脏每一下虚弱的跳动中听出了这一点。这个地方并非监狱，这是一座坟墓。

但是女孩曾经过了多年隐形人一般的生活。她已然经历过鬼魂的生活，躲避世界，也躲避她自己。她了解被长期埋没的东西有什么力量，比任何人都了解。

到了夜晚，她听见男孩在她的房间外面来回踱步，和金色眼睛的双胞胎一起站岗。她静静地躺在床上，一下一下数着自己的呼吸，朝着地面的方向摸索，寻找光亮。她想起断裂的沙艇，诺沃克里比斯克，歪斜的教堂墙壁上满满的红色姓名。她记得金色穹顶下面人们倒成一堆，玛丽被撕裂的、血淋淋的身体，还有曾经救过她一命的费约德尔。她听见朝圣者们的歌谣和布道。她想起了涡克拉，还有蜷缩在黑暗中的珍娅。

女孩摸了摸颈上的项圈，腕上的手链，那么多人试图让她成为王后。现在她明白，她注定要有更远大的目标。

暗主告诉过她，他命中注定要掌权。他已经得到了王位，也占有了她的一部分，这随他的便。为了生者和逝者，她要给自己一个交代。

她将崛起。

格里莎三部曲之二完结，待续——

✍ 致 谢 ✍

致谢的问题在于，它很快就会变成适合一眼扫过的一长串名字。不过一本书得以面世需要很多人的努力，而他们值得为人所知。所以，拜托请忍耐一下吧。（如果太无聊的话，我建议你可以唱出声来。还可以去找个朋友来给你打节奏。我会等着的。）

作为一名刚刚出道的作者，你很快就会知道你需要你的代理做多少事情：你需要她是一个外交家、一个治疗师、一个鼓励者，偶尔呢，还需要她来吵个架。我何其有幸，能够找到Joanna Volpe，以一人扮演所有的这些角色。同时我也非常感谢New Leaf Literary and Media的整个团队，包括Pouya Shahbazian，Kathleen Ortiz，和Danielle Barthel。

我的编辑，Noa Wheeler，显然非常精通小科学。她这里推一推，那里戳一戳，问出你不想听到的问题，而到了最后，你会看到你的故事变成了更好的作品。这几乎像是魔法一样。

我要感谢Macmillan/Holt Children's的每一个人。我热爱这个令人尊敬的、一级棒的、充满智慧的大家庭，我也十分骄傲自己是其中的一员。特别感谢Jean Feiwel 和Laura Godwin，他们一再地为这个系列抽出时间，还有强悍的Angus Killick，光芒四射的Elizabeth Fithian，永远能把握重点的Allison Verost，还有依然朋克摇滚的Jon Yaged。和我同为迷妹的Ksenia Winnicki，千方百计地去联系博主。Lizzy Mason和Kate Lied让Fierce Reads的巡回活动能够得以开展。Kathryn Bhirud 和Karen Frangipane为《太阳召唤（Shadow and Bone）》制作了精美的短片（史诗巨作就是这样来的，孩子）。我也很感激 Rich Deas，April Ward，Ashley Halsey，Jen Wang，还有Keith Thompson，他们把这本书变成了艺术。另外，我也感谢Mark von Bargen，Vannessa Cronin，以及其他帮忙把我的书送到读者手中的优秀营销人员。

现在我们来说说我的部队：来自thisblueangel.com，勇敢而美丽的Michelle Chihara；Joshua Joy Kamensky，他一直给我提供音乐、才智、友善；Morgan Fahey，一个大胆果敢的女人——她同时也是慷慨的读者和很好的战争顾问；来自sunsetandecho.com的Sarah Mesle，她熟悉结构、故事、心灵，以及让它们交相辉映的各种方法；还有Liz Hamilton（即Zenith Nadir of Darlings Are Dying），她在处理稿件和鸡尾酒方面的能力独树一帜。Gamynne Guillote凭着耐心和精准的眼光做出了格里莎赠品。我的爱也要献给Peter Bibring，Brandon Harvey，Dan Braun，Jon Zerolnik，Mickael Pessah，Heather Repenning，Corey Ellis，William Lexner和the Brotherhood Without Banners（特别是Andi and Ben Galusha，Lady Narcissa，Katie Rask，Lee and Rachel Greenberg，Xray the Enforcer，Blackfyre，Adam Tesh，还有the Mountain Goat），Books on the Nightstand的Ann Kingman，E. Aaron Wilson以及Laura Recchi，Laurie Wheeler，HebelDesign.com的Viviane Hebel，David Peterson，Aman Chaudhary，Tracey Taylor，还有Romi Cortier。这些人支持着我和格里莎三部曲走过每一步，我无法让你知道我是多么珍惜、多么喜爱他们。我想专门表达一下对Rachel Tejada，

Austin Wilkin，和Ray Tejada的谢意，他们提供了无数创意和支持，帮助我将格里莎宇宙[36]大大扩展。

几位超级天才将完全不可能的事情变成了有可能实现的事情：可爱的Hearther Joy Kamensky，跟我详细讨论了大卫的镜面盘的细节；John Williams帮助我"建造"了蜂鸟号；Davey Krieger在船上生活、船只建造以及其他与航海相关的方面给了我建议（不过他很有可能会被我的自由发挥所吓到。）

非常感谢来自Pub(lishing) Crawl那些给人鼓舞的姑娘们——特别是Amie Kaufman，Susan Dennard，Sarah J. Maas。还有Jacob Clifton，Jenn Rush，Erica O'Rourke，Lia Keyes，Clarie Legrand，Anna Banks（你胆子太大了），Emmy Laybourne，还有Apocalypsies。几位非凡的作者很早就开始发声支持这个三部曲：Veronica Roth，Cinda Williams Chima，Seanan McGuire，Alyssa Rosenberg，还有无法模仿的Laini Taylor。最后，要感谢我的洛杉矶伙伴们，特别是Jenn Bosworth，Abby McDonald，Gretchen McNeil，Jessica Morgan，Julia Gollard，Sarah Wilson Etienne，Jenn Reese，还有Kristen Kittscher。姑娘们，没有你们，我立刻就会暴躁发怒。谢谢你们让我保持理智（大部分时候）。

我将这本书献给我的母亲，不过她也值得我在这里再次表达谢意。没有阅读、鼓励，并且给我提供海苔吃，我连《暗黑再临（Siege and Storm）》的第一稿都无法完成。她是个神奇的母亲，

---

36 格里莎宇宙（Grishaverse）是作者李·巴杜格（Leigh Bardugo）在格里沙三部曲（包括《太阳召唤》、《暗黑再临》、《毁灭新生》）和《Six of Crows》中构建的架空世界。

她作为朋友甚至比作为母亲还要好。易怒。坏脾气。桀骜不驯。这些是我的评价。

非常棒的书商、图书馆员、博主们大肆赞扬《太阳召唤》，把它推荐给朋友、客户和倒霉的过路人。我将永远无法报答你们的恩惠。

最后，要把感谢送给我了不起的读者们：谢谢你们，为了你们的每一封邮件，每一条推特，每一张图。你们让我每一天都心怀感激。

《暗黑再临》专有名词表

主要人物名

英文原文	中文翻译	备注
Ilya Morozova	伊利亚·莫洛佐瓦	创造出了三个加乘器，疑为格里莎圣人
Nikolai Lantsov	尼古拉·兰佐夫	二王子
Sturmhond	斯特姆霍德	尼古拉作为私掠船船长时使用的化名（近似storm hound）
Tamar Kir–Bataar	塔玛·柯-巴托	双胞胎中的女孩，摄心者
Tolya Yul–Bataar	图亚·于-巴托	双胞胎中的男孩，摄心者
Privyet	普利夫耶特	斯特姆霍德的大副
Vasily Lantsov	瓦西里·兰佐夫	拉夫卡太子
Paja	巴哈	物料能力者（炼造者），格里莎会议代表
Pavel	派威尔	火焰召唤者，格里莎会议代表

Adrik	艾德里克	纳蒂亚（Nadia）的弟弟，坚持要留下来进行战斗
Count Minkoff	明考夫伯爵	进入欧斯奥塔前一天留宿在他家
Stepan Gritzki	斯蒂凡·格里斯基	腌菜大王，占卜宴会（fortu-ne-telling party）在他的大宅中举行
Eskil	爱斯科尔	摄心者

主要地名

英文原文	中文译名	备注
Novyi Zem	诺威埃泽姆	实海对面的国家
Cofton	考夫顿	第二部最开始玛尔和阿丽娜落脚的城市
Zemeni	泽米尼	
Bone Road	枯骨之路	死亡海域
Udova	乌多瓦	尼古拉的属地（他的头衔之一是乌多瓦大公）
Ketterdam	科特达姆	科奇首都
Ulensk	乌伦斯科	要塞所在地之一
Sikurzoi	斯库佐伊	与书翰交界处山脉名

White Cathedral	白色大教堂	白色石英山洞

其他

英文原文	中文翻译	备注
Otkazat'sya	奥特卡扎泽亚	指无格里莎能力的人
Nichevo'ya	尼切沃亚	意为"没有东西",暗主制造出的怪兽
Verrhader	佛拉德号	阿丽娜从黑幕中逃出后乘坐的科奇商船
Jurda	茱达	一种植物,可作兴奋剂,常见于泽米尼地区
Rusalye	鲁索耶	也称海鞭(sea whip),其鳞片为第二个莫洛佐瓦的加乘器
Firebird	火鸟	第三个莫洛佐瓦的加乘器
Volkvolny	沃克沃尼号	纵帆船,斯特姆霍德的旗舰
Hummingbird	蜂鸟号	尼古拉发明的可飞船只,被毁后重建翠鸟号(Kingfisher)
Grenatki	格伦纳基	指枪炮
Sol Koroleva	宋·克罗洛娃	朝圣人对阿丽娜的称呼之一,意为"太阳王后"

Rebe Dva Stolba	蒂比·德瓦·斯图尔巴	朝圣人对阿丽娜的称呼之一，意为"双磨坊的女儿"
Merzost	米亚佐斯特	在拉夫卡语中，既指魔法（Magic），也指恶煞（abomination）
Bonesmith	骨头匠人	莫洛佐瓦的外号
Belyanoch	贝亚诺奇	季节名称，其特点为天不会完全黑